U0964286

大鱼

有爱的青春陪伴者

爱喝水 著

我无法停止喜欢你

『上册』

河北出版传媒集团
花山文艺出版社
河北·石家庄

目录

『上册』

C o n t e n t s

第一章 / · 001

暗恋对象单身了

第二章 / · 020

在梦里爱你

第三章 / · 042

追他，不追他

第四章 / · 064

人格分裂的方恋恋

第五章 / · 082

暗恋大曝光

第六章／· 096

争取尽快和你谈恋爱

第七章／· 117

每天说三遍“我喜欢你”

第八章／· 148

四叶草的愿望

第九章／· 163

哥哥，我们去哪里呀

第十章／· 186

F 盘里的“想他”

第十一章／·213

刚刚好，遇见最美好

第十二章／·233

爱，别走

第十三章／·243

友达以上，恋人未满

第十四章／·260

“恋恋”情深

第十五章／·285

一个海绵宝宝引发的表白

第十六章／·298

这才叫“初吻”

第十七章／· 311
天下无大事

第十八章／· 331
来事也不怕

第十九章／· 342
朋友，一路走好

第二十章／· 359
一波未平一波又起

第二十一章／· 372
爱你的理由

第二十二章／· 390
为什么一定要改变世界

第二十三章 / · 403
把明天交给明天

第二十四章 / · 415
王者与荣耀

第二十五章 / · 428
塑魂 上

第二十六章 / · 444
塑魂 下

尾声 / · 467

暗恋对象单身了

『第一章』

· Chapter ·

1

手机响的时候，方恋恋正大张着嘴，趴在键盘上梦周公。

剪了通宵视频，她现在睡得天昏地暗只觉得吵，胳膊一挥扫落手机，不偏不倚砸中大脚趾，钻心地疼，这才惊醒过来。方恋恋一抬头，发觉落枕了，人跟偏瘫了似的，歪着脑袋弯腰捡手机。

方恋恋半张脸拓着规规整整三排键盘印，人没睡醒还迷瞪，有气无力地喊了声“哥”。

“老妹，一个好消息，一个坏消息，你想先听哪一个？”

将就着歪脖夹紧手机，方恋恋打着哈欠往上铺爬打算接着睡，勉强提起精神：“先听好消息吧。”

那边大约沉默了三秒钟，突然爆发：“魏无疆单身啦！”

“啊——”

方恋恋始料不及，摔下爬梯，结结实实摔了个屁股蹲儿，手机也飞出去老远，好在宿舍里只有她一个人，不至于太丢脸。

国产品牌质量过硬，手机里方枪枪不断焦急呼喊“喂喂，恋恋，方恋恋，你不会激动到昏厥过去了吧？”

脖子疼，屁股疼，脚趾疼，上中下一“联网”，浑身都疼。

彻底清醒的方恋恋呆坐着，仍处于巨大震惊之中。半晌，她骤然挺直脊背，使劲掐了把自己的脸蛋，没做梦也没梦游，踅摸回手机。

“哥，坏消息呢？”她忐忑地问。

“坏消息是分手原因尚且未知，形势不明朗，没准只是小打小闹，没几天又复合了。”方枪枪慢条斯理地说，“所以老妹，你不要激动得太早，白厥过去。”

那头的人说完，无情无义地“哈哈哈”连笑三声。

方恋恋无语，扶着爬梯站起来，顺手掐断电话。

晚秋的天空阴沉灰败，一只黑色塑料袋打着旋儿越飞越高。良久凝视窗外，塑料袋飘出视野，她终于鼓起勇气。

电话接通后，先传来一阵猎猎风声，而后是魏无疆低沉的嗓音。

“恋恋，有事？”

方恋恋花了半秒钟的时间，试图从他短短一句问话里分辨出失恋的痕迹，可风声太大，人声被割裂，忽高忽低，她听不真切。

“你在哪里？”她握紧手机，尽量平静地问。

“信息楼。”那边的人默了片刻，又补充道，“楼顶。”

脑子里瞬间闪现出一个疯狂惨烈的画面，方恋恋脱口而出：“等我！”

方恋恋和魏无疆认识那年，她高三，他高四。

方妈妈赵梅是一中语文教师，常年兼任复读班班主任，带过形形色色的高四生。有各种各样原因错过高考的：发挥失常从头再来的，读了一年大学又回炉重造的……而有胆撕掉985名校录取通知书，心甘情愿陪女朋友复读的，方妈妈从教生涯二十年，头一回遇到。

那个痴情少年就是魏无疆。

特殊情况特殊处理。开学没多久，主张人性化教育的方妈妈，把魏无疆和他的小女友杜心雨请到家中做客。那天，刚刷完两套模拟卷的方恋恋口干舌燥，舔着一根老冰棍走出厨房，便听见玄关处有个低沉好听的男声叫“赵老师”，然后扭头就看见了声音的主人魏无疆。

方恋恋不是没见过世面的女孩儿，只是魏无疆恰巧长成了她最喜欢的样子——

干净利落的寸头，干净白皙的肤色，干净英挺的五官，干净明朗的笑容。

方恋恋眼睛一眨不眨地盯着魏无疆，眼珠都不会转了。等她意识到不妥，难为情地收回视线，下嘴唇已经和冰棍牢牢粘在了一起。她慌张地一扯，滴着口水撕掉小片嘴皮，血腥味刺激鼻腔，她又羞又急又痛，没忍住，眼泪夺眶而出。

当着魏无疆和他女友的面，方妈妈笑骂女儿人笨嘴馋。

眼泪汪汪的方恋恋想死，逃也似的跑进房间，发誓这一辈子再也不吃老冰棍。

第一次见面出尽洋相，方恋恋至此落下“病根”，一碰到魏无疆就变结巴，好像嘴唇依然粘着冰棍，讲不出一句囫囵话。“病情”严重的时候，她甚至不敢和他打照面，如同老鼠怕猫，能避则避能躲则躲。

有一次方妈妈开教务会，方恋恋等她下班一起回家，在办公室刷解析几何大题。魏无疆来送资料，主动和她打招呼。她吓到手抖，一条辅助线嚓地划破纸面。躲不掉，她只能头皮发麻地装淡定，连简单的问声好都费劲，一个“你”字跳帧似的重复了五六遍，小脸涨红的她到底没能把话说全乎。

更要命的是，魏无疆以为方恋恋被几何题难住，站在桌旁给她讲解思路和步骤，温柔且富有耐心。那是方恋恋离他最近的一次，近得能闻到他身上清爽的气息。她像只烧开水的自鸣壶，头顶冒烟耳朵嗡嗡响，半个字没听进去。等人走了，她又开始情不自禁地傻乐。方妈妈推门瞧见，还以为自家女儿学得走火入魔，变成智障。

还有一次过年前夕，魏无疆约着几个同学到家里给方妈妈拜年。大学生方枪枪放假闲在家，正带着老妹窝房间里看皮克斯动画电影。方恋恋耳朵灵，捕捉到魏无疆的声音，整个人哆嗦得不行，愣是缩在老哥被窝里一步不敢跨出房门，差点被尿憋死。

无情无义的方枪枪为此没少嘲笑方恋恋。她不服气地为自己辩护:“他和杜心雨是全校公认的情侣，我不可以接近他，那样做不道德，有悖于我‘从心’的为人原则。”

方枪枪捧腹大笑：“从个屁的心，不就是‘怂’嘛。”

就这样一尿尿到高考结束，方恋恋旁敲侧击地从妈妈口中打探出魏无疆的报考志愿，然后没同任何人商量，毅然决然地第一志愿里填了A大。收到录取通知书的一刻，方恋恋开心到尖叫飙出海豚音，嗓子哑了三天。

她以为这波操作神不知鬼不觉，其实方妈妈早已看穿女儿的旖旎心思。

老方家养儿育女向来政策开明，揣着明白不声张的方妈妈在开学报到当天，塞了一张字条给女儿：“这是魏无疆的手机号。妈妈也只能帮你到这里，以后的，要靠你自己努力。”

深受母爱感召的方恋恋确实很努力，只不过努力错了方向——她努力抵御着手机号码的诱惑，不允许自己和魏无疆联系。

因为，他和杜心雨的恋情稳定延续，杜心雨在同一座城市的另一所大学。

方恋恋不是没幻想过在校园与魏无疆偶遇。日有所思夜有所梦，梦里的场景更鲜活生动，像真的一样，但也仅限于做梦。A大在校学生三万余人，方恋恋没事就喜欢骑着一辆二手小电驴满校园转悠。转了半学期，失联多年的小学同桌都奇迹般相认，方恋恋却始终没能和魏无疆偶遇过一次。

概率问题引申到爱情里，就是两个字——“缘分”。

方恋恋觉得，自己可能和魏无疆无缘也无分，而且深深怀疑，魏无疆压根儿不知道他们在同一所大学。

所以，临近寒假，突然接到魏无疆的电话，相约一起坐动车回家，方恋恋受宠若惊，吃了两回速效救心丸也没能压住狂跳不止的心脏，让全宿舍的人都以为她有先天性心脏病。

可如果早知道六个半小时的车程度秒如年，方恋恋一定会拉住那个冲动做决定的自己。她也怪自己被惊喜冲昏头脑，忘记考虑，这趟归途怎么可能会少得了杜心雨。

一半时间埋头看书，另一半时间看魏无疆与杜心雨相互依偎低低私语，方恋恋努力忽视着他们的存在，头枕冷硬的车厢壁假装睡觉，纹丝不动装到浑身僵硬。方恋恋嫉妒得想哭，借口上厕所，躲进逼仄的卫生间给老哥发微信求助。方枪枪一个电话打过来臭骂她一顿，骂她没用自讨苦吃，屄包软蛋窝囊废。要不是火车过隧道没信号，方恋恋估计他能喋喋不休把手机打到没电。

魏无疆对女友体贴入微的一路，也是方恋恋心灰意冷的一路。

她委屈，又不知有什么可委屈，回到家先冲进方枪枪房间，对他拳脚相向大干了一架。最后，左边脖子被挠出三条血道子、死里逃生的方枪枪没哭，方恋恋倒抱着他涕泗横流地哭了个痛快。

她发誓重新做人，再也不要喜欢魏无疆。

方枪枪一面心疼着自己不能沾水的名牌皮夹克，一面安慰妹妹：“那小子再好，也是别人家的男朋友，更何况他还没对你好过。”

“好过。”方恋恋吸溜着鼻涕，抬起一双蟠桃似的蒙眬泪眼，“他看出来我喜欢吃动车上的盒饭，给我买了两盒。”

“方恋恋，就你这点出息，也就值俩动车盒饭！”

因为这句话，方枪枪右边脖子又多了三条对称的血道子。

方恋恋这姑娘吧，典型的人前屄，窝里横。

这个“人”，特指魏无疆。

2

杜心雨娴静柔美，天生长着一张初恋女友的脸。方恋恋虽不属于同一类型，但也不难看，巴掌脸带点婴儿肥，标准的杏仁眼灵动通透，笑

起来左边嘴角旋出小小梨窝，透着股可爱劲儿。一头黑发束成高高马尾，露出饱满光洁的额头，一点不像大三学生，更像十六七岁的小女生。

她爱漂亮，和舍友们下楼吃宵夜，也会涂脂抹粉化个淡妆。

方恋恋欣赏那句话，化妆，是女人面对浑蛋生活的战斗檄文。

但今天她来不及，披头散发从宿舍奔至信息楼，急得没等电梯，跑楼梯直达天台。

魏无疆险险站在边缘，面朝天空衣袂翻飞，活脱脱一副寻死觅活的模样，进一步万劫不复。方恋恋顿时怒意横生，一股无名火从脚底板涌到天灵盖。

方恋恋狠狠地瞪住他，大喊道：“魏无疆，你要是失恋跳楼，我瞧不起你！”

居然没结巴。她自己都愣了愣，关键时刻没掉链子，很欣慰。

看见几步之遥的女孩儿，魏无疆有些意外，一时没有认出她——羽绒服裹成粽子，喘得上气不接下气，面色潮红横眉立目。

太久没见，好像和印象中不太一样。

在魏无疆的印象里，方恋恋是班主任的女儿，一个有点蠢有点呆的腼腆小结巴。

“我没想死。”他说。

“那你站在那里干什么？”

魏无疆思考数秒，缓缓吐出两个字：“装酷。”

方恋恋满肚子的话堵在喉咙，欣慰不过一分钟，老毛病犯了：“我……我凭什么相信你，你……你敢……敢不敢往后退？”

魏无疆人高腿长，轻松跳下危险的高台：“我如果真想死，谁劝也不管用。”

方恋恋恐高，暑假全家去张家界天门山旅游，方枪枪用万元红包做饵，她跪着走完了玻璃栈道，引来围观者甚众。方枪枪说她要钱不要脸，她也不反驳。自从决定不再暗恋魏无疆之后，她立志当个富婆。

现在看来，富婆梦尚未实现，先打了自己脸——她仍偷偷喜欢着魏无疆。

他站在那里没动，方恋恋搞不清他到底想不想自杀，壮着胆子一步步往处挪。好不容易挪到地儿，位置居然没选对——落枕的脖子转不动，她总不能斜着眼看人，弄得像鄙视他没胆往下跳似的。

方恋恋没办法，只能又慢腾腾地绕到另一侧。

四十五度斜视也没好到哪里去，她试图用笑容化解她的不便。

此情此景一笑又挺尴尬，显得没心没肺，她旋即收敛，讪讪道：“我睡觉落枕了，没别的意思。”

离得近，魏无疆看清她脸颊未消退的键盘印：“俄罗斯方块玩到脸上去了？”

方恋恋反应慢半拍，愣了下，不好意思地摸摸脸。

“你真失恋了？”她忍不住，唐突地问。

好在魏无疆不介意，他轻轻“嗯”一声：“听谁说的？”

“我哥。”方恋恋老老实实地答，“你复读前在三中，我哥也是三中的，学渣本渣，比你高两届。他最近交了个新女朋友，以前和你同班，也在你们高中校友微信群里。”

校花校草的恋爱动向备受吃瓜群众关注，方恋恋猜也能猜到哥哥的女友在群里收到消息，第一时间通知了哥哥，哥哥又第一时间通知了自己。

魏无疆双手抄兜,多看了两眼身旁的女孩儿,没有太多表情变化,只道“你挺关心我。”

早有准备，方恋恋竹筒倒豆子般：“大一寒假，我妈担心我一个人坐火车不安全，打电话请你约我一起回家。我当时没来得及说谢谢，现在关心你也是应该的。”

时隔近两年才想起礼尚往来，这借口太烂，完全经不起推敲。

魏无疆淡淡一笑,没有温度又带着几分凄清,将目光转投向无尽长空。

关机几天，在开机的同时方恋恋打进电话，魏无疆错点了接听，也没想到自己在犹豫之后，仍告诉了她，他在天台。

可能他没有想象中的那么坚强，有个人陪着也挺好，管对方是谁呢。

一声响亮的喷嚏打断思绪，魏无疆回头，就见方恋恋高举双手，正艰难地划拨手机，因为落枕角度刁钻，实力演绎身残志坚。

“你干什么？”他好奇地问。

方恋恋眼不离手机屏：“有问题找知乎，我在问知友们怎样快速治愈失恋。”

魏无疆怔了一下：“找到了吗？”

“啊，失恋的知友很多。”方恋恋拨开纷乱长发，指着一条回答逐字念出，“和朋友喝大酒，喝醉了一起痛骂前任，比谁骂得更狠更恶毒。”

她一本正经的表情让魏无疆觉得好笑：“你会喝酒？”

“不会。”方恋恋感到抱歉，但眼睛忽地一亮，“我哥会呀，他骂人也特在行。”

对方恋恋认识浅薄的魏无疆，对她哥就更没任何具体印象了。他是独子，于是凭直觉问：“你和你哥感情很好？”

这问题问得方恋恋同学热血沸腾——

“干掉方枪枪后如何成功抛尸和抢银行后如何成功逃逸，并称为两大世界性难题。”

说着，她有板有眼比了个手刃仇人的凶狠动作，接着露出杀之而后快的满足表情。

方恋恋觉得自己和方枪枪就是《快把我哥带走》里主人公的原型，比起电影里整天耍贱的哥哥，方枪枪有过之而无不及，尤其以取笑她无所作为的暗恋为乐。

有作为的暗恋叫明恋，既然魏无疆现在回归单身，从道德层面来讲，她应该可以做点什么……

“明天周六，你晚上有空吗？我叫上我哥，我们一起吃饭，他陪你喝酒。”她勇敢迎上魏无疆漆黑的双眸，紧张而铿锵地道，“我不能陪你喝酒，但我有钱，你想吃什么我都请得起！”

魏无疆没表态，静静地与方恋恋对视，久到方恋恋泄气，以为会被拒绝。他五指握拳抵在唇心，忽地笑了：“你这么有诚意，我有点不好意思拒绝。”

“你答应啦？”方恋恋面露喜色，一雀跃牵扯到脖子，笑跟哭似的。见魏无疆点头，她不争气地再度结巴了，“那……那明天……明天见！”

不等对方回应，方恋恋已经掉头飞快跑掉，怕扑通扑通狂跳的心脏从嘴里蹦出来，脸上笑容太嚣张，像挂在阳台上楚楚招展的花裙子。今晚

八成会兴奋得睡不着，她要背单词助眠，还要敷面膜去黑头。

3

方家四口算半个重组家庭，方妈妈初婚，方爸爸二婚带着年幼的方枪枪。婚后一年方恋恋降临人世，比哥哥小三岁。

小时候，方枪枪不喜欢圆滚滚的妹妹，常欺负她。似懂非懂的年纪，听说泡在妈妈羊水里长大的婴儿天生会游泳，方枪枪把奶娃妹妹扔浴缸里做实验，幸亏方妈妈及时赶到，不然方恋恋活不到今天。

方恋恋再大点知道反抗还手了，兄妹俩就开始互殴，谁也不让谁。哥哥骗妹妹零用钱买漫画书，打一架；妹妹撕哥哥漫画书折纸飞机，再打一架。小孩子好像有永远用不完的精力，上下学路上也要抡着书包你追我打，一学期读完，课本崭新，书包换了四个。

等方枪枪知道让着妹妹了，现世报来了，沦落到只有被欺负的份儿，被抓出血道子算轻的。曾经因为方枪枪说了一句魏无疆的坏话，蔫坏的方恋恋忍到他返校前一晚，三更半夜不睡觉，溜进房间给他剃了个阴阳头。方枪枪隔天不得不剃光另一半，顶着秃瓢回学校。刑满释放人员的发型保持了足足两个月之久，那也是他生命中为数不多的感情空窗期。

两个孩子从小互掐到大，方爸方妈从来不管，谁先哭鼻子告状就批评谁——打不赢知道找大人，早干吗去了？

野蛮环境自由生长，方恋恋长相可爱，其实内心早已被方枪枪锻造得无比强悍，所有纤细敏感脆弱的女性化一面，在遇到魏无疆后才全面爆发，一夕间进化成胆怯、畏缩、爱哭鼻子的小结巴。方枪枪曾半戏谑半认真地感慨，魏无疆如果不像意外怀孕一样出现，我老妹没准能茁壮成长为一位女装大佬。

那回魏无疆来家里拜年，方恋恋抱着哥哥不撒手，死活不准他和魏无疆见面。方恋恋一直用魏无疆的偷拍照做手机桌面，焦距没对准，糊得看不清脸，也就能认出是个男的。方恋恋照样能对着照片发癔症，幻想和对方谈恋爱。所以方枪枪单方面将魏无疆定义为“邪教”，专蛊惑无知少女的那种。

自己的妹妹自己欺负可以，别人没门！所以方枪枪非常重视与魏无疆的首次正式会面。会面地点也是他定的，大冷天围着铜炉涮羊肉配冰啤最带劲，兄妹俩提前十五分钟坐进火锅店。

女为悦己者容，方枪枪可以理解，但也不能五分钟内连补八次妆吧。

抬脚蹬她的椅子腿，方枪枪不满道：“丽质是天生的，你是咱妈生的，自暴自弃吧，老妹。”

方恋恋充耳不闻，转身给了他倔强的背影，继续补梅子浆果色唇釉，再反反复复确认额头上昨晚冒出的两颗痘痘，是否遮得完美无瑕。

什么时候长痘不好，非要第一次和魏无疆吃饭的时候长，真讨厌。

小姑娘好看招人稀罕，方枪枪不少哥们儿对方恋恋有过意思，追也追了，是她死脑筋，像哈巴狗叼着块香骨头，咬定魏无疆不松口。方枪枪瞧她今儿这架势，八成早忘了哭着喊着发过的誓。

“忘掉一段感情最好的方法就是开始一段新恋情，哥哥为你借机上位的机智点赞。”方枪枪了解她，脾气犟强拧不管用，得顺着来。

“我没想和他谈恋爱，只想帮他尽快度过失恋期。”方恋恋转回来，认真地说。

无知少女果然无知，方枪枪很不屑：“这种事没法帮。喝喝酒骂骂人有用的话，哥哥我早百毒不侵了。”

老哥恋爱经历丰富，方恋恋再没心思补妆：“那他为什么答应一起吃饭喝酒？”

“肯定是看在恩师的面子上答应的。赵女士桃李满天下，教过的学生没有不说她好的。”方恋恋越重视，方枪枪越看不惯，大泼冷水，“你别把自己想得太特别，沾了赵女士的光而已。”

这解释虽然不中听，但合情合理，方恋恋挑不出毛病，继续问：“哥你呢，又为什么答应来？”

“没见过真人好奇，想见识见识传说中的魏无疆究竟是圆是扁，把我老妹迷得神魂颠倒，不知悔改不说，连咱妈也上赶着当神助攻。”

此生最重要的两个女人都对魏无疆另眼相看，方枪枪心里酸溜溜的，像最心爱的手办被别人据为己有。

方恋恋眼尾余光凉凉扫过他的椅背：“你带那个来干吗？”

棒球棍往墙角收一收，方枪枪特正气凛然：“先立威，给他点震慑力。我们老方家的姑娘要追他，他也要有被追求者的觉悟，思想端正，态度积极，好好配合，让我老妹追。”

“哥，你真想多了。”方恋恋哭笑不得，一五一十道，“我没胆子追求他，怕自己又变回结巴。”

“没谁规定结巴不可以追男人吧。机会难得，你如果真不甘心放不下那小子，可以试一试。”试过了，失败了，也就死心了——这句话方枪枪是在心里说的，以免公共场所兄妹大打出手，上演伦理悲剧。

方恋恋由耳入心，两手托着腮帮子陷入沉思。

蠢蠢欲动是真的，不敢付诸行动也是真的，真的和真的左右互搏不分胜负。方恋恋纠结得无以复加，指甲盖快咬秃噜的时候，魏无疆如约而至。

条纹高领毛衣配藏青色双排扣大衣，星眸剑眉，仪表堂堂。

环视一圈看见方恋恋，他微笑着朝她走去。

看样子挺精神的。方枪枪稳住想起立迎接的妹妹，纳闷道：“你确定他失恋了？”

方恋恋没工夫答疑解惑，急忙甩开哥哥的手，固执地站起身，不断自我暗示要争气不能结巴，结果造成更大的心理压力，人到跟前，她嘴巴像打了中国结，一个字没挤出来。

“坐吧，坐吧，别客气。”方枪枪就知道自家妹子没用，笑着先打招呼，“你好，我是方枪枪，她亲哥。”

“你好，魏无疆。”方恋恋傻站着，魏无疆也没入座，玩笑般转问她，“还需要我再做个详细的自我介绍吗？”

“不不不不……不用！”

面红耳赤的方恋恋被哥哥扯回原位，垂下脑袋，只觉无地自容。再听见老哥在耳边骂尿包，她简直想拿球棒给自己一闷棍，一了百了。其实不用，已经有点晕晕乎乎，老哥和魏无疆闲聊什么，她像突然失聪，一句没听清楚。

好不容易能和魏无疆坐在一起吃饭，方恋恋不愿就这样糊里糊涂地开

始，又糊里糊涂地结束，毫无建树。

她想着，神奇般地听见哥哥问：“咱俩上同一个高中，为什么我从来没有见过你？”

像为证明自己没有失语，方恋恋急不可耐地替魏无疆回答：“因为他进校的时候，你去参加艺考集中培训，整整一年没在学校。”

“好像真是。”方枪枪想了想，好奇宝宝一样又问魏无疆，“你为什么不在三中复读，要转去一中？”

“因为三中从他那届开始不再收复读生。”抢答的依然是方恋恋，口齿伶俐反应快，还有点小得意。

“哟，你这么了解他的情况，你当他官方发言人得了。”方枪枪似笑非笑，揪起方恋恋羽绒服上的毛线球当话筒，怼到她嘴边故意问，“方恋恋，传闻他放弃名校陪女朋友复读，差点被爹妈打断腿，请问是真的吗？”

哪壶不开提哪壶，方恋恋一口咬掉毛线球，气呼呼地用尽毕生功力怒瞪方枪枪。

“是真的。”一直没作声的魏无疆接过话，平静道，“塑料衣架打断两把，最后是心雨替我求的情。”

在方恋恋的有限认知里，分手后重提前任无异于人间酷刑，一切的云淡风轻不过是在外人面前伪装自己，故作坚强。

她很心疼魏无疆。

“我哥嘴贱，不要搭理他。”桌底下狠踩方枪枪的脚，方恋恋明面上没事人一样，递菜单给魏无疆，目光交汇，一紧张，嘴皮子又变得不利索，“想吃……吃什么随便点，我……我好有钱的。”

魏无疆温和地笑笑，翻着菜单没说话。

“嘁，还不都是从我这里挣的。当着我的面宣称自己有钱，拐着弯提醒我，该我买单吧。”方枪枪穿着高筒靴被踩没感觉，当哥哥的大气，手臂一挥叫住服务员，“先来一箱雪花，冰的。谢谢。”

奉命陪酒，方枪枪没忘多问一句：“哥们儿，你能喝吧？”

魏无疆不含糊：“没问题。”

哥哥的酒量是爸爸筷子蘸白酒培养出来的，方恋恋心里有数，但对魏无疆的实力没底。借酒浇愁愁更愁的道理她懂，于是主动揽下倒酒的活儿，却在暗地里搞小动作，每次起身倒酒先堵着瓶口摇几下，确保魏无疆杯子里总是一半酒一半沫。

方枪枪冷眼旁观，心里喟叹，没良心。

魏无疆也不瞎，第二瓶刚开封就亲自接手，说他没事，让方恋恋多吃菜。

方枪枪点了一根烟吞云吐雾，斜睨一脸娇羞的妹妹：“方恋恋，你哥还俩鼻孔喘着气儿呢，你为什么不关心关心我？”

涮一筷子羊肉送他碗里，方恋恋掬笑谄媚：“哥，我最关心你了。新任嫂子找我打听你的光辉情史，我嘴巴很紧，什么也没说。”

“真的？”方枪枪将信将疑，女朋友最近可没少夹枪带棒使小性子。

当然是假的。

方枪枪历任女友中，方恋恋最喜欢的就是这位，可以和她互通情报。她没少打听魏无疆以前的事，怎么好意思只索取不付出，对新嫂子那是有问必答，知无不言言无不尽。

新嫂子与哥哥至今没分手，方恋恋推测可能对哥哥是真爱。至于哥哥当不当对方是真爱，方恋恋觉得很有可能，因为哥哥的手已经摸上了墙边的棒球棍……

真打起来，顾及魏无疆在场，该矜持要矜持，她必然不会尽全力。

“哥，给点面子吧，哥。”审时度势，方恋恋先服软告饶，眨巴着极具欺骗性的清澈大眼卖乖，“以后做后期，我保证不剪你说的每一句话。”

孺子可教，方枪枪摸摸妹妹的头：“脏话还是要剪一剪，否则过不了审。”又看向魏无疆，无比自豪地道，“我和朋友最近利用业余时间做了档播客节目。我老妹自学成才，剪辑玩得可溜，不光能剪音频，视频剪辑更牛掰，综艺节目里那些后期特效，没有她不会的。”

魏无疆闻言，朝方恋恋投去激赏眼光：“真厉害。”

基于礼貌的称赞客气而疏离，方恋恋心里五味杂陈，报以潦草一笑，埋头嚼肉片，涮老了咽不下去，食不知味。

方恋恋花了一年的时间自学剪辑，啃各种技术书籍，出发点不过是为了转移注意力，试图忘记魏无疆。最初目的没达到，她要这神技能有何用？志不在此无心插柳罢了。不过能换来一句魏无疆的表扬，也很好呀。

方恋恋擅长自我宽慰，喜欢的人就坐在对面，知足常乐，她又开心起来，时不时隔着热气腾腾的黄铜锅，遮遮掩掩地偷瞄魏无疆。

他话不多吃得也不多，酒却没少喝，面颊微微泛红，但双眸异常清明，偶尔会走神，眼底氤氲出淡淡哀愁。哥哥一热情招呼他喝酒，那仅有的一点悲伤情绪转瞬即逝，笑容又重新浮现。

方恋恋明白，他的笑和他的故作坚强一样，都是做给不相干的外人看的。

只能做外人，她有点小难过，转念又觉得魏无疆这样的表现，恰恰证明了他性情温和体贴。她为此着迷，知道自己没有喜欢错人，尽管他对自己可能永远也不会动心。

鼻子酸涩，方恋恋偷偷抹眼角的泪，一抬头发现魏无疆正看着她，随即扯开嘴角龇牙，用手扇小风。

“好辣，好辣，辣死我了。”

芝麻蘸料里明明没加辣椒，方枪枪对妹妹拙劣的演技，既鄙视又同情。

憋着损招使坏的时候挺伶俐，咋一遇到魏无疆智商就跳崖了呢？这万一要谈了恋爱，怕不是要变成个傻子。方枪枪暗忖着加快敬酒频率。男人不论皮囊好坏，喝醉之后全一副熊样，他必须让无知的妹妹亲眼看看，男人灵魂深处最真实的本来面目。

酒过不知几多巡，魏无疆终于醉趴在桌上昏睡。

方枪枪噙着王之微笑，打了个长长的酒嗝，摇头晃脑地道：“怎么样，老妹，长得帅有什么用，喝多……”

话没讲完，人就软成一摊泥，滑到桌子下面。

说好的陪酒变陪醉，方恋恋目瞪口呆。

小心翼翼靠近魏无疆，怕吵醒他似的，象征性地轻轻喊了两声没反应，方恋恋改用脚踹桌底下那位。方枪枪咂咂嘴抱紧桌子腿，温香软玉在怀一般，睡得更美。

无可奈何，方恋恋只能请服务员帮忙，连拉带拽把两个人弄进哥哥的车后座。

在梦里爱你

『第二章』

· Chapter ·

1

高考结束，方恋恋被方妈妈逼着去驾校学车，耳聪目明手脚协调，所有科目一次性通过。驾龄小半年，她开车技术不错。

SUV 右转准备驶进主路，几个醉醺醺的社会小青年不遵守交通规则，突然横穿马路。好在方恋恋眼疾脚快，及时踩了刹车。小青年们吓一跳，见开车的姑娘长得漂亮，起着哄拦住去路，嬉皮笑脸地催方恋恋下车，碰起流氓味道的瓷。

车里一个睡死一个死睡，这个时候棒球棍就派上了大用场，方恋恋将其扛在肩膀上推门下车。

老方家养出的孩子有两大优点，一是不怕事儿，二是扛揍。

大街上人来人往，又有武器，方恋恋不怕。

“我车里有行车记录仪，你们碰不了瓷。如果想要流氓——”棒球棍往下一抡虎虎生风，方恋恋从容不迫地道，“我一定把你们往死里打！”说着下巴朝路旁天网摄像头努了努，意思是即使打了你们，我也算正当防卫。

如果招惹她的小青年没喝酒，大概会知难而退，坏就坏在半醉不醉认不清形势，最容易犯浑。

其中一个戳着自己的脑壳，笑得流里流气，冲方恋恋挑衅道：“我长这么大还没被美女打过，你来呀，照这儿打呀！”

方恋恋长这么大，从没听过如此深得人心的要求。棒球棍感觉更重了，带着沉甸甸的使命感，她决定恭敬不如从命，满足他的小小夙愿。

下一秒，棒球棍被人抽了去，刚才还醉在车里的魏无疆仿佛神兵天降，将方恋恋护在身后。棒球棍横挡半空随时准备开打，分明又像是没醉，眸光锐利有力，下颚线条凛冽。

他回头，沉静道：“恋恋，不怕。”

只一刹那，方恋恋彻底沦陷，深深坠落，感觉自己又一次爱上了魏无疆。

他愿挺身护你周全，你就想，哪怕死在这一刻也无怨无悔。

方恋恋被滔天的爱意汹涌包围着，这时只听后面又响起个熟悉的、懒洋洋的男声——

“敢欺负我老妹，你们活腻味了吧。”

方枪枪慢悠悠地踱至车头，嘴角轻蔑冷笑，手里上下掂着一块不知从哪里来的板砖。

寒风烈，血在烧。

两个男人同样高大，同样气势慑人，形成一堵坚不可摧的高墙，保护着同样无所畏惧的女孩儿。

突如其来的滚烫亲情令方恋恋动容，她偷扯哥哥衣角，踮起脚耳语：“哥，麻烦你往旁边挪两步，挡着我看魏无疆了。”

“！！！”

方枪枪嘴巴半张，差点被倒灌的冷风呛死。

干脆清理完小流氓，顺便再把妹妹收拾了吧，留着也是个赔钱货。

恶念往下压一压，方枪枪心怀仁慈地提醒妹妹：“你蠢啊，瞧你那刀头舔血社会姐的样儿。嫌我挡道，你不会假装怕得要命，自己往他怀里躲吗？”

哥哥英明！

方恋恋如梦初醒，可惜迟了一步，小流氓们早吓得跑没影了。

也许是听到他们兄妹间的窃窃私语，魏无疆转过头盯着她看。似懵懂似清醒，英俊面庞上仿佛蒸腾着醺然酒雾，朦朦胧胧，让人摸不透。方恋恋如果就这么不管不顾扑他怀里喊害怕，也和之前小流氓们的举动没分别，是碰瓷。

所以说，英雄救美的戏码能否成功上演，不在于英雄有多英雄，也不在于美女有多美，关键取决于反派人物够不够胆，能不能坚持到最后不退缩。

方恋恋像参透了宇宙终极奥义一般，带着亲身体会到的深刻领悟，最后一个回到车里。车厢里静得出奇，后座的方枪枪和魏无疆一左一右头倚着车窗，居然又醉死过去，喊都喊不醒。

方恋恋寻思，刚才热血街头的一幕，可能是“回光返照”。

重新开车上路，方恋恋突然意识到一个很严重的问题。

她徒手应付一个醉汉可以，应付两个……血脉相连，忍住把哥哥扔路边的冲动，她不得已，给失散多年的小学同桌打电话。

霍西洲，方恋恋更习惯亲切地称呼他“霍稀泥”，因为他有着与生俱来“无事搅三分”的天赋。喜欢瞎搅和的人通常有副热心肠，一听方恋恋需要帮忙，霍西洲二话不说，自掏腰包打车前往，与她会合。

方恋恋不知道魏无疆住哪栋宿舍楼，也没有他舍友的电话。路边停车等霍西洲的时候，她考虑来考虑去，觉得把他送去哥哥公寓暂住一晚最稳妥。

打定主意后无所事事，方恋恋情不自禁地从后视镜里偷看魏无疆。睡着了还那么帅，纯情少女方恋恋着了魔，入了迷，找准角度飞快亲了下后视镜里的他，然后做贼心虚地左看右看，生怕被人发现。

有了第一次间接偷香，方恋恋这才大着胆子转过身，肆无忌惮地打量魏无疆，不由得想起从哥哥新女友口中打探到的他的过去。

三中校长是个海归，教学理念开放通达，对学生仪表着装要求宽松。魏无疆初进校时普普通通完全不打眼，个儿不高没长开，而且审美观扭曲，天天以杀马特为底色扮时髦，可想而知有多恐怖。别说和校草不沾边，和正常人类都不太沾边。

因为喜欢上学霸杜心雨，魏无疆被同学嘲笑癞蛤蟆想吃天鹅肉。为拉近与学霸的差距，他赌着口气奋起直追，期末从年级后一百直接杀入前一百。也是在高一那个暑假，魏无疆身上发生了翻天覆地的变化——个头蹿至一米八，仪容仪表回归正常，脸长开了，一下突显出立体分明的五官，人变得特别帅。

颜值之高，丝毫不逊于三中史上最帅校草方枪枪。

现在，三中两大校草就并排睡在同一辆车里。

方恋恋经过一番尽量客观的对比，判定魏无疆胜出。他们颜值虽然不相上下，但魏无疆斯文安稳的睡相更赏心悦目。不像她哥醉酒酣睡，会磨牙打酒鼾说梦话。

方枪枪舍生取义，本以揭穿魏无疆真面目为己任，要是知道到头来事与愿违，反而被妹妹嫌弃他最真实的睡相难看，如果有胡子的话，大概已经气歪了。

这会儿，他睡得正香做着美梦，嘴里咕咕哝哝开始呓语。

方恋恋没听清，正美滋滋地回味着魏无疆先前对她说的那句话——“恋恋，不怕。”

轻且有力量。

从小打架当锻炼身体，方恋恋不欺负别人就算不错了，哪有人会挺身而出保护她。从没有人对她说过“恋恋不怕”，倒是她自己曾经常常讲出类似的句式，比如“不怕我揍你吗”。方恋恋高中当过校霸，人送外号“金刚芭比”。

那时候她就爱漂亮，时尚资讯接收混杂不懂得鉴别筛选，审美也有点跑偏。仗着人美底子硬，各种颜色的衣服彩妆都敢往自己身上脸上招呼。好在一中校规严苛，平时没机会作。一到周末，方恋恋就开始铆足劲展现个性，把自己打扮得花里胡哨，以为走在时尚最前沿，其实跟只金刚鹦鹉似的。

这年头，没点不堪回首的黑历史，都不好意思称自己叛逆过。当然，绝大多数曾经叛逆过的人，更不好意思承认自己的黑历史。方恋恋也是在得知魏无疆的过去之后，才仔细回首了一遍曾经的不堪。

喜欢一个遥不可及的人，会忍不住挖掘自己与他的共同点，不讲逻辑，强行契合。哪怕手机歌单里出现同一首歌，都会觉得很开心，好像他离你并没有那么遥远。

方恋恋惊喜地发现，她人生的转折点同样发生在高一，不过与爱情无关，全归功于哥哥方枪枪。

方枪枪学习脑子不灵光，但社会头脑很灵光。作为一名艺术生，他大一就开始在师兄办的艺考培训班当老师。希望通过艺考上大学的孩子太多太多，不愁生源。方恋恋高一那年寒假，方枪枪带集训班没时间回家，她奉父母之命去陪哥哥过年。

除夕夜凌晨，兄妹俩放完烟花走回住处。经过培训学校，画室仍灯火通明，几个美术生正来来回回地跑楼梯，仿佛不知疲倦。方恋恋以为这是他们特殊的迎春方式，一问哥哥才知道，没她想的那么简单。

为节约成本，方枪枪师兄租用老旧民房做教室，设施简陋没安装暖气。寒冬腊月，美术生们一坐一晚上，浑身冻透了握不住画笔，后半夜不得不靠跑楼梯发汗取暖，再回画室继续战通宵。

没吃过苦挨过冻的方恋恋当时没感觉，感叹一句真勤奋，很快就忘了。等开学重回温暖宽敞的班级教室，蓦然想到那些美术生可怜又萧索的身影，方恋恋好像瞬间长大，对自己发出直击灵魂的拷问——你为什么不懂得珍惜当下，好好学习？同时还有另一个直击某人灵魂的拷问——难道你想和学渣方枪枪一样当艺考生吗？

也多亏了方枪枪，方恋恋开始刻苦努力，否则以她过往的成绩，肯定考不上A大。

考不上A大，与魏无疆彻底断了关系，自然也不会有今晚这顿饭。

感恩的心，感谢有你。

方恋恋脱去围巾、手套盖在方枪枪身上，为防止哥哥感冒尽一点绵薄之力。然后她抱紧双臂，满溢浓浓情意的目光投向一侧，心里暖融融的，一点也不觉得冷。

她祈祷，盖着自己羽绒服的魏无疆，能暂时忘掉失恋的苦楚，做个好梦。

2

半小时后，霍西洲裹挟着刺骨北风钻进副驾驶位。早冻得牙齿打战的方恋恋一个激灵，鼻子发痒，怕吵醒后排的魏无疆，忙捂紧嘴巴打喷嚏。

“为什么不发动车开空调？”霍西洲问。

“费油。”方恋恋揉了揉鼻头，想起什么，“你大晚上出来，有没有跟你女朋友报备？”

“分了。”

“你也分啦？”方恋恋奇道，上礼拜还好好的。

“什么叫‘也’，我没听说你谈恋爱啊。”霍西洲想起此行的目的，回头看后排座位。他认识方枪枪，另一位男性很面生，想了想，“他就是你骑着电驴满校园求偶遇的暗恋对象吧？”

方恋恋笑盈盈地点头。

“恋恋，不愧为女中豪杰！”霍西洲高竖大拇指，“把人灌醉了先上车再补票，如此卑鄙下流的手段，我都不一定使得出来。”

方恋恋大翻白眼：“霍稀泥，拜托你动动脑子，我要图谋不轨想睡他，带上我哥干吗，给我加油助威吗？”

“不用，你多彪悍啊！”霍西洲歪着嘴角坏笑，煞有介事地道，“不过你没经验，可能需要枪枪哥从旁指导。”

喜欢瞎搅和的人还有另一个特点——脑洞大。

方恋恋懒得跟霍西洲废话，来回搓着冻僵的双手，忽地被他抓过去，拢在掌心里哈热气。

一时没反应过来，方恋恋定定地望着眉目低垂的他，怔在那里。

哥哥说，霍西洲喜欢她。

方恋恋的敏感神经本来就稀缺，且尽数挥霍在自己苦心经营的暗恋里，很长一段时间对哥哥的判断嗤之以鼻。后来霍西洲交了一位醋坛子女友，勒令他冷处理异性关系，方恋恋惹不起敬而远之，更没往心里去。

到底是没往心里去，还是不想往心里去，只有方恋恋自己知道。

方恋恋飞快地抽回手，扯动嘴角，眸光闪烁地笑：“你怎么跟我爸似的。”

霍西洲也勾了勾唇，边系安全带，边轻飘飘道：“你想再认一个，我也没意见。”

“爸。”

“乖。”

认亲场面感人至深，原本暧昧不明的气氛随之消弭。方恋恋暗地里长长呼出一口气，发动汽车专心于路况。霍西洲也扭头看向窗外，笑意未退，却渐渐变得苦涩。

感情这种事，说穿了就是有人辜负，有人被辜负。

车开没多久，后方传来时断时续的低哑呢喃。方恋恋分辨出是魏无疆的声音，保持车速，不动声色地拨出几分注意力，仔细聆听。

“心雨，心雨，心雨……”

目视前方，方恋恋不自觉地握紧方向盘。

霍西洲同样听得一清二楚，回身淡瞥了一眼，道：“他想听《心雨》，周杰伦的。放给他听，省得叨叨个没完。”

如果简单到只是一首歌，该多好。

方恋恋假装没听见，无动于衷。

霍西洲自顾自点开手机音乐，周董特有的慵懒吟唱弥散开来。曲风忧伤，方恋恋第一次听，周董咬字含糊，唯有一句不断重复的歌词，她听明白了。

心里的雨倾盆而下。

心里的雨，心雨。

方恋恋心里也正遭遇一场极端天气，台风过境，一片狼藉。

不过也没什么大不了，她早习以为常。

暗恋分两种，一种是你爱的人谁也不爱，一种是你爱的人爱别人。方恋恋属于后者。如今魏无疆和杜心雨分手已成既定事实，她感觉再糟糕，也不会比他们恩恩爱爱的时候更糟糕。

这么一自我开解，方恋恋特别释然，还能跟着周董的歌声轻和几个音调。

一时雨一时晴，霍西洲就看不明白了，又惊又怕地问："你该不会受到我的启发，真动了睡他的邪念吧？"

"我不敢。"方恋恋想也不想，大实话出口，"我连表白也不敢，怕连朋友都没得做。更不敢追他，怕，怕……"

"怕什么？"瞻前顾后，霍西洲觉得这不符合她风风火火的性格，"你方恋恋也有怕的时候？"

方恋恋心烦气躁，不由得提高音量："闭嘴，不要再问了。"

霍西洲做个给嘴巴拉拉链的动作，乖乖噤声。

有了几年教学经验，积累下人脉关系，方枪枪大三下学期和朋友合伙创业，开办艺考培训机构。学生的钱最好赚，家长们都望子成龙，培训行业利润丰厚，早些年乱象丛生，后来逐渐走向正规化。方枪枪瞅准时机转型，做起更加高端的小班制培训课程。

方枪枪摇身一变，从老师变成经营者，把方恋恋也拉入伙给他打工。

辛苦是辛苦，但是年收入不菲。

有了钱，方枪枪在市中心的高档小区租下一套近两百平米的顶层公寓。培训机构位于城郊，通勤不便，他平时都住公司。偌大的公寓不住人空着玩，方恋恋说哥哥这叫"报复式消费"。方枪枪也有理——谁让咱老方家崇尚"穷养儿富养女"，爹不亲娘不爱，我当然只能自己爱自己，对自己好。

方枪枪何止对自己好。霍西洲架着不会走道的方枪枪跨进屋，手滑没扶稳，方枪枪没了支撑，腿一软往前一趴，先给自己的公寓行了个五体投地的大礼。

许久不见，甚是想念啊。

在他们身后扶着魏无疆的方恋恋见状，本来刻意保持尽可能少的接触面，这下怕自己也失手，忙抄起魏无疆手臂环过自己肩膀，稳稳支撑住。

魏无疆潮热的呼吸抵在耳侧，如和煦海风轻轻软软撩动着她，方恋恋心跳骤然加快，气血上涌直冲脑门，小脸涨红，跟关公似的。

霍西洲欲回头，方恋恋慌张地踢他小腿肚："快把我哥扶起来，送他进房间。"

四室两厅的大房子，霍西洲不知道哪间房是方枪枪的，把人挪到客厅的沙发上，又折返回来帮方恋恋的忙。红云烧到耳朵尖的方恋恋，像投案自首的绑匪似的，深埋着头主动交出"人质"，指挥霍西洲把魏无疆送进客卧。

犹豫几秒，她跟了进去。

"怎么，不放心啊？"霍西洲说着话，空投似的把魏无疆抛向大床，"走你！"

早看见方恋恋羞红脸，他不能把她怎么样，只能拿她喜欢的人出气。

方恋恋哪受得了这刺激，一通爆捶，撵霍西洲出房间。

门关了，霍西洲的声音还在外面阴魂不散："方恋恋，你要敢做什么蝇营狗苟的勾当，你会后悔的！"

"我不后悔！"方恋恋嚷回去。

霍西洲砸门："你有种！信不信我打到你后悔！"

里面再没声响。霍西洲撸袖子准备破门，忽然感觉后脊背冒凉气，一转身，对上一束寒光咄咄的视线。

方枪枪不知何时醒了，靠坐在沙发中间，下颌微收，眼睛半眯，紧盯住霍西洲不放。他周身散发着冷峻杀气，如果再来只猫，和教父简直一模一样。

方枪枪挑眉："信不信我打到你后悔？"

霍西洲脸变得快，堆笑讨好："枪枪哥，渴了吧，我去倒水。"

含恨睇一眼紧闭的卧室门，他默默挽下袖子，闷头走去厨房。

客卧里，壁灯亮起，幽幽昏黄。

逞完口舌之勇，方恋恋其实知道自己没种，做了半天心理建设，依然不敢帮魏无疆脱大衣脱鞋。打开空调，她扯起棉被盖在他身上，舍不得离开，就傻傻伫立在床边，不知道还能干点什么。

睡梦中的魏无疆翻身，一只手从棉被里抽了出来，修长五指垂搭床沿。方恋恋想送它回棉被，触碰的一瞬，再舍不得放开。

先是小心抓着他的指尖，而后握住整只大手，再然后仍不满足，十指交扣掌心贴合。

她手凉，他手暖，像寒暖流交汇，在她的心房掀起惊涛骇浪。悸动太澎湃，仿佛随时可能破胸而出，将她淹没。

原来这就是和魏无疆牵手的感觉，那么强烈，甚至有点疼。

方恋恋沉溺其中无法自拔，突然间被一股强劲力道拉了起来。眨眼工夫，她已经趴在了魏无疆的身上，后腰横着一只强而有力的手臂，令她动弹不得。

紧张到害怕，方恋恋不由得屏住呼吸。

四目相对，方恋恋直直撞进一双深邃瞳眸，深处有火焰在燃烧，流泻出滚烫的爱意，将方恋恋灼伤。她的心却凉了下来，如同岩浆汇入河流，顷刻化为灰烬。

他醉着醒来，认错了人。

认错就认错吧，方恋恋破罐破摔地想着，竟然走了神，开始考虑脑门上的两颗痘。出油脱妆，距离这么近，魏无疆一定看得很清楚，痘痘会不会变成她这张脸最大的亮点呢？

方恋恋艰难地抬手，打算摸摸自己的痘痘。还没摸到，魏无疆喉结滚动，喑哑地喊了声“心雨”，与此同时扣住她的后脑勺，想吻她。

不可以！

方恋恋这回反应奇快，手掌一翻罩住他的嘴。他亲在了她手背上。

已经把怀里女孩儿认成杜心雨，魏无疆随即蹙眉，眉心皱起两道浅浅沟壑，流露出些许愠色。

“我没有不让你亲，但要等你正确叫出我的名字以后。”方恋恋表情严肃，一字一句慢慢地教他，“我叫方恋恋，恋恋情深的恋恋，对魏无疆恋恋情深的方恋恋。”

专属于你的自我介绍，但愿你在清醒的时候，也会记得。

魏无疆依旧蹙着眉，在方恋恋的掌心下动了动唇，瓮声瓮气地念着：“恋恋……”

“对呀，恋恋，好喜欢你的恋恋。”

欣喜若狂的方恋恋松开手，期待能再更清楚地听到自己的名字，从他口中。但魏无疆好像只是为了确定没叫错人，很快撤回缠在她腰间的手臂，轻轻推远她，翻过身，重新闭上眼睛沉入熟睡。

由头至尾清醒的只有方恋恋，她却好似身处梦境，太甜蜜，不肯醒来。

因为她的爱情很贫穷，只能有关于他的美梦。

梦里编织的爱情是锦绣天衣，而现实中的她，衣衫褴褛。

方恋恋鄙视自己对喝醉酒的魏无疆自作多情，像做错事的小孩儿，低着头拉开房门。

等在门口的霍西洲立刻迎上前，抻着脖子往里探。床上的男人衣裤完整，从表象分析应该没出乱子，悬到嗓子眼的心可算落地，霍西洲看回无精打采的方恋恋，心情大好。

“你不是嚷得挺凶，真刀真枪就怕了？”他嬉皮笑脸故意激她又怕她发飙，缓和下语气，“怕就对了。男人最健忘，明天早上酒一醒，他翻脸不认账，根本轮不到你后悔。”

方恋恋恹恹地、不耐烦地搡开他：“你还不走？”

“不走，枪枪哥说我辛苦了，可以借宿。”霍西洲喊累，揉着胳膊指向左侧房门，“他在里面，好像有心事。”

那间是方枪枪的工作间。方恋恋脑子乱，“嗯”一声表示知道了，想想不放心，还是应该进去看看。

3

方恋恋敲开工作间的门。方枪枪正坐在地板中央抽烟，四周散布着无数手绘分镜头画稿，像把他托在云端之上一般。

方枪枪小时候喜欢看动漫，大学学的也是动画制作。执导拍摄原创动画电影，是他一直以来的梦想，从不曾放弃。大学四年他分身有术，一边做着艺考老师，一边在动画公司打工。他有天赋，凭着一部水墨动画短片的毕业设计作品，在国际上拿过奖。因为不愿被资本摆布，想做独立动画人，他决定先创业，办培训机构。创业狗的生活没有规律，忙到日夜颠倒，他宁可不吃饭不睡觉，也要硬挤出时间画画分镜。

家里没有人从事相关职业，也没有财力供他圆梦，全凭方枪枪单打独斗。

努力工作养活自己，更为了有朝一日能养活梦想。

方恋恋打心眼里佩服哥哥，他不但“天生丽质”，而且天生励志。

她俯身拾起一张手稿。画风和哥哥的人一样，恣意潇洒，有一种稚童涂鸦的凌乱感，但仔细看，从景别到构图都很有想法。

她相信，哥哥是个天才。

紧挨着哥哥席地而坐，方恋恋抱着膝盖也不说话，就默默地陪着他。

烟，一根接一根地抽。

夜雨，忽然造访。

方枪枪嘴里衔着烟，环顾自己的工作间。这里是他做梦的地方，也许羞于面人，所以被包裹在一座华而不实的大房子里，想想有点讽刺。

“知道我为什么喝醉吗？”用夹烟的手指重重戳自己心口，方枪枪对妹妹说，“因为这里堵得慌，想揍人。”

方恋恋乖顺点头：“我帮你。”

“不敢打呀。”方枪枪端起烟灰缸摁灭半截香烟，继续道，“今天朋友带我见了个投资人，说是做代工玩具发的家，对动画制作很感兴趣。我一开始挺高兴，兴致勃勃地跟他聊，聊没三句话，他就开始提要求，问回报率。原创多费劲，耗时间又有风险，说照着现有的大 IP 做，稍微改改不被告就行，稳赚不赔，跟我举例什么《小猪佩奇》《喜羊羊》，小爷我不做低幼儿童片，小爷我要做的是成人向动画电影！”

方枪枪越说越来气，借着酒劲狠狠骂了句街，一脚踹翻烟灰缸。

“屁都不懂，以为我想拍小电影博出位，说我心术不正。还跟我讲情怀，说从小看国产动画长大，投资只有一个目的，振兴中国动画电影。我就接着装孙子呗，客客气气地问他看过哪些国产动画。你猜他怎么说？《鼹鼠的故事》《巴巴爸爸》《铁臂阿童木》……没一部国产的好吗！”

方恋恋一时没忍住，扑哧笑出声。

“你也觉得好笑对不对？我装孙子装得窝囊，还不敢笑，憋一肚子火。”方枪枪抖出一根烟，见鬼了左右找不见打火机，一来气直接撅折摔地上，“中国动画电影就是被他们这种废物祸害的！”

“哥，不生气。”方恋恋拉他的手，眼神笃定，掷地有声地道，“你总有一天会做出一部你想要的动画长片。”

方枪枪冲妹妹咧嘴一笑，好像觉得不应该被个小屁孩安慰鼓励一样，伸手胡乱撸她的脑袋。他下手向来重，方恋恋脖子都快被拧断了，一巴掌打掉哥哥的手，也没手软，“啪”的一声脆响。

方枪枪抽痛，嘶地吐气：“你这么心狠手辣，以后肯定嫁不出去。”

“才不会，我会对我的未来老公心慈手软。”方恋恋一下想到魏无疆，心便化成水似的一腔柔情，随即改口，“我会对他百依百顺，什么都让着他。”

不用问也知道“他”指的是谁。

心目中的女装大佬一去不复返，方枪枪受不了她一副温驯小媳妇的模样。

“滚滚滚，少恶心我，当心吐你一脸。”方枪枪动手撵人，赶到门口又叫住妹妹，“等着啊老妹，我的第一部动画长片交给你剪，把你那些牛气哄哄的剪辑技巧全用上，随便你怎么玩。”

再胳膊肘往外拐，也只有这么一个宝贝妹妹，他不宠谁宠。

“不，我听你的，你说怎么剪就怎么剪。”方恋恋攀着门，眼角眉梢带笑，“你的第一部作品也是我的第一部作品，我保证全力以赴，让哥哥你满意。”

再嘴贱手欠，也只有这么一个天才哥哥，她不挺谁挺。

确定方枪枪没事，方恋恋退出工作间，胳膊一紧，被人拖拽着转过身。

“你出来得正好。”

霍西洲拿着一部手机，急匆匆地道：“那家伙的手机一直响，就显示个号码，也不知道是谁。我连挂两次又打过来，特执着。我以为有什么要紧事，万一耽误了呢，想着帮他接了算了。”啰啰嗦嗦说到这儿，他顿一顿吞口水，眼神打个闪才继续，“那边是个女的，自称是他前女友，我就不瞎掺和了，你来接吧。”

杜心雨！

她打给魏无疆！！

霍稀泥自作主张接了电话！！！

震惊情绪层层递进，方恋恋很怀念躺在车后备厢里的棒球棍，后悔没把它带上楼。

她想弄死霍西洲，反正雨天好作案，弃尸不容易留下痕迹。

命悬一线的霍西洲也感受到了死亡气息，把手机往方恋恋手里一塞，脚底抹油溜得飞快——好孩子不可以夜不归宿，明儿一早乐队还有排练，回回迟到不像话。

下点雨怕什么，漫天下刀子都没凶神恶煞的方恋恋可怕。

方恋恋追至门口，抓到点衣服边，霍西洲滑得跟条泥鳅似的扭着胯脱身，狂奔向电梯，一通猛按下行键，紧张程度堪比惊悚恐怖片。

穷寇莫追，方恋恋捂着手机，朝他喊：“霍西洲，你等着！等我有空绝对找你算账！你不自称一代鼓王吗，我会兼顾你的舒适度踩着点揍你，全部是重音不加休止符！”

“我真不是故意的。”霍西洲侧身挤进电梯，半边脑袋留外面，鬼吼鬼叫，“恋恋，你爸爸我也失恋了呀，难过死了一天哭好几回，你好歹匀我一点同情心。你暗恋……”

后面还有话，霍西洲没机会说，电梯门差点夹到脖子。

方恋恋气得摔门，全身的力气汇聚手臂，最后克制住没落到实处。门关得很轻，她靠着门板，头皮胀痛。

手机仍处于通话状态，机身开始发烫，足见杜心雨的执着。

事已至此，不得不接。

高中同校一年，方恋恋和杜心雨不熟，这是她们第二次说话。

“杜心雨，你好，我是方恋恋。”不等对方出声，方恋恋加快语速，简洁道，“魏无疆喝醉了，你明天再打吧。”

误会闹得大，三两句话讲不清，越解释越乱。

杜心雨在那边愣了许久，同样简洁地直切主题:“不用，麻烦你转告他，他送我的所有东西我已经收拾好了，周二下午四点，我在校门口等他。”

方恋恋不知道该说什么，迟迟疑疑地点头：“哦，哦，好。”

她没说谢谢，她没说再见，同时挂了电话。

还回礼物意味着斩断回忆，即使没谈过恋爱方恋恋也能猜到，一定是杜心雨提的分手。

魏无疆那么爱她，她居然舍得放手，方恋恋想不通，替他感到不值。

两个人硬核分手，似乎复合无望，方恋恋心情更复杂，有点开心又有点郁闷，有点看到希望又有点望而生畏，有放手一搏的动机又有画地为牢的消极。

总之一句话，人㞞顾虑多，人傻想法多。

又㞞又傻的人瞌睡多。

这一晚没少折腾，手机捏在手里，方恋恋哈欠连天，趿拉着拖鞋决定回房睡觉。

打哈欠带出泪花，方恋恋抬眸，看见魏无疆立在房门口，面无表情。

他在客卫里洗了脸，发尖湿漉漉的，一滴水珠从眉骨沿着侧脸滚落，滴在地板。

方恋恋的视线追着那颗水珠落定，再一次后悔没把棒球棍带上楼。她不敢面对魏无疆，此刻只剩敲晕自己的勇气了。

“给。”手机高举过头顶，方恋恋垂着脑袋，一鼓作气地道，“杜心雨约你周二下午四点校门口见。”

没结巴，她瞑目了。

魏无疆接过手机：“谢谢。”

早在方恋恋追打霍西洲的时候，魏无疆就已经站在了这里。

唯唯诺诺的方恋恋他见过，却没见过气急败坏的她，口齿伶俐，全无他印象中的沉默寡言。觉得有趣，魏无疆一直没出声。之后为什么没有制止她接杜心雨的电话，可能是因为酒喝多了反应迟钝。等想起来杜心雨一定会误会，他有冲动立刻解释，但见方恋恋又变回怯懦胆小的方恋恋，原有的冲动烟消云散，回归理智。

“你很怕我？”魏无疆自认待人和气，不解地问。

“对。”明摆着的事实，说谎显得智商更低，方恋恋想了想，没讲实话，“我怕长得帅的男生，你特别帅，我特别怕。”

理由假到不好意思揭穿，魏无疆失笑：“那你一定很怕你哥。”

方恋恋顺势而为，点头如捣蒜：“是啊，是啊。我哥可凶残了，不过从小一起生活，我现在基本已经脱敏了。”

头开始隐隐作痛，魏无疆斜倚门框：“我不凶残，以后多接触，用不了多久你对我也会脱敏。”

方恋恋闻言一怔，难以置信地望向他，怎么有种被撩的错觉？

魏无疆没再言语，微微颔首打量面前的女孩儿。她轻咬下唇，呆呆的表情与他印象里重合，眼睛却很黑很亮，闪着熠熠的光。不知她为什么倏尔一笑，左边嘴角挂起酒窝，浅浅小小的一枚，不仔细看很难留意到。

魏无疆快速检索记忆，他以前好像也从没细看过方恋恋。

两个人接触不多，相处最久的一次是大一寒假坐动车回家。她太拘谨腼腆，要么看书要么睡觉，不主动开口说话，问什么答什么兴致也不高，似乎只对食物有兴致，两盒盒饭吃得干干净净。

现在回想，细节清晰，魏无疆有些诧异，倒是对最近的记忆有点断片，想不起是怎么从火锅店来到这套豪华公寓的。

她笑，于是他也回以微笑，岔开话问：“这里是？”

“我哥的公寓。”方恋恋抬手指向工作间，“他估计在里面又睡着了。”

“谢谢你们。”按亮手机看时间，魏无疆说，“我酒醒得差不多了，该回学校了。”

他太客气，方恋恋不敢挽留：“外面下雨，我开车送你吧。”

魏无疆下意识地拒绝：“不用麻烦，你早点休息。”

“不麻烦，不麻烦，我是夜猫子，睡得很晚。”

方恋恋怕又被拒绝，摸出兜里的车钥匙攥手里，径自跑去玄关换鞋。只要能和魏无疆独处，她可以永远不睡觉，长痘痘算什么，就当是给遮瑕膏展现自己的舞台。

追他，不追他

『第三章』

· Chapter ·

1

高中时代最后一个暑假，方恋恋学了两个月车，晒黑好几圈。为了不给有魏无疆在的 A 大丢人，她又在家宅了半个月，天天敷美白面膜，人很快白回来，却因为营养过剩大爆痘。十八岁的少女面临毁容危机，无异于世界末日，方恋恋又开始天天捧着镜子以泪洗面——烂脸一张，魏无疆再也不爱我了，怎么办……

刚好那段时间，忙于创业的方枪枪因为不规律生活饮食，也化身痘痘侠。两人视频，互相取笑一番后，心理均得到不同程度的安慰。快宅出病的方恋恋戴上帽子、墨镜、口罩，勇敢地走出家门，跟着方妈妈回母校转转。

上课时间，校园里清清静静。

方恋恋漫无目的地东晃西晃，就晃到了公告栏附近。一中素来有张贴高考光荣榜的惯例，远远望见那前面站着一个女生，黑长直，身形消瘦，方恋恋认出是杜心雨。

所谓的爱屋及乌，就是方恋恋喜欢魏无疆喜欢到，她觉得自己也有点喜欢杜心雨；所谓的做贼心虚，就是她不敢与魏无疆面对面，同样的，遇到杜心雨也会有抵触情绪。

矛盾，但诡异和谐。

想着自己全副武装应该不会被认出来，方恋恋来到光荣榜前，与杜心雨并排而立。

红底黑字，杜心雨看榜，方恋恋看她，皮肤真好，完美无瑕。

似乎感觉到异样视线，杜心雨侧目，方恋恋忙收回墨镜下的艳羡眼神，假模假式地望向光荣榜。

方恋恋 A 大 经济学

魏无疆 A 大 工业设计

……

杜心雨 C 大 汉语国际教育

他和杜心雨之间相隔十二个名字，方恋恋偷偷数着，十二个人名逐渐幻化为漫漫银河系，光荣榜上不足一米的距离，被拉长成亿万光年。而她和他之间没有间隔，身处同一座星球，仰望天空。

方恋恋难忍窃喜之情，知道不应该，尤其当着杜心雨的面，随之产生的负罪感一样强烈。

她想走，却听杜心雨幽怨地吐出两个字：“真好。”

方恋恋顺着她的视线看过去，立刻解读出语意——真好，他们在同一所大学。

“如果我再复读一年，他会不会继续陪我？”杜心雨凝视着光荣榜，像问自己，也像问身旁的人。

方恋恋心头陡然一惊，脱口而出：“复读两年，压力很大的。”

“是啊。”杜心雨转眸，朝她粲然地笑，“你说得对，他已经顶着重压陪我复读了一年，我不能太自私。”

“都在同一座城市，你们可以经常见面。”

方恋恋发誓，她当时真的是发自内心地这么想，才会这么说。以至于后来入校，即便以高中校友身份主动与魏无疆联系，很顺理成章，她也不敢打给他。甚至有时候她会想，拜托你们千万要长长久久，从校服到婚纱，彻底断了我的非分之想。

或许因为仍有私欲，心不够诚——方恋恋脑门贴着退烧贴，全神贯注盯住马路对面的 A 大校门口，心想——真是人算不如天算哪。

至少提前十分钟到达约定地点是老方家的规矩，方恋恋今天提前了二十分钟，诚意满满，虽然她现在偷偷摸摸地躲在车里。

三点五十七分，距离魏无疆和杜心雨见面还有三分钟。

不知道就算了，知道了，她很难当作不知道。

奈何人㞞，只敢远远偷窥。

这时候方枪枪打来电话：“开走我的车为什么不说一声？我晚上有很重要的事，你让我怎么去？走着回市区吗？”

“打车，我给你报销。”方恋恋匆忙应付，“不说了，忙。”

“‘周二下午四点校门口见’，对不对？”方枪枪咆哮，“关你屁事！我就知道你要去凑热闹，今天特地喊你来我这儿加班。你可倒好，我撒泡尿的工夫，你扭头就把我车开跑了。赶紧滚回来接我！”

“不。”方恋恋态度坚决，“我不能再让你破坏我的好事。”

那晚千载难逢与魏无疆独处的机会，全让方枪枪一通电话搅和黄了——听哥哥在电话里要死要活地喊胃痛，方恋恋来不及和魏无疆说再见，火急火燎地从车库直奔回公寓。结果，方枪枪非但人好好的，还开火架锅煮泡面，高脚酒杯喝雪碧。

方恋恋怒不可遏，方枪枪还不高兴呢，怪她不矜持。再说了，谁知道那小子酒是真醒假醒，万一半道酒色熏心失去理智，以他妹妹对对方的痴迷程度，一定比他更丧心病狂。

方枪枪不反对妹妹追求心中所爱，但也不是这种“商场倒闭清仓大甩卖”式的追法，即便最后追到了，对方也不会珍惜你。男人都贱，越容易追到手的女孩儿，越不懂得珍惜。

很早开始谈恋爱的方枪枪有一条双标准则——

自己的女人，无须聪慧，漂漂亮亮足矣。

自己的妹妹，心性敏捷一些最好，免得将来被男人骗。

“老妹听话，魏无疆从前女友那儿找完刺激，你去掏心掏肺地安慰他，不是什么好事。”方枪枪耐下性子，苦口婆心地劝，“你如果真想安慰，也要等他先平复几天。分手是道坎儿，只有他自己知道有多高，能不能跨过去，谁也帮不上忙。”

“哥，我明白。我只远远看几眼。”方恋恋没真想在魏无疆面前出现，否则不会躲车里，“哥，只要你不唠叨，你学妹的小短片，我一周，不，五天之内剪出成片发给你。”

“得了，得了。”方枪枪也烦妹妹嫌他唠叨，“你说只看几眼，四点半必须回宿舍。我手头有点事，五点准时和你视频，当着我的面吃退烧药躺下睡觉，否则我就把你的暗恋史写成血书寄给魏无疆，听明白没有？”

“明白明白，没问题。”

方恋恋嘿嘿笑爽快答应，距离四点只差三十秒，时间把握得刚刚好。

可奇怪了，眼看到点了，魏无疆和杜心雨谁也没出现。方恋恋裸眼视力 5.0，和哥哥通电话眼睛没离开过校门口，不可能会错过。又多等了五分钟，依然没等来他们。

怎么回事？方恋恋冥思苦想，蓦地拍响大腿。

千算万算没算到，杜心雨约的不是 A 大校门口，而是 C 大校门口。

方恋恋作为外人，妄图揣测一对前情侣间的默契暗语，失败是必然的。付出的代价是直行车道右转，罚一百。好在两所学校同属大学城区，紧赶慢赶到 C 大校门口，四点三十二分。

来来往往的人群之中，方恋恋一眼看见魏无疆。

高三一年，偷窥偷成本事，方恋恋早已练就出千里眼、顺风耳。无论环境多纷扰，背景多嘈杂，她总能在第一时间捕捉到魏无疆的身影，辨识出他的声音。

此刻，他独坐在马路牙子边，身量高，两条腿必须半屈着才不至于挡行人的路，一只手手肘撑在膝盖上，另一只手搭在旁边的红白蓝编织袋上。乍一看，像准备摆摊的街头小贩。可哪怕不相干的路人也知道，他并不是。

因为他神情落寞清寂，又太过英俊，更引人注意。他却不在乎，眼神失焦在车水马龙的喧嚣之中，而人是一叶孤帆，于汪洋沉浮。

方恋恋在彼岸遥遥相望，心被刺痛。

一眨不眨地凝视着，她已经看了许多许多眼，到底还是打了自己的脸。

爱一个人，要脸干什么。

方恋恋推门下车穿过马路，想起额头的退烧贴，忙撕掉塞入羽绒服的口袋。

魏无疆走神得厉害，有人挨着他坐下，不理不睬过了好一会儿，才后知后觉地认出是方恋恋。

马尾高束，戴着海军风蓝白相间的布发箍，妥帖整齐，没有一丝碎发。

眼睫纤长，好像化了妆，腮红和唇膏似乎抹多了，红得有些不自然。

魏无疆对女孩儿化妆了解不多，杜心雨从来不化妆。去年情人节，他接受朋友建议，送给她一盒拉杜丽花瓣腮红，今天她还回来，依旧崭新，从未用过。他不算浪漫的人，但有用心学，记住每一个杜心雨在意的纪念日不难，难的是制造惊喜送礼物。魏无疆家境普通，上大学后，再没拿过家里一分钱，靠奖学金和做兼职自给自足。

他物欲不重，对杜心雨从来很大方。他相信那句话，爱一个人并不是说要花多少钱，而是你有多少钱就花多少钱，这才是爱情。

给杜心雨的爱情，魏无疆问心无愧。

伤心在所难免，他不知道从失恋里走出来需要多久，也不知道该如何走出失恋，只能保持现状，将一切推诿给万能的时间，直到彻底不爱的那一天。

每一天的痛苦比前一天少一点，就可以了。

可今天好像前功尽弃，守着满满一编织袋的回忆，格外痛苦。无端地，魏无疆脑海中跃出那天在天台，方恋恋向知乎网友们求助的一幕。

于是他拍拍编织袋，问：“恋恋，你再帮我问问知友，前女友还回来的东西，该如何处理？”

方恋恋措手不及，怀疑自己听错了，呆呆愣住。

本以为会被追问为什么出现，她绞尽脑汁编的理由一个没用上，直接被魏无疆问蒙了。等反应过来摸口袋，她才记起和哥哥通完电话，自己把手机随手扔进置物盒，没带下车。

她噔噔噔跑回车里取手机，又噔噔噔跑回来，魏无疆已经自行知乎，得到了答案。

“知友们怎么说的？”方恋恋嗓子发干，哑哑地问。

“不想要就扔掉，想要就留着。”魏无疆拉开编织袋的拉链，就只是拉开，没有往里看一眼，“扔掉吧。”

中间隔着高大的他，方恋恋不敢探头探脑多窥探，只瞥见里面冒出个白色的毛茸茸的大型公仔屁股，戳着节短翘翘的尾巴。

好奇是人性，满足好奇心是冒犯。

方恋恋收回视线，感觉鼻水快流出来，使劲吸了下：“要不你再考虑考虑吧？”

哥哥和女友们分手好像没经历过这个环节，她没有范例可借鉴，也没有亲身经验，只单纯地想，花钱买的丢掉可惜，万一后悔更无处可寻。

爱断情难断，魏无疆也犹豫："你有什么更好的建议吗？"

莫名难为情，方恋恋笑着摆手："我没谈过恋爱，哪儿来的建议。"

魏无疆或多或少有些意外。在他眼中，方恋恋称得上漂亮女孩儿，唇红齿白。笑起来更好看，像一轮温暖的小太阳。他微微一怔，因为深陷失恋痛苦漩涡而变得迟钝的觉察力，如同骤然启动的机器，重新运转。

"方恋恋。"下意识地，魏无疆喊了她全名。

烧到有点迷糊，方恋恋浑然不觉，正要应声，握在掌心里的手机先响了。

糟糕！

哥哥视频查勤！

哥哥说一不二，真能干出投递血书的荒唐事！

方恋恋肝颤，腾地一蹦老高，扭头觑见公仔屁股，突发急智。来不及跟魏无疆解释，她揪着尾巴一把拔出大公仔，是个趴趴熊抱枕，扬手抛进路边草坪，而后矫健地纵身一跃，大剌剌地躺了上去。

深呼吸强自镇定，方恋恋摁下接通键，手机屏幕离得很近，巴掌小脸变成满屏大脸。

她傻呵呵地笑着比剪刀手："哥，我躺下啦！"

"睡觉你激动什么。"方枪枪嫌丑，"拿远点，脸跟电蚊拍似的。"

打个长长的哈欠，方恋恋装困揉眼睛："哥，我挂了。"

"挂吧……等会儿，"手机里的方枪枪半张脸贴近镜头，"我怎么好像听到汽车的声音。"

方恋恋脑子转得快：“老三在看电影，《速度与激情》，没插耳机。”

“哦，还烧吗？”

方恋恋反手摸额头，手背感觉滚烫，好像比之前烧得更凶，嗓子眼也开始火辣辣地痛。她想说话，抬眼间魏无疆已近在跟前，居高临下地盯着她，轻皱眉头，面露疑色。

不自觉地，她到嘴边的实话打了折上折：“一点点。”

她举手机的手没动，视线越过镜头，不由得冲魏无疆抿唇笑了笑，示意自己挺好。魏无疆眉间反而皱得更紧，隐隐流露出担忧与关切。

方恋恋看在眼里有点飘飘然，隐约听哥哥问吃药没有，竟忘记扯谎，顺嘴便道：“没吃呢。”

“还不赶快起来吃！”不省心的玩意儿，方枪枪猛地提高音量，“不准挂！”

被震得手机险些脱手，握稳了人也慌了：“药，药……”

再迟疑马上要穿帮，方恋恋决定坦白从宽。

魏无疆似乎看出她的打算，食指抵着唇心，比个“嘘”的动作。然后，他从大衣口袋里摸出一包 MM 豆，撕开封口倒几颗在手心，快速挑出其中两颗最像牛黄解毒片的黄色 MM 豆，递给她。

杜心雨喜欢吃 MM 豆，来的路上他习惯性地买了一袋，付完钱才意识到多此一举，实在可笑。想也没想到，居然阴错阳差，用来帮方恋恋蒙混过关。

方恋恋一开始没反应过来，见他又朝自己递了递，刹那醒悟，忙接过来喂进嘴里，怕露馅儿没嚼直接咽。

"你生吞啊？"方枪枪自己都卡得慌。忽然觉得伸进镜头里的半只手大得可疑，前后不到半秒消失，他也不太确定，"刚才给你递药的人是个男的？"

"啊，不是呀。"危机解除，方恋恋又找回应变力，对答如流，"是宿舍的老四，她体育生推铅球的，比一般男人都壮。我以前跟你提过的，哥你忘啦？"

方恋恋宿舍的老四既不是体育生，她也没对哥哥提起过，最后一句不过是心理战术。

"有吗？"方枪枪没印象，懒得多想，"睡吧睡吧，记得尽快把成片发给我。"

啧啧，绝对的亲哥，没得跑。

方恋恋不爽地撇嘴，麻溜地退出视频通话。

顺利逃过一劫，紧绷的身心松懈下来。躺在草坪里的方恋恋，这才感觉到透心刺骨的寒意，冻得她直打冷噤爬不起来。好在魏无疆及时伸手拉她，又探出另一只手试她额头的温度。

"我送你去医院。"他眸色微沉，不容拒绝地道。

病情加剧，方恋恋没气力强撑，软绵绵地点头。

环过她肩膀揽进身侧，魏无疆腾出手提起编织袋，两边比较，竟觉得女孩儿更轻些，像抱着团蓬蓬的棉花，他不由得收紧手臂。

主动交出车钥匙，方恋恋窝在副驾驶位，脑袋发沉歪去一边，眼睛半睁不闭。好像生病胆子也跟着变大，她就着歪歪斜斜的坐姿，看魏无疆开车。

“想睡就睡，到了我叫你。”魏无疆调大空调暖风，默了片刻，“恋恋，谢谢你。”

方恋恋不明白他为什么道谢，没接话，从兜里摸出退烧贴，还有点凉，便拍平在脑门上。

她不想睡，想多看看魏无疆。

侧脸真英俊，开车也比一般男人帅。

到底帅在哪里，真问她，她又答不上来，只晓得豆瓣上说心动的体温是38℃，她发着高烧，体温起码不低于39℃，何止心动，简直想原地嫁给他。

怎么搞得，感觉好幸福，还想掉眼泪？

不太通的鼻头一酸，方恋恋真的哭了出来，还知道丢人，克制着呜咽，没有声响。

路口红灯停车，魏无疆才看见方恋恋眼圈红红的，绞着手指头，张着嘴抽抽噎噎，哭得安静又委屈。

“很难受？”他不禁皱眉，递去张纸巾，柔声道，“再坚持一下，马上到了。”

纸巾捏手里揉成团，掉眼泪已经够难看的，方恋恋不想再把妆弄花。

她先点头再摇头，自己也闹不清，瓮声瓮气：“可能因为发烧烧糊涂了吧。”真的很怕这样的自己会令魏无疆反感，忙又解释，“我平时挺坚强的，很少哭。对不起。”

“不用道歉。”魏无疆笑着摇头，“如果哭能觉得好受点，你可以当我不存在，想哭就哭。”

方恋恋活了二十年，遇到过的最大困难，就是无法当魏无疆不存在。更何况，他现在就活生生地坐在她身旁，温柔地和她说话，给予她关心。

梦想照进现实，方恋恋知足又不满足。

踌躇着抬起一根葱白手指，指向他的大衣口袋，她小心翼翼地问：“能把你的MM豆给我吃吗？”

魏无疆一时没跟上她跳脱的思维，愣了半秒忍俊不禁，单手把着方向盘，将MM豆递给了她。

“谢谢。”眼角仍缀着泪，方恋恋歪着脑袋朝他甜美一笑，白牙灿灿。因为发烧高热，两腮通红，而皮肤又透着虚弱的苍白，仿佛朝霞映雪。

魏无疆莞尔：“不客气。”

2

这之后，两人再无话。魏无疆专心开车，方恋恋专心吃MM豆。

她低着头，像一只小型啮齿动物，只用门牙仔仔细细地咀嚼。一颗接一颗，先举在手里看看再喂进嘴巴，吃得很慢很慢，不像是在吃普通的巧克力豆，而像是在进行某种自创的神秘仪式。

直到坐进输液厅挂水，一袋小小的零食还没有吃完，方恋恋仍旧一丝不苟地进行着只有她自己才懂的仪式。趁着魏无疆去划价取药，她倒出最后一颗MM豆先摆在一边，然后单手将包装袋整齐对折再对折，妥善收进口袋。

这是魏无疆送她的第一件礼物，她会好好珍藏，即便是厚着脸皮讨要来的。

最后一颗MM豆是她最喜欢的蓝色，表示不追。

方恋恋两指捏着，迟迟没有吃，体温过高，糖衣开始融化，染蓝了指腹。正出神，搁在腿间的手机嗡嗡响着，是方枪枪。方恋恋吓了一跳，MM豆掉了，不知落到哪里，四周地面没有，她只能先接电话。

“哥……”

“方恋恋，你忘了我学什么的吗，我会分不清自然光源和人造光源？”

骗局暴露，方恋恋弱弱地喊：“哥……”

“甭解释，我不听！”小翅膀长硬了敢糊弄亲哥，方枪枪气不打一处来，“你在我这里已经信用破产。选吧，A型还是B型？”

还真打算写血书啊，方恋恋咋舌：“哥，你太残忍了吧。”

方枪枪好商量：“不残忍也行，鸡血还是鸭血？”

方恋恋耍宝：“都要，锅底微辣，再来一瓶加多宝。”

“少跟我臭贫，你……”

后面的话没听着，手机被魏无疆从耳边抽走，方恋恋的手还保持着握手机的姿势，一愣一愣地眼睁睁看他喊了声“枪枪哥”，边讲电话，边走出输液厅。

哥哥脾气一来，神鬼不齐。要让他知道魏无疆有份参与行骗，方恋恋担心他会刁难魏无疆。她起身手摸到输液袋，转念又坐了回去。像有星辰坠落，倏地点亮眼眸，她忍不住捂着嘴，痴痴傻傻地笑起来。

魏无疆抽手机的动作好强势，他一定有办法对付哥哥。方恋恋对他有信心，又弯下腰继续找失踪的MM豆，有点参不透老天爷的用意。

到底是让她追，还是不要追呢？

方恋恋捉摸不透，心里更纠结，魏无疆已经回来，坐进她旁边的空位。

“感觉好点了吗？”他问。

“嗯，好多了。”

方恋恋身体底子棒，很少生病，好了就是好了，也装不来柔弱。先前车里哭那一鼻子像林黛玉似的，她挺后悔。为找补回自己的“英雄本色”，护士扎针的时候，她瞪圆眼珠，眉毛也没抖一下。结果弄巧成拙，护士姐姐和她开玩笑，输个液怎么跟英勇就义似的。

在喜欢的人面前，谁都想表现出最好的自己，往往也最容易迷失自己。

浑身肌肉酸痛，方恋恋能忍耐，又期望往魏无疆身上靠一靠。她梗着脖子往旁边斜了斜，终究还是不敢，乖乖地学他一样，端正坐好。

魏无疆有感觉，佯装不知：“输完液，我送你去你哥公寓，他忙完会尽快赶回去。”

揪着羽绒服车缝线处的一撮绒毛，方恋恋点头：“好。”

魏无疆盯着她的手指：“恋恋。”

她抬头，静静地看向他，精神不济，有点傻不楞登。

早该讲清楚的话，突然讲不出口，魏无疆牵唇一笑，临时挑起话头：“你们兄妹的名字很特别。”

他是光，她是绿植，他的笑是她的光合作用。方恋恋一下子振作，神采飞扬地说：“我哥改过名。我爸是王朔铁粉，床头常年放着王朔的书，其中一本《看上去很美》里的小主人公叫方枪枪。我的名字是我哥起的。”

“你哥？”魏无疆疑道。

“我刚出生，我哥见我第一面，就指着我喊恋恋，恋恋。爸妈觉得好听，直接采纳。”方恋恋很珍惜每一次和他聊天的机会，像讲故事一样用心，“我哥特别得意，说我被他冠名了。后来我才知道，我生下来没长头发，脑袋锃亮。我哥小时候有点大舌头，喊的其实是亮亮，亮亮。我爸妈如果没听错，我现在没准叫方亮亮。”

“方亮亮。”魏无疆低沉呢喃，“没有恋恋好听。”

方恋恋好喜欢听他叫自己的名字：“对啊，对啊，我也只喜欢我叫方恋恋。”

只有这样，我才可以对你说，我是对你恋恋情深的方恋恋。

暗恋魏无疆这几年，方恋恋偷偷对着镜子练习过无数遍，觉得这句话已经神奇到适用于任何场合。

表白的时候，撒娇的时候，吵架的时候，和好的时候……

开心可以讲，不开心也可以讲，对他可以进，对别人也可以讲……

方恋恋几乎为它量身定制了所有场景，却唯独没想过，第一次说出口，居然会是在他喝醉酒、把她错认成杜心雨的时候。

不算，不算，方恋恋像碎纸机一样，把当晚一幕从心里切割粉碎。

不知道什么时候才有机会再讲出口，魏无疆载着她回公寓的一路，方恋恋始终在想。SUV停进车库，两人乘电梯上楼。魏无疆先按亮“1”再按“16”，看样子并不打算送她到门口，更不可能进去坐坐。

方恋恋难掩失落，目光低垂，落在他手里的编织袋上，轻轻地问：“你还是决定全部扔掉吗？”

魏无疆尚未开口，“叮”的一声，电梯停在一楼。

他走出去，微笑回头：“再见，好好休息。”

“再见。”

厚重的金属门将彼此隔开，电梯厢缓缓上行。方恋恋没必要再掩饰自己，像泄了气的皮球，怅然若失地抱着膝盖蹲在中央。

她在想，要不要再买一包 MM 豆，多给老天爷一个机会。

一个人的公寓空荡寂寞，方恋恋毫无睡意，枯坐了会儿，突然很想喝可乐，但冰箱里没有。

人一旦对某种食物欲望强烈，那种必须要立刻吃到的冲动近乎任性。方恋恋不顾病体，不顾严寒，兴冲冲地出了门。

从小区附近便利店出来，方恋恋怀抱一瓶 2 升装的可乐，像抱着冠军奖杯，一口还没喝，已觉心满意足。

时间不算太晚，寒风瑟瑟，行人稀少，个个步履匆匆。

方恋恋没走几步，蓦地一定。

不远处，魏无疆站在一排分类垃圾桶前，正在扔东西。他和之前方恋恋吃 MM 豆时的动作几乎一模一样，从编织袋里拿出一件，细细看过再扔进垃圾桶。他面沉如水，动作很慢，不急不缓，也像在进行某项郑重仪式。

只不过这项仪式，魏无疆懂，方恋恋也能理解，叫告别仪式。

与旧日恋情告别，与恋情里的自己告别。

贸然上前，会不会打扰到他的仪式？

方恋恋犹豫的片刻，魏无疆不经意地一瞥，先看见了她。

魏无疆手里动作一顿，问：“恋恋，你怎么会在这里？”

“买可乐。”方恋恋举起可乐瓶示意，她走近他，余光掠过垃圾桶，用只有自己听得到的声音嘟囔，“换成我，一定舍不得扔。”

全是些女孩儿会喜欢的小东西，八音盒、毛绒公仔、卡通台灯……

方恋恋用来瞒天过海的趴趴熊抱枕也躺在里面，两粒黑豆似的眼睛折射着路灯光，可怜巴巴地望着她，向她求救。

心有余而力不足的方恋恋只能抱歉地摇摇头，抱紧可乐瓶，撇开视线。

急匆匆出门，她忘记换雪地靴，踩着双男式布拖鞋，站着不动灌了风才觉得冷，来回跺起脚。

魏无疆垂眸看了一眼：“天太冷，回去吧，你还生着病。”

确实没有道理赖着不走，方恋恋顺从地道：“哦，好。”

慢慢吞吞倒退着步子，拖鞋底踩到石子踉跄一下，方恋恋又快步回到魏无疆跟前。

魏无疆扔掉手中的花瓣腮红，不解地问：“怎么了？”

“你喜欢摇滚乐吗？”方恋恋不答反问。

“还行。”一句客套话，魏无疆没多想，弯腰从编织袋里又捡起一件充满回忆的东西——他送给杜心雨二十岁的生日礼物，一对泥塑Q版人偶。

方恋恋牢牢锁住他的表情，紧张到咽口水：“我朋友乐队过几天有场live house的演出，我能邀请你一起去吗？”

魏无疆一动不动没说话，有些疑惑与犹豫。

这辈子第一次主动约喜欢的男生，老毛病不犯不合适，方恋恋急忙解释：“知友……友说，听节奏劲……劲爆的音乐能有有……有效治疗失恋。”

魏无疆倒不怀疑她的话，只道：“我不懂摇滚乐。”

“我也不……不懂，跟着嗨就……就行。还有，”方恋恋腾出手比个摇滚之角的手势，有话聊自然而然不再结巴，“喏，像这样，只要不把大拇指竖起来比成‘爱与和平’，没有人会骂你傻。”

魏无疆学着她的手势，笑问：“你被骂过？”

“那倒没有，霍西洲第一次邀我去看演出，怕我给他丢人，提前科普过。”方恋恋也跟着笑，仰起小脸殷切地问，“你答应了？”

“到时候再说吧，如果有时间的话。”

出于礼貌不便当面拒绝，魏无疆别开眼，声音淡淡的，将手中拿了许久的泥塑人偶扔向垃圾桶。

“等一下，”方恋恋眼尖，立刻阻止他，“能给我看看吗？”

魏无疆稍作迟疑，点了点头。接过人偶，方恋恋借着街灯仔细端详。

一对长相完全相同的人偶肩搭肩并排而立。一个戴眼镜穿三件套西装，一个着古装绾发髻，看上去像跨域时空的孪生兄弟。造型卡通，形象生动，对人物五官的细节特点抓得神准。方恋恋拿到手就认出来，是演员朱一龙在两部主演作品里的经典造型。

宿舍老三是朱一龙的剧粉，追过他所有的剧，每部至少刷五遍。今年老三生日，方恋恋投其所好，用老三喜欢的歌，混剪出一个集合朱一龙所有角色的高燃踩点视频，以供老三舔屏专用。

收集素材那段时间，方恋恋没日没夜地看剧截图截片段，以致中毒太深，天天晚上梦见朱一龙，远超过梦见魏无疆的频率，她心里可内疚了。

早知道能买到这么精致的人偶，她一定不给自己找罪受，于是问：“在哪里买的？我舍友超级喜欢朱一龙。”

“不是买的。”魏无疆平平道，“我自己捏的。”

方恋恋惊叹地睁大眼睛，从来不知道他居然身怀绝技。本来想还给他的人偶，条件反射一般，宝贝似的被她牢牢护在臂弯里。

“扔了吧。”魏无疆神色如常，好似根本不在意，“留着没用。”

方恋恋不舍得，想找话题转移他的注意力，没头没脑地张嘴便问：“你是为了杜心雨特地学的吗？”

魏无疆微微一愣不再开口，加快与回忆告别的速度，直接拎起剩余的半袋礼物，利落丢进垃圾桶。

“咚”的一声闷响，敲醒了方恋恋的头脑，她后退半步，小声嗫嚅：“对不起。”

明知她是无心的，可魏无疆依然无法假装和颜悦色，他缓慢摇头，眼底一片清冷。女孩儿怯弱地咬了下嘴唇，却将人偶抱得更紧，力气用得不小，连同怀里的可乐瓶也被挤扁了。魏无疆又轻不可闻地叹口气。

他柔声对她说：“我家从太爷爷那辈就开始捏泥塑了。”

“泥塑世家？”

“对。”魏无疆敛眸拂去外露的伤痛，伸出手，声音更轻更柔，“可以还我了吧？”

上一瞬还有冲动挟持人偶逃逸，这一瞬方恋恋心软投降了。因为他的语气像哄三岁小孩儿，似乎带着那么点似有若无的宠溺，以至于令她产生甜蜜错觉，只要她肯听话，他会买冰激凌奖励她。

尽管心里一百个不愿意，方恋恋仍依依不舍地交出了泥塑人偶。

她不问也知道，比起其他的东西，这对人偶一定具有更特殊的意义，

她不可以自私地据为己有。可她是个连哥哥随手涂鸦的习作都舍不得扔的人，实在不忍心看心爱之物喂进垃圾桶。

她唏嘘地问：“做这个很难，很费精力吧？”

“还好。”

魏无疆手一松，分量不轻的人偶被四周垃圾淹没，带着所有与之有关的往事沉入深处。方恋恋回身之际，听见他说了一声“再见”，仿佛悲怆乐章最后的低徊。

她欲言又止，嘴唇翕张，却只说出同样两个字，再见。

短短时间连说两次再见，真不吉利。方恋恋低垂着头，盯着怀里的可乐，怪自己不该嘴馋。

女孩儿小小一只，穿着双七彩条纹的棉袜，隐约可见脚趾头冻得缩在一起。

魏无疆虽不忍，但也不是拖泥带水的人：“恋恋，我……”

“我明白。”方恋恋迅速打断他，努力绽放灿烂笑容，“魏无疆，加油！”

明白就好，魏无疆微笑道：“嗯，我会的。”

出师未捷身先死，方恋恋心脏快疼炸了，眼眶蓄着泪，走得飞快没有回头。人一进小区，立刻躲进阴暗里，目送魏无疆乘车离开后，方恋恋用比先前更快的速度跑回垃圾桶前。她放下可乐瓶，也不嫌脏地在垃圾桶里翻翻找找。平生头一回做贼，两只手肉眼可见地颤抖，找到泥塑人偶，又顺便解救出趴趴熊抱枕。

她知道这么做不对，但控制不住自己。

一手抱枕，一手泥塑，方恋恋一路狂奔，逃离作案现场。被成功后的兴奋和喜悦冲昏头脑，她自始至终没想起来，那瓶被她彻底遗忘在垃圾桶前的可乐……

人格分裂的方恋恋

『第四章』

· C h a p t e r ·

1

方恋恋𡒄的时候是真𡒄，胆大的时候也是真胆大。

大二，唱歌仅限不跑调的方恋恋不知打哪儿来的创意，报名参加校园十大歌手比赛。那时候霍西洲所在的“山啸”乐队也才凑齐成员不久。

“山啸”乐队，吉祥物山魈。

一名贝斯手兼主唱，一名主音吉他手，一名节奏吉他手，再加上一个有点童子功的鼓手霍西洲。一群业余摇滚爱好者，省吃俭用买乐器效果器，借吉他社团的地下室逃课排练，夜里不睡扒谱子，热情高昂，誓要做A大最牛重金属乐队。

乐队磨合不到两个月，从重金属玩成朋克，乐器从二手换成全新牌子货。所谓三流乐队玩设备，成员们个个穷得吃不起饭，天天在地下室里发泄似的嘶吼，却始终保持着“摇滚音乐节压轴登场”的谜之自信。霍西洲得知方恋恋参加歌唱比赛，为争取第一次表演机会打响乐队知名度，极力说服成员们做她的助演。

半吊子的方恋恋遇到半吊子的“山啸”乐队，音乐上还没擦出火花，先因为选歌和霍西洲吵得火冒三丈。方恋恋自知水平有限，想选曲式简单的口水流行歌；对流行音乐嗤之以鼻的霍西洲坚持要选经典摇滚乐，中文的都不行。两人互不妥协，险些酿成一宗地下室血案。最后在乐队成员劝解下各退一步，选了首五月天的《拥抱》。

A 大人才济济，不缺会唱歌的学生，也不缺真正有实力的乐队。

方恋恋与“山啸”的首次演出没有创造奇迹，止步于初赛，合作的第一首歌也是最后一首的绝唱。

四分多钟的歌，第一次登台的方恋恋紧张到忘词，“啦啦啦啦”了一分多钟，霍西洲光鼓棒就掉了三回。当时身在现场的方枪枪没脸看，事后痛心疾首地对他们说，人生不如意十之八九，再想不开也不能报复社会啊！

彼时，两个人不约而同地选择沉默以对。

后来决赛当晚，霍西洲喝醉酒聊起惨不忍睹的首次登台演出，没忍住发了脾气。他质问方恋恋，是不是为了那个暗恋对象，才不知天高地厚地参加比赛。一语中的，方恋恋没有为自己辩解。大一已经发誓要忘掉魏无疆的她，的确又抱着最天真的幻想，以为只要自己站上的舞台足够高，魏无疆就一定能看得见。

直至现在，方恋恋仍不知道，即便自己有幸登上总决赛的舞台，魏无疆也不可能出现在观众席中为她鼓掌喝彩。总决赛那晚，魏无疆不在校，乘坐着绿皮火车连夜赶回老家。通宵未合眼，他学会了抽烟。

那一晚，魏无疆的爷爷，一位毕生与泥土为伴的民间手艺人，没等来他视为接班人的孙儿，带着遗憾与世长辞。

那一晚，方恋恋的电脑第一次安装了剪辑软件，她一学竟入了迷。

那一晚，霍西洲痛下决心把对方恋恋的爱恋深埋心底，通宵苦练架子鼓。

那一晚，方枪枪与大学同学聚会，捶着胸口扪心自问，为什么明明技术不相上下，我们做出来的动画就是干不过美日！

人生海海，谁也不知道命运的齿轮会在何时咬合，传动出巨大力量。

正因为不可控，所以总给人带来意外惊喜，或者意外惊吓。

比如，乐队将首次公开表演原创歌曲《啸音》，霍西洲将其视为人生最重要的一场演出，却万万没想到方恋恋居然带着魏无疆来到现场。受到万点暴击的霍西洲完全不在状态，低级错误频犯，而且噩梦重演，鼓棒飞出去两回，其中一回还不幸命中主唱欧阳的后脑勺。

霍西洲的发挥失常引发乐队成员众怒，如此意义重大的演出被他一个人搞砸不说，还全过程录像，将来会被剪进他们的首支 MV，想忘都忘不掉。最可气的是，天时地利人和，上哪儿再去找当晚这么卖力捧场的观众？尤其是女观众，看见帅气主唱被击中后脑勺，尖叫呐喊就再没断过。

玩摇滚的，愤怒是态度。血气方刚的成员们一下台便把霍西洲堵墙角暴揍一顿，除名一个礼拜。照惯例，演出结束喝酒撸串，也没准霍西洲参加，钱留下，人赶紧滚。

正好，这种吃喝玩乐的场合霍西洲也没有很想参与，于是死皮赖脸地跟着方恋恋和魏无疆一起坐公交车回学校。

十点多钟，赶上都市夜归人，俗称加班狗的晚高峰，公交车上只有三个空位。

一个前排单人座，两个后排双人座，中间隔着一群昏昏欲睡的路人甲。

方恋恋自然想和魏无疆坐一起，但拦不住霍西洲眼疾手快，没打招呼，径直拉她坐进后排。霍西洲还欠欠地冲魏无疆招手，怕他看不见似的，指着前排空座，喊他快坐。魏无疆略略颔首表示知道，把座位让给了一位穿着高跟鞋、抱着笔记本电脑的女白领，自己转站至另一侧。

作为公交车里唯一站着的乘客，魏无疆英俊挺拔，宽肩腿长，格外引人注目。

他五官分明有棱有角，却不会给人凌厉感，即使面无表情，仍散发出一种温暖而沉静的稳重气质，藏着锋芒，蓄着滴水穿石的柔软力量。

包括方恋恋在内，所有女乘客都忍不住多瞄上他几眼。

从方恋恋的角度看向魏无疆的侧脸，她忽然发现，他的眉眼长得和朱一龙有些相像，自带几分忧郁味道。只是他更年轻，不及朱一龙眉眼深邃，仍需沉淀。

这或许就是那对泥塑人偶的特殊意义，也是方恋恋偷偷私藏的原因。

人偶至今仍藏在哥哥公寓，方恋恋不敢带回宿舍，所以没机会睹物思人。这会不会是在暗示她，对魏无疆的感情和人偶的归宿一样，永远见不得光？

“唉——”方恋恋胡思乱想着，幽怨地叹了口气。

“方恋恋，你的飒爽雄姿哪里去了？难道那小子对你下了药？”霍西洲真没见过她这一面，多愁善感，好像换了个人似的。

方恋恋充耳不闻，沉浸于色调灰暗的异想世界，又是一声幽幽叹息："霍爸爸，你哪天有空，陪我去趟九医院吧。"

九医院……好像是精神病专科医院。

"霍爸爸"有点蒙："你去干吗？"

"我怀疑，我有人格分裂症。"方恋恋很苦恼很矛盾，对着霍西洲做起深刻的自我剖析，"我以为我暗恋他几年，内心很强大，不惧怕任何挫折。可实际上，我怕得要死。他什么都不用明讲，就能把我打击到体无完肤，像缩回壳里的蜗牛。这明明不是我的性格啊，我应该越挫越勇才对呀！"

霍西洲没兴趣当心理医生，鼻孔里不屑地哼气，抱着胳膊转到一边。

方恋恋却不甚在意，自顾自继续道："会不会我一遇到魏无疆，就会分裂出另一种潜在人格，胆小如鼠，瞻前……"

"你都约他来看我演出了，你哪里胆小？"霍西洲实在听得上火，忍无可忍，"你不要告诉我，你们是偶遇。我可没忘，你大一天天满校园乱转的时候，从来没和他偶遇过。"

方恋恋一愣，真让他蒙对了。

自那晚惨淡收场，方恋恋和魏无疆偶遇过三次，像连中彩票一样惊喜不断。一次在学二食堂，一次在图书馆，当时他身边有同学，方恋恋不敢打招呼，躲得远远的。今天这次是在教室，方恋恋上完自习，背着书包准备走，门口迎面遇到背着书包来自习的魏无疆。两个人还没说上话，就有人走上讲台，通知教室有会。

方恋恋当时心下一横，重新提起今晚的演出，没想到魏无疆会答应，只觉得自己不说一定会后悔。但不久之后，方恋恋还是后悔了。今晚的魏无疆异常沉默，看得出心事重重。酒吧里音乐声震耳欲聋，台下乐迷沸腾躁动，他置身其中如冰山一般，平静而冷漠，仿佛与世隔绝。

热血澎湃的摇滚乐因此变成折磨，一寸寸挫骨扬灰折磨魏无疆的同时，也折磨着方恋恋。

失恋终归只能独自舔伤，方恋恋帮不了魏无疆，但她可以简而化之地，将过错统统归咎于抛弃他的杜心雨。

“你知道他为什么分手吗？”方恋恋愤愤不平地对霍西洲道，“听我新嫂子说，他前女友杜心雨找了个富二代，就不要他了。”

这理由太不新鲜，霍西洲掏耳朵：“没毛病，找好下家果断分手，总比不清不楚吊着他强。”

“你明天有空吗，陪我去趟C大。”方恋恋对杜心雨的新男友怀有强烈好奇心，“我想看看那个富二代到底有什么过人之处。You didadida me，I hualahuala you！”

霍西洲至今四级没过，听不懂：“啥意思？”

方恋恋：“滴水之恩当涌泉相报。”

霍西洲看她像看个傻子：“你打算帮魏无疆出头？咱们还是继续讨论你去九医院检查脑子的事吧。”平时没少和稀泥的他，都觉得方恋恋不应该去蹚这浑水。

钻起牛角尖容易犯糊涂，方恋恋固执道：“你不陪我可以，以后你们乐队的MV别找我剪辑。”

“你威胁我！”

霍西洲差点急眼，见前排乘客到站下车空出座位，立刻招手叫魏无疆过来坐。方恋恋知道此人没安好心，魏无疆甫一坐定，便和霍西洲争着抢着找他说话，夺取主动权。乍一看，像后宫嫔妃争宠。

霍西洲先套近乎："魏同学，我最近也失恋了。同是天沦落人，加个微信吧，有时间咱们多交流交流，共同渡过难关。"

"不要加。"方恋恋忙抢话，拆他的台，"好吃好睡，鬼才信你失恋。"

"合着不吃不睡不想活了才叫失恋？你又不是我背后灵，怎么知道我没天天蒙在被子里掉眼泪。"霍西洲特会来事，模仿小S夸张翘起兰花指揩眼角，唏嘘不已地对魏无疆道，"女人哪，分了手永远只当她们自己是受害者。"

"少给自己加戏，霍西洲。"方恋恋不甘示弱，继续揭他的老底，"你哪像失恋！演出前还跟我抱怨，今天女粉丝来得太少，肯定又会被主唱抢尽风头。依我看，你那鼓棒八成是故意甩脱手的，公器私用。"

"瞧你说的，我真要故意，绝对没那么好的准头。"霍西洲不紧不慢，笑呵呵地道，"再说了，热爱粉丝很正常。你知不知道，贝多芬去维也纳的第一年，最焦虑的不是成名速度太慢，而是美女粉丝太少。"

"我还知道贝多芬的美女粉丝团不看脸，只青睐他的才华。"方恋恋也抱着胳膊笑，"你女粉丝少，没想过很可能因为你既没才华也没颜值吗？"

霍西洲俊脸一沉："方恋恋，你对音乐缺乏鉴赏力我可以理解，但你不能睁眼说瞎话吧。以前我们乐队跑红白喜事，我可收获了一大批周边县城阿姨粉。那些中老年妇女的热情啊，一个字，躁！"

方恋恋不屑，保持着凉凉的笑容："那可不，追你们的时候特热情。

人家家里老太太寿终正寝办喜丧，你们非要唱什么摇滚版《向天再借五百年》，那些七大姑八大姨气得呀，追你们追出能有半条街吧？”

“你真好意思说，不帮忙就算了，居然拿手机录像。自己偷着乐不够，隔天又剪辑成鬼畜视频，给我们人手发了一份。”霍西洲鸡贼，知道抓方恋恋软肋，随即转对魏无疆下猛药，“这姑娘蔫坏，满肚子花花肠子，你千万不要被她的外表迷惑。”

“我……我没有！”

药效立竿见影，方恋恋小脸涨红率先偃旗息鼓，这才发现，周围乘客已一扫倦容，一个个精神奕奕地看她和霍西洲打嘴仗。

魏无疆旁边的西装白领还意犹未尽地调侃了一句：“你们是德云社说相声的吧。”

当着魏无疆的面，争宠演变成讲对口，方恋恋始料未及。往回找补为时已晚，她仍垂死挣扎了一小下下，投给白领一个谦虚而腼腆的微笑——不敢当，不敢当，你们全家才说相声的。

斜前排一个魁梧壮硕的花臂大哥也回过头，满目感慨，老泪纵横地看着霍西洲道：“小兄弟，我大学的时候也玩乐队，也跑过红白喜事。我玩重金属，你呢？”

霍西洲听了特高兴，热络地一迭声喊着前辈，凑过去找花臂大哥畅谈光辉岁月。

方恋恋身旁的位置空下来。魏无疆在低头发微信，她不敢厚着脸皮请他坐过来，心里又有点不甘，巴巴盯着他后脑勺，像旅人渴望绿洲。

西装白领看不下去替她着急，悄声问：“要不我和你换？”

方恋恋慌不迭摆手，讪讪一笑，老老实实地认了㞞。

人格分裂就分裂吧，再分裂也还是她方恋恋，深深喜欢魏无疆的方恋恋。

2

公交车开出没两站，霍西洲和花臂大哥已经称兄道弟，只差当场结拜。再靠站停车，两个人谁也没到地儿，便勾肩搭背地下去了。中途无故消失，霍西洲没知会方恋恋，她打来电话才想起这茬。一个 rocker 天不怕地不怕，他干脆没接，还跟花臂大哥吹牛臭显摆，我女朋友特黏人，一会儿不见就生活不能自理。

这话要让方恋恋听见，不用她亲自动手，她哥哥方枪枪能先把霍西洲打到生活不能自理。

一对兄妹平时不对付，互相挤对归挤对，方枪枪的择妹婿标准却相当高。他对“邪教组织”魏无疆没好感，对“一代搅屎棍”霍西洲也不感冒。倒不是他们不够优秀，而是方枪枪坚持认为，这世界上没有人配得上他妹妹。

方恋恋和任何男人谈恋爱，都是低就。

可方恋恋也坚决表示，她只想高攀，和魏无疆谈恋爱。

针对这个极具争议性的问题，方恋恋发烧那天晚上，两兄妹平心静气地长谈过一次。最后成功谈崩，方枪枪给了方恋恋两个选择——

要么当哥的亲自执笔寄血书给魏无疆，感动不死他，也吓死他。

要么方恋恋不计后果地勇敢追求魏无疆一次。不图别的，只图四个字——青春无悔。

方枪枪说了，只能看不能吃，犹豫不决没进展管什么用，搞得像参观台北故宫里的翡翠白菜一样。

话糙理不糙，方恋恋和魏无疆走在校园里，也一直低着头在想。一心难二用，没感觉慢下脚步，方恋恋落到魏无疆后面。魏无疆停下来等她，她还没自觉，木头似的站住了脚。

魏无疆无奈，退回去："你不冷吗？"

方恋恋一下回神，冻得鼻尖通红，龇着白牙笑："不冷，不冷。"

下个路口拐弯是通宵开放的学三食堂，魏无疆心神微动，脱口提议："你请我听摇滚，我回请你喝奶茶吧。"

魏无疆不喝奶茶，分不出口感好坏。但杜心雨觉得 A 大学三食堂的奶茶好喝，比 C 大的强百倍，约会常常要求魏无疆给她带。冬天奶茶凉得快，魏无疆习惯捂在怀里保温，只能单手骑小黄车。只要杜心雨想喝，他风雨无阻从不嫌麻烦，哪怕朋友戏谑称他"二十四孝男朋友"。

方恋恋也不喝奶茶，对里面某种成分过敏，全身会起红疹子。方枪枪总催着她去医院做过敏原检查，她推三阻四不肯去。究其原因只有一个——早在高三，她就知道杜心雨有个外号叫"奶茶小仙女"，视奶茶如命，魏无疆几乎天天买。

谁不想做小仙女呢，哪怕前缀是奶茶。方恋恋同样渴望，竟傻乎乎地认为，只要没有医学权威证明，她仍可以继续做着奶茶仙女梦。

如今魏无疆买的焦糖奶茶摆在面前，方恋恋恍惚片刻后，终于意识到她喝了也不会变仙女，只会变得很难看。

汝之蜜糖，彼之砒霜。

方恋恋还没有蠢到拿自己的身体健康开玩笑。她把奶茶推向魏无疆，充满歉意地说：“其实我不喜欢喝奶茶。”

魏无疆无声地笑了，带着点自嘲。不是每个女孩儿都和杜心雨一样热爱奶茶。

“我也不喜欢喝。”他坦言道，推回奶茶，“你当暖手宝用吧。”

方恋恋听话照办，抿着嘴唇强忍笑意，心里窃喜，又找到和魏无疆的一个共同点。

魏无疆从她捧着杯身的纤长手指，看回她微微低垂的笑脸，问：“你是学剪辑专业的吗？我们学校好像没有这门专业。”

“我学经济学的，上课第一天就发现对这个专业一点也不感兴趣。”只要不紧张，方恋恋很健谈，“大一下学期我不务正业忙着学习剪辑，挂过一门统计学。补考的时候，幸亏前面坐了个因病缺席期末考的学霸，才涉险过关。”

年年拿奖学金的好学生魏无疆不理解：“不喜欢经济学为什么要报？”

“因为……”方恋恋顿了下，说，“因为我高考分数刚过录取线，报其他热门专业有风险。”

魏无疆轻轻“哦”了一声：“所以你是非A人不上。”

一句无心之言，直戳方恋恋心窝，她想起一句话——世人谓我恋长安，其实只恋长安某。

她牵起嘴角笑了笑，没说话。

魏无疆不晓得对面女孩儿心里的百转千回，只当闲聊，接着又问：“你

为什么会学剪辑？”

“有阵子周围女生流行在 B 站做 UP 主，喜欢拍视频又懒得学剪辑。我那时……”再讲下去魏无疆会出场，方恋恋及时收住，改了口，“我反正爱逃课，闲着也是闲着，就开始自学剪辑。学起来一点也不枯燥，后来越来越感兴趣，我哥也很支持，还找了科班学剪辑的同学指导我，带我去蹭课。”

“难吗？”术业有专攻，工科生魏无疆完全是门外汉。

“剪辑技术本身难度不大，主要得多看片多练习，系统了解视听语言。剪片子需要技术，剪好片子需要感觉，多少也讲点天赋。”方恋恋说到这里，第一次在魏无疆面前展露出自信笑容，“我觉得我应该有天赋。我人生的第一桶金，也是靠做跟机员赚到的。”

也许因为她的眼里有光，笑容太璀璨，一整天情绪低迷的魏无疆被感染，情不自禁地也笑了起来。

“你呢？”方恋恋仿佛受到鼓舞，好奇地问，“你是怎么赚到人生第一桶金的？”

“谈不上第一桶金。我十六岁开始打工做兼职，已经记不清第一次挣钱的场景。”魏无疆眼睫微垂，敛了笑容，淡了语调，“不过，印象深刻的只有一次。”

方恋恋隐约觉得可能和他今晚的反常有关，想问又不敢问，手里的奶茶塑料杯捏捏松松。

沉默了一会儿，她谨慎观察魏无疆，见他没有流露出悲切的情绪，还是忍不住问：“能说来听听吗？”

魏无疆温和一笑点点头，今晚的倾诉欲好像有些难以控制。

“我爷爷在世时，每年都会受市文化局邀请，去庙会做半公益性质的泥塑展示，收入会用于扶持和发展民间传统技艺。第一年高三寒假，正月十五元宵庙会，我陪爷爷去了流光寺。爷爷负责表演捏塑，我负责为客人选中的半成品着色上光油。

“因为天气好，逛庙会的人很多，我们摊位周围的人也不少。虽然看的多买的少，但爷爷高兴，碰到感兴趣不停问问题的小朋友，他都有问必答。”

讲到这里，方恋恋猛地想起来，那年元宵，他们一家四口也去逛了流光寺庙会。

那天是个难得的大晴天，庙会人山人海。方恋恋方向感不好，方枪枪特意买了一只她喜欢的海绵宝宝氢气球拴她手腕上，高高飘着，防止妹妹走丢。十六岁了还被当成弱智儿童对待，方恋恋老不情愿地跟在哥哥后面。

逛着逛着，方恋恋偶然听到路过的女孩儿聊天，说捏泥人的小哥哥超级帅。她听了笑笑，对此言论不屑一顾。因为那时的她正疯狂迷恋某位男团小哥哥，认定这世上不可能有更帅的男生了。不过，热衷收集动漫手办的方枪枪倒来了兴致，丢下正在转糖人的妹妹去凑热闹。没多久他就回来了，抱怨泥塑摊位围了里三层外三层，根本挤不进去。

方恋恋也跟着感慨，果然是个看脸的时代。

如果早在那时，她没有错过机会，亲眼目睹魏无疆捏塑泥人的风采，对他的迷恋应该会从肤浅走入深刻，变得更加疯狂吧……

方恋恋脑补着已然成为遗憾的画面，陷入无尽惋惜之中。

“恋恋，你在想什么？”

走神的方恋恋没有意识到是魏无疆在发问，像讲梦话一样，幽幽咕哝：“他当时的样子一定很迷人。”

“谁？”魏无疆疑惑蹙眉，“我爷爷吗？”

“啊？”方恋恋灵魂归位愣了一愣，瞬时失忆忘记自己说了什么，只能傻子似的点头，“对对对。”

拳眼抵在唇心强忍笑意，魏无疆轻咳两声，说：“我第一次听到有人用‘迷人’形容我爷爷。”

“你长得这么帅，根据遗传学规律，魏爷爷年轻的时候肯定也很帅。”方恋恋同学也有机灵的时候，伶牙俐齿地吹起彩虹屁，“我虽然没见过魏爷爷，但我见过魏叔叔。开高考动员大会那天，他坐在第五排，名副其实的帅大叔！”

魏无疆终于忍不住笑出声：“你还想不想继续听？”

“想听，想听。”方恋恋眼睛也笑弯成了新月，摆出一副认真听讲的姿态。

魏无疆再度失笑，第一次觉得面前这个熟悉又陌生的女孩儿，好像有点可爱。

莫名感到轻松，他重新回忆起与爷爷的往事，已不再那么沉重：“我记得当时有个小男孩围观最久，家长催也不肯走。爷爷见他真心喜欢，指着提前做好的半成品让他随便选，选到喜欢的送他。小男孩挑了一圈摇头说不喜欢，他只想要大耳朵图图。爷爷的泥塑人物大多取材于神话故事、传统戏曲，不知道大耳朵图图是个动画人物。爷爷不想小男孩失望，于是把竹刮刀交给了我。”

想象着当时的场景，方恋恋用心思考着，问：“魏爷爷这么做，应该有什么特殊含义吧？”

魏无疆点点头：“在那之前，爷爷用的泥塑工具从来不会给第二个人用。”

所以，魏家爷爷的举动意味着传承。

祖孙两代之间，传承的不仅仅是工具和技艺，还有魏家爷爷对孙子的美好期许。

魏家爷爷捏了一辈子泥塑，一辈子也只会捏泥塑，不求名不逐利，只希望这代代相传的手艺活儿不要断送在他的手里，落得后继无人。

魏家爷爷坚信，有天赋又沉得下心来的孙子，一定不会辜负他的期望。

方恋恋与魏家爷爷素不相识，可她崇拜爱慕魏无疆，同样固执坚信，他一定会成为最优秀杰出的泥塑接班人。

“等你成为泥塑家开个展，我要第一个去捧场。”徜徉未来的方恋恋羞涩一笑，觍着脸问，“那时候，我能不能和你合影？”

如果真有那么一天，爷爷应该会替他感到骄傲与自豪。魏无疆想着，眸光却渐渐黯淡，低下头，又变回之前那个异常沉默的他。

方恋恋以为自己得寸进尺说错话，正襟危坐不敢再讲话。

许久，魏无疆沉沉看向方恋恋，凝重道：“今天是我爷爷的祭日。”

惊住的方恋恋抿着嘴唇压着呼吸，更不敢讲话了。奶茶仍捧在手里，不自觉间，她使出更大力气捏紧杯身。没招谁惹谁的奶茶终于不堪重负原地爆炸，用自我牺牲的方式“结束生命”，灰褐色的“血液”淌满桌面。

方恋恋也未能幸免，羽绒服湿了，雪地靴也湿了。人没反应过来还有点发蒙，傻里傻气地想用手清理“死亡现场”，胳膊伸到一半，先被魏无疆拦住。

他说：“我来。”

把方恋恋拉到一边，魏无疆找食堂阿姨借来抹布和拖布，独自打扫干净，不被允许帮忙的方恋恋只能狼狈地等在旁边，任羽绒服滴落的奶茶打湿她脚下的地面，魏无疆转过身看见又提起拖布。

方恋恋疾退几步，将湿漉漉的双手背往身后。反正羽绒服脏了，满手的奶茶直接蹭在了上面。

“对，对不起。”她又尴尬又内疚，既为自己捏爆奶茶道歉，也为自己触及了魏无疆的伤心往事而道歉。

魏无疆一边拖地，一边抬头朝她淡淡地笑：“没关系。”

他总是那么善解人意，他越大度，方恋恋反而越难过，声音里有了哭腔：“你以后还，还会请我喝奶茶吗？”

“你不是不喜欢喝奶茶吗？”魏无疆纳闷，很快明白她的意思，轻松地笑道，“我不会再请你喝奶茶。”

“我就知道。”方恋恋生无可恋。

好好一次“约会”彻底搞砸锅，眼泪真的快流出来，她睁大眼睛一眨不敢眨，硬生生憋住里面打转的泪花。

魏无疆双手杵着拖布杆站定，望着她委屈又隐忍的小脸，笑意更浓。

“我改请你上自习吧。”他不疾不徐地说。

反转来得如此猛烈，方恋恋呆愣在原地，一滴豆大的眼泪顺着眼角滚了下来……

真是的，他要我，我也好爱他，怎么办？

暗恋大曝光

『第五章』

· Chapter ·

1

影视剪辑入行，就像玩游戏升级打怪，同样需要前辈师傅带，也需要不断练手层层进阶。先从最简单的跟机员干起，到助理剪辑师，粗剪师，再到剪辑师。如果最后能做到剪辑指导，那就相当于全服第一，屹立于泰山之巅。

几个月前的暑假，方恋恋被方枪枪介绍进朋友的剧组做跟机员。尽管她自学成才已经熟练掌握各种剪辑技术，但从没接触过影视剧剪辑，依旧是菜鸟一只。跟机员也叫素材管理，顾名思义，方恋恋每天的工作就是 Ctrl+C、Ctrl+V 复制粘贴一天的拍摄素材，然后转换格式，再分别编号，方便剧组剪辑师展开后续工作。

做跟机员没有任何技术含量，只要足够细心，最大的好处是能跟着剪辑师学干货，而且报酬不菲。按日薪计算每天两百五十块，包吃包住。一个暑假下来，方恋恋挣了一万五，离成为富婆只差了无数个隐形富二代霍西洲。

霍西洲家庭条件优越，但父母反对他玩乐队，对其实施经济制裁。放着衣食无忧的富二代不做，霍西洲玩乐队穷得叮当响。听说方恋恋摇身一变成了“万元户”，霍西洲第一时间找她借钱，给乐队买新器材，美其名曰“注资”，承诺其一旦成为乐队第一大股东，以后演出，成员T恤上会统一印上方恋恋的大头像。

方恋恋敬谢不敏，拗不过霍西洲死缠烂打，钱还是借了，剩下的给方枪枪买了礼物——女版路飞手办。

方枪枪收集动漫手办有十年之久，公寓工作间摆放有一个顶天花板的玻璃收藏柜，专用于陈列他十年来的藏品。上千只动漫手办，出处涵盖五大洲，方枪枪如数家珍，记得它们每一个的前世今生。

如果心情不佳，又找不到人暴打一顿出气，方枪枪就会在收藏柜前面站一站；如果心情恶劣到打人也不管用，方枪枪就会清洁手办。先用洗耳球吹吹灰，然后用干软布擦一擦，再用软刷刷一刷，小心细致宛如一位白发苍苍的老母亲。这一套流程走上五六遍，心情自然会平复，觉得这世界上多闹心的事儿，都不是事儿了。

今天，方枪枪清洁手办的时间格外长，抽掉大半包烟。

没办法，每个月总有几天怀疑人生。而且今日不同于往日，他还喝了酒。方枪枪虽然海量，但他平时绝少自斟自酌。一个人喝酒容易醉，不畅快，更不带劲。

其中原因要从几天前说起。

方枪枪是艺考生出身，又做了几年艺考培训老师，看学生一看一个准。

谁能考上，谁没戏，方枪枪只需翻翻学生的线条和速写，心里就有准数。可在“再苦不能苦孩子，再穷不能穷教育”的理念驱动下，很多家长宁可砸锅卖铁借钱凑钱，也要把孩子往培训班里送。做培训的，想赚钱只能多招生，即使知道孩子考大学没戏，只是在浪费金钱和时间，因为学生家长花定了这笔打水漂的钱，你不赚，别的培训机构也会赚。

几天前，方枪枪接待了一位特殊的学生——高考四年的资深艺考生小曾，年年落榜都是因为专业成绩没过线。这孩子家境很差，父母靠在建筑工地做零工供儿子学画。小曾三年级获得过一次全国性儿童书画大赛的金奖，父母由此认定儿子天赋异禀，指着他光耀门楣，非顶尖美院不上。再不济，也必须是首都北京的艺术类院校。

小曾和方枪枪年纪相仿，人却很木讷，唯唯诺诺怯于与人对视，眼神很空洞，甚至显得有些呆滞。显而易见，他已沦为父母圆梦的工具。方枪枪不用看他的画，已经知道他再考几年也是白搭。

试问，一个工具怎么能画出打动考官的作品？更遑论打动人心。

望子成龙的小曾父母从没摸过画笔，不可能有此觉悟。四十出头的一对夫妻，已被生活的刻刀雕琢得像过气的老物件，陈旧而灰败。听说方枪枪带的培训小班考取率高，相应的收费也更高，小曾父亲为凑齐学费，甚至提出去卖肾。

小曾可怜，他的父母也可怜。

面对这可怜的一家三口，方枪枪实在不忍心，委婉地表示了拒绝，送他们出门。

当晚，方枪枪和朋友录播客节目，主题正是近些年越来越庞大的艺考

大军。方枪枪隐去姓名讲起了小曾的遭遇，有感而发替小曾惋惜，替他的父母感到无奈，更对畸形的家庭教育表示悲哀。方枪枪就事论事，却万万没想到，学生中也有听他播客节目的人。这段培训老师现身说法的音频被断章取义传来传去，最后竟传到了小曾父母的耳朵里，彻底激怒了他们。

今天他们跑来培训学校闹事，非说方枪枪狗眼看人低，嫌他们穷，才不肯收他们的儿子。方枪枪和声细语地解释，他们不听，指着方枪枪的鼻子破口大骂——你一个做培训的破老师又不是大画家，跩个屁，凭什么瞧不起我们。

方枪枪百口莫辩，也怪自己太大意，低估了只有五个订阅听众的播客节目的影响力。不愿昧着良心挣学生的费，反倒被学生家长误解指责，已经不止一次想过退出的他，再次萌生离开培训行业的念头。

悉心呵护手办的老母亲做到第八回，心情仍未好转。方枪枪掐灭烟头，走到玻璃柜前浏览一番，最后视线定格在C位的女版路飞手办上。方恋恋是个钱串子，爱财如命，总共也只送过他这么一个手办。

看到它，就能想起方恋恋小时候，胖嘟嘟圆滚滚，笑起来没心没肺。

方枪枪打开柜门，拿出手办，忽然留意到它后面还藏着一对人偶，材质明显有别于其他树脂硅胶质地的手办。

方枪枪是个行家，一眼看出这是纸黏土做的人偶。

虽然是简单夸张的Q版人物，但制作工艺并不简单。人物造型丰满，细节简练，栩栩如生，用色大胆利落，同时兼具传统彩塑的着色特点——直线直，曲线活，落笔如飞，薄厚均匀。

制作者没有小十年的功力，做不出这么优秀的泥塑作品。

那么问题来了，它为什么会出现在他的收藏柜里呢？

手机响的时候，方恋恋人在C大附近的一间酒吧里。手机放在书包里，书包在卡座里，而方恋恋则躲在厕所隔间里，偷听杜心雨讲电话。

说来也巧，那天公交车上霍西洲遇到的花臂大哥，是这家酒吧的主理人，他看过霍西洲手机里“山啸”现场表演的视频，觉得四个小伙子有潜力，于是力邀他们来酒吧做驻唱乐队，唱开场。

“山啸”终于迎来有固定收入的一天，似乎离职业乐队又更近了一步，霍西洲首先要感谢的人，必须是乐队第一大股东——方恋恋，非喊她来捧场。方恋恋不想来，霍西洲扬言不来不还钱，她没辙，不得不从。

碰到杜心雨和她新男友纯粹是个意外。杜心雨没认出方恋恋，方恋恋往吉他手兰胖子伟岸身躯后面躲得也够快。她也不是故意偷听杜心雨隐私，谁让她倒霉，先进的厕所。方便完，瞧见杜心雨讲着电话进门，她下意识地又退了回去，躲进隔间。

一开始杜心雨的声音很小，没过多久似乎动了怒，音量陡地提高。

“关梓萌，请你不要再造谣！我再强调一遍，我和魏无疆分手不是因为我嫌贫爱富，我也没有在分手前就和林靳玩暧昧！”

半张脸贴着门板的方恋恋瞳孔放大，心头一凛。

关梓萌是哥哥新交的女朋友，而林靳……如果“方·柯南·恋恋”没有推理错的话，应该是杜心雨新交的富二代男友。

听杜心雨的意思，是关梓萌居心叵测假传其分手原因，所以她被恶意中伤污名化了。

关梓萌为什么要这么做呢？

方恋恋没想明白，只听外面杜心雨又严厉道：“我没有必要告诉你，我们为什么分手。同学一场，我不想把事情闹得太难看。我不用你道歉，你只需要在群里公开澄清，那些不实言论全部出自你的臆测。”

紧接着关梓萌在手机里说了什么，杜心雨的声音稍有缓和：“好，我相信你。不过关梓萌，我和你以前也没有恩怨过节，我想不通为什么你要造我的谣。”

方恋恋也想知道，像壁虎一样紧紧粘住门板。

“……为了你男朋友的妹妹？你说什么，我听不明白……方恋恋？方恋恋一直暗恋魏无疆？”

杜心雨听不明白，但方恋恋本人很明白，简而言之，新任嫂子关梓萌好心办了坏事。方恋恋按着怦怦直跳的心口，看来电视剧里演的“偷听肯定被发现”的桥段都是骗人的。

庆幸不过半秒，外面响起一道熟悉而响亮的男声：“方恋恋，演出快开始了，你磨磨蹭蹭干吗呢？掉马桶里被冲进太平洋了吗？”

去你的霍稀泥！

去你的艺术源于生活！

方恋恋咬牙切齿，真想被冲进太平洋，再唱一首《伤心太平洋》。

一波还未平息，一波又来侵袭，茫茫人海狂风暴雨……

隔间里，方恋恋进退无门，确实像经历了一场狂风暴雨，气得浑身发抖，又惊出一身冷汗。这时外面响起敲门声，杜心雨犹疑地喊她名字。

草木皆兵的方恋恋直接吓到腿软，靠着门板死活站不稳。

“方恋恋，出来聊聊行吗？”

杜心雨语气温和，话说到这个分上，方恋恋只能硬着头皮旋开门锁。

脸上挂起尴尬笑容，方恋恋余光掠过厕所门口，不见霍西洲踪影，估计嗅出了苗头不对，早溜之大吉。

“方恋恋，”杜心雨后退一步，让开她出来的路，波澜不惊地问，“关梓萌说的是真的吗？”

方恋恋原地没动，局促地点了点头：“我……我从没表白过，魏无疆也不知道我暗恋他。”

杜心雨轻轻一笑：“还记得前段时间他喝醉酒，你帮他接电话吗？你让我怎么相信你？”

方恋恋偏头想了想：“你们已经分手了，你相不相信我，应该不重要吧。”

杜心雨微怔。

“你说得对，已经跟我没关系了。”笑里渗出的苦涩转瞬即逝，杜心雨走向门口又回过头，对方恋恋道，“魏无疆人很好，你不要辜负他。”

“既然知道他人好，你为什么辜负他？”方恋恋飞快地问。

杜心雨若有所思地默了数秒：“你去问他吧。”

“等等。”方恋恋追上前，深吸口气加快语速，“关梓萌是我哥的女朋友，可能因为她想让我打消顾虑，有勇气追求魏无疆吧，才故意编造谣言。”

“你不必为她解释，我说了不计较，一定会说到做到。”杜心雨不动声色地打量面前的女孩儿，“魏无疆现在单身，你尽管去追就是。以我对他的了解，即便不喜欢，他也会很礼貌地拒绝，不会让女生觉得难堪。”

按语义理解，这应该是善意之言，可方恋恋听着怎么都有点刺耳，像骂人不用脏字，隐晦讥讽她配不上魏无疆。方恋恋毕竟当过校霸，不欺软不怕硬，改邪归正后依旧讨厌女生钩心斗角，言语间夹枪带棒。

“我也挺白，挺好看。”她不服输，灼灼直视着杜心雨，铿锵有力道，“等我治好了人格分裂，我肯定去追他！”

杜心雨的脸色一绿，转身拂袖而去。

方恋恋不想再和杜心雨有交集，故意耽搁了几分钟才离开厕所。“山啸”的开场表演已经结束，包括杜心雨和她男友林靳在内，所有人都在等她。

方恋恋这才知道，他们的偶遇并不算意外。原来林靳和吉他手兰胖子是发小，和方恋恋一样，他和杜心雨也是受邀来捧场的。

林靳似乎社交能力不错，已经和乐队其他成员打成一片，做东请客去C大吃宵夜。霍西洲单肩挎着方恋恋的书包，满面红光，响应最热烈。现在哪怕脖子上架把刀，方恋恋宁愿自刎，也不愿跟着混吃混喝。

“你们先去，到地方发微信。”她没明讲，眼光阴鸷地朝霍西洲勾手指，“你，过来！咱们聊聊！”

“干吗去呀，我一天没吃饭，就指着这顿宵夜活了！”霍西洲装傻最在行，故意搭上林靳的肩膀，“兄弟，郑重跟你介绍一下，这位是我们乐队唯一的股东，方恋恋。”

林靳面带微笑：“你好，我是……”

“我知道你是谁，我和你女朋友做过一年高中同学。”

方恋恋实在对此人没好感，不客气地应声打断，走过去一把抓起霍西洲肩上的书包带，连拉带拽地拖他先走。

2

两个人出了酒吧正门，路边一辆出租车停车下客，方恋恋立即补位，简单粗暴地将霍西洲推进后排，然后她自己也跟着坐了进去，对司机师傅报上 A 大全称。

霍西洲屁股还没坐稳，先下手为强：“方恋恋，偷听是你不对，你怪不着我。我哪知道你有这癖好。再者说了，我又哪知道世界这么小，转来转去谁都认识谁。”

方恋恋抓回书包抱怀里：“我不蠢，你少糊弄我。我不相信你没看出来我一直在躲杜心雨，而且我去厕所前，林靳带着杜心雨和你们打招呼，我也不信你会不知道她是谁。”

蒙混不过去，霍西洲开始抵赖：“叫杜心雨的多了去了，同名同姓不可以吗？”

“C 大只有一个杜心雨。”方恋恋言之凿凿。

“那也不一定，除非你黑过 C 大学生数据库。”霍西洲背靠座椅，嘴角勾起吊儿郎当的笑，“就算我是故意的，又能怎样？你也偷听过了，她和魏无疆分手另有隐情，没准是特肝肠寸断、特虐恋情深的那一种。这说明什么？说明他们分手是逼不得已，和感情破裂没关系。”

方恋恋斜睨他：“你说的一定对吗？没依据的信口开河而已。”

霍西洲“嘁”一声：“依我看，你想法和我一样，只是没我坦诚罢了。”

无谓的口舌之争没有任何意义，方恋恋索性闭了嘴，从书包里拿出手机，看见方枪枪的两通未接来电和两条微信。

一条是泥塑人偶的特写照片。

一条只有一个标点符号——？

霍西洲凑过去瞄见："我枪枪哥真是惜字如金，什么意思？"

"方枪枪是我哥，不是你的。"方恋恋今晚像只爹毛的刺猬，逮着什么扎什么，"霍西洲，我警告你，你和谁的稀泥都行，不要来搅和我和魏无疆。"

"哟哟哟，你这还没名没分呢，'男友奴'当得未免太着急了点吧。"霍西洲歪着嘴笑，阴阳怪气地道，"我不明白，魏无疆除了长得凑合，还有什么好？"

方恋恋骄傲地举起手机："他会捏泥塑，你会吗？"

霍西洲根本不看，鼻孔朝天："我会打鼓，他会吗？"

"他不需要会。"

方恋恋抬脚远离霍某人，径自欣赏起哥哥拍的照片。学动画制作的哥哥，拍照也有一套。她越看越觉得，哥哥用手机镜头拍出的泥塑人偶，简直像活了一样生动可爱。更神奇的是，越看越像魏无疆。

小迷妹当得正起劲，肩膀忽然被两只大手扳过去。

"方恋恋，我问你。"面对面眼对眼，霍西洲少有的表情严肃，"你迷恋的到底是你幻想中的魏无疆，还是活在现实里的魏无疆？"

满脑子全是与泥塑重叠的魏无疆的脸，方恋恋有些恍惚，想也没想："有区别吗？"

看她这副魂不守舍的呆样，霍西洲太想扇她耳刮子，硬声硬气地道：

“区别可大了！”

方恋恋推掉他的手，回方枪枪微信，一脸的无所谓。

霍西洲大为光火，夺过手机揣自己兜里，也不管她想不想听，直接道：“方恋恋，因为你一直在暗恋他，所以你幻想中的魏无疆，是被你无限美化过的魏无疆。你喜欢什么样就把他美化成什么样，没有一丁点瑕疵。可是现实生活里的魏无疆，你熟悉吗？了解吗？人无完人，你知道他有什么缺点和缺陷吗？”

“说得你好像很有暗恋经验一样。”方恋恋避重就轻地反驳。

霍西洲也是真生气，鼓着眼睛张口便怼回去：“我有没有暗恋过人，你还不知道？”

方恋恋蔫了：“霍爸爸……”

“别叫我！没你这种不孝女！”

霍西洲早知道有些话不能讲，烦躁地挥挥手，把脸面向车窗外。

就在这个时候，霍西洲兜里的手机响了。他和方恋恋都以为是方枪枪，拿出来一看，屏幕上闪着“魏无疆”三个字。两个人微妙对上视线，各有所思暗流涌动，时间静止约莫三秒。

怨只怨，方恋恋的动作没有霍西洲快。

趁着停车等信号灯，霍西洲推开车门跳下去，一路狂奔。方恋恋大骇，一刻不停追出去。司机师傅更是个轴脾气，见两个大学生胆大包天敢逃单，高喝一声“哪里跑”，丢下车子也追了出去。

至此，一场紧张激烈的三人街头追逐赛拉开帷幕，你追我赶，个个都像脱缰的野马。

霍西洲：“不要追啦！”

方恋恋：“你不跑，我就不追！”

司机师傅：“小兔崽子，通通不准跑！”

霍西洲到底年轻体力好，边跑边接电话，呼哧带喘地穷嚷嚷：“魏无疆，方恋恋喜欢你好久了，你知不知道？你要对她没意思趁早说，我还等着继承王位，啊呸，我还等着追她呢！”

手机那头的魏无疆还没回话，霍西洲脚下一绊栽倒在地，手机脱手甩飞出一道美丽弧线，保护壳也掉了。追上来的方恋恋气到失去理智，骑在霍西洲身上，发起狠左右开弓，把人往死里打。司机师傅最后赶到，见这架势没了主意，走也不是劝也不是。

瞧出地上男孩儿只护着脸光挨揍，司机师傅忙上前好言相劝：“姑娘，快别打了，好好说话，好好说话。”

霍西洲疼，方恋恋的手更疼，她气呼呼地起身站到一旁，理也不理坐地哀号的霍西洲。司机师傅过去扶霍西洲，方恋恋想起没付车费，捡回自动关机的手机，怎么按开机键也不管用。她没带现金，只能由霍西洲付钱，刚刚打了他，张不开口，就闷闷地递眼色。

霍西洲只当没看见，捧着司机师傅的双手，感激涕零地道：“恩人哪！叔叔您留个单位地址，我给您送锦旗——‘路见不平一声吼，该出手时就出手’。”

司机师傅受宠若惊，连连摆着手说不用，忘记初心，当和事佬两边劝了几句便掉头走了，背影光辉而伟岸。

方恋恋收回视线，又试着开了几次机，最终宣判抢救无效，手机阵亡。

没办法打给魏无疆解释，方恋恋的心也死了，沮丧地看向霍西洲：“对不起，我气糊涂了。”

霍西洲也觉得自己这事办得不地道：“要不我跟他说，我在玩真心话大冒险？”

“你不如跟他说，今天四月一日。”方恋恋没好气地摇头，“算了，不用解释。他如果明确地拒绝我，也不见得是坏事。”

“不拒绝，也不见得是好事。”霍西洲低声嘟哝，瘸着腿走过去，试探地问，“他拒绝，你会放弃吗？”

方恋恋脑子乱，反问：“我拒绝你，你会放弃吗？”

“这个……真不好说。”感情的事谁也说不清，霍西洲掏出自己的手机递给她，“问问枪枪哥吧，他经验丰富，没准能指条明路。”

方恋恋犹豫许久，拨通“指路明灯”方枪枪的电话。

霍西洲比较自觉，一瘸一拐地站到稍远的地方。

简要解释了泥塑人偶的来历，也说了关梓萌好心办坏事，最该问出口的话，方恋恋却没有讲。一通电话很快结束，霍西洲听不见也能猜到，方恋恋没照办，问她为什么，她摇摇头，没有说话。

她知道，哥哥只有心情低落时才会去翻手办，而能影响他心情的往往只有苟且与远方。相比之下，她这点感情上的小挫折又算得了什么呢？或许魏无疆也根本不在意，无非是天下本无事，庸人自扰之。

争取尽快和你谈恋爱

『第六章』

· C h a p t e r ·

1

多亏科技昌明，多亏手机云存储，方恋恋找回了所有重要信息，却没找回那张保存几年的魏无疆糊脸照。它也成了她手机里唯一一张丢失的照片。

方恋恋开始相信冥冥中自有注定，再一次痛下决心重新做人，忘记魏无疆。

接下来的一周，只要有空，方恋恋便会不辞辛苦地赶去培训学校打卡，用工作麻痹神经。虽然偶遇魏无疆的概率忽高忽低，但她不怕一万只怕万一。尴尬在其次，主要担心自己定力不够强，脸打多了也疼。

这天雪后初晴，阳光和煦。

方恋恋窝在哥哥办公室的台式电脑前，一边嚼西瓜味益达，一边剪培训学校最新的宣传片。惯用 Premiere 剪宣传片，她几乎不看键盘，操作各种快捷键手速飞快，人却萎靡不振，妆面不及平日精致，左边脸颊冒的痘没遮住，有点卡粉。

网上说，左脸长痘代表肝火旺，作息紊乱，心情差。

方恋恋也不想把自己整得太颓废，可不颓废好像无法祭奠她旷日持久的爱情，索性也就由着自己立于爱情墓碑前唱哀歌。

一坐不动数小时，方恋恋完成粗剪，揉着酸胀的手腕，开始发呆。

半开放式的办公室，与外面公共区域只隔着一道玻璃墙。

墙外，方枪枪正单独给一个学生评画，眉头紧锁，显然正处于暴躁边缘。

学画画，抛开天赋不谈，也要讲悟性。悟性高的，稍加点拨即可开窍；悟性低的，多画多练勤能补拙。方枪枪最怕遇到悟性差的，恨不能掀掉头盖骨往里塞。有时候火大，方枪枪也会发脾气，但面对小曾，他总会极力克制。因为顶着四年艺考失利重压的小曾，已经尽了他最大努力，每天除却吃饭睡觉，几乎寸步不离画室。

有用吗？方枪枪心里有答案。可小曾父母那日闹得太凶，为息事宁人，他不得不收下小曾，主动减免了培训费。但钱还是一分不少交到了财务，之后再转回方枪枪的账户。不怕麻烦，只怕其他学生家长有意见，跟风效仿。

方枪枪不是救苦救难的观世音菩萨，帮得了一个，帮不了每一个。

讲到口干舌燥，方枪枪推门而入，直接瘫倒在沙发里，心太累。

教一个永远跨不进美院大门的学生，像出卖灵魂，方枪枪感觉坏透了。

这惹祸上身的糟心事，他只字未提，方恋恋从同事口中或多或少了解到一些。她认出刚才那学生就是事件中心人物——小曾。

“哥，要不别干了？”方恋恋心疼哥哥，从电脑屏幕后面探出头，“你同学不是一直邀你合伙创办动画工作室？辞职吧。”

方枪枪仰靠沙发背，捻动眉心：“辞职，你养我啊？”

方恋恋不假思索：“我养你。”

“得了吧，你想养的人只有魏无疆。”方枪枪太了解他这个傻妹妹，坐直身子，拿起桌上矿泉水猛灌几口，问，“不当小媳妇改当工作狂，说说吧，你和那小子又出了什么问题？”

郁郁寡欢了好几天，方恋恋知道逃不过哥哥的法眼。

可她不愿聊，生硬地将话题又转了回去：“哥，这行你既然做得不开心，为什么还犹犹豫豫不肯转换跑道，去追逐理想？”

“谈何容易啊。”尾音里拖曳着唏嘘与无奈，方枪枪摇头叹道，“学校的合伙人也是我同学，我不是说走就能走的。再不开心这里也是我打拼出来的，有感情。还有这些年积累的人脉、打通的关节，有时候，我这张脸比我的教案管用。”

方枪枪点到为止，没再多言。

培训行业水深，诸如虚假营销之类的猫腻屡见不鲜，身处其中，没人能独善其身。打拼出的感情再深也经不起消磨。学生考取心仪大学带来的成就感，方枪枪已经很久没有体会过了。他也怕自己长此以往会变得麻木不仁，沦为金钱的傀儡，可现实偏偏就是，你不自己赚足资本做动画，就很可能在他人资本的左右下做动画，沦为另一种形式的傀儡。

殊途同归的话，方枪枪这些年辛苦努力的付出，没有任何意义。

人在江湖身不由己，其中煎熬与挣扎，方枪枪不想让妹妹知道，也没有知道的必要。

摸打火机点烟，想起打火机是关梓萌送的，方枪枪厌弃，干脆烟也不抽了，连打火机一并扔进垃圾桶。

方恋恋认出那打火机，关梓萌晒过朋友圈。

哥哥的形迹很可疑，她揣着小心问:“哥，你不会和关梓萌分手了吧？”

“嗯。”没烟抽胸闷，方枪枪又靠回沙发，声音不大却坚决，“造谣传谣性质恶劣，没得谈。”

尽管已猜得七七八八，方恋恋仍不由得一怔。归根结底，事情由她而起。她如果不找关梓萌打探魏无疆的过去，关梓萌应该也不会行差踏错。

再加上两人相处不错，方恋恋忍不住为关梓萌说情：“情有可原吧，她是为了赢得你的心。”

方枪枪不为所动：“散布虚假信息不能赢得我的心，只能赢得五日以上十日以下拘留，并处以一定数额罚款。”

替关梓萌求个情，方枪枪居然能搬出《治安管理处罚法》，方恋恋咋舌，该干吗干吗，没多啰唆一字半字。

过了会儿，她再度从电脑屏幕后探出头：“哥，需要我陪你度过情伤吗？”

方枪枪闭眼小憩：“不需要。”

“你要是觉得过意不去，可以付陪护费。”方恋恋又道。

方枪枪缓缓睁开眼，双手交扣，指关节捏得咔咔响：“方恋恋，我每分一次手功力会精进不少，你要不要免费体验一下？”

“不用，不用。”

工作哪有逃命重要，方恋恋抄起书包，溜之大吉。

A 大与培训学校之间横跨两个城区，方恋恋舍不得打车，坐公交车回到 A 大，夕阳西斜天色渐暗。小电驴停放校门口，从书包里掏出围巾、手套一一戴好，老骑手方恋恋熟练穿行在来往学生中间，往宿舍方向去。

骑了两三分钟，她靠边停下车，上嘴咬掉一只手套，手伸进兜里掏手机。饭点食堂人多，她懒得排队，找最贤惠的宿舍老三帮忙带饭。方恋恋低头讲着电话，没留意有人来到身旁。

宿舍规定，带饭不能挑，买什么吃什么。一两句话搞定，放回手机戴手套，方恋恋这才感觉到有人在看她，一扭头，目光碰上一双黑亮清澈的眼眸。

魏无疆!

条件反射想逃跑，电驴没熄火，方恋恋转动车把，一个加速，连人带车往前冲。

“恋恋。”

声音响起的同时，方恋恋只觉从书包传来一股与她行进方向相反的力量，而后整个人离座腾空。电驴则像开启自动驾驶模式一样，从她屁股下面自己溜了出去，没溜多远，斜斜倒地。人车分离，方恋恋凡胎肉身摔得惨烈，腾空高度足够高，屁股实打实砸在地面。幸亏天冷穿得够厚，不然屁股能砸开花碎八瓣。

动静闹得挺大，学生们纷纷驻足围观。

方恋恋顾不了太多，快疼哭了，木木呆呆地回过头，就看见魏无疆也有点发愣，手里紧紧拽着她的书包。就这样，书包还依然坚挺地背在方恋恋身上，只不过书包带扯得她两只手臂都架了起来，跟只提线木偶似的。

“魏无疆，你讨厌我可以，没必要置我于死地吧！”先缓过劲的方恋恋失声痛诉。

没听说失恋是高危行业啊！

魏无疆闻言松开手，忙上前去扶：“对不起，对不起。”

方恋恋看见他就跑，魏无疆情急之下只抓住书包，没想到会带摔她。人扶起来确定完好，魏无疆又把电驴推回来，试着打了下火，应该没有摔坏。

听到她讲电话，魏无疆说：“我先送你回宿舍吃饭，七点半，我在楼下等你。”

揉着屁股的方恋恋登时一脸防备：“干什么？”

魏无疆推着电驴：“有些话我想当面和你说。”

已经过去一个多礼拜才想起来该给个交代。方恋恋很难不怀疑，如果今天没有偶遇，她也没有因为他狼狈摔跤，魏无疆会不会继续装聋作哑。

霍西洲有句话说得没错，她爱的只是虚构的魏无疆。

“早干吗去了，我不用你同情！”她强行夺过电驴，抬屁股坐上去，冷眉冷眼倔强道，“我方恋恋有自知之明，你什么也不用说，我已经知道你的态度了。”

“恋恋，你听我说。”魏无疆本想拉她胳膊，怕再出岔子，改攥紧车把，“坦白讲，霍西洲的话，我不算太意外，但我还是花了两天考虑该怎么跟你说，我……”

“到目前为止，可不止两天。”方恋恋冷笑，扯掉手套去掰他的手。

男女力量悬殊，方恋恋一根指头也没掰动，刚剪了指甲又没法挠他，火气上来索性弯腰低头用嘴咬。吓唬魏无疆是主要目的，可他竟然没躲，她只能狠下心来真的。到底舍不得，不轻不重地只一口就宣告放弃。

怨自己痴情不改，也恨自己痴心妄想，方恋恋低垂着脑袋生自己的闷气。

手背留下两排整齐牙印，沾着口水和浅浅唇印，魏无疆掠了一眼，轻轻开口：“恋恋，我不讨厌你。”

赶忙收拾起乱糟糟的情绪，她平静地看回魏无疆，无所谓地道：“讨不讨厌没关系，我们真的没什么好说的。你不用纠结该怎么拒绝我，我没那么脆弱。”

“我没有纠结。”他依旧攥着车把，“恋恋，文化局和市传统艺术协会收集和整理了我爷爷这些年的作品，计划办一场回顾展。我最了解爷爷的创作思路，所以请了一周的假，回去帮忙布展。”

方恋恋本来满不在乎地玩着手套上的毛线球，听到最后，不由得一愣。

为已故爷爷办展是大事，换成她，同样会抛开一切赶回去。

魏无疆肯解释令她感动，但转瞬她又鄙视自己的感动来得太容易，于是佯装无动于衷地挑刺：“这不是理由，你可以打电话直接告诉我。”

魏无疆牵动嘴角笑笑，颇显无奈：“我打了，一直打不通。”

一语惊醒梦中人，方恋恋终于想起来，早在她决定二次做人那天，为彰显决心，她把魏无疆拉进了黑名单。

方恋恋被自己蠢哭了，是真的蠢而且哭了。

她从来不知道自己的泪腺如此发达，眼泪像自来水，连成线往下流。抬手一抹，本就不精致的妆面也斑驳了。

两人见面次数不多，可她真没少哭，魏无疆有点慌，不知该怎么办。抱一抱哄一哄，这是以前魏无疆安慰杜心雨的方式，可他不能把方恋恋当成杜心雨一样对待。

他束手无策，只见抽抽噎噎的方恋恋把手伸进口袋，摸索片刻后掏出一支口红。不知是冻的还是哭的，手有点哆嗦，也没有镜子，她凭感觉补起妆。

魏无疆正诧异，又听她豁着嘴唇，自言自语振振有词："可以哭，可以蠢，但不可以不美！口红是女人的武器！"

好像很不合时宜，又好像理所应当，这女孩儿古灵精怪，脑袋瓜里究竟装了些什么？

"恋恋。"魏无疆想着没忍住，嘴角上扬，声音里有了笑意，好心提醒，"再涂，你的嘴唇可大了不止两圈。"

脑中瞬时闪过《唐伯虎点秋香》里的石榴姐，方恋恋当即放下"武器"，挂着眼泪问："七点半宿舍楼下见，你说话算数吗？"

"算数。"他稳住电驴，"别骑了，不安全，我送你回去。"

方恋恋没动："你吃饭了吗？"

"还没。"

魏无疆没买到动车票，坐的普快，十三个小时车程。忙于布展的一周积累了太多对爷爷的思念，在摇摇晃晃的火车上终于汹涌爆发，如洪水猛兽一般，回忆纷至沓来，他不眠不休重新梳理，调整情绪。用脑用心过度，下了火车人有点虚脱，回宿舍蒙头睡了一觉，他还没来得及吃饭。

可魏无疆什么也没多说，只催促方恋恋下车。能发动不代表没有安全隐患，他不放心她再继续骑电驴。

“我不骑，你快去吃饭吧。”方恋恋也固执，没离开座位，用脚蹬地当助力，滑着电驴往前溜达两三米，回头朝他挥手，“我这么走比推着快，一会儿见，一会儿见。”

快是快，但更费劲，她只是不愿魏无疆饿肚子。

方恋恋对魏无疆的抵抗力为零，就像是一种与生俱来的本能，会不由自主地替他着想，每分每秒都想对他好。

2

最快速度冲回宿舍，方恋恋三两口吃完饭，开始重新化妆换衣服。她要以最漂亮的形象出现在魏无疆面前，即使被拒绝，也会微笑挥手，潇洒转身，做个拿得起放得下的体面人。

温度和风度，方恋恋选风度，毅然脱掉秋衣秋裤；

卡通图案卫衣和大 V 领毛衣，选毛衣；

加绒运动裤和小脚铅笔裤，选铅笔裤；

臃肿羽绒服和修身大衣，选大衣；

平底雪地靴和高跟小皮靴，选……

方恋恋对穿高跟鞋有心理阴影，举棋不定。

高考结束第三天，方妈妈赵梅照惯例，在当地一家最豪华的 KTV，自费订了超大包厢供学生们开趴体。方恋恋暗搓搓地要跟着去，花了一整天的时间翻箱倒柜挑衣服，没试出一身满意的。找方枪枪视频征求意见被全盘否定后，方恋恋跑了趟万达广场。在艺术直男的远程遥控下，她最终选定一条法式风格的方领碎花连衣裙，搭配灰蓝色一字带凉鞋。

第一次穿高跟鞋没经验，方恋恋只图好看，直接挑战五厘米的小细跟。

女人嘛，天生就应该会穿高跟鞋。

妈妈开车从家到KTV，方恋恋总共没走几步路，坐进包厢还挺得意，没给女人丢脸。平时穿惯了校服，精心打扮的方恋恋人美条顺，确实达到了艳惊四座的目的。不过有赵梅在场，大家也不敢造次，只交头接耳地议论，班主任的女儿和未现身的杜心雨不相上下。

那晚，魏无疆和杜心雨姗姗来迟。不喜欢唱歌的方恋恋等到困意来袭，窝在沙发一角打瞌睡，杜心雨刚巧坐在了旁边也没察觉。方恋恋脑袋一沉一沉歪到身旁人的肩膀上，她一个激灵，猛然惊醒忙说对不起，杜心雨却毫无反应，似乎没听见。借着昏暗灯光看清杜心雨的脸，发现她眼圈发红好像哭过，显得闷闷不乐，方恋恋悄默声地换到离她稍远的位置。

和杜心雨不熟，方恋恋不敢乱打听，更不敢将视线过多停留在魏无疆身上。她摆出认真听歌的样子，时不时用假装不经意的余光扫过意中人。魏无疆心情似乎也不太好，和杜心雨隔得有些远，不唱歌不聊天，低着头仿佛心事重重。

一再有男生催魏无疆唱歌，他起先推辞，而后勉为其难地点了一首《拥抱》。

魏无疆唱歌不算顶好，胜在有一副低沉嗓音，声线温柔。他安坐小舞台望着投影低吟浅唱，直到一句“那一个人爱我，将我的手紧握”，才将缱绻目光转投向杜心雨，像告白，也像道歉。

有人起哄，有人羡慕，有人黯然神伤。

一曲终了掌声响起，魏无疆微笑致谢坐回原位。没多久，他和杜心雨一前一后离开包厢。

方恋恋纠结了几分钟，借口上厕所也跟了出去。迷宫似的 KTV，方恋恋凭着女人的第六感，很快找到他们。

角落里，魏无疆环抱着杜心雨，低头附在她耳畔说着什么。

他的情话一定比他的歌声更动听，这是当时方恋恋心里唯一的感触。

她以为自己藏得够隐蔽，却没有考虑到初次穿高跟鞋的不便。等魏无疆和杜心雨重归于好，手牵手走出角落时，她才如临大敌一般落荒而逃。跑没多远，没留神崴到脚，钻心地疼，方恋恋怕被他们发现，慌不择路，顺手推开最近的包厢门，闪身躲了进去。

齐声大合唱《红日》戛然而止，包厢里坐满了社会大哥。

大哥们一水儿的黑 T 圆寸，板着写满问号的脸，齐齐望向闯入者方恋恋。

“你个小妮子弄啥嘞，想干啥？”其中一个大哥操着河南方言问。

打黑除恶人人有责，方恋恋不怕事，正义凛然地反问：“你们干什么？”

河南大哥：“公司团建。”

方恋恋：“啊？”

见她不信，河南大哥一转身，露出后背的印刷字——“某某建筑与工程公司”。

那晚，方恋恋坐在一群大哥中间，从误闯包厢的原因，不知怎的就延伸至一年来的心路历程。大哥们或许太久没有听过如此单纯美好的暗恋故事，被深深打动，不禁真情流露抱头而泣。方恋恋因此还有幸得到一件同款纪念 T 恤，以及一大锅的励志鸡汤。她带着礼物稍晚些回到包厢，魏无疆和杜心雨已经先走了。

两个多月后在一中光荣榜前遇见杜心雨，方恋恋重新回想当时，猜测十有八九是因为杜心雨高考发挥不理想。不过，方恋恋没可能求证，就像两人分手的原因，杜心雨让她问魏无疆，她也不可能开得了口一样。

犹豫半天，把小皮靴还给宿舍老大，方恋恋穿回自己的雪地靴。人总要把目光放长远些，微笑挥手潇洒转身之后原形毕露，穿雪地靴跑起来更快更安全。方恋恋打心底认为自己凶多吉少，精心打扮只为输得不那么难看。

该面对的迟早要面对，方恋恋提前十五分钟出门，见魏无疆已等在楼下，笑容便不自觉地绽放在她脸庞。

三步并作两步走至魏无疆跟前，方恋恋说：“你来早了。”

“我习惯提前到。”魏无疆留意到她的不同，很直男思维地问，“穿这么少，你不冷吗？”

“冷啊。”方恋恋缩缩脖子，也很直率，“但漂亮更重要。我十五岁生日收到的第一套彩妆，是我妈送的。我妈告诉我，可可·香奈儿女士说过，每个女孩儿都应该做到两点：有品位且光芒四射。”

魏无疆大概能理解她为什么会哭着补口红了，笑着道：“走吧。”

方恋恋点点头，跟上他的脚步。

曾经自以为时尚触觉敏锐、审美超前的方恋恋，有段时间心血来潮，立志当服装设计师，不仅找方枪枪学画画，还读了不少时尚行业的相关书籍。后来因为被哥哥批没天赋，理想幻灭，方恋恋倒记住了不少时尚大师的名人名言。

此刻，她偷偷望向高大挺拔的魏无疆，一句圣罗兰的名言不由得浮现心头——女人最漂亮的衣裳，莫过于她深爱男人的臂弯。

方恋恋着了魔似的好想知道，被魏无疆抱会是什么感觉。

夜幕稠稠，长灯昏昏，寂静沿着他们脚下的路蔓延。

魏无疆没说去哪里，方恋恋也没有问。经过吉他社所在的教学楼，从里面依稀传出音乐声，方恋恋想起，今天是霍西洲乐队固定排练的时间。没走出多远，后面又传来叫骂声，听着耳熟，方恋恋和魏无疆对视一眼，同时慢下脚步回过头。

骂骂咧咧的霍西洲，正追打着乐队成员兰胖子，朝他们狂奔而来。

“救命啊！杀人啊！霍西洲狂犬病发作啦！”兰胖子虽然体重一百八，但腿脚灵活跑得飞快，一路逃命大呼小叫。

与方恋恋擦肩而过，兰胖子忽地一个急刹车又退回来，气喘吁吁地对她道：“我朋友林……”

话没说完，追上来的霍西洲纵身一跃，使出一招“饿狼扑食”。

两个人叠罗汉似的一下子栽倒进前方雪地。霍西洲蒙了几秒，随即一手按住兰胖子脑袋不准他乱动，一手支撑起身体，看向立在一旁、面面相觑的方恋恋和魏无疆。

“怎么了？”方恋恋匪夷所思地问。

“没事，闹着玩。”霍西洲似有似无地瞥了眼魏无疆，继续对她道，“兰胖子童心未泯，非要玩打雪仗。”

兰胖子大半个人陷在雪地里，似乎听见什么，嘴里呜呜呻吟着，手脚并用挣扎得更凶，像是泳池里扑腾的大胖旱鸭子。

“你会捂死他的。”方恋恋疾呼。

“哪那么容易死，走你们的。”霍西洲哼笑，伸手拍响兰胖子的大屁股，“弄死你啊，老实点！”

雪地里竖起一只粗胖的中指，兰胖子消停了。霍西洲又催他们赶紧走。见方恋恋迟迟疑疑，他没耐心，顺手抓起把雪就冲她面门扔，还好魏无疆手快，拉方恋恋到身后。碎雪飞扬散落，霍西洲见他们十指交扣，脸色变得更加难看。

方恋恋忙扯动魏无疆的胳膊，远离神经兮兮的霍西洲。

不知他犯的哪门子病，更担心他和稀泥。

走远了，方恋恋不放心地再回头望，霍西洲已没了踪影，只有兰胖子独自坐在雪地里，拍着胸口干咳，往外吐雪渣。

“他们不像闹着玩。”魏无疆也回头望了一眼，对方恋恋说，“我等你，你回去看看吧。”

两个人的确很可疑。方恋恋快速权衡一番，决定晚点打给霍西洲问清楚，于是轻描淡写地道：“不要紧，他们四个人平时喜欢打打闹闹，看场球也能打一架。”

刚才兰胖子应该有话想对方恋恋讲，但被霍西洲极力阻止。

魏无疆和他们不熟，既然她这么说，便拂去心中疑虑，没再多言。

3

A 大南门外有一家名叫“渡渡鸟”的咖啡馆，24 小时营业。文艺小清新风格，高高悬空挂着两排实木书架，里面装满了书。方恋恋每次来都忍不住想，这老板到底是让顾客看书呢，还是“看”书呢。

今年宿舍老三生日，她男朋友做东请一帮朋友吃饭唱 K，然后来“渡渡鸟”玩了一通宵狼人杀。方恋恋玩游戏不在行，表情动作太多，不是自爆就是反水，很快被踢出游戏局。她百无聊赖，又想起困扰已久的问题，便去追问老板。

咖啡馆开了五六年，方恋恋还是第一个较真的顾客，老板索性实话实说，咖啡馆开在大学周边需要有文化氛围，可创业资金有限，又怕顾客不爱惜书籍，常换常新谁受得了，干脆挂起来只可远观不可亵玩，最安全。

由老板的话，方恋恋不自觉想到方枪枪创业时的艰辛，从那以后，便常常背着笔记本来店里剪片子，点杯咖啡一坐好几个小时，顺便解决一顿饭，空了和老板闲聊几句，渐渐相熟。

今晚方恋恋和魏无疆一进店，老板便热情地同两人打招呼，似乎和魏无疆也很熟悉。

两人坐定，老板亲自招待，问他们喝点什么，两人又不约而同地道，老样子。

话音刚落，彼此先是一愣，然后相视而笑。

“你也常来？”方恋恋欣喜地问。

“对。我喜欢吃老板做的黑椒牛柳意面。”魏无疆也有些意外，抬手

指向侧后方的角落，“我一般会坐那儿。”

方恋恋常坐的位置离着不远，但因为相隔一道装饰幕墙，视线受阻。

她也喜欢吃老板做的意面，奶油培根口味，从没点过黑椒牛柳口味。

魏无疆的老样子是一杯柚子苏打，而方恋恋的是一杯巧克力摩卡。

巧合也好，缘分也罢，偏又差了些火候，尽管两人常来，却一次也没遇到过。

以前逛庙会错过魏无疆的泥塑表演，现在泡咖啡馆又错过和他的偶遇，方恋恋既沮丧又失落，对接下来魏无疆会对她说的话，更加不抱任何希望。本来面对魏无疆就极度缺乏自信心，这下可好，她简直觉得自己像个罪人，犯下“暗恋魏无疆”的原罪，等待他的终极审判。

原来卑微才是对暗恋最准确的注脚。

“那个……谢谢你不讨厌我。”方恋恋主动开口，低下了头，“你不接受我可以直说，我不会死缠烂打。”

唯唯诺诺像只受惊的小兔子，魏无疆不禁放柔语调：“恋恋，你能看着我和我讲话吗？”

方恋恋头埋得更低：“我不敢。”

“看来你的方法不起效，越和我接触，你反而越怕我。”魏无疆有点想找根棍儿支起她的脑袋，“恋恋，如果我拒绝你，你应该会我和老死不相往来吧？”

“我会努力的。”他说的都对，她能说什么，“我知道你人好，你不用担心我会失去人生目标，总有一天我会成为富婆。”

倒挺直接。魏无疆嘴角微扬：“我以为你的目标是成为一名优秀的剪辑师。”

“我也可以以‘你以为的目标’为目标。”有种被夸奖的感觉，方恋恋不假思索地答道。

绕口令一样，但魏无疆听明白了：“我没你想象的那么好。你抬起头，我告诉你为什么。”

这句话很灵，四目相对，方恋恋有一刹那的闪躲。魏无疆温柔一笑，她又重新鼓起勇气，与他对视。

“恋恋，我不讨厌你，相反，和你在一起的时候我很放松，和你聊天我也很自在。”魏无疆顿了顿，仿佛在思考，“不能否认，我对你产生了好感。”

方恋恋惊讶地睁大了眼睛。

“我刚分手不久，假如我基于对你的好感接受你，相信我，我的动机绝对不单纯。我自己也很难说得清，里面到底含有多少寻求慰藉、试图转移情感的成分。”

魏无疆语速不快，给了对面女孩儿充分消化的时间后，接着把话讲完：“我不能接受你，但我也不想拒绝你，不愿意失去你这个朋友。这是我不考虑你的感受，自私的一面。我讲出来也不是因为我坦诚，而是我有感觉，如果我提出和你保持朋友关系，你不会拒绝，这是我更自私的一面。”

魏无疆顿了一下，继续说：“明白了吗，我其实没有你想象的那么好。”

方恋恋不知该点头还是该摇头，只是流露出淡淡哀愁，又透着难以掩饰的爱恋。

他不再言语，她也想了好久，谨慎地问："如果我不同意和你做朋友，你会尊重我的决定吗？"

"当然。"魏无疆说，"我不可能强迫你做你不想做的事。"

指甲抠着马克杯，方恋恋又问："如果失去我这样的朋友，你会难过吗？一点点也行。"

"不会难过，会觉得……"魏无疆并不想欺骗她，一时没找到准确的措词，改用她的方式假设道，"你掩饰得不够成功，你发烧那晚，我已经感觉到了你喜欢我。如果那时候你表白，我会毫不犹豫地拒绝；时间往后推，如果没接到霍西洲的电话，我会继续假装不知道；再往后推，如果没有一周的缓冲期给我更多的时间思考，我现在可能会对你说，谢谢你的喜欢，但是对不起。"

方恋恋好像听懂了，又好像没听懂，问："我能知道，你思考了些什么吗？"

魏无疆耐心十足，眉宇间笼着连他自己也理不清的万千思绪，有些踌躇地道："我在思考，在知道你喜欢我的前提下，我们还能不能继续做朋友。"

"我一直没当你是朋友。"方恋恋觉得这是个伪命题，实话实说，"我对待朋友的方式和对待你不一样，我有时候甚至怀疑自己人格分裂。"

这词用得太重且出人意料，魏无疆顿时眉目舒展，微微一笑，打趣地问："你能不能试着像对待霍西洲那样对待我？"

这话听来听去和拒绝也没差，方恋恋豁出去了，目光灼灼地望着他，脆生生地道："我才舍不得。魏无疆，你说对了，你的任何要求我都没法拒绝。你当我是朋友，我接受；不因为我喜欢你而绝交，我也接受。但是——”

音量陡然拔高，却就此打住。

魏无疆一怔：“但是什么？”

穿着漂亮衣服，化着漂亮的妆，如果这是场战役，方恋恋一定要打得漂漂亮亮，输得无憾而光荣。

她接连深呼吸数次，鼓足一腔孤勇大吐为快：“但是哪怕你对我只停留在朋友的好感，我也要喜欢你。你和我做朋友，我就离得近近的喜欢你；你不和我做朋友，我就离得远远的喜欢你……不对，我就追求你！”

这下轮到魏无疆似懂非懂了，他试着捋顺她的思路：“你的意思是，你追不追求，取决于我和你做不做朋友？”

缩短成一句话，方恋恋也发现了其中的问题：“好像……逻辑不太通。没道理你让我接近，我还傻乎乎地不追你。那我改一改，不论你什么态度，我都要追你！”

摧毁自信只需要一秒钟的绝望，而重建自信也只需要一秒钟的疯狂。

完全有悖于预期设想，方恋恋觉得自己很疯狂，但没有失去理智，哥哥方枪枪的四个字激励着她——青春无悔。总是要试一次，老了儿孙满堂也好吹牛，你奶奶我当年可是追求过校草的人。

下战书一般的豪言壮语讲完，两个人同时沉默了。

魏无疆有些束手无策。这不是他想要的结果，但他也不知道自己想要的结果究竟是什么。

僵着不说话也不是办法，他愈加诚实地道：“坦白讲，你现在的态度比我明确，我没遇到过类似的情况，不知道什么样的处理方式更合适。我说了那么多，只是告诉了你，我心里最真实的想法。”

方恋恋的脑子更不够用，此时此刻只关心一个问题——

“你会拒绝我追求你吗？”

魏无疆想了想，不由得抿唇一笑：“我拒绝有用吗？”

方恋恋也想了想：“好像没什么用。追逐心中所爱是一个人的权利。你拒绝，我照样要追，努力努力再努力地追。你不拒绝……”她眨了眨闪闪发亮的眼睛，笑得羞涩而慧黠，“你不拒绝，那我就加把劲，争取尽快和你谈恋爱。”

方恋恋转变太快，赤裸裸的表白短时间内又听得太多，魏无疆头有点晕。他实在应对无门，后仰靠上椅背，扶着额定定看向方恋恋，没有再开口。

没了主意，他的眼神也显得有些意味不明。

方恋恋被盯得心里发毛：“我说的全是真心话，没吓到你吧，没吓到吧？”

“不至于。”魏无疆重新挺直背脊，“希望你以后不要再害怕我。”

“这要你配合我，我才能克服。”彻底找回自信的方恋恋笑吟吟地问，“你说过要请我上自习，不会食言吧？”

每天说三遍『我喜欢你』

『第七章』

· C h a p t e r ·

1

方枪枪有一颗居无定所的流浪之心，交女朋友像割韭菜，一茬接一茬。方恋恋用情专一到执拗，爱情观与哥哥截然不同，但不妨碍她尊重哥哥的爱情观。她绝少过问哥哥的恋情，和他历任女友都不太熟，只有“特殊身份”的关梓萌是个例外。

一晚上的时间，关梓萌前前后后打来五六通电话，哭得一通比一通伤心委屈，方恋恋最后动了恻隐之心，同意见一面。大四的关梓萌在一家位于 CBD 的证券公司实习，忙到脚不沾地，只能利用午休时间请方恋恋在公司楼下的中餐厅吃饭。

霍西洲老爸的公司也在附近。按照父子协定，他每个月必须现身一次，以证明自己没有因为玩摇滚而被摇滚玩死，或者为寻找创作灵感，沾染上什么不该沾的东西。如果身体健康，霍家爸爸会适当给予现金奖励，数额不多。够生活，然后眼不见为净，一脚踹他出公司。

兜里即将有钱，霍西洲出手阔绰地请方恋恋打车去 CBD。方恋恋总觉得好像有什么重要的事要问他，可死活想不起来，临下车问霍西洲，他也说没有。

提前十分钟坐进中餐厅，方恋恋趁关梓萌还没到，又是一番冥思苦想，终于想起那天霍西洲和兰胖子的古怪。不问心里会惦记，她忙给霍西洲发微信，约他一小时后中餐厅见。

和关梓萌面对面谈一谈，一小时应该够了。

哥哥分手态度坚决，如果方恋恋能左右他，那他就不是方枪枪了。方恋恋和关梓萌见面的目的，无非是亲口对她说声谢谢，再亲口告诉她，自己无力回天。

她也想好了这顿饭 AA，老方家的孩子从不占人便宜。

不多时，一身都市丽人装扮的关梓萌走进餐厅，干练又神气，完全不像会在电话里祥林嫂般哭诉的失恋女。她坐下来的第一句话，也大大出乎方恋恋的意料。

“我昨天已经和你哥谈过了，今天约你见面，是想和你聊聊魏无疆和杜心雨。”

方恋恋表情诧异，张了张嘴，没说出话来。

面带微笑的关梓萌俨然已经走出情伤阴霾。她不慌不忙地点菜，既考虑到营养搭配又顾及低脂低油的饮食健康，似乎很乐在其中，只字不谈她刚刚留下的巨大悬念。

方恋恋有点摸不清她的套路，强忍住好奇心没有追问，而是问：“关梓萌，你是不是被我哥气糊涂了？”

“没有。”关梓萌笑意更浓，撩起耳边长发，洒脱道，“年轻人谈恋爱好聚好散，和你哥谈完我就想通了。低声下气求回来的感情不值钱，我没那么廉价。你哥帅有才华，我也能干长得漂亮，选择面很宽，不是非他不可。”

思想健康独立，先前行为有偏差但瑕不掩瑜，方恋恋情不自禁地朝她竖大拇指。

关梓萌道声谢，敛去笑容直奔正题：“恋恋，我编造魏无疆和杜心雨分手的原因，不只是为了帮你一把。还因为……可能我多事吧，替魏无疆打抱不平，一直觉得杜心雨配不上他。”

刚提起的筷子悬滞半空，方恋恋不敢相信她说的话，瞠目结舌地愣在那里。

估计方恋恋也没心思吃饭了，关梓萌帮她把筷子放回瓷托：“三中虽然校风开明，但他们平时在学校里很低调，不出风头也不惹事，感情有多好我不清楚，可我这么说也是有原因的。”

魏无疆帅，杜心雨美，他们长相肯定般配，方恋恋动脑筋思考问题：“因为家境悬殊？”

“我和杜心雨不同班，不了解她家境如何；魏无疆家，相比一般家庭而言，可能稍差些。”关梓萌斟酌着说道，“我听说他父亲是名小学美术老师，母亲身体不太好，没有工作。我也是毕业后才知道，他高二高三一直利用业余时间打工赚钱，考上名牌大学不容易，只因为杜心雨没考好，他就不读了。”

“你怎么会知道？”方恋恋不解地问。

“魏无疆打算陪杜心雨复读，班主任把他们叫回学校谈话，全年级的老师都出动了，劝他不要感情用事。大一寒假我去看班主任，听她说起，老师们劝不动魏无疆，又改劝杜心雨。”关梓萌说着，嘴角溢出一抹讥讽笑意，“她当时泪眼汪汪地望着魏无疆装无辜，愣是一个字也不肯多讲。看她那架势，老师们知道再怎么劝也白搭，心都凉了。”

方恋恋没见过杜心雨哭，但能想象到，她梨花带雨的模样一定特别惹人怜惜。她也不需要说只字片语，一滴眼泪足以令爱她的人死心塌地。

可那个人为什么是魏无疆？方恋恋被虐得心脏一抽一抽地疼。

关梓萌隔着桌子握住她的手：“恋恋，这样的爱情并不伟大。魏无疆也许很爱杜心雨，但杜心雨只爱她自己，他们分手我一点也不意外。杜心雨太自私，完全不考虑魏无疆家的实际情况和他的前途。”

杜心雨自私吗？

方恋恋一下想起多年前，两人站在光荣榜前，杜心雨对她说的那句话——“如果我再复读一年，他会不会继续陪我？”

如果没有私心，谁会讲出这样的话。

“魏无疆爱得也真是够傻的，对杜心雨予取予求。我想不通，为什么他父母会同意他陪杜心雨复读。”关梓萌换坐到方恋恋身旁，安抚地拍拍她的背，“我对你讲这些，你可以当成是我为自己开脱。可是恋恋，我真心觉得，魏无疆对杜心雨的感情没那么容易放下。杜心雨配不上他，同样的，他也配不上你。”

可他答应让我追，也同意和我上自习了呀，方恋恋在心里呐喊。

听完魏无疆和杜心雨的爱情故事，她自然很难过，但不至于被难过冲昏头脑。片面之词不可不信也不可全信，比起计较真伪，她更不认同关梓萌的结论。

方恋恋眼神坚定，字字分明地道："每个人都有过去，不能因为我只喜欢他，他喜欢过别人，就说'他配不上我'。谢谢你的好意，可我相信魏无疆绝对不会分手了还和杜心雨藕断丝连，纠缠不清。"

"你……"关梓萌明显噎了一下，而后扑哧笑出声，"你固执的样子和你哥一模一样。不过，换个角度想，魏无疆应该是个好男人，能得到他的爱是种福气。"

方恋恋语气更加固执："不是应该，他就是！"

"好吧，好吧。"关梓萌钦佩她的坚定不移，由衷道，"他能得到你的爱，也是一种福气。"

谈恋爱又不是集五福赢大奖，其实无所谓福气不福气。

任何人付出都渴望换得同等回报的爱，方恋恋只是比一般人更有耐心，更坚决，对待爱情像虔诚的教徒一般，充满信念感。

尽管方恋恋的意志坚定如铁，或多或少还是受到些冲击，一顿饭没吃出味道，心里倒五味杂陈。与关梓萌告别，离开餐厅，她心里装着事走得不快，发给霍西洲的那条微信早被抛至九霄云外。霍西洲追上，拍她的肩膀，她跟突发脸盲症似的，眯着眼睛半天没认出人。

瞧出方恋恋有点精神恍惚，霍西洲只能饿着肚子，拉她坐进出租车，先回学校再说。

校门口有小贩卖烤红薯，霍西洲买了两个。热乎乎的红薯烫手，方恋恋低头迟迟不接，霍西洲催了两句不管用，险些趁热砸她脑袋。

手里突然多了一个烤红薯，方恋恋终于缓过神来，问：“又骗到生活费了？”

“我爸 无利不往的奸商，多精啊！”霍西洲吹着凉气剥皮，先咬一口顶住饿，得意道，“我一般不用骗，只要指着侧腰跟我爸说，我这肾保养得不错，新鲜性感充满朝气。”

方恋恋不屑：“生了你这么个混账儿子，你爸一定觉得自己是个冤大头。”

霍西洲漂亮的丹凤眼一瞪：“怎么说你爷爷的！没大没小！”

没心情和霍西洲打嘴仗，方恋恋率先休战，一晃一晃地甩着装有烤红薯的袋子，走进校门。霍西洲跟在后面，吃得太急堵得慌，嚷嚷着让方恋恋给他买水。

两人站在自动贩售机前，方恋恋问：“想喝什么？”

霍西洲不挑：“最贵的。”

“没钱，你自己买吧。”方恋恋丢下他先走，没走两步又折回原处，沉吟道，“那天兰胖子是不是想跟我讲林靳的什么事？”

霍西洲忙着扫码付款，似是而非地“嗯”了一声。

“嗯什么呀，什么事？”方恋恋帮他取出饮料，冰得扎手。

霍西洲淡瞥她一眼，没有接：“你先拿着，我讲完，你要是着急上火，可以用来降温。”

方恋恋话不过脑，失声惊呼：“杜心雨和林靳分手了？”

“没有，应该也快了。”

霍西洲好像故意吊人胃口，往马路牙子上大剌剌一坐，慢条斯理地又咬起烤红薯。左手冷饮右手烤红薯，冰火两重天的方恋恋动了杀念，目光紧盯霍西洲，在想先把手里的哪样东西塞进他后脖颈。

霍西洲也看出来了:“你别急嘛，没吃饱我哪有力气讲话。”拍拍旁边，“坐下坐下，等我吃完慢慢告诉你。”

方恋恋等不及，踢他小腿肚：“快说，不然我自己去问兰胖子。”

“好吧，好吧。”霍西洲捧着半个红薯，“狗血至极，你千万忍住啊。据说杜心雨那姑娘是院花，林靳和朋友打赌，半年之内成功截和追到手。兰胖子也有份参与，但是他不晓得你们那些错综复杂的关系，输了钱跟我抱怨，我就知道了。”

可能因为之前经受过关梓萌的一波考验，好像打了一剂预防针，方恋恋并没有太意外。而且这事确实狗血，也不稀奇，宿舍老三不幸亲身遭遇过一次，方恋恋差点手刃渣男。

她居高临下地看着霍西洲足足十秒钟，问：“你打兰胖子，是因为他参与了这种无聊游戏？”

“当然。”霍西洲拍屁股站起身，一脸的义正词严，“我三观端正，最受不了有人拿女孩儿感情当赌注，丢我们富二代的脸。”

似乎很合理。方恋恋又问:“他要告诉我，你为什么拦着不准他说？”

“我怕你三观比我更端正，打完兰胖子，又去收拾林靳。”

霍西洲说这句话时往前走了两步，方恋恋没看到他的表情，也听不出是真是假。她站在原地想了会儿，紧追几步赶上他：“你是怕杜心雨回去找魏无疆，我会伤心吧？”

“方恋恋，你傻呀？”霍西洲老大不高兴地瞪她，威胁似的，“有的问题真不能问出口，得到答案你会后悔。”

方恋恋已经开始后悔：“霍西洲，谢谢你。”

“谢我呢，你就装作一无所知。”霍西洲转身与她面对面，像慈父似的语重心长道，“杜心雨得知真相和林靳拜拜，如你所说，肯定会回去找魏无疆。站在男人的角度一般不会拒绝，前女友被渣男欺骗，不论出于同情或者旧情，安慰开解是必不可少的。安慰完接下来会发生什么，不用我明讲，你应该能猜到。”

方恋恋不愿猜，淡淡道：“我明白了。”

“你明白什么了呀？”她过于平静的反应让霍西洲糊涂了，伸手截住她的去路，“方恋恋，你想干什么？这个时候可不能轻举妄动。”

“你说得对，我要去找林靳，问他为什么要玩弄杜心雨的感情，为什么不能真心爱她，为什么早不暴露晚不暴露，偏偏要在我下定决心追求魏无疆的时候暴露！”方恋恋攥紧拳头，瞳仁深处怒火燃烧，“问完我还要往死里收拾他，打到他不敢再有下次下下次下下下次……”

“方祖宗！”霍西洲吓得够呛，夺过她手里的冷饮贴上她的脑门，“降降温消消火，那种下流货色何须你亲自动手，魏无疆肯定跑得比你快，打得比你狠。”

“他不会！”

想也不想，甩下掷地有声的三个字，方恋恋推开霍西洲，掉头就跑。

2

短短时间连续遭受两记重拳，没有也无需裁判喊停，方恋恋直接被KO出局。

她怕自己不够坚强，会忍不住崩溃大哭，没有回宿舍，游魂似的游荡了一下午，天快黑了知道不能露宿街头，改道去了方枪枪的公寓。反正公寓没人，随便她折腾。就算不哭肯定也会彻夜失眠，公寓里有真皮沙发，六十寸大背投和无数动画电影蓝光碟，她可以点一大堆垃圾食品，看看吃吃到天亮。

去的路上，方恋恋算准时间，提前把公寓附近的美食通通下单点了个遍。她一到，便可以甩开膀子痛快开吃。合计得挺美，谁能料到，等待她的不是外卖小哥，而是方枪枪那张臭到极致的脸，以及他手里硬到极致的棒球棍。

“方恋恋，你疯啦！”方枪枪堵门口不准妹妹往里进一步，火冒三丈地咆哮，“老子分镜脚本画得正带劲，门铃响了有外卖，没过两分钟又响，又是你的外卖！来来回回跑了十几趟，老子的思路全被你的外卖打断了！”

气头上的哥哥不好惹，方恋恋低眉顺目没接话，余光飘过餐厅，餐桌上的美食果然堆得像小山。

“大晚上你点这么多外卖干什么？浪费可耻你知不知道！”方枪枪举起棒球棍，不轻不重地戳方恋恋肩头，“怎么回事，说话！不说就带着你的外卖滚蛋！”

方枪枪吃软不吃硬，只要方恋恋善加利用自己天生的小可爱脸，卖卖委屈装装可怜，很容易博取哥哥同情。可方恋恋骨子里又有着异常倔强的一面，越是真委屈真可怜，越不愿表露出来，跟自己较劲似的，越要摆出一副死鸭子嘴硬的欠揍样。

方恋恋又拿出高中时期女校霸的做派，反手缴掉棒球棍，咣当扔在地上。她也不搭理门神方枪枪，一阵风似的往餐厅走，顺手钩起一袋鸭脖子，又大摇大摆地溜达到客厅，把自己往沙发里一扔，打开电视，戴上手套开始啃鸭脖。

“毛病！”

方枪枪恨得牙痒痒，不想再管抽风的妹妹，摔门进了工作间。

今天下午，方枪枪收到一个大二学弟发来的动画脚本，描述了一位天牛盲童臆想中的世界。故事虽然简单，但想象力丰富有趣，极富创意，其中几处奇观性的亮点，令方枪枪格外兴奋。中国动画行业从不缺人才，也不缺技术，唯独稀缺天马行空的想象力。

方枪枪一口气读完脚本，一部十分钟的动画短片已基本成型。从人物到场景，再到分镜构图与景别，都像是自动生成一样在大脑中不停打转，催促着他尽快动笔。这是灵感爆发的征兆，可遇而不可求，方枪枪放下没做完的工作，马不停蹄地赶回公寓画分镜。

本来打算战通宵，创作冲动却被一次又一次打扰中断，方枪枪不光火才怪。重新坐回工作台前，他草草画了几张线稿都不在状态，索性点一根烟，面向窗外黑漆漆的天空吞云吐雾。

没一会儿，工作间的门被敲开，方恋恋迟疑地探进半个脑袋：“哥，我有一个问题想咨询你。”

“没空！”方枪枪气还没消，不爽地斜睨一眼妹妹，继续对着夜空演绎深沉，“吃完你那些垃圾赶紧滚蛋，我家不收留女痞子。”

“哥，你回答我问题，我立刻消失。”方恋恋脸皮够厚，小跑过去，屈膝蹲在哥哥面前，“我认识的人被渣男玩弄感情，我知道了还假装不知道不告诉她，你会不会鄙视我？”

不用方枪枪作声，他已经用轻蔑的眼神给了她答案。

方恋恋像下定什么决心似的重重点头，也没给个下文，说到做到闪电消失。方枪枪一根烟抽完又工作了会儿，突然咂摸着似乎不太对劲。他调出手机通讯录，早在和魏无疆吃饭那天留下的号码，一阵犹豫后，按下了呼叫键。

方恋恋用四根鸭脖的时间，想通了两个道理——

明知杜心雨被玩弄感情，不告诉她，是为不仁；

明知他前女友被玩弄感情，坐视不理，是为不义。

方恋恋的教养不允许她做个不仁不义之人，也知道她和杜心雨关系有些微妙，与其直接告诉杜心雨，不如通过魏无疆转述。魏无疆愿意管，说明他有情有义，她无话可说；不愿意管，那是他的选择，她也无话可说。因为道德感从来只是管束自己的枷锁，而不是挥向别人的大棒。

她很喜欢魏无疆没有错，但杜心雨遭遇渣男这件事，与喜欢与否没有关系。

天空下起零星小雪，一个女生抱着外卖站在男生宿舍楼前，不管美丑，总会引人多看两眼。更何况方恋恋长得还挺漂亮，穿着件亮黄色的短款羽绒服，高腰设计显得双腿笔直修长，一圈大毛领裹住脖子，脸也小小的。

她抱着从公寓里带出的两盒炸鸡，还有一瓶店家赠送的啤酒。点点雪花融化在毛领尖，她不禁想起高一看的韩剧《来自星星的你》。全大美人有句对白，“下雪了，怎么能没有炸鸡和啤酒”。临出门前随手一抓，她也没料到会如此应景，只是主观臆断也许有东西吃，魏无疆能陪她久一点。

雪夜里产生这种伤感想法不是好兆头，方恋恋迅速停止胡思乱想。出门太急手套忘在公寓，她对着手心哈口热气，再一次拿起手机。

魏无疆住5号楼417宿舍，她一直知道，却已经记不得是如何得知的。绝大多数窗户仍亮着灯，不知哪一间是417。她原打算等到楼下再打给他，可已傻傻站了五六分钟，有多少扇窗户都快数清了，她依然没能拨出电话。

这时，近在眼前的手机忽然亮起，魏无疆来电。

方恋恋心里一“咯噔”，差点手滑拒听，顿了半秒才出声发出个单音：“喂。”

“恋恋，你在哪里？”

熟悉的声音透过无线电波更显低沉，方恋恋又望回一扇扇亮灯的窗户。

“我在你宿舍楼下。”

“好，我马上下来。”

很快，魏无疆的身影出现在楼道口。他大步流星来到方恋恋面前，套着件藏青色羽绒服，里面穿着身单薄的家居服，脚上踩着棉拖鞋，头发湿漉漉地滴着水。因为温差，周身腾起白雾，像从仙境里走出的翩翩俏公子。

朝方恋恋温柔一笑，他解释道："我在洗澡没接到你哥电话，刚才回拨过去，他说你来找我。有什么要紧事吗？"不等她开口，他拂去滴落脸颊的水珠，又说，"不是很急的话，我们换个暖和点的地方说吧。"

鼻尖萦绕着沐浴乳的香气，方恋恋有点呆，被冻得也脑子也有点木，听他耐心地又问了一遍，才点头。

魏无疆伸手去接打包袋："我帮你拿吧。"

他也没戴手套，方恋恋想，反正自己的手已经僵得没知觉了，何必再麻烦他。

魏无疆似乎能看穿她的心："给我吧，我刚洗过澡，不冷。"

方恋恋抱紧炸鸡和啤酒，固执地摇了摇头。

"什么好吃的，这么宝贝？"魏无疆假装没看见包装袋的 LOGO，好奇地问，"你怎么知道我没吃晚饭？"

这个点不应该呀，方恋恋表情困顿："你很忙吗？"

"在师兄公司加完班，又去了趟 C 大，错过饭点没觉得饿。"魏无疆神色如常，手一翻掌心朝上，从帮忙拎袋子变成讨要食物，笑着问，"好吃的见者有份，分我一半，可以吗？"

方恋恋上一秒还在为"C 大"两个字揪心，听到这里又笑逐颜开："我们去'渡渡鸟'吃吧。"

不是因为方恋恋心大，真的不在乎，而是因为魏无疆能带给她最直接、最简单的快乐。

3

夜雪渐密，扑扑簌簌。

方恋恋和魏无疆再次来到“渡渡鸟”，老板不在。时间有些晚，客人不多，咖啡馆里也冷清。魏无疆常坐的角落双人位空着，两个人眼神交流达成默契，决定坐那里。

点了和魏无疆一样的柚子苏打，方恋恋取出一盒双拼炸鸡，甜辣拼蜂蜜芥末。不知道魏无疆喜欢什么口味，方恋恋大方地让他先选。

魏无疆对食物不挑剔也没有偏好，随手拿起一块甜辣鸡腿。恰好方恋恋更钟情蜂蜜芥末味的鸡翅，戴上手套，便喜滋滋地吃起来。

和杜心雨恋爱几年，魏无疆几乎没有单独和别的女生吃过饭。杜心雨不喜欢吃炸鸡，尤其在公共场合，觉得吃相不文雅。可能因为好奇，魏无疆饿过了没吃两口，在自己都毫无察觉之下，留心端详起对面的女孩儿。

她低着头，双手抓着鸡翅吃得认真，津津有味。正下方垫着一张纸巾，右手边放着另一张纸巾，用来装啃得干干净净的鸡骨头。头埋低了，马尾扫过肩膀，她轻轻一甩将马尾甩至脑后，继续享用美食。

她没发出声响，也不讲话，食欲很好的样子，看得魏无疆也有点饿了。

方恋恋小时候是个小胖妞，对食物没有抵抗力，吃什么都香。一家人围桌吃饭，只要有方恋恋喜欢的菜，她能埋头光顾着吃，一句话也不讲。方枪枪因此取笑她，吃肉的时候最专心，吃青菜就差点。

后来方恋恋爱漂亮，为保持身材适当控制饮食，但小时候那副专注美食的吃相没有变。任何人只要和方恋恋吃饭，不论吃什么，都会不自觉地认为，她碗里的最美味。

利落干净地解决掉两个鸡翅，方恋恋偏头喝饮料，终于发现魏无疆在盯着自己看。

她脸红了："你怎么不吃啦，不好吃？"

魏无疆笑："好吃。"

一盒炸鸡见底,两个人也都饱了,各自收拾干净鸡骨头,魏无疆拿去扔。方恋恋懒懒靠着椅背，睡意来袭打了个哈欠。他一回座，她立刻挺直腰打起精神。

食物似乎能带给人力量，方恋恋没打腹稿，一五一十道："乐队兰胖子和林靳是发小，他们打赌，半年内林靳能不能追到杜心雨。我想你有必要知道实情。"

"我已经知道了。"魏无疆没有显现出一丝一毫的意外之色，反而更加从容平静，言简意赅地道，"心雨还我东西那天，她告诉我，林靳最初追求她是为了和朋友打赌，后来动了真情，她可能会接受他，问我介不介意。"

方恋恋下意识地追问："你介意吗？"

魏无疆轻轻一笑，好像这个问题很多余，完全没有回答的必要。在方恋恋面前，真实还原了当时他的反应。

情感上，自然会觉得有些难以接受，但理智上，他的任何情绪都不应该传递给杜心雨，以免让对方不必要的揣测和误解。谈恋爱是你情我愿，分手亦是如此。成年人如果没有自愈的能力，就要去学，而不是在对方身上寻求解脱的蛛丝马迹。

当然，魏无疆不需要跟方恋恋解释这么具体。因为他觉得她不呆也不蠢，既然能坐在这里对他如实相告，肯定也不难发现，她的追问和桌上那罐啤酒一样多余，可以忽略不计。

方恋恋确实有脑子，花了几秒钟，就从魏无疆的笑容里解读出正确答案。只不过她仍揣着忐忑和小心。魏无疆和杜心雨分手之于她，用个不太恰当的比喻，像天上掉馅饼。馅饼百分百是真的，她吃在嘴里，难免还是会想，万一扔馅饼的神仙反悔，要她吐出来怎么办？

“你信林靳是真心的？”

魏无疆几乎没做思考：“只要心雨信就够了。”

方恋恋纠结着默了片刻，又大着胆子问：“如果，我说如果，林靳从一开始就真心追求杜心雨，你会和她分手吗？”

“我和她分手，不是因为林靳。”魏无疆眸光清亮，简洁而有力地道，“有没有林靳，我们的结局都是一样。”

和杜心雨的说法基本一致。你们到底因为什么分手呀？

方恋恋真的很想知道，却终究少了那么点不管不顾的勇气。他想讲，自然会讲；他不想讲，她也没立场去问。

方恋恋更想做他的女朋友了，好正大光明地问清楚！

方恋恋郁闷地抠起了啤酒拉环，心不在焉，没抠几下，一不留神扯开了拉环。

“嘭”的一声，她吓一跳，突发奇想指着瓶盖开口问魏无疆：“我记得以前的拉环都是直接拉出来的，现在的拉不掉，还会陷进去。你能告诉我为什么吗？”

这个有关制造设计的问题有些偏门，但难不倒学工业设计的魏无疆。

从没有对方恋恋提过所学专业，看来她对他的了解，比他想象的更多。

魏无疆不去深究，回答道：“外掀式的设计一来不方便，也不环保，容易随手乱扔，不利于回收；二来不安全，拉环锋利边缘外露容易造成割伤。内嵌式的设计能很好地解决这两方面的问题。”

“拉环嵌进去沾到饮料，很不卫生呀。”方恋恋像个求知欲旺盛的小学生，“有办法解决吗？”

知识储备丰富的魏无疆对答如流：“有个意大利品牌的啤酒，制造商的解决方案是用锡纸包覆瓶盖，喝的时候再撕开。”

“卫生问题解决，相应的成本会增加，定价也会跟着提高。”方恋恋精打细算，冲着他俏皮一笑，“不用那么麻烦，最简单的方法，喝之前擦干净拉环。”

魏无疆莞尔：“说得对。”

常常在挂科边缘试探的方恋恋，不禁投去羡慕眼光。他一定很喜欢自己的专业。

A 大官网每年都会公布获得国家级奖学金的学生名单，魏无疆连续两年榜上有名。他还代表学校参加过大学生工业设计比赛，获得大赛银奖。方恋恋至今仍记得，有一篇校园新闻报道工业设计专业的木工实习，配了一张学生们热火朝天锯木头的图片，只可惜魏无疆被个眼镜男挡住了镜头，没能露脸。

方恋恋用追星的方式关注魏无疆，就好像追逐远在天边的地平线，看得见却遥不可及。

一旦大活人坐在对面，她就会忍不住想多了解他，于是问：“你为什么会选择学工业设计？”

魏无疆嘴角上扬，清浅的笑似自嘲，默了会儿：“这大概是我能想到，和泥塑本质上最接近的工科专业。”

工业设计是一门横跨工学和美学的交叉学科，既要学高数大物，也要学素描色彩。要成为一名合格的设计师，必须具备理性思维，同时对造型美学也有感性苛求。手绘作为最直观形象的设计表达方式，是每一个工业设计专业学生的必修课。

魏无疆跟着爷爷学泥塑，第一步先由爷爷把关画草图，从简到繁，长此以来打下扎实的手绘基础。到了泥塑上色这一步，要自己琢磨配色，又逐渐培养出对色彩的敏感度。

起点高又肯用功，学习成绩自然出类拔萃。

可学得再好，和泥塑本质上再接近，也只是退而求其次的选择。

初中时，踌躇满志的魏无疆曾在爷爷面前立下宏愿，一定会考取中央美院，接受更专业、更系统的艺术教育，到头来未能如愿，皆因被逼无奈。先是高一暑假，魏母突生恶疾，几乎耗尽魏家财力，连魏无疆的学费也捉襟见肘，不得不靠他自己打工去挣。学艺术烧钱，魏无疆懂事，魏爷爷也理解，曾经的鸿鹄之志，爷孙俩无人再提，让它随风而去。

再后来，做一名业余泥塑师的愿望，也成了奢望。

开个人作品展，他也想，却是痴人说梦的妄想。

魏无疆长时间的沉默令方恋恋惴惴不安。她不难发现，只要一提到“泥塑”，他的情绪就会有明显变化，整个人变得深沉而惆怅，仿佛万般愁绪压抑心头，难以言说，无处宣泄。

“魏无疆，”方恋恋轻轻出声，“你还好吧？”

魏无疆淡淡一笑摇了摇头：“恋恋，如果有一天做不成剪辑师，你会遗憾吗？”

“当然会。”无需思考，方恋恋答得飞快，“在我的理解里，只有影片字幕里出现‘剪辑 方恋恋’，我才称得上是‘剪辑师’。我和我哥约好，我要做他第一部动画长片的剪辑。如果我做不成剪辑师，就意味着他的理想也破灭了。真有那么一天，我可能更会为我哥感到遗憾。”

每一个字皆像钟鸣，震荡心房，魏无疆认真聆听着，再度陷入迷雾般的巨大沉默之中……

4

方恋恋和魏无疆约好一起上自习，却因为种种原因，始终未能成行。

虽说只是大三学生，但两个人平时也都挺忙。魏无疆忙上课，忙在师兄工作室做设计，空了还要捏捏泥巴以免手生。方恋恋忙逃课，忙在哥哥学校打工，空了还要无偿为做 UP 主的朋友剪 VLOG 练手。

档期排得满，好不容易周五晚上都有空，方恋恋千算万算也算不到，居然被霍西洲给搅和没了。

前一晚，“山啸”照例去花臂大哥酒吧唱开场。林靳和几个朋友也约在酒吧小酌。兰胖子闹肚子缺席，霍西洲看林靳不顺眼，直接装不认识。

赶巧有小混混酒后闹事，霍西洲行侠仗义，领着乐队成员第一个冲上去开干。林靳不甘示弱，也带着朋友加入战斗。不知怎么回事，打着打着小混混跑了，霍林两拨人居然开始自相残杀。结果谁也没落着好，两败俱伤。霍西洲伤得轻，架起全封闭护颈托；林靳比较惨，被霍西洲一拳打退至吧台，撞到酒架，一瓶洋酒砸中脑袋缝了六针，留院观察。

隔天一早，带着律师的林父和警察一同来到医院，气势汹汹誓要追究到底，送打人者进拘留所关上十天半个月。警察问询，霍西洲自报家门，林父这才惊觉自己有眼不识泰山。霍林两家公司有商业往来，霍西洲的爸爸也是他的甲方爸爸，他送霍西洲进拘留所吃牢饭，甲方霍爸爸能让他没饭可吃。林父态度瞬间一百八十度大转变，不但既往不咎，还要安排身娇体贵的霍大公子住院，做全面详细的全身检查。

一场闹剧本可以到此结束，霍西洲偏要瞎逞能，再三强调不许惊动日理万机的老爸。林父负责赔偿酒吧损失，他霍西洲敢作敢当，承担林靳的医药费。一个没饿死就算不错的“富二代”，哪有多余的钱付医药费。乐队三个哥们儿很想袖手旁观，又腰看他逞完强，变卖底裤筹钱，但大学玩乐队，鼓手是稀缺资源，人心该拉拢还是要拉拢。三个人东拼西凑凑到五千块，死活凑不齐最后的五百块。没办法，主唱欧阳只能向“唯一大股东”方恋恋求助。

方恋恋历尽艰辛，终于能和魏无疆上自习，两人刚走到教室门口，就接到救急电话。

鉴于霍西洲不遗余力的和稀泥，方恋恋又好气又好笑，本想微信转账，

再一转念，决定去趟医院。霍西洲打林靳的原因，别人也许弄不清楚，可方恋恋不能装糊涂。魏无疆一直等在旁边，方恋恋狼人杀都玩不好，也没抱希望能现编谎话瞒住他。

得知来龙去脉，魏无疆远比方恋恋镇定，道：“我陪你去吧。”

方恋恋担心杜心雨也在医院，但她能想到，魏无疆会想不到吗？听口气，他不介意和前女友打照面。方恋恋再介意也不可以表现出来，只能点头同意。

两个人赶到医院，“山啸”四子一字排开，坐在走廊里正组队吃鸡。

鼻青脸肿的霍西洲坐最旁边，嘴角衔着半根烟。他也不嫌累，脖子被固定器高高托起，手机为将就视线也高高举着。

方恋恋走过去，忍住用现金扇他脸的冲动，故意问：“霍西洲，吃鸡好玩，还是打人好玩？”

专注游戏的霍西洲眼珠也没动一下，听见方恋恋的声音，大爷似的便道：“你来得正好，帮爸爸弹下烟灰。”说完，噘起嘴。

方恋恋特好使唤，摘下香烟顺着颈托缝隙，就把烟灰弹进了他的脖子里。

“方恋恋，你想烫死我啊！”霍西洲原地弹射跳起来，其实没多烫，主要是吓的。

指着对面墙上的标示牌，方恋恋理直气壮：“你瞎啊，‘禁止吸烟’这么大四个字，不认识吗？”

霍西洲当然识字，只不过林靳老爸鞍前马后喊了他一天“霍公子”，人有点膨胀，特拿自己当无法无天的纨绔子弟。

真是由俭入奢易，由奢入俭难啊！

“护士姐姐都舍不得管我,你管得……”话没讲完,霍西洲瞥见魏无疆,当即腿软往方恋恋身上靠，变换腔调开始卖惨，“恋恋，我这回可是死里逃生，差一点高位截瘫。”

信你才怪。方恋恋躲得快，和魏无疆站在了一起。她脸别去一边，明显不想搭理耍白痴的霍西洲。

魏无疆讲文明有礼貌，更不会揭穿他，简单说了三个字：“多休息。”

霍西洲不得不老实站直，脸色从一层垮到地下一层，有气无力地“嗯”了一声。

“林靳呢？”电话里忘记问病房号，方恋恋左顾右盼。

兰胖子指向右侧方的病房，道：“睡着了。”

霍西洲漂亮的丹凤眼掠过魏无疆，意味深长地补充一句：“他一个人。”

多嘴多舌！方恋恋狠狠瞪他一眼。

她掀动嘴唇想说什么，霍西洲先一步转身，朝几个哥们儿使眼色。玩了一年乐队默契十足，三个小伙伴忙簇拥着“大股东”下楼缴费。

走廊里只剩霍西洲和魏无疆，无话可说安静了数秒，霍西洲不知想什么，勾唇笑了笑。

“聊两句？”他问。

消防通道内安的是感应灯，两人一前一后走进去，灯光明灭几次大亮起来。

换地方有利于避险，被方恋恋发现霍西洲单独约聊魏无疆，她没准儿真能把他打成高位截瘫。

时间就是生命，霍西洲开门见山警告道：“你敢和杜心雨复和，我保证，你会成为下一个林靳。”

魏无疆只觉很可笑，没说话，也没表现出来。

“我不是跟你开玩笑哦，是爷们儿就应该爱憎分明。”等不及玩沉默是金，霍西洲自顾自地讲道，“杜心雨甩了你找富二代，被欺骗了也是她活该。你可以不喜欢恋恋，但你不能为个朝秦暮楚的女人伤她的心。”

其实今天下午，杜心雨和林靳已经一起澄清过了。简单一句话，一个愿打一个愿挨。霍西洲之所以还要这么讲，只是为了试探魏无疆是否对杜心雨余情未了。

果然一试就让他试出本性——

魏无疆眸光沉沉暗下，说：“心雨不是那种人。”

霍西洲恶狠狠地捏响拳头：“我打人向来有理有据，我现在不动你。待会儿出去，这话你当着方恋恋的面再讲一遍，不用等我痊愈，约个时间吧。”

魏无疆一听，没忍住，无声地笑了：“降维打击，胜之不武。”

霍西洲登时倒吸口凉气，噎在喉咙讲不出话，这不明摆着嘲笑他是低等生物啊！

男孩子的成长过程，中二病一犯，多少都经历过几场打架事件。甭管有没有实力，光凭血液里流淌的原始狩猎因子，也会冲上去挥几拳头，踢几脚。不过魏无疆的情况有点特殊。他招上架，不是因为中二，而是因为脑子和脸都没长开之前，非正常人类的穿衣打扮，实在惹人讨厌。

人不犯我我不犯人，人若犯我我必犯人。

打扮虽然非主流，但从小学习泥塑锻炼心性，魏无疆坐得住也沉得下心，一直比同龄人稳重内敛，只要遇事不慌，气势上镇得住场子，通常不会输。魏无疆打过的架一只手就能数完，至今保持全胜战绩。

他也可以选择跟霍西洲解释，但他不想——显而易见的故意找碴儿，解释不如拳头有用。

“有烟吗？”霍西洲也不傻，小伎俩暴露有点难堪，闷闷地问。

“没有。”魏无疆只在爷爷过世那晚抽过一根烟。

“知道我为什么喜欢恋恋，却不追她吗？”霍西洲不给他时间接话，酷酷地自问自答，“因为我追她，就没你什么事啦。”

反正吹牛不上税，男性尊严找补回来一点是一点。

好女孩儿值得被追求，魏无疆坦言道：“你现在也可以追她，追到了再向我炫耀也来得及。”

“嘶——”霍西洲的拳头又开始蠢蠢欲动，斜着眼睛怒发感慨，“恋恋说你温柔，我怎么觉得你很欠揍！”

魏无疆按他肩膀，使了点力道：“你又不是女生，我没必要对你温柔。”

换作平时肯定没事，可此刻霍西洲脖子有伤，直接被按矮了一截，疼得龇牙咧嘴。

小小惩戒，魏无疆收手，眉眼间无波无澜：“不要再试探我了，没意思。”

“喂。”霍西洲叫住走到门口的他，咬紧牙根道，“你如果辜负恋恋，我还是会打你。”

魏无疆脚步一顿，许久没作声，在感应灯熄灭的一瞬，踩着黑暗跨出逼仄的消防通道。

方恋恋是在电梯里遇见的杜心雨。

缴完费，乐队成员们众星捧月般围着方大股东进电梯。坑货霍西洲惹是生非，不影响他们对方恋恋的喜爱，有钱又好看，还没有“骄娇”二气的女生多难得。他们都知道霍西洲对方恋恋不一般，原以为他近水楼台已经捷足先登，想不到也是个备胎，简直大快人心。

下午，霍西洲、林靳和杜心雨在病房里开澄清会，乐队其余三人躲在门外“旁听”，一字不漏地听完，大概捋顺人物关系，分裂出两派阵营。交过两个女朋友的主唱欧阳纵观全局，力挺方恋恋；没谈过恋爱的两位吉他手兰胖子和符浪有初恋情结，支持杜心雨。剔除霍西洲，他们私下打了个赌，赌新人方恋恋和旧人杜心雨，究竟谁最后能抱得魏美男归。

两个女孩儿狭路相逢，三个男生自动站队。

欧阳替方恋恋撑腰，兰胖子和符浪当起了杜心雨的左右护法。两个女孩儿话还没说，先被他们搞得气氛紧张，火药味弥漫。接下来再有人等电梯，见五个年轻人的阵仗，都不敢往里进。

方恋恋看看身后的欧阳，再看看对面的兰胖子和符浪，莫名其妙地问:“你们想干什么？”

三人心虚，连说数遍“不干吗”，电梯门开，慌不迭作鸟兽散。

过了打招呼的时间点，方恋恋和杜心雨再寒暄会显得很刻意，装不认识又太傻，只能敷衍地潦草笑笑。方恋恋让一步，等提着保温桶的杜心雨先出电梯，再放慢脚步跟上。

杜心雨忽地回头：“听霍西洲说，你在追魏无疆。”

“没错。”方恋恋大方承认，男未婚女未嫁没必要藏着掖着。

杜心雨“哦”了声：“问过我和他分手的原因吗？”

“还没。”方恋恋哪里敢问，又不愿失掉气势，挺胸抬头道，“等我做了他的女朋友，我会问的。”

“我建议你尽早问。”杜心雨言辞诚恳，走出两步再度回头，似不经意地开口，“你有出国留学的打算吗？”

方恋恋顿了下，摇头道：“没有。”

对本专业没兴趣学得痛苦，她对剪辑产生浓厚兴趣之后，确实有过跨专业考剪辑专业研究生的打算。英语不错，她也想过去影视产业成熟发达的国家留学深造。后来和哥哥科班出身的朋友一聊，她才知道自己有多小白。

国内高校根本没有剪辑专业研究生，只有本科教育。因为剪辑是一门实操性很强的专业，自诞生一百多年来，技术上几乎没有任何进展，更看重经验、能力和艺术审美，继续深造意义不大，出国留学无非是镀一层金。

剪辑说白了，就是剪辑点的选择与节奏的控制，都不是靠书本知识能提高的，需要的只是多看、多剪，训练剪辑思维。

方恋恋不明白杜心雨为什么突然问留学，等想起来追问，杜心雨已经走远。在病房门外遇见魏无疆，杜心雨停下脚步。他们微笑点头，从容而淡定，似乎并不忌讳再见面，已经顺利过渡到泛泛之交的关系。

长长的走廊间，一对前恋人低声交谈着什么，成为在场所有人目光的焦点。只有霍西洲除外，他的视线牢牢锁定方恋恋，也不知道是想看她表情痛苦，还是一脸的平静。

他看不清，眼睛涩。

旁边符浪平时话不多，此时惦记着赌约，小声怂恿：“喜欢就去追啊，哭有屁用。”

“老子没哭！”霍西洲死不承认，狠狠闭了闭眼，“追有屁用！我真没见过哪个女的玩暗恋像她那样，超长待机不说，还特死脑筋。”

“女的我也没见过，就见过一男的和她一样。”符浪抖机灵，意有所指。

霍西洲臭脸：“找抽是吧。”

“兄弟，有本事上啊，好歹试试又不花钱。”旁边的兰胖子也听见了，想起那天差点被霍西洲谋杀，故意拿话激他。

“不花钱，花感情啊。”立场不同的欧阳加入讨论，中间相隔两人，他抻长脖子对霍西洲说，“别听他们的，我看出来了，恋恋这姑娘陷得深，比较棘手。你别试，试了也是给自己找虐。”

“何止虐！”霍西洲满肚子郁闷，怒从中来咬牙切齿，“我稍微露点苗头，她就喊‘爸爸’，早知道我绝对不认她当闺女！”

小伙伴们一听，齐齐看他，眼神复杂又猎奇。

本来和方恋恋的“父女关系”很纯洁，被他们一看，好像变得特龌龊，本就心情恶劣的霍西洲，暴躁挥拳要打人。欠揍的小伙伴们想想不能欺负伤残人士，掉头开溜，一个比一个跑得快。

还知道病房禁止喧哗，四人演默剧似的一路无声追打，经过魏无疆和杜心雨，又经过方恋恋，消失在走廊尽头。

魏无疆发现了远处方恋恋的存在，很快终止与杜心雨交谈，目送她进病房。翘首以盼的方恋恋眼看着魏无疆一步步走近自己，想假装没事对他微笑，使劲抿了抿嘴唇，要笑不笑比哭还难看。没镜子可照，她不知放弃，最后落进魏无疆幽深眼眸中的，只剩左边嘴角盛满牵强的小梨窝，连哭都不如。

不懂得掩饰情绪，喜怒哀乐全写在脸上，方恋恋能暗恋魏无疆四年不被发现，堪称奇迹。

太容易被人看穿，魏无疆笑问："想知道我和心雨说了什么？"

方恋恋用力点头，心里又纠结，不愿为难他："你不方便说，没关系的。"

"没什么不方便。"魏无疆神情坦荡，不急不缓地道，"林靳在他父亲的互联网公司实习，我跟着师兄在做他们公司的交互设计项目，林靳是项目对接人。心雨以为他被打，会影响到我们的合作，多问了几句。哦，对了，我之前去C大，也是和林靳谈工作。"

"会有影响吗？"方恋恋担忧地问。

"不会，一个小项目。"

项目虽小，却是林靳牵线搭桥促成的合作。魏无疆第一次和林靳见面，就是在他父亲公司的会议室。林靳开诚布公地告诉魏无疆，知己知彼百战百胜，他利用合作项目结识魏无疆，对杜心雨势在必得。在那之前，魏无疆只听杜心雨偶尔提起，有个同校的富二代追她追得紧。信任源自彼此坦诚，魏无疆没有插手干涉，杜心雨不隐瞒，他也相信她能妥善处理异性关系。

长得帅，家世好，林靳是个拥有绝对自信的男生，且不吝于展现他的自信。之前借着谈工作，他摆出胜利者的姿态有意无意秀恩爱，碍于师兄在场，魏无疆很克制，将职业素养排在第一位。过后，魏无疆主动找到林靳，明确表示，杜心雨的事已经与他无关。

今晚，魏无疆来医院，没有打算探望林靳，只是单纯陪方恋恋来送钱。

见方恋恋手里捏着一沓单据，魏无疆问："可以回学校了吗？"

"好。"

视线不经意越过他肩头，望见病房门口的纤细身影，方恋恋顿时脑子大充血，涌上来一股当年做校霸时的女王范儿。什么都不想，跟着感觉走，她踮起脚凑近魏无疆，在他的脸颊印下蜻蜓点水的一吻。

她方恋恋的未来男友，谁也不准惦记，前女友更不行。

魏无疆一愣，下意识地去摸被吻过的地方。

那抹身影迅速消失门后，方恋恋心里又欢喜又慌张，朝他俏皮地吐吐舌头："我涂的是哑光唇釉，不掉色。"

魏无疆没言语，也没有太多表情，只探究地盯着她。

差一点喜上眉梢，方恋恋忙绷紧面皮，怯怯地问："你生气了？"

远谈不上生气，但也不觉得高兴，魏无疆冷静道："不要再这样了，可以吗？"

"我说不可以呢。"方恋恋很少如此任性，不再压抑对他的爱恋，振振有词，"你每天那么忙，我怕你会忘了我喜欢你。亲你，你会记得久一点。"

歪理张口就来，魏无疆词穷，哭笑不得："恋恋……"

“我在呀。”一双大眼睛流光通透，方恋恋微仰着下巴，认真询问，“或者，我每天提醒你一遍，我喜欢你？”

魏无疆这下彻底屈服，浓浓笑意从嘴角晕至眉梢：“我不会忘的。”

方恋恋也跟着绽放灿烂如光的笑，还好还好，冲动行事没有得不偿失。

只要他不讨厌她的亲近，她可以每天说三遍“我喜欢你”，一遍用眼睛，一遍用心，一遍用尽她此生所有的爱。

四叶草的愿望

『第八章』

· Chapter ·

1

倒追魏无疆，方恋恋已经做好准备打一场持久战，却没想到连“约自习”都费尽周折。

周四泡汤约周五，谁料亲哥方枪枪又来事，自作主张地用方恋恋赔礼道歉，借给了做网综剪辑的哥们儿。随录随播的综艺节目不能开天窗，哪怕生命垂危，死也要死在剪辑室里。他那哥们儿活得好好的，但陪方枪枪喝酒喝到胃出血住院，只能让方恋恋临时顶上，帮忙剪辑最新录制的两期节目。

工作量大，工作强度高，方恋恋通宵达旦卖了三天苦力，丢掉半条命急需补觉回血，图清净睡在哥哥公寓。不吃不喝睡了一整天，方恋恋刚醒，就听见隔壁哥哥在骂人。

可能因为名字里带了两把枪，方枪枪平时脾气不太好，一工作更是变身大魔王。和他共事，一要勤奋，二不能玻璃心。大四组队做毕设那会儿，有不少女同学冲着他的才华和颜值要求加入，方枪枪一概拒绝，嫌女孩

子脆弱，骂哭了还要花时间安慰，为此落下“歧视女性”的骂名。

“盲童看世界”的剧本给了方枪枪很多启发，灵感源源不断，他有意将短片改编成动画长片，最近正加班加点带着学弟做样片。制作一部动画长片的成本至少三百万，有了样片，才能去各大动画公司找融资。找到钱，项目才能继续进行。

项目核心创意来自学弟周颂，刚大二的他完全没有动画制作的经历，需要方枪枪手把手带。学校里学的那点东西，也就够他做做构图，按脚本摆一下人物造型。

为了能让这孩子尽快成长，方枪枪把很重要的关键帧原画交给他来做一部分。新手肯定会犯错，大不了方枪枪再来二次创作。

周颂性情温和，是个勤奋孩子，人也单纯，唯独不经骂，跟小姑娘似的一挨骂就掉眼泪。可他又是一纯爷们儿外形，高高大大，毛发浓密，留着络腮胡，不修边幅，天天披件半旧军大衣……每次一哭就辣眼睛，方枪枪恨不能扔他出窗外。

今天不知怎的，同样的错误连犯三四次，方枪枪大发雷霆，直接把周颂轰出工作间，自行反省。周颂不敢跑远，抽抽噎噎抱着数位板坐在沙发里，委屈的泪珠顺着胡子直往下淌。

方恋恋洗漱完走出卫生间，看到这一幕，很不厚道地笑了。

“周颂，没什么好哭的。”她坐下来，抽张纸巾递给周颂，“我哥太热爱动画了，一向要求精益求精。我帮他学妹剪个短片，学妹本人没说啥，他意见挺多，我不服和他辩，最后还不是落得一顿骂。”

“我，我……”周颂哭得劳师动众，藏在浓密胡子里的红嘴唇一启一阖，半天讲不出句完整的话。

“我明白，我明白。”方恋恋了解哥哥，也能理解周颂的委屈，“我哥做事臭毛病太多，他自己也知道，所以这两年喜欢单打独斗。你那个本子，他大可以花钱买下来自己做，他肯带着你一起做，一定是因为你有天赋，值得他花时间花精力从头培养。”

几句话说进周颂心坎里，他泪眼蒙眬地看着方恋恋，像看人间天使，期期艾艾地道：“枪枪哥说，等你有空，让我约你吃饭。恋恋，你什么时候有空？”

“！！！”

方恋恋脸色骤变，腾地起身怒喝一声“方枪枪”，一脚踹开工作间的门。

“砰”的一声巨响，门关了，与此同时，里面传出女孩儿尖厉的咆哮。

人间天使瞬间变成河东狮，周颂难以置信地半张着嘴，眼睛都直了，久久不能回神。

“方枪枪，你鼓励我追求魏无疆，我现在追了，你又叫周颂约我吃饭，自相矛盾！什么意思啊？吃饱了撑的没事找事吗？”

方恋恋站在门口，生气归生气，没忘记方枪枪的禁忌——工作区域，闲人勿进。

对着两面电脑屏幕的方枪枪，慢悠悠地转过来：“你嚷什么？你追魏无疆，周颂追你，不矛盾呀。我要真没事找事，早给你介绍男朋友了。你不要一门心思只盯着魏无疆，优秀的男孩儿多的是，我觉得周颂比他强。”

"不可能！"方恋恋誓死捍卫心中最爱，"魏无疆长得比他帅多了！"

"肤浅。"方枪枪双脚蹬地，滑着转椅来到她跟前，"那句话怎么说的来着，'好看的皮囊千篇一律，有趣的灵魂万里挑一'。魏无疆，一个循规蹈矩的好学生，时间久了容易腻。周颂不一样，铁汉柔情反差萌，你有什么不开心的，他一哭，你就开心了。"

方恋恋寒毛倒竖："哥，你真变态。"

方枪枪不以为然，眼尾余光扫过玻璃收藏柜："要我说，你才变态，捡人家前女友不要的垃圾当宝贝。"

收藏柜里摆着方恋恋从垃圾箱里捡回来的泥塑人偶。女孩子善于联想，方枪枪就事论事，她却理解成了哥哥在明嘲暗讽，魏无疆也是被她当成宝贝的垃圾。

这姑娘听不得半句魏无疆的坏话，一点即炸，勃然大怒，张牙舞爪地扑向方枪枪。

方氏兄妹打架，谁输谁赢，完全取决于方枪枪愿不愿意让妹妹。知道她会下狠手，有过被剃阴阳头的前车之鉴，方枪枪才不会吃亏，牢牢擒住她的手腕，迫使她动弹不得。

"魏无疆不是垃圾，是杜心雨不懂得珍惜！"双手被缚，方恋恋抬起脚乱踹，穿着棉拖鞋，疼的是她自己。

"少发失心疯。"方枪枪有限的耐心岌岌可危，"关梓萌对你说的那些话，她也原封不动跟我说了。我想着这回你总该知难而退了吧，你居然……哎哟，往哪儿踢！"

幸亏方枪枪闪得快，他手一松，方恋恋趔趄几步，失去重心坐在了地上。

“关梓萌不是当事人，她说的只是一面之词。”方恋恋感觉不到疼，利索地爬起来，仍旧一脸大无畏的英勇气色，“魏无疆也许没我想的那么完美，可我暗恋他那么久，不追一定会后悔。我对最坏的结局有心理准备，一时的难过，总好过一辈子的后悔。”

“你有准备，也没必要。”方枪枪重新坐回电脑前，背对着方恋恋，冷声道，“遇到更好的男人，你更不会后悔。”

“不会有更好的。即便有，他也来得太晚，我等不了他。”方恋恋走过去，摔一跤人也冷静了，“哥，我知道你是为我好，怕我受到伤害。你对魏无疆没信心，对我应该有信心吧。我是个成年人，能为自己的选择承担一切后果。哪怕我看走了眼，最后真受到伤害，我想我会因此变得更加强大，不会一蹶不振，给老方家丢脸的。”

方枪枪神情肃杀，凝视着电脑屏幕，一言不发。

他在思考，也许老妹真的成熟了，不再是那个只会对着一张糊脸照发花痴的小屁孩，也该是时候，放手让她去体验，去感受，去经历爱情里的喜忧悲欢……

为什么还是好想拿枪突突掉全世界的男青年！

“谢谢哥！”

兄妹之间心有灵犀，方恋恋脑筋活络，跳着捧起方枪枪的脑袋，飞快地亲了下他的太阳穴，兴高采烈地退出工作间。

周颂打着哭嗝，正在重新修改被方枪枪批惨了的画稿，闻声抬头，看见方恋恋，吓得缩脖子，慌慌张张地低头装忙。

方恋恋才不在乎自己在他人眼中的形象，她只想做魏无疆一个人的小可爱。

喜气洋洋地进房间，收拾书包准备回学校，手机“叮”的一声，进来一条魏无疆的微信，问她有没有空，要不要在“渡渡鸟”吃晚饭，顺便上自习。

方恋恋激动到手滑，接连打出几十个“要”字，忙又点击删除。

不矜持，太不矜持了。

工业设计学到大三基本全是专业课，作业也是大作业，很少考试，无需死记硬背。打满两年理论基础，大三真正上升到自己做设计。学生通常会分组按老师提供的选题，做改良设计或者创意设计。

魏无疆和小组成员约在“渡渡鸟”，碰头讨论结课大作业。方恋恋到的时候，激烈讨论进行到一半。魏无疆坐的位置靠里，仿佛有感应，他从笔记本电脑后面一偏头，便看见正东张西望的方恋恋。他立即挥手示意，起身打算过去接她。方恋恋发现不止他一人，有些害羞，冲他摆摆手，随便选了个最近的空位落座。

她今天没化妆，照旧梳了个大光明马尾，羽绒服里面套着件宽松的冠军卫衣，冬日里少见的墨绿色。杏仁眼娃娃脸显小，背着书包像高中生，清爽又漂亮。

小组哥们儿一半是单身狗，不掩羡慕嫉妒，戏谑魏无疆，居然神不知鬼不觉又找了个小女友。魏无疆难得语塞，不知该先解释她的年纪，还是两人的关系。大概他们也不想知道，不等他解释，便切回学术脸高谈阔论。

大三的结课大作业相当于大四毕设的前哨战，除了不需要做出最后的产品模型，其他每一个步骤都不可或缺。需要讨论的细节很多，时间不知不觉溜走，结束时，夜色早已降临。

魏无疆与小组成员们道别，挎起书包，捧着笔记本电脑坐到方恋恋对面。等得太久，她不知何时睡着了，罩着连衫帽，帽檐压得低。魏无疆敲了会儿键盘，又起身换坐到她旁边。

趴着睡不舒服，她却睡得香甜，呼吸平缓，嘴唇微张，像个孩子。魏无疆留意到她眼底的青黑，人似乎也消瘦了些，额头中间还长了一颗红肿的痘痘。

视线平移落在那两瓣薄唇，不自觉便定住。粉粉嫩嫩偏浅的颜色，唇心稍带着上翘的弧度。它唐突地吻过魏无疆的脸颊，没给他留下任何感觉。

亲密总归是越界的，魏无疆不准自己放在心上。可望着熟睡的方恋恋，本能地又会去回想，好像也不是一点感觉也没有。

心跳有一瞬的紊乱，如同此刻。

2

方恋恋从小睡眠就好，只要缺觉够困，不分地点，哪里都能睡。饿着肚子醒过来，她先闻到一缕醇厚香气，循着味儿看见面前的巧克力摩卡，这才睡眼惺忪地转过脸，看见忙于作业的魏无疆。

“饿了吧。”魏无疆侧目，微微一笑，“我点了意面。”

一天一夜滴水未进，方恋恋揉着干瘪的五脏庙，下意识地扫了一眼笔记本电脑。他在做效果渲染，虽然软件界面方恋恋不熟悉，但她做视频也需要特效渲染。

“我以前的电脑配置太低，做渲染最容易崩。”剪片子血泪史太多，方恋恋不自觉打开话匣，“最惨的一次，调色啊，字幕啊什么都弄好了，连夜开机等渲染。早上一睁眼先冲下床看有没有完成，进度98%的时候卡死了。更倒霉的是我忘记保存，一夜回到解放前。我当时哭都哭不出来，比电脑还崩溃。”

魏无疆也经历过类似的情况，良心建议：“随时保存是个好习惯。”

“我们值得拥有。”方恋恋轻呷一口摩卡，心有余悸地道，“从那以后，我宁愿不睡，也要等渲染完成，一看情况不妙，立马给电脑下跪磕头。”

魏无疆今天也点了一杯咖啡，听到最后半句，画面感太强，他没能忍住笑，咖啡呛进气管，剧烈咳嗽起来，耳根子也跟着变成粉红色。

咳到停不下来，服务生送上两份意面，奇怪地瞄了魏无疆好几眼。

方恋恋既抱歉，又带着几分逗笑他的雀跃，也不知该说什么，默默搅拌起面前的黑椒牛柳意面。服务生摆错了位置，她想将错就错，尝尝魏无疆喜欢的口味。

“恋恋，吃饭的时候，你就不要再讲笑话了，好吗？”魏无疆终于缓过劲，拿起餐叉又放下，发自肺腑地征求她的同意。

方恋恋嘴里含着意面，抿唇乖巧一笑，点点头。

没有闲聊，一顿饭很快吃完。魏无疆继续做效果图，方恋恋也拿出笔记本电脑，与他的并排放在一起。他用的是一台纯黑色商务笔记本电脑，而方恋恋贪图美色，随身背的是玫瑰金轻薄小本，上面贴满花花绿绿的贴纸。

中看不中用的款式，做不了视频剪辑，方恋恋通常用它来看片拉片。连轴转了三天，大脑百废待兴什么也不想做，她不好意思打扰魏无疆，找同学传了份专业课 PPT 课件，装模作样地学起来。

长期不务正业，看课件像看天书，方恋恋哈欠连天，再多学一个字，就能原地昏睡。合上笔记本电脑，她懒懒靠着椅背，开始刷朋友圈提神。

“没睡好？”魏无疆扭头问。

“没有，没有。”方恋恋怕他撵自己回宿舍睡觉，眼睛睁得溜圆，笑吟吟道，“我看课件总这样，玩会儿手机就精神了。你学你的，不用管我。”

魏无疆收回视线，注意到她笔记本电脑上贴着许多四叶草贴纸，便想起上初二的小表妹是 TFBOYS 的粉丝，自称“四叶草”。

“你是 TFBOYS 的粉丝？”指着其中一枚四叶草，魏无疆很自然地问。

“不是呀。我只是单纯喜欢代表幸运的四叶草。”方恋恋说着，忽然想到什么，来了兴致，小脸热切，“每年高考第一天，我妈有给学生煮红皮鸡蛋的习惯。你还记不记得，那天吃到的鸡蛋有什么不一样吗？”

魏无疆凝神回忆片刻：“好像蛋壳上有印花。”他还想起是自己帮杜心雨剥的鸡蛋，进而补充道，“应该每个蛋壳上都有吧。”

“对，我做的。”方恋恋心花怒放，不枉她五点就爬起来煮鸡蛋。

“我记得好像印的是……”魏无疆看了眼笔记本上贴的四叶草，自己也不太确定，“香菜叶？”

“嗯。”方恋恋难为情，讪讪地笑，“我没常识，不知道四片叶子的是稀有变种，以为哪里都有。楼下找了一圈没找到，只好退而求其次次次，改用香菜叶。心意不变，叶子多兴许更灵。”

她没有勇气面对面祝魏无疆高考好运，只能用最费时费力的方式表达。又不确定他会吃到哪一个，所以给复读班的每一位同学都送上了美好祝愿。

“你吃了吗？”魏无疆心房一塌，柔声问。

方恋恋比起两根手指，满面明媚春光：“吃了两个，所以我也考上了A大。”

魏无疆有些动容，深深看着她，千言万语汇聚心底却讲不出口，说谢谢又太苍白。

如果没有和杜心雨分手，他大概永远也不知道，面前的女孩儿一直傻傻地喜欢着自己。

方恋恋受不了他的凝视，仿佛藏着深情，怂恿她扑过去亲一口。

“你别这样看我。”意志力薄弱的方恋恋转开目光，羞涩捂紧发烫的脸颊，语无伦次地道，“我胆子很大的，再忍不住亲了你的话，我会追着你对你负责的！”

“胆子大，为什么以前一见我就变结巴？”魏无疆成心逗她，翻旧账似的，“好几次在一中校园里遇见，你都绕道躲我。”

“啊，你记得呀？”方恋恋又惊又喜。

魏无疆那时爱杜心雨爱得心无旁骛，眼里没有别的女生，哪里会记得，“钓鱼执法”而已。

上钩的方小鱼想想忒丢人，更加难为情，低下头对手指，给自己找理由：

“你也说了我一见你就结巴，我好歹当过校霸，也是要面子的啊。”

魏无疆眉梢微挑，真没看出来。

不管是以前蠢呆的小结巴，还是现在伶牙俐齿的方恋恋，他都无法将她和“校霸”一词画上等号。

方恋恋偷偷探头，捕捉到他眼底的疑惑与探究，心里打起小算盘。

她确定魏无疆不会喜欢以前的自己，也没把握他会不会喜欢现在的自己，那么有没有可能……

“你喜欢‘校霸’款的女生吗？喜欢的话，我可以切换人设。”方恋恋试探着问。

“切换人设？”魏无疆听着新鲜。

“对呀。”毕竟自我诊断为人格分裂，方恋恋这点自信还是有的。

方恋恋这么一问，真把她旁边的大男孩问住了。

魏无疆中学时代其实乏善可陈。初中三年学业比较轻松，每天放学先钻进爷爷工坊捏泥巴，节假日也喜欢赖在里面钻研。专注泥塑，性情被压得比同龄人更稳，更静，所以叛逆期来得也相对晚一些。初三那年，韩剧火遍大江南北，魏无疆受其影响学得不伦不类，除了招打，没招到过一个小女生，哪怕是校霸。

他对女校霸没概念，像弥补知识盲区一样，认真发问：“校霸款是什么款？”

方恋恋校霸当得不太专业，脑中自动带入好莱坞巨星大魔王凯特·布兰切特，做起看图说话：“气场强大，带有压迫感的女工款，让人有想弯，又有点想跪，还有点腿软的那种。”

魏无疆发现，方恋恋表达方式很生动，轻易就能让人产生画面感。

一想到自己伏低仰视女王方恋恋，他忍俊不禁，摇着头笑开了怀：“不用切换，你现在的人设很好。”

女孩儿闻言喜笑颜开，他又情不自禁伸手轻拍她的后脑勺：“不聊了，你玩手机吧。”

魏无疆注意力重新回归学习，一旁方恋恋却呆木头似的愣了神。她摸摸自己的后脑勺，触感还在；再摸摸自己脸蛋，烫得烧手心；又摁住自己怦怦狂跳的左胸口，咧开嘴傻乎乎地笑了……

这应该算是传说中的“摸头杀”吧，我要求再来一万遍！

未免自己真变女王扑倒魏无疆，方恋恋老老实实重新打开笔记本电脑，戴上耳机，点开一部早期的漫改超级英雄电影——《守望者》。

暑假进组做跟机员，方恋恋认了剧组剪辑师做师傅。师傅最新布置的作业是，给三个半小时的《守望者》剪出一条三分钟的预告片，既要精彩有悬念，又不能过多剧透，技巧在其次，关键在于素材的结构安排。

《守望者》的导演剪辑版不同于近些年的超级英雄电影，出了名的风格阴暗，节奏缓慢。方恋恋已经看过四遍，镜头内容，运镜方式，机位基本心中有数，再看第五遍主要看剪辑点，必须全神贯注。

可意中人在旁边，她很难集中精神，从心到眼没一样放在电影里，不自觉地就被魏无疆吸引，控制不住偷瞄他。

修改完效果图开始渲染，除了等待什么也不能做。魏无疆推远笔记本电脑，从书包里拿出一本半旧的素描册和彩铅。尽管很忙，他仍坚持每天做十张手绘线稿练习，如果有空的话，再进一步做上色练习。

工业设计的手绘线稿和魏无疆以前画的泥塑草图不一样，更注重空间透视和线条的简洁精准，以便明确而清晰地表现出所设计的产品。

方恋恋虽然不会画画，但长期受哥哥的耳濡目染，而且学剪辑也需要涉猎绘画构图，所以她能一眼看出，魏无疆的手绘能力很强，完全不输学动画的周颂，而且笔触快准狠，临摹手速飞快。

因为专注，更显英俊迷人，连白净的手指都那么修长好看。

方恋恋假装看电影，双手捧脸痴迷地想，每多认识魏无疆一点，就会多爱他一点，这样下去，会不会被自己的爱淹死……

徜徉于爱情海洋，方恋恋好半天才察觉到魏无疆去了洗手间。有过一回做贼的经验，她趁机行动，驾轻就熟地用手机拍下几张魏无疆的手绘线稿，传给方枪枪。

方枪枪的“铁汉柔情反差萌”只是一句玩笑话，方恋恋心似明镜，哥哥其实是因为欣赏周颂有才华，才撮合他们。她必须用事实向哥哥证明，魏无疆不光长得好看，灵魂也好看，手绘更好看，表里高度统一。

她方恋恋不仅没有看走眼，简直像撞了狗屎运，遇到比她幻想中更完美的魏无疆。

不知道要踩多少狗屎，才能撞这么大的运。

图片发出不到一分钟，方枪枪打来电话，问两个小年轻周六有没有空。

“哥你又想干吗？”方恋恋疑神疑鬼，声音里充满戒备。

“不用紧张，带你们去动物园玩。”那头方枪枪慢条斯理地道，“你帮我哥们儿剪节目辛苦了，哥必须犒赏你。”

“你当我三岁小孩儿啊，去动物园算什么犒赏。”眼瞅着魏无疆走回来，方恋恋掩着手机压低声，“为什么还要叫上魏无疆？”

“让你单独约他，你敢吗？”明明不在场，方枪枪却好似对他们了若指掌，吩咐妹妹道，“少废话，现在就问问他。不想问也行，血书……”

“血书”二字像方恋恋的死穴，她不等魏无疆坐下，张口便问：“你周六有空吗，我哥约我们去逛动物园。”

方枪枪的别出心裁同样令魏无疆意外，他以为自己听错，重复道：“动物园？”

“是啊，动物园。”方恋恋捂住手机，做了个她也云里雾里的表情，口是心非地说，“不过我还蛮喜欢逛动物园的，一起去吧。”

见她眼神恳切又期待，魏无疆不忍拒绝，默了数秒，同意赴约。

哥哥，我们去哪里呀

『第九章』

· C h a p t e r ·

1

方氏兄妹小时候一个比一个调皮捣蛋，典型的熊孩子，人烦狗嫌。

方恋恋六岁，方枪枪九岁的时候，主城区还没有禁止燃放烟花爆竹。春节假期，两兄妹最大的乐趣就是拿压岁钱买鞭炮，剪成一段一段的，满大街乱转吓唬流浪狗，一吓一个准。方恋恋怕听响，又喜欢看小狗被吓得奓毛，每次都捂着耳朵站得远远的。

恶作剧玩到年初五，报应终于来了。方枪枪的炮仗把一只癞皮土狗吓出了暴脾气，汪汪狂吠着，没追始作俑者，反而紧追看热闹的方恋恋不放，可能觉得小胖妞好欺负吧。方恋恋被追出没多远，脚一踩空，掉进马路中央没盖儿的窨井。

妹妹失足落井，哥哥方枪枪呢？

在树杈上挂着，手搭凉棚正望风——咦，狗呢？我妹呢？

万幸黑洞洞的窨井不太深，里面也没有水，小胖妞逃过一劫，但自那以后患上恐高症。

方恋恋至今仍记得，当时癞皮土狗立在井口俯睨她，仿佛冷笑着幽幽对她说，虽然你掉进去了，但明天再让我遇见你的话，我还是会追着你咬的。

童话式的噩梦，方恋恋从此对动物朋友们都怀有一颗敬畏之心。

方枪枪安排逛动物园，方恋恋为给自己加油打气，背了满满一书包零食，与轻装上阵的魏无疆形成鲜明对比。魏无疆问背的什么，她不好意思说实话，睁着眼说瞎话，指着雨夹雪的恶劣天气说，我们可以在动物园野餐。

雨不大无需打伞，方恋恋梳着两条垂耳的麻花辫，戴了顶白色毛线护耳帽，沿边滚着圈茸茸的兔毛，左右各垂着一个毛线球。全副武装，化着妆的精致小脸不及巴掌大，鼻尖冻得通红，但神采奕奕眼睛在发亮，盛着与这糟糕天气不符的明月清风。

魏无疆今天穿得也厚，运动款长身羽绒服，一双沙漠靴。同样没带伞，连帽低低压着光洁饱满的额头。起晚了没刮胡子，下巴泛着淡淡青色。唯一与往常不同的是，他戴了一副细黑框眼镜，透着文质彬彬的书卷气。

近视度数不深，魏无疆平时很少戴眼镜。杜心雨也不喜欢，觉得他五官清隽，戴眼镜太过温良，给人感觉脾气很好，容易吸引女生主动接近。

魏无疆样样依着杜心雨，分手后仍保持着老习惯，今天要去动物园，便把眼镜重新戴上。昨晚睡得太晚，他也不想被看出来自己没什么精神，扫大家的兴。

可方恋恋还是看了出来，没问他睡得好不好，而是直接关切地问：“又加班了？”

“嗯。”魏无疆双手抄兜，关注着电子站牌上公交车的动向，稀松平常地说，“上了车，我可以再睡会儿。”

方恋恋安静片刻，小心开口：“魏无疆，我能问你一个问题吗？”

魏无疆转身与她面对面，微笑颔首：“可以呀。”

下意识地揉搓起毛线球，方恋恋终于问出困扰她很久的问题：“你和林靳工作上有接触，不会觉得尴尬吗？”

魏无疆笑意不减，语气轻松地道：“工作是工作，私人情感是私人情感，我要这两者都分不清，铁面无私的师兄早把我开了。”

“也可能是你工作能力强，你师兄离不了你。”

方恋恋粉丝滤镜太厚，说话也跟脑残粉似的，舍不得动脑子。她直抒胸臆，倒是没二心，但这句话听起来就是像质疑魏无疆区分不开工作与情感。

好在魏无疆的确待人温和，毫不介意，只问：“换成你，你会尴尬吗？”

“我不知道。”方恋恋从没考虑过，摇了摇头，又看去他，“你什么时候都这么理智吗？”

笼罩在魏无疆脸庞的淡淡笑意，仿佛一层轻薄云烟，风一吹，就散尽了。

他转身面向灰蒙蒙的长街，没有回答。

方枪枪突发奇想组团逛动物园，实在诡异，方恋恋猜不透他的动机。动物园门口会合，看见跟在哥哥身后的军大衣周颂，她愣了足足有五秒之久，只觉风声鹤唳，更诡异。

魏无疆和周颂互不认识，方枪枪挤开方恋恋，主动充当介绍人的角色，简单报上两人姓名。魏无疆礼貌地伸出右手，周颂半天没有回握，眼神闪烁，似乎很紧张，连着胡子的下巴都颤巍巍在抖。

“又被我哥骂哭了？”方恋恋问。

声音不大也把周颂吓一跳，打着哆嗦违心地直摇头。

不哆嗦还好，一哆嗦又惹方枪枪厌弃，没好脸色地训他：“带了数位板，忘带压感笔，用什么写生？用你只会掉眼泪的眼睛吗？大冷的天，你真当是我是带你来玩的啊！没过过童年，小时候没玩够啊！”

周颂用力吸鼻子，眼圈一红，又快哭了。

“我带了速写板，可以借他用。”魏无疆解围道。户外活动，他有随身携带写生画具的习惯。

方枪枪瞟了魏无疆一眼，没再多说什么，扭头去买票。

按照脚本设定，盲童臆想出了一只小猕猴当宠物，陪伴在他左右。既然是臆想，当然可以抛开现实纯虚构，但方枪枪不想让整个故事过于脱离实际，一旦形成观影门槛，容易与观众产生距离感。而周颂则是个纯粹而坚定的自我表达者，不在乎观众感受，更不会从商业角度考量。这一点和大学时代的方枪枪很像。这也是即便周颂玻璃心脆得像骨质疏松，方枪枪仍愿意带他做项目的重要原因。

创作思路不统一，两个人没少起冲突，周颂怎么哭都没用，方枪枪绝不让步。

他必须让这个有天赋的学弟知道，坚持创作信仰，可以，但首先要学会妥协。适度的妥协不代表向市场屈服，而是为了有一天可以主宰市场。现代艺术从来不是抛弃众生、高高在上的孤芳自赏，真正伟大的艺术家通常既能取悦自己，也能取悦普罗大众。

周颂心气高，明里同意妥协，暗里仍有抗拒，不然不会犯“忘带压感笔”的低级错误。

方枪枪知道他故意为之，也当作不是故意批评教育。

周颂可怜兮兮地蹲地上画猴子，他看都不看，站远处抽烟。方恋恋和魏无疆也没过去打扰，在附近走马观花地逛了一圈，回到方枪枪身边。

“哥，你可以骂周颂，骂完，请你稍微解释下你的用心良苦。”方恋恋真担心哪天周颂想不开崩溃，到时候不用哥哥扔，他自己也会往窗外跳。

“这点委屈都受不了，以后出社会怎么办？”方枪枪心肠硬的时候是真硬，“出了社会有的是挫折打击等着他，没人会解释一句半句。他早晚会明白，这世界不是为他一个人而存在的，不和他对着干就不错了。”

方恋恋认同也不认同，半开玩笑地问：“玩艺术的人不都抱着一颗‘出世’之心吗？”

“不入世，怎么出世？”方枪枪从不自诩艺术家，还不够格，冷眉冷眼不爽反问，“有哪个高僧生下来就是高僧？”

方恋恋吐吐舌头，自认辩不过他，识时务地闭了嘴。望见远处周颂缩成一团，冷到搓手，她想起带了暖暖贴，颠颠跑过去塞给他，又小跑回来，“啪”的一声，故意贴方枪枪冷脸上一片，回回温。

方枪枪作势抬脚踹她，她闪躲及时，一下跳到魏无疆身后，冲他得意地扮鬼脸。

撕开一片新的递给魏无疆，方恋恋好奇地问：“你铁面无私的师兄会骂你吗？”

暖暖贴捏在掌心，魏无疆坦诚：“会呀，我也没少挨骂。”

“挨了骂你也肯定不会哭。”方恋恋抱着敞开的书包，转到他面前，大方道，“你想吃什么，随便拿。”

魏无疆往里一探，零食真没少带，笑着打趣：“你对野餐有执念吧，这么糟糕的天气也不放弃。”

“她那是怕动物，靠吃东西壮胆。”那边方枪枪嘴快插话。

方恋恋抓出包薯片砸过去，恨恨地提议：“哥，来都来了，你也到处逛逛呗。”

跑来动物园喝西北风，害魏无疆冻得手冰凉，她已经对始作俑者方枪枪一肚子牢骚。插嘴就算了，还不晓得闪人让她和魏无疆单独相处，太没眼力见，这些年恋爱白谈了。

“一个人逛没劲，你们陪我呗。”方枪枪好似听不懂妹妹的明示，背着手走过来，笑得一团和气，“前面好像有个儿童游乐园，我带你们去回味童年时代。”

方恋恋当即摇头：“要回味你自己回味，童年时代距离我们不远，不需要回味。”

“哎哟，我的心脏病。”方枪枪像中箭一样捂胸口，表情痛苦又悲哀，“老妹大了不中留，还没人肯要呢，就开始嫌哥哥老。”

意有所指太明显，方恋恋顿时红了脸，羞恼得想咬人。

“冷静冷静，注意形象。”方枪枪摸摸她的帽子当顺毛，转对魏无疆说，

“我老妹心胸开阔，从来不会因为一两句话不对付，随随便便动手打人。”

“哥……”不随便动手的方恋恋不动手要疯，上前一步挡在魏无疆身前，鼓着腮帮子与方枪枪对峙，“你失算了，我已经告诉他，我以前当过校霸。你不是要带我回味童年吗，不如先从回味少年开始。”

话音落地，手一空，怀里的书包被魏无疆钩去。

拉好拉链，他把书包挎到一边肩膀上，煞有介事地对方恋恋说：“打不赢随时叫我，我也想回味回味少年时代。”

“……”

剑拔弩张的方氏兄妹齐齐傻眼。

2

因为魏无疆一句话，方氏兄妹的大战不了了之。

周颂画完猴子，形态和姿势的速写得到方枪枪认可，才敢如实相告，他是学着各种兴趣班长大的，确实没童年。

这好办，方枪枪大手一挥，带着孩儿们奔赴游乐园。

为招揽游客，动物园在中心区域开辟了一个小型游乐场。天寒地冻，周边冷冷清清，唯有这里有些人气，多以带着孩子的家庭为主。游乐设施年久失修，像上个世纪九十年代幸存的遗迹，陈旧且斑驳，但不妨碍这里成为孩童们的天堂。

四个年轻人乱入其中，特别打眼。周颂更是像个撒欢孩子似的，看见什么都想玩。

没有过童年，居然还能保持着孩子般丰富多彩的想象力，实属难得。

方枪枪感慨不已，慷慨发放员工福利，给了周颂三百块，让他别客气随便玩。周颂乐呵呵跑去坐旋转木马，络腮胡军大衣，夹在一群孩子中间，眉飞色舞的样子，比他哭都辣眼睛。

周颂找回童年不会掉眼泪，周围两个三四岁的幼童正放声哇哇大哭，仿佛遭遇童年阴影，撕心裂肺地嚷嚷着要回家……

方枪枪也没闲着，突然好似被周颂感染，心血来潮地非要拉着魏无疆玩“空中漫步”。

轨道至少离地三米，双人脚踏车无遮无拦，恐高的方恋恋想陪陪不了，想拦又没拉住。被遗弃在入口的她，只能一边等，一边吃薯片聊以慰藉。

两个大男人共同蹬着一辆脚踏车，方枪枪笑眯眯地朝她招手，古里古怪，也不知葫芦里卖的什么药。

方恋恋高扬脑袋，追随着他们的背影，百思不得其解。

大忙人方枪枪自然有他的用意，时间宝贵要合理安排，一是带周颂观察写生，二是利用妹妹恐高，找机会和魏无疆单聊。

不过，方枪枪没打算过问魏无疆的感情生活，更关心他的一身好手艺。

“听我妹说，你家祖上就玩泥塑。”方枪枪有一下没一下地蹬着踏板，不经意似的问，“怎么当初没考美院？”

“家庭条件不允许。”魏无疆神情坦然，不卑不亢。

“所以以后也没有当职业泥塑家的打算？”

“对。”

魏无疆答得太果断，方枪枪心念微动起了疑。一看他的泥塑人偶和手

绘线稿，就能判断出他非常热爱这门技艺，他骗得了外行，骗不了眼光犀利的内行方枪枪。

于是方枪枪故意试探：“有没有兴趣跟着我玩动画？比如合作一部黏土动画。”

脚踏车的速度慢下了来，魏无疆摇着头淡淡道：“不好意思。我答应了我爸，上了大学再也不碰泥塑。”

“那对泥塑人偶怎么解释？”知道他一定会意外，方枪枪继续解释，“我的傻妹妹从垃圾箱里捡回来了，藏在我的手办柜里。”

魏无疆没有多余表情，嘴角牵动一抹浅笑：“忍不住，偷偷捏着玩。”

方枪枪也笑了：“技痒？”

“对。”

泥塑世家出身，却被父亲禁止再碰，这其中原因耐人寻味。

从方枪枪对周颂的态度，不难看出他这人爱才惜才。魏无疆虽然和他的领域不同，但艺术是相通的。泥塑也讲究天赋和勤勉，打小培养出的童子功更是难能可贵，传承已久的民间技艺如果后继无人，那就太可惜了。

方枪枪细细打量着旁边的男生，在考虑要不要刨根问底。

这个时候，魏无疆忽然开口：“能不能把人偶还给我？”

“那不行。”方枪枪干脆道，“东西是我妹捡回来的，我没这个权利，你得问她。”

魏无疆也干脆：“好。”

重新戴回连帽，压低与眉眼齐平，掩着瞳眸里的心事，像糅杂在雨中的细雪，又轻又重。

环绕游乐场一周的轨道不长，临近终点，方恋恋啃薯片的呆样遥遥可见。对傻妹妹爱恨交织，方枪枪很违背个人意愿地啰嗦一句：“有个问题，轮不到我问，你可以不回答。”

魏无疆侧目：“你说。”

“为什么分手？”

雨丝沾湿了镜片，魏无疆摘下来收进口袋，没有任何情绪外露，淡淡道：“心雨有出国留学定居的计划，我说话不算数，失信了。”

“就这么简单？”方枪枪半信半疑。

“简单吗？”像反问也像问自己，魏无疆低头轻笑，“越简单的分手理由，往往也越现实。”

风雨凄凄，浑身上下冰浸刺骨地冷，唯有左手心暖意融融，来自方恋恋给的暖暖贴。

原定计划完成，方枪枪的动物园一日游“圆满”结束，三位大学生坐进他的SUV。方恋恋耍心机第一个往后排钻，在哥哥的眼神威胁下，不得不中途放弃，心不甘情不愿地坐进副驾驶座。

周颂玩遍了游乐设施，高兴过头似乎有点刹不住，一上车自发开始神侃，天南海北地聊，一会儿说自己去亚马逊喂过鳄鱼，一会儿说去孟买大学旁听过教授讲《爱经》，一会儿又直接杀到日本海徒手大战捕鲸船……

无边无际的想象力过于丰富，不免令人怀疑，天才与疯子之间可能真的只有一线之隔。

一个人的狂欢，是一群人的孤单。

周颂滔滔不绝，其余三人不约而同地做起了最称职的听众。称职但不走心，每个人仿佛都若有所思。方枪枪和魏无疆善于掩饰自己，面目平和。唯有方恋恋，太想知道“空中漫步”的五分钟里，哥哥和魏无疆聊了些什么，抓心挠肝的，很不安分。

她直起脖子，从后视镜里偷瞄完魏无疆，又把自家哥哥往灵魂深处端详。想问不敢问，不问又有点抓狂，再抓狂也得强忍着，以至于面部表情过于变化多端，比周颂天花乱坠的假故事还精彩。

“方恋恋，你累不累，当心脸抽筋。”方枪枪凉凉瞥她一眼，调侃道，“歇歇吧，哥知道你纯天然，脸上没动过刀。”

方恋恋：“……”

方枪枪嘴瘾犯了：“动过刀，要换你这副德行就是医疗事故。哥出钱，告他们去。”

方恋恋一张脸铺平开，温馨提示：“‘行车不规范，亲人两行泪’，哥，麻烦你专心开车。”

周颂的“世界历险记”终于告一段落，听见兄妹俩的对话，凑到中间发表意见：“恋恋，你长得很好看，不需要动刀。”

“谢谢你。”方恋恋听过的称赞不少，给周颂个眼神让他挪开，言笑晏晏面向魏无疆，“你觉得呢，我长得好看吗？”

高阶的告白讲过无数遍，这种低阶问题，她问出口相当大言不惭。

魏无疆笑答：“好看。”

“你也好意思问。人在我车里，车在我手里，能说不好看吗？”方枪枪好像故意和方恋恋唱反调似的，偏要哪壶不开提哪壶，“他要这点情商都没有，你也不要指望他能处理好和前女友的关系了。”

“哥！”方恋恋搓火，想拿鞋底抽他。

“枪枪哥说得对。”魏无疆倒不生气，平心而论他的话没毛病，“我想，我已经处理好了。”

“真的吗？”方枪枪从后视镜里瞧他，“你前女友是谁？”

魏无疆想了下，答：“杜心雨。”

多余的一问一答，方恋恋知其然不知其所以然，看看左边又看看后边，最后看回左边的方枪枪：“哥，你阿兹海默啊？”

既然已经分手，再一口一个“心雨”不合适，该讲拘泥的陈腐，还是要注意。

方枪枪张口想教训妹妹，他的手机先一秒铃声大作，连着车载蓝牙，音乐响彻车厢。

培训学校的行政打来电话，火急火燎通知方枪枪，小曾离家出走，昨晚十一点半离开画室，彻夜没回家，今天一天也没去学校。失踪不满 24 小时不能报案，父母找不到儿子守在学校，不吃不喝哪儿也不肯去。

行政问，怎么办。

“怎么办？”这还用问，方枪枪踩油门提速，“继续找啊！掘地三尺也要把他找出来！”

挂掉电话，方枪枪骂句街，扭头就凶巴巴地警告方恋恋：“你要哪天失恋敢玩离家出走，我保证打断你的腿！”

呸呸呸，坏的不灵好的灵！方恋恋怼回去：“我都出走了，你用什么打，用你的意念吗？”

方枪枪没心情和她抬杠，回头对两个男生道：“学校人手不够，你们也跟我回去，一起帮忙找人。”

然后，方枪枪又辗转联系到一位警察朋友，咨询对方遇到这种情况应该如何处理。

方恋恋看出哥哥是真着急，等他讲完电话，忙问：“需不需要我再找些人帮忙？霍西洲朋友多，我打给他。”

后排魏无疆随即附和：“我也可以找人帮忙。”

周颂：“我也可以，我也可以。”

“暂时不用。”方枪枪紧盯前方路况，见缝就超车，“小曾一家都是外地人，生活圈子小，社会关系简单，找的人太多也是浪费。”

言毕，全神贯注开车，面色凝重。

3

说起“离家出走”，方枪枪初三也来过一次。

可能天生就不是死读书读死书的料，加之逆反的性格，方枪枪的学习成绩一直是中游水平。初三下学期面临中考升学压力，方枪枪还一点觉悟没有，整天捧着漫画书看得入迷，方爸方妈不得不采取强硬手段，勒令儿子中考前不准再买漫画，更不准去书店蹭书看。

一天两天不看可以，整学期不能看，方枪枪被逼急了恶向胆边生，教唆着同桌，两人守在书店门口，专门截道低年级小同学。不要钱，只要人家手里新买的漫画书。方枪枪也不抢，让同桌负责盯梢小同学，自己蹲路边快速看完，再还回去。

这铤而走险的营生干到第二天，“光荣”歇菜。

小同学有一对上高二的孪生哥哥，得知弟弟被欺负，两兄弟隔天便把准备再次作案的方枪枪和同桌抓了个现行。伸张正义之前，两兄弟为缓和紧张气氛，和他们玩了个有趣的小游戏——如果能猜中谁是哥哥谁是弟弟，他们可以网开一面，放人一马。

结果，同桌幸免于难，方枪枪挨了顿男子双打。

当晚，方枪枪决定离家出走，原因可笑到荒唐——怕被方恋恋嘲笑，有损当哥哥的威严。

满大街乱溜达，方枪枪饿到前胸贴后背，跑进超市血洗试吃品，正巧遇到前来采购的方爸方妈和方恋恋。八目相对，除了方枪枪本人，谁也不知道他已经“离家出走”长达四个小时之久。因为方恋恋不知怎么回事，像中了邪一样，非常笃定地告诉爸妈，哥哥去同学家过夜，不回家。

饥寒交迫的方枪枪被当场气哭，非说妹妹是故意的，而方恋恋拒不承认，欲加之罪何患无辞。

直至今日，这个玄之又玄的“离家出走”事件依然是个未解之谜。

从动物园回培训学校，开车要四十分钟。

雨雪交加，正是交通状况最糟糕的时候。

方枪枪本来就焦急，方恋恋担心他再爆发怒路症，便将这桩离奇事件从头到尾讲了一遍，请魏无疆和周颂评评理。

周颂情商感人，讨好方枪枪的大好机会不把握，非要站方恋恋。他坚持认为，彼时还是小学生的方恋恋，不可能为搞恶作剧，而置哥哥的安危于不顾。

魏无疆则严谨得多，仔细地询问方恋恋：“你为什么会那么肯定枪枪哥去同学家过夜？”

方恋恋茫茫然摇头：“我也记不清了，好像冥冥中有个声音告诉我的。”

匝道遭遇大堵车，行进速度慢如蜗牛，方枪枪不爽到极点，随口就道：“麻烦你帮我问下冥冥中的声音，小曾跑哪里去了？”

“冥冥中的声音今天休假，不开张。”方恋恋接得快，转问，“小曾为什么离家出走？”

“我哪里知道。”口袋里摸到香烟又松手，方枪枪蹙眉目视前方，“可能因为压抑久了，找个地方放松去了吧。”

但愿只是虚惊一场，方枪枪想着，回头问周颂：“你小时候上那些兴趣班，是被父母逼的吗？”

周颂摇头：“是我自己觉得上兴趣班有意思。”

没童年的人果然非同一般，方枪枪快要对他刮目相看了，又改问魏无疆：“你呢？学泥塑是你爷爷要求的？”

“不是。”魏无疆低沉道，“是我爸。”说完扭头面向车窗外，一张俊脸清寂，似笼愁绪。

五岁那年，父亲将亲手削的竹片刀交到魏无疆手中，送他进了爷爷的泥塑工坊。跟着爷爷学了整整十三年的泥塑，到了十八岁的那年，也是父亲亲口要他从此放下竹片刀，再也不碰泥塑。

魏无疆想不通，问为什么。父亲搪塞一句，不为什么没理由。爷爷也是三缄其口，形容隐晦而愁苦，像早有预料，也像无可奈何。爷爷抚着魏无疆的头说，孩子，不怪你爸爸，怪我。那之后，古稀之年的爷爷便搬离了魏家，独自住进泥塑工坊，日夜与泥土为伴，仿佛与世隔绝，再不过问魏家的大小事情。

魏无疆知道，不怪父亲，也不怪爷爷，怪他自己。

为能陪杜心雨复读，他答应了父亲的交换条件，稀里糊涂地就把自己最不理智的一次人生决定，交给了爱情。

对杜心雨，魏无疆问心无愧；对爷爷，他将永远怀着一份歉疚与自责。

天气恶劣，路况恶劣，方枪枪花了平日双倍的时间赶回培训学校。工作人员齐刷刷地等在大厅，方枪枪一推门，立刻有人上前通报，小曾自己回来了，和父母在画室。

身心俱疲的方枪枪没有急于进去，点了一根烟，当着所有人的面，靠着墙慢悠悠抽完最后一口，才动身。

画室里，曾母在哭，曾父在骂，小曾却无动于衷，神情麻木，仿佛一尊佛像。他一双眼睛盯住墙边死角，空洞得像个黑洞，能将周遭一切吞噬成无止境的黑暗。

方枪枪立在门边，冷眼旁观了会儿，听出来，绕老绕去无非一句话——父母养儿不易，孩子要懂得感恩戴德。明知儿子自我屏蔽听不进去，他们仍只顾自己宣泄喋喋不休，好似不讲个百八十遍，就无法感动，进而感化儿子一样。

方枪枪听着刺耳，面色阴沉，手紧紧攥成拳头，青筋暴突，又缓慢放松，径自走到小曾身旁，与他并排而站。

拍拍他的肩头，方枪枪轻松道：“回来就好。下次想出去走走，记得先和叔叔阿姨打声招呼。”

小曾反应迟缓，慢慢地扭头看了看肩膀上的手，再慢慢地看向方枪枪，干裂的嘴唇一点点张开想说话，却仿佛失语，什么也没有说。半晌，他几不可见地点了下头，好像完成的是一个很艰难很费劲的动作，然后立刻又恢复到先前的状态，把自己置于真空的黑暗之中，什么也听不见，什么也看不见。

儿子只认外人不认亲爹的举动，令曾父羞愤。

他也不分青红皂白，指着方枪枪鼻子就嚷嚷：“你当老师的，怎么教我儿子的？我儿子从小到大一直很听话，从来没做过什么出格的事，敢离家出走，是不是你教的？是不是你教的？我要去教育局告你！”

只要人没事，比什么都重要，方枪枪不会和他争辩，吵来吵去浪费时间。门口有学生围观，方枪枪更不想把学校变成闹哄哄的菜市场。

偏头避开咄咄逼人的粗砺手指，方枪枪冷下脸，语气平静而淡漠：“想告，可以去告。现在是教学时间，你如果再这么大吵大闹，为维护正常的教学秩序，我会报警，向公安机关寻求帮助。”

一听“报警”两个字，曾父的手缩得快，眼中明显生了惧意。

门口的工作人员忙进来安抚，劝说小曾父母离开画室。方恋恋贴墙站在过道边，看着怒气腾腾的曾父从面前经过，就好像看见的是一颗炸弹，不知道什么时候会“砰”的一声，与所有人同归于尽。

她第一次意识到，哥哥做着怎样一份令人心力交瘁的工作。哥哥说得对，这个世界不周到也不友好，当它指着你的鼻子痛骂的时候，从来不需要理由，也不会给你解释。

原来，生活这么艰难。方恋恋暗暗在心里叹了口气。

忽然间手一暖，她疑惑地抬起头，视线落进一双关切又担忧的眼眸。

老方家的孩子不怕事,她哪有那么脆弱,朝魏无疆甜甜一笑:“我没事。”

小曾父母坐进大厅沙发，周身仍散发着戾气与恶意，没有人敢靠近，都怕摊上事。方恋恋迟疑片刻，接了两杯热水，送过去。

小曾母亲表情冷漠视而不见，小曾父亲坏脾气没处发，直接迁怒到方恋恋身上。他挥手用力一推，纸杯脱手，热水洒了一地，也溅了方恋恋一身。

“恋恋。”魏无疆忙上前拉她，急切地问，“烫到没有？”

“没有，没有。”方恋恋硬挤出笑容，挣开他，双手背到身后，“不烫，我接的是温水。”

“什么破学校，教我儿子学会离家出走了！”也不知触动到哪根敏感神经，曾父一拍大腿站起来，又开始骂骂咧咧，“要是我儿子再考不上美院，我让你们吃不了兜着走！”

有理说不清，无理搅三分，不跟他一般见识，还真当人好欺负！

方恋恋早就为哥哥打抱不平，顾全大局一忍再忍终于忍不下去，凛然无惧地道：“我们庙小，供不起您这尊大佛。您要觉得我们学校不好，可以带着儿子换一家，反正培训学校多的是。”

曾父怒目：“你！”

他知道不可能换，因为再没有第二家如此便宜的培训学校。

被个小妮子戳中要害，曾父满腔怒火正欲发作，魏无疆已先一步把方恋恋拽到身后，冷若冰霜，与他正面交锋。眼见护住小妮子的男生年轻高大，曾父欺软怕硬，低啐一口，又坐了回去。

剑拔弩张的情势化解，魏无疆拉起方恋恋直奔卫生间。

入夜起风，群魔乱舞一样的天气统治人间。

方枪枪点了一根烟，硬塞给小曾，也不管他会不会抽。情绪低落的时候，谁开解也没有用，只有自己帮自己消解。

小曾动作生涩，一口吸太猛，呛得直咳嗽。

方枪枪不意外，问："你爸不准你抽？"

小曾点头："嗯。"

曾父满口黄牙，一看就是老烟枪。方枪枪勾唇笑笑："没偷学过？"

"不敢。"小曾摇头，把烟还给了方枪枪。

画室里弥漫着丙烯颜料的味道，方枪枪对这味有点上瘾，也没抽，直接按灭在不知谁丢弃的调色盘里。

他拖过两把凳子，拽小曾一起坐下，闲聊似的问："说说吧，去哪里了？"

小曾低着头，好半天，牙齿缝里溢出三个字："火车站。"

"打算坐火车去哪里？"

"广东。"

"去干吗？"

"看海。"

有问必答像审犯人，方枪枪不想再给小曾造成压迫感，本来看着旁边画架上的一幅人物素描，听到这里，他收回视线：“为什么要去看海？”

“面朝大海春暖花开。”小曾终于抬起头，幽幽望去窗外，好似外面不是鬼哭狼嚎的坏天气，而是春天的浩瀚海洋。

方枪枪也将目光放远，轻问：“怎么没去？”

“我不知道买火车票要用身份证。”

难得一次在小曾脸上见到笑容，羞怯而谨慎，比抽烟的动作更生涩。

一个二十岁的年轻人，连这样最基本的生活常识也没有，还不自知，让人只觉又可怜又可悲。

“冬天来了，春天还会远吗？”方枪枪能想到的只有这一句话，他按上小曾单薄的后背，笑着说，“等考完试，我带你去看海。不去广东，去海南，那里有全中国最美的椰林，沙滩，大海，比基尼女郎。”

“老师，我今年能考上吗？”小曾紧紧注视着方枪枪，像为抓住最后一根稻草。

方枪枪不敢迟疑，重重道：“可以！一定可以！”

他不能让小曾失去斗志，失去希望，即便是以撒谎为代价。

一束细弱微光在小曾的眼中点燃，他又开心地笑了。

方枪枪的心却狠狠地抽痛了一下。他很迷茫，希望的假象迟早会幻灭，到底什么才能真正救赎面前这个可怜的大孩子……

左手背被烫伤，火辣辣地疼，魏无疆一直用冷水反复冲洗，灼烧感才稍微缓解了一些。方恋恋皮糙肉厚原本就很耐痛，现在有魏无疆替她着急，帮她处理伤情，心都飘成棉花糖挂在天花板上，傻大姐似的笑容从进卫

生间，再没消退过。魏无疆还一时情急，抓她进了男卫生间，她正好不方便到处乱瞅，只能盯着他看。

只要能得到魏无疆的关心，一点小伤算什么。

“疼吗？”魏无疆微皱着眉头，怕水流太急弄疼她，又调小一些，“这附近有药店吗？我去买烫伤膏。”

被幸福的眩晕感冲昏头脑，两个问题方恋恋一个也没听清，只听到最后一句，亟亟道：“我和你一起去。”

魏无疆抬头从镜子里看她，见人笑得还挺喜相，无端有些生气：“方恋恋，受伤就受伤，不需要骗我。”

方恋恋没察觉，只顾着笑：“不骗，不骗，再有下次，保证第一时间通知你。”

气一下又消了，魏无疆柔声问：“知道那对父母火气大，为什么还要给他们送水？”

“想他们消气，不再为难我哥。”方恋恋像个做错事的孩子，小声嘟哝。

魏无疆关掉水龙头，捉着方恋恋的手，左右寻找纸巾，她就像变戏法似的递来一张。

手背红成一片。轻轻地帮她擦拭水迹，魏无疆继续问：“为什么又回嘴？”

方恋恋低头看着他的动作：“定力不够，没忍住。”

“这次没忍住，没问题。”魏无疆腾出一根指头，戳起她的脑袋与他对视，严肃告诫道，“如果有下次，我不在，或者也没有其他男生在你身边，能忍则忍，懂吗？”

方恋恋想解释她能打不怕事，刚张嘴，魏无疆似乎就看出她打算说什么，他快一步，不容置疑地道：“说你懂了。”

方恋恋咧嘴一笑，声音脆亮：“懂了！”差点忘了，她要做魏无疆一个人的小可爱，而不是天不怕地不怕的社会姐。

『盘里的·『想他』

『第十章』

· C h a p t e r ·

1

“毕业即分手”是校园情侣的宿命，同样的，“毕业即解散”也是校园乐队的宿命。

“山啸”贝斯手兼主唱欧阳，早有出国留学的打算，大三便拿下雅思 7.5 的高分，攻破语言关。成绩优异平均绩点 3.32，申请材料质量也高，如今只等海外高校的 offer。

乐队面临解散，革命友情不能散。拍一支原创曲《啸音》的 MV 和办一场校园专场，成了“山啸”四子现阶段最宏大的目标。

拍 MV 成本不高，可以就地取材，发动周围朋友共襄盛举；办专场需要的才是大钱，只能发动学校周边店家共襄盛举。仅有的业余时间，四个大男孩没干别的，分头行动出去拉赞助。

顶风冒雪，跑断腿磨破嘴，忙活俩礼拜，一通赞助也没拉到。

倒是有一家养生足浴店愿意慷慨相助，唯一诉求——演出期间，要进行现场足疗体验。“山啸”四子试想了一下那个画面——他们站在台上

愤怒嘶吼，高唱摇滚万岁，下面一排观众安安静静在泡脚，空气中嗅不到一丝躁动的荷尔蒙气息，全是中药味……

让四个摇滚青年情何以堪？只能忍痛拒绝。

专场要办，钱不能少，四子一合计，决定改变策略，由分头行动改成集体行动，为壮大声势，还叫上了十几个男同学。

令人欣喜的是，新策略成效显著，不到半小时就成功拉到四家赞助。更有一家西点店被大学生的音乐热情所打动，直接拿出收银机里的全部现金，哭着喊着非要孩子们收下。

隔天，A 大保安大队接到举报，有该校大学生集结黑恶势力，沿街索要保护费。

钱还没焐热，“山啸”四子灰头土脸地出了校门，挨家挨户赔礼道歉。

挫折接连不断，但摇滚之心不死。痛定思痛再一合计，兰胖子想起了富二代发小林靳，霍西洲想起了大股东方恋恋。为显诚意，肯定要做东设宴请他们小聚小叙，吃喝一顿。穷兮兮的“山啸”四子想想这钱不能省，咬牙跺脚一致决定，把盛宴地点定在北门外的……肯德基。

肯德基怎么了，他们只有现场演出发挥好的时候，才舍得点一次全家桶。

方恋恋接到霍西洲电话的时候，正和宿舍姐们儿在学三食堂吃饭。霍西洲要来找她，她条件反射地认为八成没好事。与其等待不如就此错过，方恋恋割爱“以形补形”的卤鸡爪，手动四倍速加快吃饭进度。

不凑巧，方恋恋刚走出食堂大门，敌人霍西洲同时抵达战场，还没吃饭，牵着她就往里走。听见“疼疼疼”的呻吟，毫不知情的霍西洲拉着方恋恋烫伤的左手，还一个劲紧张兮兮地上下打量她，晕头转向，搞不清楚她到底哪里疼。

疼到发飙，方恋恋抡起右手的笔记本电脑给了他一下。

她不疼了，改霍西洲抱头痛号：“方恋恋，我不找你借钱！”

此地无银三百两，一提到“钱”字，方恋恋智商噌噌往上涨：“我没钱！有钱也不借给你，霍老赖！”

“还、还、还，我肯定还！”

抱头闻到一股子薄荷药膏味，霍西洲发现来自自己的手指，一推敲，这才留意到方恋恋左手背的烫伤。问怎么回事，她不肯说，霍西洲主动帮忙提笔记本电脑，满脸堆笑地恭请方恋恋屈驾，陪他吃顿晚饭。

“我只有半个小时。”方恋恋勉为其难地找个空位坐下，“你吃面吧。”

又不请客怎么还给安排上了，霍西洲不解：“为啥，我想吃饭。”

方恋恋玩手机，头也不抬：“吃面快。”

背着书包带着笔记本，霍西洲推测她待会儿要去上自习，酸溜溜地问：“和魏无疆有约？”

“对。”方恋恋抬头看他，没好口气地催促，“请你动作快点。”

话太多自找虐受，霍西洲顿时胃口全无，听从安排买了一碗酸辣粉。

连汤带粉几口吸溜干净，只花掉五分钟。剩余的时间，霍西洲先是声情并茂地讲述了坎坷波折的拉赞助之路，然后切入“肯德基盛宴”主题，问方恋恋愿不愿意以“唯一大股东”的身份莅临出席，共同商讨校园专场大计。

得知林靳会去，方恋恋打了退堂鼓，直言不讳：“我对林靳没好感，不去。”

霍西洲早有预料，挑着眉毛神秘一笑：“不想知道魏无疆和杜心雨分得彻不彻底，有没有完全死心？”

“你什么意思？”方恋恋放下手机，奇怪地看向他，“霍西洲，你又想和什么稀泥？”

霍西洲换坐到她身旁，分享秘密似的耳语道：“我这是在给你创造机会试探魏无疆。林靳带着杜心雨，你叫上他，一张桌子吃饭，有没有猫腻，只要你留心观察，肯定看得出来。没有最好，你追他不会有后顾之忧，万一有……”

方恋恋被带入语境，顺着他的思路便问：“万一有怎么办？”

“这个嘛，”霍西洲深思熟虑，眉头拧成麻花，“我可以和你解除父女关系。”

方恋恋懒得搭理他，沉默片刻，坚定不移地道：“你少打馊主意，魏无疆亲口说了，他已经处理好了和杜心雨的关系。”

“他处理好了，杜心雨呢？你能保证她也一样？你我都知道，林靳一开始追她是抱着游戏心态，换成你，你敢百分百交出真心？是个人，都喜欢拿现任和前任做比较，杜心雨一比，没准就觉得和魏无疆谈恋爱更踏实，更有安全感。”

霍西洲像个极富耐性的猎人，循序渐进地放下诱饵，吸引对方落入圈套。

方恋恋捧着低垂的脑袋想到头疼，承认自己动摇了。她不熟悉不了解杜心雨，猜不透杜心雨的心思，只能换位思考。如果在林靳和魏无疆之间做选择，她肯定义无反顾地选择后者。

杜心雨会后悔吗？会做何选择呢？她想知道。

2

A 大图书馆作为学生自习首选地，网速快环境好，采用自助预约选座系统，超时不签到，记违约一次，累积三次，一个月不能选座。方恋恋好不容易才和魏无疆预约到相邻的座位，赶着时间去图书馆，没给霍西洲准信，匆匆离开。

掐着点出现，魏无疆已经到了，没开电脑也没看书，双眼注视全黑的手机屏幕，指腹轻点着外缘，似乎在专心思考什么。方恋恋轻手轻脚地拖动椅子，椅子脚摩擦地面发出细微声响，魏无疆闻声抬眼，朝她温和一笑。

“我来吧。”魏无疆站起身拉开椅子再没坐下，拿起手机小声交代一句，“我出去打个电话。”

一通电话打得有点久，方恋恋努力集中精力看了五页课件，收到霍西洲阴魂不散的微信。杜心雨已经同意赴约，到底要不要约魏无疆，全在方恋恋一念之间。

找不到人商量，只能参考历史先例。魏无疆和杜心雨既然能在医院和平共处，一起吃顿饭应该也不成问题。懂得把问题简单化，说明方恋恋是个简单的人。长期和方枪枪斗智斗勇，肚子里那点仅有的花花肠子，也全用来憋着劲使坏，没多少富余。

况且一顿饭时间长不长短不短，就算方恋恋留一百个心察言观色，只要杜心雨善于掩饰，她一个完全没有男女经验的新手，该蒙照样蒙。

霍西洲指望方恋恋火眼金睛，真是高看她了。

魏无疆打完电话回来，方恋恋也考虑得七七八八，正在想怎么开口，忽然发现他脸色似乎不太好看。方恋恋没见过他发脾气，但她想，大概就是现在这样。

沉默不语，转着一支铅笔，眼角眉梢发紧，盯视着指间飞旋的笔尖，目不转睛——他在克制忍耐，在逼自己冷静，周身散发出生人勿近的距离感。

方恋恋的呼吸轻了许多，明知不该仍忍不住，像不怕碰钉子似的，用笔在纸上委婉写出：你不高兴？

铅笔一定，魏无疆点点头。

关掉PPT课件页面，方恋恋低声道："我有个法子可能会让你开心一点，要不要试试？"想了下，又说，"咱们去教室吧？"

兴致不高的魏无疆没有驳她好意，点点头，收起桌面上的手机和课本。

两个人换到离图书馆最近的教学楼，运气不错，找到一间仅剩两个空位了的教室。

教室里，方恋恋把笔记本推至两人中间，魏无疆接过她递来的耳机，只将一边塞进耳朵。

方恋恋给他看的，是一段流行于B站流行的踩点混剪视频，素材选自漫威电影里的《超级英雄》。这样的视频在B站有很多，方恋恋这段视频最大的特点在于，选取的背景音乐不是最常用的强节奏感的英美流行乐，而是二手玫瑰乐队的山炮土摇《命运》。

日子一天天不会总是阳光灿烂

岁月一年年收获的比醋还酸

幸福像在天上磨磨叽叽不下凡

花花绿绿的危险时刻就在你身边

标准的二人转唱腔，歌词直白，富有幽默感。

整首歌散发着浓浓的乡土风味，和高燃高能的超级英雄们搭在一起却丝毫不显违和。踩点精准，镜头切换流畅自然，风格有趣又诙谐，带着些对拯救世界的英雄们的调侃。

第一次在魏无疆面前展示自己的作品，方恋恋很紧张，手心里攥出细汗，视线全程紧锁屏幕。怕他不感兴趣不喜欢，更怕适得其反，连给师傅交作业，她都没如此紧张过。

直到视频结束，她才提起勇气，用眼尾忐忑的余光，偷偷看他的表情。

魏无疆的目光仍停留在播放器上，俊脸之上无波无澜，辨不出任何情绪。方恋恋心里直敲边鼓，等不到回应，一瞬没了底。她手忙脚乱收回笔记本，只想立刻跳过这令人尴尬的一段，假装无事发生。

"等等。"魏无疆仿佛如梦方醒，忽地出声阻止，伸手挡了一下，含笑道，"恋恋，你真厉害。"

两人第一次吃饭的时候，他出于待人礼节，也说过同样的话。但这一次，方恋恋能准确无误地听出来，他不是客套，而是发自内心的赞美。

方恋恋欣喜若狂，高高翘起的嘴角都咧到了耳朵根，还谦虚："也

没多厉害。我偷了个懒，为保持色调统一，把全部素材都调成了黑白色，只保留了最热血的红色。”

“这种视频难做吗？”魏无疆摘下耳机，好奇地问。

“不难，做这种卡节奏的混剪，要非常熟悉原素材，知道哪些镜头适合用来踩节奏点。制作的时候，先根据选取的音乐，抓重拍抓大节奏，想好大致的剪辑思路，然后再动手剪。镜头转接的效果，网上都有现成的插件可以用，有些我想要的效果没有现成的，只能硬剪。”

剪辑技术玩得得心应手，方恋恋自然滔滔不绝，拉动进度条精准定在某一剪辑点的位置，详细说明道：“这里有个往里推进再退出的效果，就是硬剪。同一个片段剪成两段，前一段做了个两倍加速，后一段再放回原速，放回原速的同时，选取一个点做关键帧，调节原画大小，前两帧放大……”

话到一半戛然而止，方恋恋意识到自己像在卖弄，难为情地抿了抿唇，忙怀着歉意解释：“不好意思啊，我讲起剪辑，容易没完没了控制不住我自己，其实没什么难度，就是过程烦琐，讲起来像长篇大论一样，挺无聊的。”

魏无疆回以微笑，摇了摇头。

隔行如隔山，他确实听不懂，但不觉得无聊。因为方恋恋侃侃而谈时，眼睛有璀璨光亮，一张小脸也神采奕奕，哪怕一个字听不懂，也会被她散发出的自信光彩所吸引。

不管是方恋恋剪辑的视频，还是她这个人，都有一种使人快速放松的神奇力量。魏无疆忘记了刚才那通不愉快的电话，侧身面向方恋恋，手背轻垫在下颚，眉目舒展笑意清浅，却是由内而发，整个人很松弛且身心自在。

“你继续，我想多听听。”他鼓励道。

方恋恋没见过这么随意的魏无疆，姿势慵散，表情惬意，似乎很享受聆听她的长篇大论。爱人难觅，知音更难觅，距离仿佛一下被拉近，她开心极了，满心满眼都是面前的魏无疆，轻薄底妆下的脸蛋渐渐从三月樱红成了十月枫。

“我讲两件有趣的事吧。”她也学着魏无疆的样子，单手托腮，目光炯炯地与他对视，音量不高，讲故事一般绘声绘色地道，“我以前节奏感不好，总抓不准节拍重音。为了锻炼节奏感，每次‘山啸’排练，我都去地下室当听众。那个时候他们乐队水平真的不太行，尤其是霍西洲，慢歌稳不住节奏，快歌又跟不上节奏，我慢慢都能听出来他节奏有问题，他还死要面子不承认，经常拿鼓棒敲我头。你猜我怎么报复他的？”

没来由地，魏无疆完全没有兴趣猜谜，径直道：“不知道。”

方恋恋兴致正高，狡黠一笑：“我用手机录下他好多排练出错被成员骂的小视频，做了个混剪当生日礼物送给他。当时看完，他大骂脏话，脸都气……”

“恋恋。”魏无疆不自觉敛了笑容生硬打断，蓦地意识到自己太不礼貌，随即又放柔语调，“说说另一件有趣的事吧。”

方恋恋纳闷了两三秒，没多想，再度乐乐呵呵开口：“我以前做了很多影视剧混剪视频，投稿到B站反响不错，我以为自己特牛掰。拜师的时候，我特意精挑细选选出刚才给你看的那段视频发给师傅，想借机展示自己的剪辑能力。结果，师傅把我臭骂了一顿，差点不肯收我。”

“为什么？”魏无疆奇道,盎然兴致的悄声回归,连他自己也没有察觉。

“我师傅是学影视剪辑科班出身的，非常反对玩混剪，说会破坏人正常的叙事思维和对故事的整体把控能力。”

正说着话，有两个女生从前面经过，转头看了他们好几眼。方恋恋以为自己声音太大，压低音量的同时，下意识地向魏无疆靠近些，肩膀几乎碰在了一起。

魏无疆不在意，她沉浸在自己的思路里也没留意：“师傅说，电影是声光电的整体艺术，不是单个镜头画面的艺术，混剪玩得再厉害，也只是单镜头的堆砌，对学习故事表达没有任何帮助。所以，我已经光荣退出 B 站混剪圈啦。”

“原来如此。”魏无疆觉得很有意思，更加好奇地问，“你现在一般剪什么？”

“最近师傅接活多，我打打下手，有时候也当好学生做师傅布置的作业，比如给电影剪预告片，要么把二三十集的电视剧剪成两小时的电影。”方恋恋一边讲，一边转向笔记本，顺手点开 F 盘的文件夹，“以前玩混剪的时候，我收集了好多素材和背景音乐。喏，你看，这全是我分门别类整理出来的音乐库。”

魏无疆闻言转投视线，二十几个文件夹竖直排列，分别用不同的情绪短语命名。

悲伤到落泪，抒情会写诗，滑稽笑完去睡觉，欢快转圈圈，激昂大气踢正步，紧张心跳一百二，酷炫没朋友，优雅做淑女……

文件名取得好玩有趣，魏无疆声音带笑，一一逐字轻轻念出。一路下来到最后一个文件名，他蓦地定住，收住话音噤声不语。

那上面只有简简单单的两个字——“想他”。

显而易见，“想他”的文件夹里每一段旋律都代表爱情，每一个音符里都藏着方恋恋的少女心事。

“啪！”

笔记本电脑忽然被重重合上，慌张失措的方恋恋抱着胳膊一下子趴在了上面，整张脸严严实实地埋进臂弯，像一只钻沙地里避险的鸵鸟。秘密意外曝光，她快懊恼死了，在心里痛骂自己，哭都哭不出来，想咬舌又不至于寻死。像她这样病入膏肓的痴情程度，应该会使人感到不适，觉得她很变态吧。

“恋恋。”

头顶上方传来魏无疆低沉而轻柔的呼唤，方恋恋保持鸵鸟心态装死，甚至腾出一只手寻寻觅觅抓起身后的羽绒服，囫囵罩住自己。

“恋恋，起来吧，没必要害羞。”

身上的重量消失，感觉他低沉的声音近在耳边，似乎蕴含着隐隐笑意，方恋恋心如鼓擂，一动不敢动。

“你捂这么严实不准我看，那个文件夹不会是空的吧？”

“才不是空的！”方恋恋像触电一般，霍地弹起。

拔高的音量惊动了四周自习的同学，她脑子不灵光，当羽绒服是隐形斗篷似的，又抓起来想挡自己的脸。这一次魏无疆动作比她快，半路截下，顺势搭上椅背，叠在自己的羽绒服上面。

一白一黑，仿佛恋人相互依偎。

魏无疆很想看一看那个文件夹，顾及女孩儿感受没有说，只目光灼灼凝视着方恋恋，俊脸上的笑清朗而温柔。

方恋恋知道，他性情和善不是个不苟言笑的人，但此刻的笑，好像又有些不同。她词汇贫乏难以形容，只觉熟悉，似乎在有关于他的梦里见过。当笑颜成真，就变成了映入梦中的灯盏，照亮她缥缈幻境里的沧海桑田，日月山川。

梦里如痴，梦外如醉，梦里梦外魂牵情绕，她爱他，只为他一笑。

3

“山啸”四子的“肯德基盛宴”定在周六下午五点，林靳和杜心雨手牵手如约而至。方恋恋剪片子太投入忘记时间，定了手机闹钟居然没听见，破天荒迟到十五分钟，紧赶慢赶还是最后一个到。

方恋恋单独出现，霍西洲朝她身后东张西望半天，好似大失所望，询问魏无疆人呢。

“他不来。”方恋恋利落应声。

六个人围坐两张小桌，只有杜心雨身旁空着，方恋恋挨个儿打完招呼，落落大方坐过去。霍西洲挤开低头傻笑、忙着发微信的符浪，悄声问她为什么，方恋恋没说话。剪片子没吃饭肚子咕咕叫，方恋恋从全家桶里拿一根粟米棒，欢乐地啃起来。

方恋恋不但没有邀请魏无疆，今天的聚会的事也只字未提。只因魏无疆的一个笑，她就可以义无反顾地爱他，不在乎一切纷纷扰扰，痴痴缠缠，哪怕杜心雨真的后悔，对魏无疆余情未了，她也愿意身披铠甲，佩剑而战，誓死守护她的爱情城池。

整天只会出馊主意的霍西洲可能不会懂，所以方恋恋没有浪费口舌解释。欧阳和兰胖子一唱一和，正在讲述组建校园乐队的艰辛与不易，什么饿肚子也要省钱买乐器，什么唱红白喜事被轰下台，什么找其他乐队茬琴不成反变茬架……唯有林靳和杜心雨在听，因为新鲜，没近距离接触过校园乐队。

陪着“山啸”一路走来的方恋恋算半个亲历者，换成她来讲，肯定更加声情并茂，还能锦上添花，免费送一段被坑蒙拐骗变成“大股东”的血泪史。首要任务是填饱肚子，方恋恋啃着奥尔良烤翅，有一搭没一搭地听着。旁边霍西洲忽地用胳膊肘撞她，让她看自己手机。

微信界面一条没发送的信息：你和杜心雨闹矛盾了？

鬼鬼祟祟像小学生传字条一样，方恋恋看完信息又奇怪地看一眼霍西洲，叼着鸡翅摇头。

霍西洲似乎不信，打字飞快：她一直来来回回瞄你，好像有妒意。根据我的判断，肯定不是嫉妒你长得漂亮。

今晚的方恋恋的确很漂亮，难得化了个 A 爆全场的欧美妆。

宿舍老大是个美妆博主，下午突发奇想要拍个“给闺蜜变换妆容”的主题。临近期末，宿舍老三老四都去上自习了，只有老二方恋恋抱着棉被在呼呼大睡。趁着 A 大周五周六不熄灯，方恋恋通宵剪片子，睡得正香被老大抓起来洗漱，录视频。她长相水灵可人，平时喜欢化清新自然的日韩系妆，不过经老大一双巧手雕琢，加上欧美妆的她自有另一番别样风情。

眼影深邃，眼线妩媚，姨妈色雾面唇釉将唇形勾勒得饱满而丰盈。

真正的美人在骨不在皮，任何妆面都能掌控得住。

杜心雨今天同样略施粉黛，透着江南云光水色一般的柔美韵致。两人坐在一起各有各的美，不分伯仲。

方恋恋吃东西专心，浑然未觉，经霍西洲提醒，嘴里包着鸡肉，下意识地就转过头。目光碰上杜心雨的，方恋恋立刻停止咀嚼，抿着唇对她客气地笑了笑。

“外面有卖糖炒栗子的，你想吃吗，我们一起去买。”杜心雨说着，不等方恋恋表态，已将手中只咬过一小口的汉堡递给了林靳。

“外边冷，我去买吧。”热心肠的兰胖子站起来。

拐弯抹角是女孩子最擅长的表达方式，翻译成直男能听懂的语言，就是杜心雨有话想找方恋恋单独聊。但凡有点恋爱经验，都不会理解成字面意思。兰胖子听不懂情有可原，欧阳和林靳一人按一边肩膀，把他按回原位。杜心雨和方恋恋一同离座走出肯德基，他还纳罕，这两人关系变这么亲近，不合理啊。

女人心，海底针，搞不懂，搞不懂。

铁砂炒制出的板栗热气腾腾，个个颗粒饱满，绽裂出黄灿灿的果仁。

方恋恋眼馋买了一斤，知道杜心雨有话要说，便没走远，就近坐在路旁的花坛边，慢悠悠剥着栗子，等杜心雨开口。刚出锅的栗子烫手，剥两下就要捏捏冰凉的耳垂降温，方恋恋剥出一粒完整栗仁，先递向杜心雨。

“你尝尝，应该又糯又甜。”她笑盈盈地道。

小时候，爸爸没少在方枪枪耳边唠叨“要学会分享”，方恋恋听多了也养成习惯。她乐于分享美食，并不为故意讨好杜心雨。因为魏无疆，两个人恐怕做不成朋友，但方恋恋对杜心雨没有敌意。毕竟在暗恋魏无疆的那些岁月里，她曾对杜心雨怀有难以言表的复杂情感，有喜欢羡慕，也有畏惧嫉妒。

“谢谢。”杜心雨吃相秀气，轻咬一小口，“嗯，很甜。”

“我也尝尝。”方恋恋趁热乎，整颗扔进嘴里，甜弯了眼角。

杜心雨手捏半颗栗仁，挨着她坐下，神色如常道：“林靳最初追我是为了和朋友打赌，你应该知道吧？”

方恋恋抠着颗没裂口的栗子，点点头。

“我想你也应该明白，和他谈恋爱，我会有顾虑，不确定他到底有多喜欢我。”似乎有点难以启齿，杜心雨用笑容掩饰自己的微讪。

果然被霍西洲料中了，方恋恋暗暗想。

杜心雨又轻咬下栗仁，抿化在唇齿间：“知道乐队请吃饭你也会来，我可能鬼迷心窍吧，给魏无疆打了个电话。”

心头蹿升一股不祥预感，方恋恋抬眼追问：“为什么给他打电话？”

“找他陪我在林靳面前演场戏。”话说开了，杜心雨愈加坦诚，“我想知道如果我和他玩下暧昧，林靳会不会吃醋生气。”

方恋恋的脑子玩玩剪辑技巧还行，玩女孩子的心机花样真不在行，有种跨越学科领域的无知茫然。

她目瞪口呆好半天，发自肺腑评价了一句："杜心雨，你好作啊！"

真话不中听，杜心雨冷下脸。

"魏无疆绝对不会同意的。"方恋恋也不是看人下菜碟的人。

"他冲我发了脾气。"杜心雨看着方恋恋，面色似怒似怨晦暗不明，一字一句地道，"我们谈了五年恋爱，他从来没有对我发过脾气。即使在分手前，我们关系最紧张的时候，他也没对我说过一句重话。"

扯得有点远，方恋恋半懂不懂，就事论事："你的要求确实过分。"

杜心雨没有否认："我一开始想不通，我的要求过分，他拒绝就好，发脾气未免有些小题大做。今天见到你，我想通了。"

"想通什么？"方恋恋没跟上她东绕西绕的思路，蒙了圈。

不愿明讲还非逼她点透，杜心雨不悦，加快语速："我如果和他逢场作戏，林靳会误会，你也会误会。他冲我发火，是因为他……"

在乎你的感受。

后半截话被硬生生咽了回去，想到曾经她才是魏无疆最在乎的人，杜心雨就无法安之若素地接受已经时过境迁的现实。骄傲和虚荣心作祟，她祝福魏无疆的同时，又希望他不要太快放下与她的旧日恋情。最好是曾经沧海难为水，除却巫山不是云。

方恋恋不像杜心雨一样心思跌宕百转千回，花了几秒钟猜到杜心雨的未尽之意，登时把不安与忐忑明明白白写在了脸上。

"你想和魏无疆复合？"她紧张兮兮地问。

"不想。"杜心雨语气果断，下意识地端起前女友的身份，用挑剔的目光审视方恋恋，“你喜欢魏无疆什么？长得帅？温柔体贴？”

“我喜欢他的全部。”方恋恋不假思索。

杜心雨轻笑：“他言而无信，你也喜欢？”

“什么？”方恋恋讶异。

“你还不知道我们分手的原因？”杜心雨比她更讶异。

“不知道。”方恋恋忙问，“为什么？”

“你去问他吧。”

怎么又是这句！

杜心雨说完她想说的话，自顾自走了，独留方恋恋抱着一袋糖炒栗子，坐在原地郁闷叹气。

4

一句“言而无信”不像骗人，方恋恋左思右想毫无头绪，冻得打战只能先行放弃，拎着栗子回到肯德基。她屁股还没坐稳，欧阳便站起身振臂呼吁，办专场缺钱，急需各路爱心人士赞助。

“我出两万，只有一个要求。”林靳口气很大，亲热地揽过杜心雨的肩，“唱一首歌送给心雨。”

“没问题。”欧阳爽快应下，虽然有悖于摇滚精神，但比起现场泡脚，林靳的要求明显合理多了。不变不通，一变则通。

“唱什么？”霍西洲没那么容易妥协，板着脸孔道，“我们可不唱口水流行歌，跌份儿！”

“心雨定。”林靳拥着杜心雨，温声细语地问，“你想听什么？”

杜心雨嫣然一笑：“我想……”

“我出五万。”方恋恋突兀地打断，声音不高却坚定，平静地对向欧阳，“没有要求，你们想唱什么唱什么。”

“我出八万，唱三首。”林靳淡瞥她，嘴角噙笑，仿佛漫不经心，只刻意加重了语气。

方恋恋视若无睹，从从容容再度开口：“我出十万，没要求。”

半生不熟的两个人突然开战，针锋相对，火药味渐浓。

方恋恋的举动令所有人困惑——愚蠢，鲁莽，没有自知之明，为什么非要和富二代比阔？

“方恋恋！”霍西洲坐不住急眼了，跳起来骂，“你较什么劲啊，你有那么多钱吗？”

“有没有，我自己清楚。”方恋恋八风不动，忽略所有人的惊诧，只平静看向林靳，“你还加吗？”

林靳没有立即回答，松开扯他衣袖的杜心雨，像坐在一张谈判桌上与方恋恋直直对视，眼光里透着探究与兴味。

“有点意思。”他一身富家子弟盛气凌人的傲慢，笑着问，“方恋恋，你故意和我争，是在为魏无疆打抱不平吗？”

“这你不用管。”桌下的双手已经攥成拳头，方恋恋憋着口气目光锐利，铿锵道，“你不加，我要加，十二万。”

“十二万！”霍西洲要疯，怒目相向，额角青筋直跳，喉咙里像卡了什么东西一样，再讲不出一字半字。

兰胖子也被巨款吓出满头虚汗：“恋恋，我们一定会省着用，用不完的退你。”

“提点要求吧,你掌握话语权可以为所欲为,让我们跳四小天鹅都成。”一直没怎么开口的符浪也凑上来，诚心诚意地提建议。

“千万不要跳，我怕做噩梦。”方恋恋还有心情开玩笑，环视一圈表情各异的“山啸”四子，扬声道，“你们不准偷懒，好好排练啊，到时候一定要铆足力气唱过瘾，迷倒台下所有人。”

欧阳拍胸脯：“包在我们身上。”

其余三子怔怔然没反应，只有欧阳最沉得住气，看出方恋恋是铁了心要充大头。扭脸见霍西洲和林靳几乎同时张嘴想说话，他反应灵敏，像拍卖会上一锤定音的拍卖师一样，重重拍响桌子——

“就这么定了！”

一分钟之前，方恋恋确实不差钱。给方枪枪打工有工资，给师傅打下手有报酬，空余时间，她还会接剪网站平台宣传片之类的零活挣外快；一分钟之后，手机银行转账成功，方恋恋的卡里就只剩可怜巴巴的三位数，连下个月生活费也没了着落。

和林靳较劲有没有意义，又值不值得花十二万较这个劲，方恋恋压根儿不去想。她只知道，杜心雨惹魏无疆生气，她很不高兴——那么无理刻薄的要求也好意思讲出口，简直是在故意欺负魏无疆，欺负他善良，欺负他宽厚。

全世界最好的魏无疆受欺负，她方恋恋头一个不答应。

只要能争口气，方恋恋不后悔。

至于这口气是为自己争的，还是为魏无疆争的，她分不清，似乎也没有差别。

一掷千金之瘾过得痛快，雄赳赳气昂昂出了肯德基，萧瑟寒风一吹，方恋恋清醒不少。十二万，每一分每一厘都是她不分昼夜熬出痘痘辛苦挣来的，每一笔进账她都能开心半天，眨眼就没了，好心痛啊。

方恋恋是个钱串子，曾半真不假地对方枪枪说，这是我存的棺材本，剪辑不是人干的，谁知道哪天就过劳猝死了呢。

此番人生感慨发表在得知魏无疆失恋的前几天。备感爱情无望的方恋恋，觉得人生了无生趣，也不过如此。一天酷似一天地过着，像照镜子，长此以往活到七老八十太没劲，三十岁就够了。

被方枪枪气急败坏地教训，警告她收起这种消极厌世的想法，她嘴上说好好好，心里照旧故我。活到三十岁还放不下魏无疆，爱不上某某某，岂不是太可悲了？所以她要拼命赚钱，只有钱能给她无望的生活带来一点点安全感。而此时此刻的方恋恋，连唯一的安全感也似云烟，化为乌有。

转身拐进旁边小巷，方恋恋越想越觉悲伤，自己和卡里三位数一样可怜，无着无落。为争气好像耗尽体力，脑子不会转，混混沌沌，她凭着本能，拨通魏无疆的电话。

“魏无疆，你在哪里？我可不可以去找你？”强忍鼻腔酸涩，好想见他。

话尾一丝颤音，轻而入骨。

那头魏无疆顿了半秒，急切道：“我在加班。你发个定位，站在原地不要动，我叫辆车去接你。”

“好。”

冬天太阳落山早，出于对方恋恋安全的考量，一路上魏无疆一直在跟她发微信。不问她出了什么事，只东拉西扯闲聊，其间还发了几张搞笑的表情包。方恋恋一会儿哭一会儿笑，像病得不轻，被司机师傅瞄了好几眼。到地方下车，半旧的写字楼毗邻一家快捷酒店，司机师傅想偏了实在没忍住，规劝一句——

“姑娘，你还年轻，前途无量，自重自爱啊！”

方恋恋抽噎着抬手往写字楼一指，想也不想便道：“师傅你误会了，我来找我男朋友。他最爱我了。”

我也最爱他了。

5

魏无疆师兄初创业，万事以节约成本为先，工作室租在这栋倒闭酒店改建的写字楼里。通道式的结构，一条南北向贯穿的过道狭长逼仄，两边分布着五花八门的小公司。

工作室位于五层尽头，门脸不大，里面也只有十来平米。创业狗的地盘也像狗窝，四张办公桌挤在中间，周围高高低低堆满杂物，卫生死角落满灰尘。螺蛳壳里做道场，就这点有限空间，除了办公，墙边还硬塞进一张行军床，薄被揉成一团堆在床尾。

哪儿哪儿都乱到无从下脚，就是贼来了也要先收拾收拾，才能踅摸点值钱东西。

方恋恋立在门口望不见人，一时半会儿也不敢贸然往里进，轻轻地喊：“魏无疆。”

话音未落，他从满室狼藉中站了起来，戴着眼镜。

空调开得足，他只穿了件藏青色毛衣，袖子挽至手肘，露出白净精瘦的小臂。方恋恋眼前一亮，有他在，脏乱差的工作室也没那么不堪入目了。

不等魏无疆过来接她，她就像涉水过江一般，双手平举踮起脚，见缝插针落下脚步。弯弯绕绕躲开杂物，只余一步之遥，她停下来绽放灿烂笑容，羚羊似的轻盈一跃，跳至魏无疆面前。

魏无疆也一直面带微笑注视着她的一举一动，人近了，笑容瞬时凝固："恋恋，你哭过。"

"没有呀。"方恋恋习惯性否认。

"又撒谎。"魏无疆转过椅子，按她坐下，自己倚着桌沿儿，"妆花了，知道吗？"

方恋恋抹了抹下眼睑，一手指的眼影和睫毛膏碎屑。想起来宿舍老大经常拍视频，图卸妆省事，拍摄时不爱用防水化妆品。

"我现在丑吗？"她心有戚戚地问。

"不好看就对了。"魏无疆实诚，指去卫生间，"去洗洗脸吧。"

方恋恋站起来，想起什么，问："里面有卸妆水，或者卸妆膏吗？"

魏无疆明显愣了下："有洗手液。"

丑总比烂脸强，她又坐了回去："我想喝水。"

"好。"

魏无疆顺手拿起自己的马克杯，走去饮水机接了杯温水。回到工位，方恋恋正凑近他泡的方便面，哈巴狗似的吸鼻子。

"怎么一点也不香啊，过期了吗？"她奇怪地问。

“是你鼻子不通气。”魏无疆好笑道，递出杯子，从隔壁拖把椅子面对她坐下，“还没泡好，待会儿再吃。”

哭到口干舌燥，方恋恋一气喝掉半杯水，捧着杯子环顾四周，不满地抱怨：“让你一个人加班，又不给你买加班饭，你师兄太过分了。”

“师兄已经连熬了两个通宵。”魏无疆指指墙边的行军床，“他本来打算将就睡一晚，被我赶回去了。快一周没洗澡，身上有味儿。”

他嫌弃地皱鼻子，她也跟着照做：“你师兄一定没有女朋友。”

“又当老板又做员工，太忙，没时间交女朋友。”魏无疆又指向饮水机旁的简陋隔断，“工作室刚成立的时候，东西还没这么多，师兄在那里面安了个煤油炉，每天自己做饭。为节省时间，有什么煮什么，煮一大锅吃三顿。”

有个白手起家的哥哥，方恋恋大概能体会创业的艰苦。但她没继续往下聊，而是笑嘻嘻地又把话题扯了回去：“我哥创业的时候也忙到脚不沾地，可是一点没耽误他交女朋友。你师兄如果有女朋友，就不会一周不洗澡了。”

魏无疆听得一乐，迅速反驳：“我没女朋友，也没一周不洗澡啊。”

“我闻闻。”方恋恋脸都凑过去了，才意识到自己有点没羞没臊，忙又转开脑袋，假装被他的电脑吸引。脸颊发烫死盯着屏幕，好像她能看得懂全英文的 Origami Studio 工作界面似的。

哭花了妆痕迹斑斑，魏无疆看不出她小脸充血，却留意到她的耳朵在一点点变红。

有一瞬的冲动想捏捏她肉嘟嘟的耳垂，听老人家说，耳垂饱满有福气。

魏无疆搭在膝盖的手指动了动，方恋恋忽然转过头，问：“你是在做和林靳爸爸公司合作的那个项目吗？”

手指一松，魏无疆心念收得快，道：“对。”

方恋恋皱起眉头：“林靳故意找碴儿，刁难你们？”

魏无疆没说是也没说不是，掀开杯面的纸盖，一股热气袅袅升腾。塑料餐叉递给方恋恋，他想了想，轻描淡写地道：“开会提了些意见，给的修改时间有点紧。”

“甲方爸爸最难伺候了。”

方恋恋手举餐叉，像举着三叉戟，深有同感，愤愤不平。简单一句话不足以平复心中积怨，她又挥舞餐叉比了个“斩立决”的动作，一定睛，好像才看见手里的东西，她忙还给魏无疆：“我吃过了，你赶紧吃吧。”

“我现在不饿。”魏无疆放下餐叉，有问题没问清楚他不放心，“恋恋，能跟我说说，为什么哭吗？”

方恋恋是个情绪流动性很强的人，享受和魏无疆独处的宝贵时光，几乎已经忘了自己现在是个穷光蛋。他冷不丁开口一问，她仿佛失忆，呆了好几秒钟，然后就像开闸泄洪，还不给预警一样，眼泪珠子哗哗往下坠。

她边伤心地哭，边颠三倒四讲起来龙去脉：“杜心雨告诉我了，她给你打电话，让你陪她演亲热戏。她脸咋那么大呢，又不给钱，为什么要陪她演戏！给钱也不能演，太伤自尊了。你发脾气没有错，不管是不是因为我，我都好感动。魏无疆，魏无疆……”

方恋恋嘤嘤唤着，被口水呛到打了个嗝，又哭哭啼啼继续：“我真的好喜欢你啊，万一我追不到你，可怎么办……孤孤单单死在三十岁，也不是不可以，可我攒的棺材本全没了呀……我，我现在又不是很想英年早逝了，我想活得久一点儿，追你追得久一点儿……你千万等等我啊，不要被外面的妖艳贱货抢走，我，我会努力的！”

她哭得带劲，口齿不清，鼻音浓重，断断续续。魏无疆很用心在听，也只听清了一些耸人听闻的词语，诸如“孤孤单单死”“棺材本”“英年早逝”……

本就不太能招架方恋恋掉眼泪，又被她的哭诉弄得云山雾罩，魏无疆顿时脑子“嗡”的一声，方寸大乱。到处找不到该死的纸巾，他定神顿了下，突然俯身靠近方恋恋，伸手摸进她的羽绒服口袋，没摸到，又改摸另一边口袋，像在搜身找什么重要东西。

突如其来的“上下其手”，唬得方恋恋紧急制动刹住眼泪，大气不敢喘，动也不敢动，噙着眼泪直愣愣地盯住他。

“你……你干吗呢？”她怯怯地问。

“找口红。”魏无疆记得，上次她哭，是靠涂口红止住的眼泪。

邋遢泪痕还挂在脸上，方恋恋已忍不住破涕为笑：“你别找了，我着急出门，没有带。我今天已经丑出天际了，抹口红不管用。”

魏无疆坐回原位，似乎有些难为情，来不及收敛眸中的慌乱，匆匆别开眼神。须臾，他也无声笑了，终于发现近在咫尺的抽纸，因为太着急像中了它的障眼法，刚才死活找不到。

“要怎么样你才会不哭，告诉我。”拿起整盒抽纸，魏无疆转回视线，认真看向方恋恋，坦诚道，“你一哭，我特别慌，不知道该怎么办。”

“能让我抱抱你吗？”方恋恋扬起期期艾艾的小眼神。

魏无疆没吭声，片刻后默默站起身，张开了双臂。

方恋恋是跳着扑进他怀里的，莽撞又冒失，紧紧箍住他的腰，双手像打了结一样，在他腰后用力交握。

似乎四年来的苦苦暗恋，只为这一刻。

值了，全都值了。

她才不要只活到三十岁，要活得长长久久，爱他长长久久。

刚刚好，遇见最美好

『第十一章』

· Chapter ·

1

紧张刺激的考试周结束，方恋恋长出了一口气。考前考后拜遍各路考试大神，她要求不高，但求低空飞过不挂科。

寒假来临，方恋恋接的活儿还没干完，从宿舍搬进了方枪枪的公寓。变成一贫如洗的穷光蛋，只能依附哥哥当寄居蟹。打肿脸充胖子的事儿，她没好意思告诉方枪枪。以他的个性，少不了一顿臭骂；以她的个性，少不了一顿回嘴。万一一言不合被赶出公寓，大不了回家找爸爸妈妈，如果她不差那张动车票钱的话。

方恋恋住进公寓的隔天，周颂也搬了进来。学校公寓两头跑，他不嫌折腾，方枪枪也嫌浪费时间。《盲童看世界》的样片进入中间帧动画制作阶段，方枪枪力争节前全部完成，送去各家动画公司求合作。顺利的话，开年谈细节签合同，资金一落实，就可以大刀阔斧地干起来。

每逢年底，培训学校繁杂事务多，方枪枪的公务应酬也多。该打点的，该关照的，该维系的，请吃请喝不能少。有些场合逃不掉，又不凑巧集中在一个时间段，纵使方枪枪酒量再好也扛不住，三天两头喝醉，昏睡的时候多，清醒的时候少。

唯一的好处是，方枪枪不撒酒疯只会倒头大睡，周颂挨骂的次数骤减。

这天，两人一起回来，方枪枪又醉得不省人事，方恋恋和周颂一左一右架着他回房间。哥哥平时都是晚上才醉，今天为什么中午就光荣倒下？方恋恋纳闷，叫住准备工作的周颂。

周颂也喝了点酒，半杯啤酒就上头，一张脸红得像转发求好运的锦鲤，更像年轻体瘦版关公。

公寓里有方恋恋买的蜂蜜柚子酱，解酒专用，她冲了浓浓一杯。两个人坐进沙发，周颂不知怎的，喝着喝着，眼泛泪光。

瞧着周颂哭，方恋恋走了神，想起那天和魏无疆的拥抱。

她舍不得撒手抱了好久，感觉到魏无疆收拢双臂圈住她，心潮澎湃再度落泪，有喜有悲，又抱了好久。直到魏无疆肚子饿得咕咕叫，她才依依不舍地松开手。他吃泡面，方恋恋就眼睛一眨不眨地守着他吃，脸上挂着眼馋的笑。

不馋泡面，只馋眼前人。

后来，魏无疆实在受不了方恋恋的“深情凝视”，找出一根泡面伴侣玉米肠。眼馋暂时解不了，方恋恋只能解解嘴馋。再后来，她陪魏无疆加班，安安静静没有闲聊，不知何时就趴在旁边睡着了。醒来，身上披着魏无疆的外套，有他温暖的味道。她趴着没动，眯着眼睛偷看忙碌工作的魏无疆，一颗心像煮沸的巧克力酱，冒出一个个浓稠醇香的小泡。

窗上冰花如刻，斗室却如春，方恋恋如饮美酒微醺着，踏实又幸福。

时隔几天再回想，依旧心甜如蜜。方恋恋面对悲切神伤的周颂，差一点没绷住，傻笑出声。

弄不清楚他为什么难过，方恋恋收回心神，调侃道：“有段日子没哭，你欠的啊？”

周颂摇头。

方恋恋再猜：“想妈妈了？”

他还是摇头。

“不喜欢我泡的蜂蜜柚子水，难喝到哭？”方恋恋没思路，开始自由发挥，“太喜欢我泡的蜂蜜柚子水，好喝到哭？我泡的蜂蜜柚子水无功无过，普普通通到哭？”

周颂连摇三次脑袋，就是不开口。方恋恋干着急，想拿他泡水。

“你不说算了。”

方恋恋要走，周颂终于开了金口：“枪枪哥带我去和他朋友聚会，有个朋友在一家美国动画公司做策划，聊起来国内外行业现状。”

“然后呢？”方恋恋又坐了回去。

“现在美国、日本的动画公司，有百分之八十的外包业务是交给咱们国内的动画公司在做。有些东西交出去水平之高，连美国人也会竖大拇指。”本该感到骄傲，周颂却越显低落，声音里都没了底气，“他朋友常年在国外，不明白为什么我们自己做不出能征服世界的优质动画。”

方恋恋：“我哥怎么说的？”

“国内市场太浮躁，观众浮躁，投资方也浮躁，只想着挣快钱，等不及动画人精雕细琢好作品。《僵尸新娘》拍了十年，换在国内，主创人员早饿死了。不接外包专心打磨原创作品，饿死；就算做出了好作品，营销宣传跟不上，东西不出圈，没有后续资源跟进，一样饿死。横也是死竖也是死，挣扎在温饱线上，首先要考虑的当然是挣钱吃饭，活下去。”

方枪枪说的每一个字，周颂能准确无误地转述，却模仿不了他说话时的表情，太复杂了。有无奈，有悲哀，也有自嘲的笑，以及对现状无能为力的苦闷。

没有人劝酒，方枪枪自己把自己灌醉了。

方恋恋不了解动画行业现状，但清晰地记得，哥哥曾带她去看过一部动画电影《大世界》。多线叙事的犯罪题材作品，故事是个好故事，但从画面到配音无不粗糙简陋。方恋恋不明白哥哥的用意，最后进字幕的时候她才惊讶地发现，身为独立动画人的刘健，几乎包揽了全部技术工作，制片、导演、编剧、剪辑、艺术指导、美术指导……

这部曾获金马奖最佳动画长片殊荣的作品，能拿到龙标在国内院线上映实属不易，可惜最终票房惨淡。方枪枪找遍了全城的影院，仅一家偏僻的郊区影院有少量排片。他和方恋恋一大早赶去影院，那一场他们也是仅有的两位观众。寒冬腊月的，影院甚至没舍得开空调，他们哆哆嗦嗦看完整部电影。

片尾字幕还没走完，保洁阿姨已经提着笤帚进场打扫。

方枪枪久久坐着不肯离去，保洁阿姨再三催促，他才迈着沉重脚步走下台阶。没有离场，而是驻足于巨幅银幕前陷入深思，十分严肃，十分郑重。

做动画难，做独立动画人更难，不但要意志坚定，还要耐得住寂寞，更要懂得苦中作乐。

不知该如何安慰周颂，方恋恋像哥哥以前对待她一样，用力地拍他的后背。

发心不难勇锐，难持久。

“打起精神来，小伙子！”她面带笑容，字字掷地有声，“坚持就是胜利！”

小伙子不经拍，疼得缩脖子，愁眉苦脸反手去抚自己的后背。方恋恋高举右手想跟他击掌，他也不敢接招，胡乱抹把脸勉强振作，低着头进了工作间。

有天赋不代表一定适合，想在这行走得更远，周颂就必须筑起铜墙铁壁，包裹住他那颗敏感、真挚、柔软的玻璃心。

2

方枪枪睡觉，周颂工作，方恋恋负责后勤保障，洗完两人的衣服，化好妆漂漂亮亮地出了门。

虽然方枪枪和关梓萌的恋爱告吹，但她和方恋恋的友谊仍在继续。自从单独吃过一顿饭，性情相投的两个女孩儿关系又更近了一些，平时有微信互动，偶尔周末也会约着吃饭逛街。

有天相约逛宜家，方恋恋看中一个带脚轮的置物柜，觉得特别适合魏无疆师兄那间乱糟糟的设计工作室，由此展开话题闲聊几句。关梓萌好奇心大发，借着陪方恋恋送置物柜，顺便参观直男们奇葩的工作环境。

两个女孩儿合力抬着巨沉的包装箱来到工作室，只有师兄一个人在。

师兄姓郑，单名穆，为人不苟言笑，典型的工科男，不讲究穿衣打扮。工作室里热，他上身只穿了件洗褪色的短袖T恤，左胸印有某知名互联网公司的LOGO。他不认识关梓萌，忙着工作，没拿正眼瞧她。关梓萌主动打招呼，他也不理，不知是生性傲娇，还是“社恐”。

两个女孩儿在外面过道安装置物柜，照着图纸讨论半天又比画半天，一事无成。方恋恋不得不把郑师兄喊出来帮忙。

男生或许天生就擅长这些，郑师兄连图纸也不用看，围着满地板零件转了一圈，直接动手开始组装。

郑师兄装了多久，关梓萌就靠着墙壁看了多久。置物柜装好，她也喜欢上了郑师兄。正应了王菲唱过的一首歌——爱情是一种很玄的东西，如影随形。

关梓萌是个大马金刀的行动派，当着方恋恋的面，向郑师兄表白。郑师兄人有点愣，不太懂得给女生留面子，一句“你不是我喜欢的类型，我也没空交女朋友”，无情拒绝。关梓萌坦然接受。方恋恋以为她知难而退，谁料隔天傍晚，她再次出现在工作室。

这女孩儿不认生，也不见外，手脚麻利，两个小时不到，就把所有卫生死角打扫得干干净净，混乱堆放的杂物也被规整得井井有条。原本的狗窝焕然一新，自成立以来，终于有了点公司的样子。关梓萌还抽空打听了几个加班狗的喜好，帮他们点了合胃口的外卖。

大降“田螺姑娘”，郑师兄被关梓萌弄晕了头。大眼瞪小眼和她对看好久，他很不解风景地问一句，你要多少钱。关梓萌没指望一个工科男口中能讲出什么中听的话，不恼反笑。她大方表明态度，决定来工作室做兼职行政，一分钱工资不要。

这一幕发生的时候，方恋恋不在场，等她再去工作室找魏无疆，关梓萌已经和郑师兄出双入对，被所有人亲切地称呼为“老板娘”。关梓萌更是辞掉了既有前途又有“钱途”的证券公司工作，毅然决然加入工作室，正式成为其中一员。

从陌生人变创业情侣，前前后后加起来不到十天时间，方恋恋佩服关梓萌的果敢与魄力。

和魏无疆一同下楼吃饭，又聊起这闪电般的恋爱过程，方恋恋还有点难以置信：“我才说郑师兄缺个女朋友，关梓萌就对他一见钟情，火力全开追求他，好神奇。”

晚饭时间，四层进来七八个有说有笑的西装男，电梯塞得满满当当。两个人退至角落，魏无疆有意护着方恋恋，与她面对面，没站稳，后背被人猛地撞了一下。为免碰到面前的方恋恋，他及时用手撑住轿厢壁，位置正好在她脑后。

他一低头，女孩儿已经羞红了耳朵根。

周围人声嘈杂，魏无疆不方便解释，默默收回手。

方恋恋深埋着脑袋，露出一截白皙细嫩的后脖颈，看在男孩儿眼里，像莹润泛光的瓷瓶，线条优美。

两个人就这样静静地站着，谁也没再说话。

出了写字楼，走在积雪的路上，脚底吱吱作响，方恋恋过快的心跳尚未平复，就遇到亲昵挽着郑师兄的关梓萌。她好生羡慕，频频回头。同样是女追男，为什么关梓萌进展神速，而她却好像止步不前？

停下脚步，方恋恋很认真地问：“魏无疆，你们工作室还缺人吗？我可以去当打杂小妹，不要工资。”

魏无疆失笑，抱歉摇头：“不缺。”

隔空指向他心脏的位置，方恋恋厚着脸皮又问：“那你心里缺人吗？我想进去坐坐，保证不给你添麻烦。”

她的表白仿佛信手拈来，自然到不会令人尴尬。

魏无疆思索片刻，轻按着心口，恳切道：“可以让它再多空一会儿吗？”

“可以，可以。”方恋恋表示尊重，仍不由得失落地撇了撇嘴，悉心叮嘱，“你记得把门关好，不要随便打开。我也会在外面帮你守着，不让坏人接近。”

魏无疆：“比如？”

“比如那些想利用你的善良搞事情的人。”方恋恋记仇，怎么也无法释怀杜心雨的自私自利，也不怕被他听出自己意有所指，昂首挺胸，“对，我指的就是杜心雨。背后道人是非不好，我只说这一次，以后不说了。”

魏无疆没接话，神色如常，朝她淡淡地笑笑，继续往前走。

方恋恋站着没动，想了会儿，快步追上，大眼睛熠熠生辉：“你冲她发脾气，真的是为了我吗？”

“刚刚不是说好不提了吗？”魏无疆侧过头反问。

“你是不是害羞，不好意思承认？”方恋恋一下跳到他面前，双手背在身后，笑容如花儿璀璨绽放，“你是不是已经有点喜欢我了，不好意思承认？”

“方恋恋。”魏无疆似怒非怒地垮下脸，沉声警告，“你逼我逼太紧，小心我，我……”

他语塞，好像也不能怎样。

“小心你什么？”方恋恋勇气爆棚,故意跟他杠上一样,追着撵着发问，“小心你发脾气？还是小心你也喜欢上我吗？”

不等他开口，她又斩钉截铁地道：“魏无疆，假如你真的喜欢上我，也永远不会比我喜欢你更多的。”说完一把抓住魏无疆的外套前襟，踮起脚，飞快轻啄一下他凉凉的侧脸。

然后她得意扬扬笑着跑远，像一只快活的云雀。

魏无疆愣在原地，目光追着她的身影，很快也不自觉地上扬嘴角，会心一笑。

他好像真的对这个时而害羞爱哭，时而又胆大妄为的女孩儿，没有什么抵抗力。

工作室附近的购物广场地下一层有一条美食街，步行过去约十分钟。周边写字楼林立，一到饭点，每家店都人满为患，需要排队等位。方恋恋和魏无疆商量着吃过桥米线，店门旁边是泡泡玛特机器人店。

不知何时，收集 Molly 娃娃的风潮在身边同学中悄然兴起。方枪枪的玻璃展示柜里摆满了各式精致手办，方恋恋见得多，对大眼嘟嘴的 Molly 娃娃兴趣不大。不过，她偶尔也会买买盲盒试试手气，享受拆礼物带来的小期待和惊喜。

排队无聊，方恋恋根据自己的幸运数字，选中第五排第五个盲盒。欧气满满，居然抽中国际象棋隐藏款，正好可以送给热衷于收集 Molly 的宿舍老四。

魏无疆接了通家里的电话再回来，看见她正举着 Molly 拍照，很自然地问：“你喜欢？”

方恋恋忙着发照片给宿舍老四，脱口而出：“不喜欢，我喜欢你做的人偶。”

做贼心虚的人容易敏感，方恋恋立刻意识到，这话很可能会引起魏无疆的怀疑。为掩饰不安，她胡乱敲着手机假装打字，与此同时大脑飞转，想法子转移话题。

不等她想到，魏无疆先开了口：“恋恋，把人偶还给我吧？”

“咚”的一声，Molly 掉在地上。

“不。”方恋恋条件反射一样果断拒绝，眼睛却死死盯着打出的一串乱码，没有勇气看他。

“恋恋。”魏无疆捡起脚边的娃娃，像很多年前主动给她讲解几何题一样，声音低柔且有耐心，“它已经没有存在的意义了，你不还我，就帮我扔掉可以吗？你喜欢，我做其他的送你，好不好？”

一根筋的方恋恋无论如何舍不得，决定纵容一次自己无赖般的任性。

她扬起严肃小脸，深深望着他的眼睛，缓慢而坚定地说：“我不，我只喜欢那一对。我觉得有意义，想留作纪念，不在乎它曾经属于过谁。”

就如同面前的你一样，曾经是别人的男朋友，遥远得仿佛天上星。我那么渺小而普通，又那么执迷不悟，但从未有一天放弃过寻找，寻找一条通往星星的路。

仿佛读到了方恋恋此刻的心声，魏无疆的心脏狠狠地抽了一下，不忍强迫她。没再多说什么，他递出手中的 Molly。方恋恋也把手伸向他，却没有接，而是抓起他的另一只手，直接放在自己的头顶。

“魏无疆，那年高考，我特意每科都提前十分钟交卷，然后用最快速度跑去你的考场外面守着，想在第一时间知道你考完的反应，发挥得好不好。你一直表现得特别平静，我什么也没看出来，但我发现你每考完一科，就会去杜心雨的考场外等她。她如果没考好，你会像现在这样，摸摸她的头。”方恋恋太喜欢魏无疆，怕自己的任性惹他不高兴，忍不住就往最坏处想，“我亲过你，也抱过你，现在也被你摸过头了，曾经幻想过的全都实现了。人偶我是留定了，要杀要剐随便你吧。”

挺直腰杆昂起头，方恋恋决绝闭上双眼，像个革命志士，一脸的“视死如归”。

魏无疆哭笑不得，发现不把话说清楚，她太容易胡思乱想。手掌移至后脑勺，方恋恋感觉不对劲一睁眼，魏无疆便加大手上力道，将她带至自己跟前。

他没松手，俯身与她平视，将眼底的笑意清清楚楚传递过去：“你既然喜欢，要留就留，我只有一个条件。”

方恋恋收紧下巴，眨眨眼：“什么条件？”

“不要再提我和杜心雨的过去。”魏无疆不觉得有什么可隐瞒的，毫无保留地对她道，“我们和平分手，我对这段感情没有遗憾，因为我已经尽我所能做到我该做的，我可以做到的。恋恋，想听听我们分手的原因吗？”

方恋恋按捺住急切用心思考，稍后问：“因为你言而无信？”

分手没有对与错，但该承担的责任，魏无疆不推脱。

他点点头：“我们早在读大学前，已经约定好要一起出国留学，然后工作定居。我后来改变主意，希望她能陪我留在国内。她不同意，我也不愿妥协。”说着话，牵她走回店门口，“长时间的冷战是对感情最大的消耗，到最后依然谁也不肯让步，注定只能分手。”

方恋恋现在终于明白，为什么杜心雨会突然问她有没有出国留学的打算。

错过叫号只能再多等等，两个人还有话讲，似乎都感觉不到饿，坐进了店外的等位区。

“你为什么会改变主意？”方恋恋问。

魏无疆沉思良久：“可能因为爷爷的过世对我打击太大，我不想生活在一个离他太远的地方。”

真正的原因，其实连他自己也说不清。更有可能是为了弥补当初犯下的错误，不应该为了陪杜心雨复读，而草率地答应父亲放弃自己所热爱的泥塑。魏无疆对成为泥塑师仍抱有幻想，觉得离开泥塑的土壤，就再也没有可能实现他渺茫的愿望。

“魏无疆，告诉你一个好消息。”方恋恋最不愿见他被心事所累，故意没心没肺地笑着转移他的注意力，掷地有声地道，“我一定不会出国！”

魏无疆挑眉："你要读研？"

"不，我要挣好多好多钱当富婆！"方恋恋胸有成竹地拍拍胸脯，像高傲的女王指点江山一般，比画了一个大圈，"我要买栋带花园的大别墅送你，你可以天天在后院挖泥巴，想捏什么就捏什么。"

金屋藏娇。魏无疆一下想到这四个字，乐了，也不说话，只看着她笑。

方恋恋受到鼓舞，指向不远处的泡泡玛特机器人店，尽情发挥想象力展望未来："你也可以设计一款独一无二的泥塑娃娃，开实体店开机器人店，每年出不同的系列，纪念版，特别版，隐藏版，联名版……"

美好未来畅想到一半，方恋恋捏在手里的手机响了。霍西洲来电。

3

"山啸"四子除欧阳外，全是本地人。兜里揣着方恋恋十二万的全部家当，他们也像背负起了十二万分的责任，一致决定寒假不回家，专心准备下学期的专场，每天在吉他社地下室排练十几个小时。

乐队成立一年多，大大小小的困难也没少经历，心想着这回总该顺顺利利走到头，可惜好景不长，一首歌还没排练完整，又出了岔子。

这一次惹事主角不是霍西洲，而是符浪。平时闷声不响挺低调的一个人，不知怎么就把吉他社社长的女朋友迷得神魂颠倒，女孩子坚决要和社长分手。恋爱谈了三年多，一夕被踹，社长勃然大怒，不但把"山啸"轰出了地下室，还跟 A 大周边各大琴行的朋友打了招呼，不准将排练室租借给他们。

人生啊，果然是起起落落——落落……

电话里长吁短叹，唯一股东兼赞助商的方恋恋顾不上吃饭，和魏无疆一起匆匆赶回学校。

“山啸”四子的其中三子正坐在校门口喝西北风，身后堆满了乐器设备线材，很摇滚，也很落魄。符浪则孤零零地坐在远处，挂了彩，衣衫不整，一副倒霉相。

“有话好好说,他们怎么能动手呢！”方恋恋讲义气,一脸的刀光剑影，冲三子扬声道，“走！找他们算账去！”

霍西洲有气无力地掀起眼皮，斜着眼睛先看见魏无疆，再淡淡地瞥向方恋恋：“算什么账，是我们的杰作。好的不学学坏的，告诉他不要招惹那艺术团的小妞，他不听，说什么不轰轰烈烈不叫初恋。”

“他算是轰烈了，我们也陪着壮烈了。”将专场视作大学毕业礼的欧阳沮丧道，“没地方排练，开个屁的专场。恋恋，要不我把你那十二……”

“别灰心啊！咱们一起想办法。”方恋恋不想她的疯狂事迹尽人皆知，急忙打断他的话，转问身旁的魏无疆，“你知不知道有什么地方适合排练？”

魏无疆是个音乐门外汉，仔细询问：“对排练场所有要求吗？”

“不需要多大地方。”兰胖子朝身后一堆家伙什努了努嘴，“只要摆得下器材，隔音效果好，不扰民就行。”

要求不多，但确实不好找，魏无疆想了想，只能抱歉摇头：“学校找不到合适的地方吗？”

欧阳无奈叹气：“平时还能找地方凑合，现在放假了，好多地方都锁了，

不好找。”

“租个离学校远点的琴行教室吧。”符浪怕再犯众怒挨揍，站得不近不远，大声插进话，“这次是我不对，我出钱，算我给哥儿几个赔礼道歉。”

“滚滚滚，顿顿吃泡面，你能有几个钱？”霍西洲烦他，口气恶劣，“就你初恋可歌可泣，老子初恋心里一天到晚惦记着别人，还跟老子玩父女情深，老子说什么了吗？”

他眼睛没看方恋恋，每一个字却明确指向方恋恋，讥讽的口吻，话里带刺。

“霍西洲！闭嘴！”方恋恋来气，使劲踢他小腿。

“老子不闭！”霍西洲炸了，受不了她的过度反应。

他噌地站起身，本来心情就差，索性撕破脸皮，咬牙切齿道：“方恋恋，你的初恋是初恋，老子的初恋就不是初恋了吗？你以为老子想喜欢你啊，老子不想！老子为忘了你，逼着自己交女朋友，但凡有点用，老子早跟你划清界限了！老子正大光明喜欢你，你少遮遮掩掩的，好像老子犯了什么滔天大罪似的！”

一口一个“老子”，明摆着找架吵。

“霍西洲，你喜欢就喜欢呗，嚷嚷什么。”方恋恋也是有脾气的人，针尖对麦芒一点不怵，“你喜欢我没有错，我不喜欢你就有错了吗？你不要冲我发牢骚，我不欠你什么。读大学这几年，我真心当你是朋友，哪次对你不是有求必应？你这些话如果换个场合换个方式说，我绝对不会是现在这种态度。我不是遮遮掩掩，是不接受你心情不好的借题发挥。”

“得了吧，不管老子怎么说，你只会装傻充愣。你不要以为老子不敢追你，老子今天就把话撂在这儿。”霍西洲推开方恋恋，杀气腾腾地对向魏无疆，“我决定从现在开始追求方恋恋。还是那句话，你要对她没意思，趁早把话讲明，少欲拒还迎，不上不下地吊着她玩。”

魏无疆面色冷峻，还未开口，方恋恋像护犊子一样，挡在他身前。

“谁告诉你他吊着我玩了？”方恋恋觉得霍西洲简直不可理喻，撂狠话谁不会，“你再和稀泥添乱，咱俩也别做朋友了，你的事我从今以后也不会再管了！”

一言既出，方恋恋雷厉风行，拉着魏无疆转身就走。

“方恋恋！”

霍西洲这下子被彻底激怒，撕心裂肺喊的是喜欢的女孩儿名字，却像发疯的狮子一样，挥拳冲向女孩儿喜欢的人。魏无疆仿佛早有预料，闪身躲开从后而来的凌厉拳风。当另一只拳头紧接着袭来之时，他伸手抓一带，侧肩一顶，再次成功化解。霍西洲胸口吃痛，踉跄着倒退几步，恼羞成怒大喝一声，发起更猛烈的进攻。

两个大男孩当街大打出手，气急败坏的霍西洲明显处于劣势。乐队小伙伴没一个上前帮忙，单挑有单挑的规矩，帮忙等于侮辱霍西洲。他们还担心方恋恋过去劝架，结果，她比他们更淡定，一副见怪不怪的表情，走到远处背对所有人打起了电话。

方枪枪以前就教育过方恋恋，男孩儿如果为了女孩儿打架，女孩儿千万不能上前劝，更不能嗷嗷哭，越劝越添乱，越哭越添堵。

从小没少打架，方恋恋看得出是不是动真格的。他们打他们的，她的

当务之急是帮乐队找排练场地。刚才撂的狠话也是一句气话，她深知专场对四个摇滚青年的重要性，不然霍西洲也不会冲动上火，口不择言。

培训学校应该有合适的地方，方恋恋一通电话打给方枪枪。三言两语说清楚，方枪枪同意找辆车来接他们去学校。

棘手问题解决，那二位还没打完，方恋恋又慢悠悠地走进学校，投币买了两瓶冰镇矿泉水。再出来，男人们的战斗终于告一段落。

霍西洲现在的造型和符浪一样，狼狈郁闷，抱着脑袋坐在路边，不理不睬围着他的好哥们儿。

方恋恋走过去，抛出一瓶矿泉水："接着。"

打架打到脑缺氧，霍西洲迟钝地抬起脸，像靶子一样，被矿泉水结结实实砸中脑门。

人差点没厥过去。霍西洲捂着脑门龇牙咧嘴："方恋恋，你也想和我打一架？"

方恋恋没忍住，笑了："排练的地方我已经找好了，我哥培训学校的杂物间可以借给你们。我哥一会儿开车来接咱们。你收敛点，小心我哥收拾你。"

"有哥哥了不起啊！"没打赢架还被威胁，霍西洲特窝囊，闷声抱怨。

方恋恋径直朝魏无疆走去，头也不回："有哥哥就是了不起。"

魏无疆站得远，也打出一身汗，外套脱了搭在手臂上。这场架来得突然，很久没动过拳脚，打完才觉浑身钝痛，指骨也擦伤了。他低着头正在活动指关节，方恋恋一声不吭地走近，轻拉过他的手，把冰凉的矿泉水横着按在微微红肿的指关节上。

目光落在她紧拧的眉心，魏无疆说：“谢谢。”

方恋恋心疼是真的，虚荣的心喜也是真的，全都明白表现出来：“你以前为女生打过架吗？”

“第一次。”方恋恋问得太直接，魏无疆有点不好意思，讪讪笑了下。

“你终于有个‘第一次’是属于我的了。”方恋恋俏皮地吐吐舌头，“嘿嘿，我好坏。”

冰矿泉水冻手，魏无疆接过来自己按紧：“还有第一次被女孩儿追。”

“霍西洲的话，你别往心里去。”接下来想说的才是关键，方恋恋敛笑，取而代之的是认真表情，“我虽然喜欢一条道走到黑，但也知道感情的事强求不来。你没有吊着我，我感觉得出你是喜欢我的，只是还不够多，没有喜欢到可以让我做你的女朋友。”

女孩儿心思玲珑，把话讲得太通透，魏无疆反而不知该如何是好。

“我不喜欢霍西洲，和你没关系，他不是我的菜。”方恋恋一秒恢复古灵精怪的小模样，像盘算什么，贼溜溜地笑，“如果我遇到一个比你更帅，比你更温柔的男生，又不用我追的话，没准我就倒戈了。所以啊，你要珍惜我追求你的日子，不过也别太有压力。哪天你烦了，记得明确拒绝，我也要面子，不会对你死缠烂打。”

她考虑得很周全，魏无疆思考半天，嘴变得特别笨，只说出两个字：“不烦。”

“你的意思是，我可以追你再追得紧一点也没有关系？”方恋恋眼眸中闪过一抹慧黠光芒，故意把他往马路牙子上挤。

魏无疆被吓到似的赶紧往旁边躲："感觉你还有很多大招没有放。"

"也没有啦。"方恋恋哈哈大笑，自己跳上马路牙子，刚好与一米八六的他眉眼齐平，"招不在多，在于管用。你第一次被女生追，我也是第一次倒追男生。追得不好，欢迎你多多批评指正。"

魏无疆可一点不觉得，和她相处太松弛，想也不想便问："如果你遇到比我更帅更温柔的男生，他不追你，你还会倒追吗？"

方恋恋痛快点头："会呀，一回生二回熟嘛。"

"我才为了你打架，你就这么说。"魏无疆幽幽端详起自己的手背，盖棺定论，"过河拆桥的方恋恋。"

"没有，没有。"方恋恋讨好似的一把抱过他的外套，然后腾出一只手，摸摸他冰凉的手背，低下头悄声嘟哝，"能不能遇到更好的我不知道，我只知道，我已经遇到了自己最喜欢的男生。"

魏无疆听不清，侧过脸俯下身："你说什么？"

"你读过张曼娟的散文吗？"方恋恋扬起满面笑容，顾左右而言他。

"没有。"魏无疆不解，"怎么了？"

方恋恋只笑不答，摇了摇头。

在很早以前，文笔不佳的方恋恋曾动过给魏无疆写情书的念头，怕露怯，临时抱佛脚，读了大量女作家的散文集。到底没有一颗文艺女青年的心，如今早已忘得七七八八。气氛使然，竟在当下倏忽想起张曼娟某本散文集封面上的文字——

我的世界有点小，却是刚刚好。

刚刚好，遇见最美好。

爱喝水—著

我无法停止喜欢你

『下册』

河北出版传媒集团
花山文艺出版社
河北·石家庄

图书在版编目（CIP）数据

我无法停止喜欢你 ：全二册 / 爱喝水著. -- 石家庄 ：花山文艺出版社，2020.7
ISBN 978-7-5511-5178-8

Ⅰ. ①我… Ⅱ. ①爱… Ⅲ. ①长篇小说－中国－当代 Ⅳ. ①I247.5

中国版本图书馆CIP数据核字(2020)第084313号

书　　名：我无法停止喜欢你（全二册）
WO WUFA TINGZHI XIHUAN NI
著　　者：爱喝水

策　　划：张采鑫
责任编辑：董　舸
特约编辑：周丽萍
美术编辑：胡彤亮
责任校对：卢水淹
装帧设计：颜小曼
出版发行：花山文艺出版社（邮政编码：050061）
（河北省石家庄市友谊北大街330号）
销售热线：0311-88643221/29/35/26
传　　真：0311-88643225
印　　刷：长沙鸿发印务实业有限公司
经　　销：新华书店
开　　本：880×1230　1/32
印　　张：15
字　　数：327千字
版　　次：2020年7月第1版
2020年7月第1次印刷
书　　号：ISBN 978-7-5511-5178-8
定　　价：56.80元

爱，别走

『第十二章』

· C h a p t e r ·

1

方枪枪酒醉初醒，和妹妹通完电话，立即找朋友借了一辆微型货车。好心出手相助，全因他以前也组过乐队。体内酒精浓度超标，方枪枪不能开车，于是叫上刚拿到驾照没多久的周颂当司机。

双排座货车能坐五个人，一帮没事找事的小兔崽子招方枪枪烦，连同魏无疆统统被他赶去挤后面货柜。“山啸”四子有求于人，不敢有怨言，挨个儿翻进货柜。

见魏无疆也乖乖往上爬，方恋恋怪不落忍的，拉着他叫住方枪枪：“哥，前面又不是坐不下。”

方枪枪头痛欲裂地揉着太阳穴：“一个大男人吹吹冷风怎么了，那四个小子能吹，他不能吹？”又看向魏无疆，拍响货柜挡板，道，“敞篷跑车坐过没？跟这效果一样，视野开阔，风驰电掣。”

魏无疆毫不介意，抿唇微笑：“没坐过，正好体验体验。”

“山啸”四子也趴在挡板边凑热闹，频频点头，脸上均是“是男人你就上来呀”的挑衅表情。

魏无疆安抚方恋恋摇了摇头，用口型无声地说句“我没事”，便敏捷地翻上货柜。霍西洲离魏无疆最近，阴沉着脸递出一只手。魏无疆本不需要帮忙，顿一顿，仍接受了他的好意。两只手交握，同时用力，魏无疆一跃而入。

“谢谢。”

霍西洲依旧跩得上天，若有似无地哼了声，看也没看魏无疆一眼，靠向挡板坐定，闭上了双眼。从打完架到刚才，眼见着方恋恋全心扑在魏无疆身上，霍西洲难过之余，也想明白了，他追不到方恋恋。

在魏无疆面前，方恋恋是个有爱的小女生，而在他面前，她永远尽职尽责扮演着好朋友的角色，可以打打闹闹互开玩笑，也可以在需要的时候给予他帮助。一旦友情的天平被打破，他有预感，方恋恋肯定会弃他而去，两个人再也做不成朋友。

考虑清楚后果，依然心有不甘，霍西洲不由得哼起了一段熟悉的旋律。

昨天太近

明天太远

……

抱紧我吻我

爱别走

他和方恋恋最美好的回忆，大概就是那场最失败的处女秀。她站在前面出糗忘词，他坐在架子鼓后面替她干着急，鼓棒一掉再掉……

落寂歌声化作口哨，又被风割裂支离破碎，消散在夜空之中。

挥手作别爱情，唯愿时光不老，往事如新。

霍西洲像告慰亡灵一样默哀自己爱情的同时，副驾驶座上的方恋恋也正嘀嘀咕咕。

“魏无疆最近工作特别忙，天天加班，吹感冒了怎么办？”透过后排窗户望出去，视线被器材阻挡，方恋恋不免更加担忧。

“感冒吃药。”方枪枪睡不够，屈膝平躺在后排座位打盹，也没睁眼，“方恋恋，克制一点你的母爱吧。心智成熟的男人一般只找女朋友，不找妈。”

方恋恋撇嘴：“倒追男生，就是要多关心他呀。”

“一天到晚往他工作的地方跑，你还打算怎么关心？把自己别他皮带上吗？”睡不着，方枪枪打挺坐直，拍了下驾驶座，“周颂，要有个女生像母鸡护雏一样，无时无刻护着你，你受得了吗？”

周颂是个慢性子，开车慢，思考问题更慢，斟酌半天才回答：“时间长了可能会受不了。可是如果我非常非常喜欢她，我会忍耐。”

方枪枪：“听见没，你再啰里啰唆瞎操心，看那小子能忍你几时。”

方恋恋嘴上没争辩，心里却暗想，才没有无时无刻，他和霍西洲打架的时候，我可理智了。

本来打算追问方枪枪，为什么要把她偷藏泥塑人偶的事告诉魏无疆，方恋恋转念一想，既然已经征得魏无疆同意，她可以正大光明带回宿舍，没必要多问，再给自己找骂。

忽地又想到什么，她掬起乖巧笑脸，同哥哥打商量：“魏无疆周四回家，我能和他一起回去吗？”

“不能。”方枪枪一票否决，“等剪完样片，我带你打飞的回家过年。”

“我可以在家剪。”方恋恋不死心，“再说，春节飞机票太贵，何必浪费钱。”

方枪枪丝毫不为所动：“免谈。”

照周颂开车的速度，十点能到学校算快的。他不再搭理方恋恋，打个哈欠又倒回座椅接着打盹。

说不动哥哥，方恋恋只能转移目标，小声给周颂出主意：“赶赶工，下周三做完合成。只需要给我留一晚上时间，我保证能剪出你们满意的样片。早点完成，你也好早点回家过年。”

自从跟着方枪枪做项目，巨蟹座的周颂没少掉眼泪，临近春节特别想家，也巴望着能尽早回去。

大不了再少睡几个小时的觉，他点点头道：“好，我尽量。”

2

不出方枪枪所料，开车求稳的周颂全程时速保持在四十迈，快十一点才到目的地。可苦了后面的五个大小伙子，没坐出风驰电掣跑车的感觉，一路饱经风霜，个个冻得脸色青白，牙齿打战。方恋恋没来得及心疼，方枪枪就撵她和周颂一起去附近餐馆买宵夜，他自己指挥起小伙子们搬运音乐器材。

夜深人静，培训学校没什么人，只有一间画室仍亮着灯。

闲置的杂物间确实很适合做排练场地，靠近消防通道远离教室。八平米的空间，三面墙壁，只有东面墙上高处有一扇气窗。杂物往角落收一收，器材刚好摆得进去。天无绝人之路，“山啸”四子重振雄风，紧锣密鼓开始调试各自乐器，看架势似乎打算通宵排练。

方枪枪和魏无疆也没走，靠在墙边看他们忙活。闲聊了几句，方枪枪想抽烟，一转身，看见小曾探头探脑躲在半掩的门后面，好奇地朝里张望。被发现，他像只受到惊吓的小动物似的，话也不说，埋着头奔回画室。

抽完一根烟，杂物间隐约传出时断时续的音乐声，方枪枪特意去画室瞄了眼，一如既往只有小曾，只不过他没有如往常一般不停地涂涂画画，而是背对画板，面朝门口坐着发呆，似乎想什么出了神。

“有心事？”方枪枪没进去，站在门边问。

小曾回神，伸手朝杂物间方向指了指，问：“老师，他们是乐队吗？”

“对，玩摇滚的。”难得他会询问艺考以外的事，方枪枪笑着道，“画累了，可以去听听。”

肩负着父母的梦想与希冀，小曾早已习惯时时绷紧自己，连说话的声音也变得平板、单调、无趣。方枪枪忽然想，同龄人的音乐，也许能为小曾枯燥乏味的艺考生活，增添些这个年纪该有的激情与躁动吧。

趁着方恋恋还没回来，方枪枪把魏无疆和霍西洲叫进了办公室。

方枪枪虽然比这群大学生大不了几岁，但因为接触社会早，臭脾气又摆在那里，气场强大，不怒自威。兰胖子偷打小报告，他已经知道这两人为自家妹妹打了一架。既然谁也没把谁打死，他觉得有必要和两个人谈一谈，至于谈什么，他还没想好。

三个年轻人就在办公室里干坐着，全都默不作声。然后，坐不住的霍西洲东摸摸西摸摸，竟然像变魔术一样，从沙发缝里摸出一副扑克牌，三个人打起斗地主。再然后，肚子饿到没力气排练的欧阳、兰胖子和符浪，兴致勃勃也要加入。六个人改玩最没技术含量的抽乌龟，输了钻桌子以示惩罚。人多热闹，隔壁画室的小曾很快被吸引，看了两把学会规则，六人游戏变七人。

再弱智的游戏，只要玩的人多，一样有意思。再加上男孩儿们争强好胜的天性，都要面子不想钻桌子，抽乌龟也抽出了紧张刺激感。兰胖子和符浪手气最差，各当了两次乌龟，有点杀红眼。好不容易赶在人前扔完手里的牌，两个人居然激动到击掌庆祝，高声欢呼。

方恋恋和周颂提着大包小包宵夜回来，先听见尖叫，还以为大半夜闹鬼，急忙冲进办公室，恰巧赶上最精彩的一幕——只剩一张牌的魏无疆，要从霍西洲手捏的两张牌中二选一。方恋恋不知道惩罚规则，只单纯不想魏无疆输，不由得屏住呼吸。魏无疆爽利抽牌的一瞬，她的心吊到嗓子眼，下一秒见一对五落下来，雀跃得差点跳起来。

打架输就罢了，连打牌也输！霍西洲狠狠甩掉害他变乌龟的纸牌，也不是输不起的人，站起来一转身，对上方恋恋的灿烂的笑脸，像点燃引线，他强压在心底的邪火嗖嗖直蹿上来——眼睛一闭，当谁的面钻桌子都行，唯独方恋恋在场不行。

“你给我出去！”霍西洲没了风度，失控大喝。

“你凶什么！”方恋恋莫名其妙，睁大眼睛问他，“我出去干吗？”

一句解释没有，霍西洲夺过她手里的宵夜，往铺满纸牌的茶几重重一放，汤汤水水四处飞溅，从茶几流到地板。所有人还来不及反应，霍西洲已经扯着方恋恋的胳膊，不管不顾地带她跑出了办公室。

魏无疆下意识起身欲追，被方枪枪出手挡下，摇头示意他不要去。

“不用担心，我老妹知道怎么收拾那臭小子。”方枪枪心里有数，霍西洲犯毛病，只有方恋恋治得住。他不紧不慢地招呼魏无疆坐下，没事人一样大开玩笑，“你是没见过我老妹彪悍的一面，见过的人已经不在这个世界上了。”

魏无疆做不到像方枪枪一样淡定，没有作声，眼睛一眨不眨凝视着他们离开的方向，眸色渐深似酝酿风暴，交握的双手不自觉越来越用力，手背筋络凸起。

如果方枪枪不拦着，他很可能已经冲了出去，和霍西洲少不了一场拳脚相向。

可即便没有阻拦，他真的有十足勇气和底气追出去吗？

扪心自问得不到答案，瞬间又迷茫，眼底的沸腾一点点冷却，结了霜，起了雾。

积雪路滑，霍西洲疯了似的拉着方恋恋狂奔，没跑出培训学校多远，两人双双跌进马路边的雪地。方恋恋稀里糊涂根本不知道发生了什么事，先摔得七荤八素，人刚爬起来，又被霍西洲用全身的力量压回雪地。

挣脱扭动数下无果，反而感觉被越压越紧，快要透不过气，方恋恋借着暗淡的路灯光，看清霍西洲怒气冲冲的脸。

她顺手抓起一把雪砸他的臭脸，低斥：“你干什么，想压死我啊！”

霍西洲不躲不闪，任由雪粒粘在眉毛眼睫，直接牢牢固定住她两只不安分的手。

“方恋恋，你再激我，我立马亲你！法式热吻那种！”霍西洲逼近她，恶狠狠地道，“亲完，你就是我的人，只能嫁给我！”

不对等的感情像笔糊涂账，算不清理还乱，霍西洲也就任由着自己讲糊涂话。

方恋恋听得心惊，深呼吸调整平稳情绪，才慢慢开口：“霍西洲，说气话没用，你先起来。想谈什么，咱们可以坐在这里好好谈。”

霍西洲纹丝不动，鼻子里发出轻笑：“为断了我的念想，你都喊我爸爸了，我们有什么可谈的。”

“不谈就回去。我没吃晚饭，肚子好饿。”方恋恋不是找借口，她确实已经使不出一丁点力气，只能别过脸避开他炙热的视线。

“论认识你的时间，我比他早，论喜欢你的程度，我肯定也比他深。他还有个分手没多久的初恋女友。”霍西洲掰过她的脸，逼其与自己对视，“方恋恋，我知道我没戏，我就是不服气不战而败输给他。”

处于弱势的方恋恋平静地看着他，沉默以对。

“你说话啊！”霍西洲急了，捏紧她的双颊，沉声威胁，“不说话，我亲你了啊！”说完，他再次欺近。

两个人的鼻尖碰在一起的瞬间，方恋恋选择闭上了眼睛。

她在赌，赌比起剧烈反抗，霍西洲更畏惧她一反常态的逆来顺受。

两人近在咫尺，呼吸都变得急促，吐气成雾，糅合成白茫茫的一团。

万籁俱寂的夜，黑暗能掩盖所有的一切，太容易令人疯狂，对错只在一念间。

时间仿佛被无限拉长，读秒如年，方恋恋在心里默数——

一，二，三，四，五……

数到十，她会和霍西洲拼命。

好在方恋恋赌赢了。霍西洲在最后一刻放手，轰然躺倒在她身侧，懊恼地用拳头连连暴捶雪地，雪沫四溅。

“方恋恋，我不是输给魏无疆，我是输在太喜欢你。”只此一次的正面表白，男孩儿红了眼圈，声音哽咽。

方恋恋坐起来，默默背对他抱紧膝盖，牙齿咬白嘴唇又松开，反反复复。

“怎么又不说话了？”霍西洲扭头，以牙还牙抓把碎雪扔在她后背上，“我难道不值得你说几句话安慰安慰吗？平时和我斗嘴皮子，你……”

“霍西洲。”方恋恋打断他，反手拂了拂被打的地方，“没有魏无疆，我也不会喜欢你。”

“我是让你安慰我，不是气我！”霍西洲被噎得想杀人，信誓旦旦道，“没有魏无疆，我才懒得管你喜不喜欢，照追不误。”

“你不会。”保持着背对他的坐姿，方恋恋用比他更笃定的语气说，“比起追我，你更不愿意失去我这个朋友。”

一语中的。

不是输给魏无疆，也不是输给方恋恋，霍西洲最终输给的是他自己。

他不置可否，潇洒一笑，认栽。良久，他拍拍屁股站起来：“走了。”

夜色浓稠如墨，男孩儿大步流星，朝着与培训学校相反的方向走去。

把过去留给最心爱的姑娘，然后往前走，不回头。

友达以上，恋人未满

『第十三章』

· C h a p t e r ·

1

春节的脚步日益临近，大街小巷张灯结彩，喜气洋洋。

方恋恋不能免俗，也在公寓大门贴上了方枪枪亲手写的“福”字。因为周颂的追求完美和哥哥的精益求精，她左等右等等不来素材剪样片，错失了和魏无疆一起坐动车回家的良机，郁闷了好几天。唯一值得高兴的是，最终剪辑出的样片得到周颂和方枪枪的一致认可。

两天前经朋友牵线搭桥，方枪枪把样片截图发给了一家业内老牌动画公司。新选题评估需要时间，但三个人对《盲童看世界》这个项目充满信心，当晚就下馆子吃了顿火锅以示庆祝。

忙完这头，方枪枪还有别的事要处理，回家的机票订在腊月二十五。方恋恋年前接的活儿该完成的也都完成了，闲下来无所事事，整天窝在公寓里看片。她本来打算去培训学校看看乐队的排练情况，后来想想，短时间内还是少和霍西洲碰面为妙，于是作罢。

方恋恋不问，方枪枪也会聊，说那四位摇滚青年整天不知疲倦地唱啊唱，很快收获了一位忠实乐迷——小曾。乐队一排练，小曾一定会放下画笔，第一时间冲进杂物间蹲在墙角听歌，那如痴如醉愉悦的表情，好像忘却了世间一切烦恼忧愁，灵魂也随着旋律腾空起伏，得到自由。每次乐队排练结束，他都会感到一阵失落，提不起画笔，为自己悲哀。他偷偷向方枪枪诉说，为什么如此打动人心的东西，他之前居然一无所知。

音乐的力量，令小曾一点点转变，找回自我。

方恋恋却因为与魏无疆的分别，变得怏怏不乐，魂不守舍地挨时间混日子。和关梓萌逛街，难得出趟门，她连妆都懒得化。

刚起步的创业狗没资格过年，郑师兄留守战场，关梓萌也决定留下来陪他。在相邻省份读大学的关梓萌辞职之后，身边没同学没同事，想逛街只能约方恋恋。两人见面，她便一眼断定，方恋恋害上了相思病。

“我觉得自从魏无疆回家以后，他就开始有意疏远我。”方恋恋没心思逛街，拖着关梓萌坐进商场的星巴克，“每天都是我主动给他发微信，他会回，但一次也没有主动发给我过。我怕他嫌我烦，现在除了问候早晚安，不敢找他聊天，更不敢给他打电话。”

不仅如此，设计工作室放假前聚餐，郑师兄明确表示可以带女伴，不限于女朋友。方恋恋当时毫不知情，事后才听关梓萌提起——魏无疆是那晚唯一一个落单的人。关梓萌故意开玩笑追问他，为什么不带上方恋恋，魏无疆的回答无懈可击，经关梓萌转述，听进方恋恋耳中，却是另一番苦涩滋味涌上心头。

他说，怕酒喝多了，照顾不到方恋恋，还要麻烦她。

我不需要你照顾，也不怕麻烦呀！

这句话，方恋恋已经没有机会当面告诉魏无疆，只能怨自己自作多情。

她现在每天的盼头，只有早晨八点准时发出的“早上好”，以及晚上十点准时发出的“晚安”。等待不超过三分钟，魏无疆一定会回复相同的文字。

他的有礼有节，像千余公里的空间距离一样，推远了方恋恋。

“有可能是你太敏感。”听她唉声叹气，关梓萌解释道，“我听郑穆说，魏无疆下学期要开始准备考研，把有些年后才到时间节点的工作，带回家去做了。”

“但愿如此。”方恋恋勉强提起嘴角微笑，忍不住好奇地问，“杜心雨回去了吗？”

“一放假就回了。群里有人在约下午三点密室逃脱，她也会去。我记得她以前是高岭之花，从不屑和老同学一起玩。”

关梓萌对杜心雨有成见，再加上之前闹的谣言事件，她说话的口气有些刻薄。

“魏无疆会去吗？”方恋恋捧着幽怨的小脸，声音含糊，像自言自语。

“不知道。”关梓萌只听清第一个字就明白了，“他没在群里冒泡，应该不会去。”

没有任何依据，纯属安慰方恋恋的瞎猜，所以再听她追问为什么，关梓萌当即哑然。继续聊下去，无精打采的方恋恋只会更苦闷，关梓萌像推着辆抛锚的小汽车一样，生生把人推到化妆品专柜，请柜姐帮她化妆。

连续几日茶不思饭不想，疏于打理自己的方恋恋脸泛油光，屡禁不止的痘痘也跟着冒出来两颗。要不是晚上要去花臂大哥的酒吧，她也不会老老实实坐着，任凭柜姐一边捯饬自己，一边滔滔不绝地介绍产品。

柜姐的宣传风格相当硬核，恐吓似的告诫方恋恋，如果再不开始保养，到了三十岁，她这张鲜嫩多汁的脸蛋会变成打蔫的茄子，彻底没法看了。

最近又开始厌世，方恋恋考虑不到三十岁那么远，只希望化完妆能稍微提起些精气神。晚上八点有“山啸”节前最后一场演出。欧阳提前打过电话，已经预订好了演出结束后的丰盛宵夜，算作乐队的团年饭。方恋恋身为唯一股东兼赞助商，没有理由拒绝，必须出席。

不得不和霍西洲打照面，方恋恋心里拧着股劲儿，装也要装出意气风发的样子。

陪关梓萌给郑穆师兄买新年礼物，又陪她买新年新衣，三点一刻，方恋恋趁她进试衣间，偷偷给魏无疆打电话。

无人接听。

不死心接着再打，直接打到手机没电自动关机，依旧无人接听。

方恋恋玩过密室逃脱，游戏规定不能携带手机。是不是可以由此推断，魏无疆和杜心雨在一起？如果是恐怖主题的密室，杜心雨会不会吓得躲进他怀里？如果魏无疆凭借其缜密的思维，带领成员成功逃离密室，会不会再次得到杜心雨的青睐？

如果……

臆想出太多“如果”，如同灭顶之灾将方恋恋淹没，没吃晚饭，匆匆与关梓萌道别，她无处可去，提前到了酒吧。

时间不早不晚，酒吧冷清，“山啸”四子也还没到。方恋恋去吧台租用共享充电宝，刚把手机接上，有人就像故意拦路似的，站定在她正前方。

“方恋恋，好久不见。”

一个含笑的男音听着有些耳熟，方恋恋闻声看向来人，是林靳，挂着轻浮于声音数倍的笑。方恋恋一点不想和他好久不见，面无表情，侧方向迈了一步绕开他。

林靳紧跟着也挪了一步，再度挡住她的去路：“遇见你，我还挺意外。我以为你和魏无疆一起回家了。”

方恋恋没接话，回他一个“不关你事”的不爽表情。

“听兰胖子说，魏无疆好像还不知道你为了他一掷千金。”林靳似乎谈兴正浓，视而不见对方的冷漠，笑着继续，“我在想，我既然能把他的初恋女友追到手，追你也应该也不成问题。”

方恋恋眼神一凛，没有轻易接招，不知道他是开玩笑，还是来真的。

“他师兄那个小破工作室，只要我向我爸开口，每年可以给他们两百万的业务量。”林靳点到即止，走近方恋恋，手指挑起她的一缕马尾，耳语般道，“反正现在他和心雨远在老家，你我都不知道他们会不会借机见面，会不会旧情复燃，不如你和我……”

话没讲完，方恋恋用尽全力，一巴掌招呼向林靳的丑恶嘴脸。

气到发抖，指尖发颤。

她想起了霍西洲的一句话——如此下流无耻，真是给富二代丢脸。

知道林靳不会善罢甘休，方恋恋打完拔腿就跑，只顾低头跑也不看路，险些撞进迎面而来的霍西洲怀里。霍西洲一进酒吧就看见林靳对方恋恋动手动脚，要不是兰胖子怕他发飙阻拦，他早冲过去揍林靳了。现在他不光想打林靳，更想连带兰胖子一并收拾。

“恋恋。”霍西洲拉住人，当头便问，“只打一巴掌就完事啦？没完事的话，拳打脚踢管够。”

方恋恋将火辣辣的手背到身后甩了甩，很理智地摇头：“不用，一巴掌够了。”

就算霍西洲拳头痒想打林靳，他也已经见势不妙从酒吧后门逃之夭夭了。霍西洲老爸是林靳老爸忌惮的大金主，脑袋上顶着缝了六针的旧伤，林靳不会蠢到再和霍西洲硬碰硬，除了挨老爸数落，捞不到一点好处。

霍西洲不见林靳踪影，只能急切地追问方恋恋：“怎么回事？”

“没事。”方恋恋决定咬死不说，空口编瞎话，“他喝多了，把我错认成别人。”

“谁？”霍西洲狐疑皱眉，“杜心雨？”

“我哪知道。”方恋恋避开他欲探究竟的眼神，低下头开手机，“我打他，是想让他赶快清醒。”

“方恋恋，你的话我怎么一点不信呢。”霍西洲抓过正在开机的手机，逼问，“你还当不当我是朋友？”

连接充电宝的数据线一下断开，方恋恋着急充电，直接把充电宝也塞给他，而后才回答：“当啊。我不当你是朋友，你欠我的钱怎么办？你别妄想一笔勾销。”

霍西洲一听乐了，有她这句话已然知足，连上充电宝，物归原主。递出手机的同时，屏幕大亮，闪进魏无疆来电。很久前两个人为了手机当街追打的场景乍现脑海，方恋恋吃一堑长一智，快如闪电夺过手机，疾步走向门口。

忽地手臂一紧，方恋恋被霍西洲拽住。

只顾拿手机落下充电宝，他转手递给方恋恋，悻悻道："打着打着没电，你又该怪到我头上了。"

再找回很久前与爱情无关的相处方式，不容易，也需要时间，他会尽力。

方恋恋深深看他一眼，掀动嘴唇却什么也没有说，握紧充电宝，回身加快了脚步。

寒冬腊月，彻夜肆虐的北风锥心刺骨。

方恋恋只迈出一只脚，打了个哆嗦，就被寒风逼退，就近蹲在无人的墙边角落。

有段日子没有和魏无疆通过电话，她紧张，深呼吸接通："喂。"

"恋恋，你有急事找我？"那头，魏无疆好像在外面，听筒里传出呼呼的风声。

"没，没有急事，就是想告诉你，我明天回家。"蓦地想到杜心雨可能在他身边，方恋恋小心翼翼地问，"你方便讲电话吗？"

"方便，我在回家的路上。"

方恋恋鼓足勇气："你去哪里了？"

那头几乎没有停顿，响起魏无疆沉稳的嗓音："上次爷爷回顾展的作品现在存放在文化局的库房，我趁今天下午有时间，过去整理打扫。"话音稍顿，补充一句，"库房在地下，没有信号，所以我没带手机进去。"

原来如此，就在刚才还在胡思乱想的方恋恋，此刻只觉无地自容，想找个地缝钻进去。暗暗自责，又抑制不住喜上眉梢，方恋恋对着墙咧开嘴傻笑，好像魏无疆随时会从墙缝里蹦出来一样。

她笑得太忘我，想了很久的心里话流水一般，滚出舌尖：“等你有空，我可以去找你吗？”

手机那头顿时安静，只剩呼啸的风声和迟疑的沉默。

千里之外的冷风似乎也灌进了方恋恋的大脑，她刹那清醒，忙不迭干巴巴笑出声，替他也替自己解围：“我知道你把工作带回去了，我回家也有好多事呢，哪有那么多闲工夫，不会去打扰你的。”

不等对方开口，她又急匆匆道：“霍西洲在叫我，我挂了，再见，再见。”

仓皇挂断电话，方恋恋有如积木坍塌跌坐在地上，形态颓然，神情忧伤。

现在她可以确定无疑地告诉自己，她真的被魏无疆疏远了。

可是，为什么呢？

2

欧阳所谓的“丰盛”宵夜，菜品很一般，但酒水很丰盛。都知道方恋恋滴酒不沾，谁也没管她。等说说笑笑吃过一阵再抬头，这姑娘已经闷声不响地趴倒在桌面，手边摆着两只空啤酒瓶。失去意识之前，还晓得给哥哥打电话。

方枪枪气急败坏赶到的时候，霍西洲刚把自己满身的秽物清洗干净，嘴里骂骂咧咧，喝醉了还防着我。

方枪枪好巧不巧听到这句，脸色更难看，抬手扇他后脑勺：“是你把我老妹灌醉了？”

“不是，不是。”霍西洲像老鼠见了猫，捂着脑袋一跳三米远，委屈巴巴地道，“她自己心情不好买醉，我怕她着凉给她披衣服，她吐我一身。”

见他衣服裤子湿漉漉一大片，方枪枪没说什么，不轻不重地拍拍方恋恋通红的脸蛋。似乎感觉到疼，她慢慢悠悠掀起眼皮，眼神木木的，嘻嘻笑着喊声魏无疆，头一沉又倒回去昏睡。

老方家对女儿没有太多条条框框的要求，唯独不准方恋恋喝酒，现在居然醉成这副连亲哥都不认识的死德行，太不自爱。方枪枪肚里搓火，啐了句脏话。规规矩矩站成一排，仿佛等待检阅的“山啸”四子不禁一抖，除了害怕方枪枪拿他们开刀，没别的。

符浪身边的女友不明所以，大家都怕，她也跟着怕。被方枪枪招呼搭把手，她揣着小心过去搀扶起方恋恋，放上方枪枪后背，然后迅速退回原位，与“山啸”四子共同行注目礼，送背着妹妹的方枪枪离去。

上一次哥哥背妹妹不算太久远，发生在方恋恋高三那年的国庆节。

一中开运动会，运动细胞发达的方恋恋是班级主力，报名参加了所有短跑项目，但因为不满学校占用宝贵节假日，她首当其冲当起刺儿头，发动同学抵制运动会，拒绝参赛以示抗议。

哪里有反抗，哪里就有更高级别的压迫。方妈妈赵梅得知女儿造反，随便点了个学生捉拿方恋恋归案。方恋恋当时人在检录处，和同场竞技的女同学们义愤填膺地手挽着手，用行动说话，拒不检录。

忽然听到熟悉的男声在身后响起，喊她名字，方恋恋秒尿。像被打回原形一样，正义使者形象荡然无存，蔫头耷脑地乖乖跟着魏无疆回到场边。被方妈妈当着她班里所有学生的面数落一通，方恋恋成为众人焦点，想到其中一道目光来自魏无疆，她就不敢回嘴，造反激情一溃千里，老老实实低头认错。

被骂到头昏脑涨，站回百米起跑线前，方恋恋着了魔似的，总觉得魏无疆的目光仍如影随形追着自己。发令枪响，她稍有迟疑，最后一个冲出起跑线。注意力不集中，没跑多远左脚绊右脚，狼狈地摔倒在跑道中央。蹭破皮的膝盖顿时渗出鲜血，方恋恋耐痛，比起受伤更不愿意半途而废，爬起来一瘸一拐走过终点。

电影里，全场起立鼓掌，对坚持到最后的参赛者给予鼓励赞许的场面，没有发生在方恋恋身上。她默默离场坐在路边，独自体会失败者的孤独，直到一只有力的大手将她拉起来。

方枪枪屈膝半蹲，后背朝向妹妹，回头道："什么破运动会，没劲。上来老妹，哥哥发扬风格，背你回家。"

那时的方恋恋，还没有为了向纤瘦的杜心雨靠拢而开始减肥，重得能要人命。

方枪枪记忆犹新，掂了掂背上妹妹的分量，即便穿着厚实冬衣，也能感觉出现在的她比以前轻得多。

莫非是衣带渐宽终不悔，为伊消得人憔悴？

方枪枪又来了脾气，一脚踹开公寓大门。

周颂听到动静跑过来，见状想帮忙，被他撵回房里睡觉。周颂明天要赶早班机回家，机票是方枪枪买的，还给他发了两万块红包。创业者一般擅长画大饼许诺未来，方枪枪不喜欢，拿得出真金白银比什么都实际，过好今天才会有明天。

可醉生梦死的方恋恋这日子过得，好似有今天没明天。

抱臂站在床边，方枪枪凝视搂着枕头酣睡的妹妹，又爱又恨，被子也不想帮她盖，反正她穿得够厚。很久之后，他摇着头长叹一口气，留下一盏光线幽暗的橘色壁灯，反手带上门走出房间。

凌晨一点多，方恋恋醒了，但酒没醒。

她醉意蒙眬地支起脑袋，左右看看，好半天才确定睡在自己房间。安下心抱着枕头翻个身，咂咂嘴继续睡，猛然间又睁开眼睛，里面迸发出的光亮又清醒又迷离。她摸出口袋里的手机，不假思索地拨出号码，打给魏无疆。

也只有在这种半醉不醒的状态，方恋恋才有勇气做她想做的事，不计后果。手机里等待接通的嘟嘟声，长而单调，仿佛催眠。响了二十多秒，方恋恋几乎快要再度昏睡的时候，切换成了低沉而熟悉的声音。

魏无疆在那头叫了一声：“恋恋。”

温柔得令人心碎。

眼泪应声坠落，方恋恋趴在床上，把手机捧至嘴边，满腹的伤心委屈一股脑倾吐而出——

“魏无疆，好好的，你为什么要疏远我？你嫌我烦嫌我吵，可以告诉我，我会改呀。你知不知道追你有多难？我每天提心吊胆守着你对我仅有的那点好感，生怕说错一个字，做错一个动作，惹你讨厌。我真的好累啊！

“可是我不怕难不怕累，只怕你像现在这样对我，突然开始保持距离，对我客客气气。再怎么样，你也要给我个解释，给我句痛快话啊。就这样没理没由地疏远我，要不是我喜欢你，我早把你打死了！

“魏无疆，我不骗你，如果继续保持现状，用不了多久我就不喜欢你了。我喜欢你，追你，可以为你无限放低我的底线，可我也知道世界上没有一个人是完美的，哪怕你在我心目中一直很完美。你肯定会有这样那样的缺点，我觉得我都可以忽略不计，唯独不能接受你的摇摆不定，一会儿给我希望，一会儿又让我绝望。

“如果追求你，还需要常备速效救心丸，我宁愿不追了。我爸妈对我唯一的期望就是身体健康，遇见你，我已经人格分裂心理不健康了，身体万一再不健康，我多亏呀！

“你不喜欢我就算了，我不强求你。我哥说过，爱要勇敢洒脱，放手更要勇敢洒脱。没有你，我也许会活得更好！

“呜呜呜……”

时断时续诉说到最后，只剩下女孩儿悲痛欲绝的哭泣声，醉了仍懂得隐忍，音量不高却足以扰乱人心。哭声并没有持续多久，像石缝中的一线涓流轻轻潺潺没入泥土，渐细渐弱。

方恋恋讲累了，也哭累了，满脸湿乎乎的，沉沉睡去在手机旁边。

全心全意付出的爱似乎也累了，殚精竭虑。

手机这一头的魏无疆立在窗前，眉头深锁，久久无法平静。

一双眼眸也如同窗外最深的夜幕一般，黑黑沉沉。

那时年少气盛，一场初恋闹得沸沸扬扬，魏无疆回到家第一件事，就是向父母坦白，他和杜心雨结束了。他不会出国，希望能重新拿起竹片刀。魏无疆当然可以背着父亲偷偷摸摸地继续，但泥塑是爷爷毕生钟爱的事业，是魏家代代相传的手艺，理应敞亮活在阳光下，任何遮掩和避讳，都是对它的亵渎。

冲动犯下的错误，魏无疆渴望得到纠正，以为父亲当年也是在冲动之下，才会提出如此苛刻的交换条件。可父亲的反应，和多年前别无二致，只干脆果断地道出八个字——一言既出，驷马难追。然后，他和多年前一样，拂袖丢下深感困惑的儿子，没有给儿子任何理由。

一场父子间的冷战，在所难免。

早在爷爷病危住院，父亲没有第一时间通知魏无疆，令他错失见爷爷的最后一面的机会时，父子间已产生罅隙。又或者在魏无疆为了爱情，放弃泥塑的那一刻，裂痕就已经存在。这么多年来，父子俩如同一对最熟悉的陌生人，缺乏交流沟通，谁也没有尝试和解。可明明对待外人，又是如出一辙的平和良善。

一切皆因当时为了爱义无反顾，如今从爱情中解套，魏无疆主动迈出第一步，希望能与父亲和解。出乎意料的彻底失败，令他情绪跌至谷底，无心旁顾。如果没有在这个深夜接到方恋恋的电话，他可能永远无法直面自己对爱情的胆怯与退缩。

魏无疆用力爱过，也被重重伤过，变得如履薄冰。

他承认自己被方恋恋吸引，也承认慢慢开始喜欢她。当喜欢越积越多，他又开始畏惧，怕最后给不了她爱情，浪费了她美好的感情，又让她错过了深爱着她的男孩儿。

魏无疆听得出方恋恋喝醉了，但她有一句话清醒到好似能看穿他的心。

他在方恋恋双手奉上的爱情前面摇摆不定，她越热烈，他越迷惘，失去了方向。

失败过一次，他早已看不清爱情最真实的模样，不知道自己还要不要得起别人的爱，又给不给得起自己的爱。

手机发烫，仍在通话中，时长三小时四十六分钟。

魏无疆头痛欲裂，疲惫倒进床头，很想睡觉但睡不着。浑浑噩噩间，似乎听到一声轻微的挂机音，他翻身坐起抓过手机，下意识地回拨过去。

想说的话有很多，能说的却只有一句。

“恋恋，对不起。”

恋恋，对不起，辜负了你的爱情，让你失望了。

3

翌日清晨，天空下起蒙蒙细雨。

周颂乘坐的航班准时起飞，不必担心赶不上转乘的城际列车。因为航班晚点，方家兄妹不幸滞留候机楼三个小时。方枪枪为了失恋的妹妹，特地将经济舱升至头等舱。

戴着哥哥的大墨镜，方恋恋强颜欢笑，自以为掩饰得滴水不漏。平生第一次坐头等舱，享受漂亮空姐的蹲式服务，她还跟哥哥开玩笑。

“和你做了二十年兄妹，此时此刻感觉最幸福。”

扒拉过眼镜架自己鼻梁上，方枪枪懒懒地靠着椅背，睡眠严重不足，实在不想和她搭话。

三更半夜，她那一番苦逼中又透着滑稽的肺腑之言，只要耳朵不聋，是个人都能听见。方枪枪的卧室就在隔壁，他被迫全程偷听，不放心过去敲门，里面没动静，推门一看，鼻涕眼泪糊一脸的方恋恋心还挺大，睡得比猪都香。

宿醉加大哭，早上起床，脸也浮肿成了猪头。周颂关心一句，她死要面子活受罪，坚称自己好，很好，非常好，坦然接受命运的安排。

妹妹是不是真的接受，方枪枪持怀疑态度，他现在超级不爽，想，很想，非常想亲手扼杀掉魏无疆的命运。

“在我面前，你就甭装了。”方枪枪滑下墨镜，转向方恋恋，“聊聊吧，总结总结经验教训，同样的错误不要再犯。”

方恋恋喝断片，对昨晚那通电话完全没有印象，只知道通话时间长达四个小时之久，最后换回一句“对不起”。她就算顶着颗猪脑袋，也能猜到自己到底说过些什么。

“我错在高估了自己的勇气，低估了魏无疆的软弱。”

友达以上恋人未满的一段关系，方恋恋尽管没少掉眼泪，可魏无疆才是真正的胆小鬼。努力过不后悔，方恋恋没遗憾。她不怪魏无疆，因为怪也没用。完美无瑕的魏无疆本来只存在于方恋恋的想象之中，如果因为活生生的他有缺点，她就尥蹶子耍脾气，那她方恋恋未免太傻缺了。

在爱情里，勇敢是选择，退缩同样也是，没有高低对错之分。

方恋恋，一个高考科科提前交卷的姑娘，要智商有智商，要心理素质有心理素质，自然不会轻易被失恋打击到从此一蹶不振。

“哥，我没有爱他爱到死去活来，非他莫属。”方恋恋胳膊肘抵着扶手，双手托腮朝方枪枪粲然一笑，“两情相悦太难得了，我求不来得不到，我认。”

“总算开窍啦。”方枪枪哈口气，响亮地弹一下她脑门，“这回彻底死心了？”

“死心，死心。”吃痛地龇出两排雪白贝齿，方恋恋眼泛泪光，笑着说，“你告诉过我的呀，青春无悔。”

傻丫头啊，真不让人省心。

方枪枪摘掉墨镜重新戴回妹妹浮肿的脸蛋，然后用力推她面向舷窗。

飞机穿入云霄，一滴热泪滚落眼角。

千米高空，方恋恋贴着舷窗扭头回望，忽然想起“山啸”唱过的一首老歌——

把青春献给

身后那座辉煌的城市

为了这个美梦

我们付出了代价

……

『恋恋』情深

『第十四章』

· C h a p t e r ·

1

每逢佳节胖三斤，方恋恋整天宅在家里养膘，短短几天，脸圆了两圈，大有胖出三十几斤的趋势。方爸方妈已有耳闻女儿失恋，本着开放民主的家庭教育方针，他们尊重女儿的“自胖自弃”，总比不吃不喝作死强。

父母不管，方恋恋更乐得逍遥自在，工作吃喝两不误。剪宣传片就薯片可乐，剪 VLOG 就蛋糕咖啡，剪师傅派的活比较费脑子，就巧克力红茶。挺活泼好动一姑娘，天天过得像死肥宅。方枪枪忍无可忍，大年三十大清早，他把妹妹从被窝里刨出来，强行带她出门买烟花。

市政府今年出台新政策，春节期间可以在指定区域燃放烟花爆竹。老方家住一中教职工楼，最近的烟花爆竹销售点就在一中校门口，需要横穿校园。方恋恋从小怕听响，又有被恶狗穷追不舍的童年阴影，兴致不高只负责当劳力。哥哥买什么她拿什么，很快怀里就抱满了大大小小的烟花，左右手臂也各挂了两大袋。

“你买这么多干什么？”望着两手空空的方枪枪，方恋恋不解地问。

“辞旧迎新，帮你去去满身的晦气。”方枪枪扫码付钱，见妹妹摇头，立刻严正警告，“不想去也得去！我已经借到了楼下马大爷家的小三轮，十一点半出发，咱们去文化宫广场放。”

方恋恋百般不情愿地“嗯”一声，故意发牢骚：“你帮忙拿点啊，我路都看不见了。”

“麻烦。”

方枪枪左挑右选，从妹妹怀里挑出一盒最轻的冷光仙女棒，自己一身轻便走得利索，还嫌方恋恋慢慢吞吞。怀里烟火摞得跟小山包似的，方恋恋只能歪着脑袋看路。她朝方枪枪后背大翻白眼，真想晚上把他点了放上天。

春节是一中校园最冷清的时段，只有三四个像方氏兄妹一样的教师子弟在篮球场打球。

方枪枪走着走着，忽然停下脚步，回头对方恋恋道：“你先回家，我抽根烟。”

刚刚还喊冷催她快点，怎么一会儿一个主意？方恋恋狐疑地打量哥哥一阵，没说什么。

等她走得足够远，方枪枪才转身迈步走向篮球场边。那里有人在写生，如果他没认错的话，应该是魏无疆。

“画得不错。”方枪枪挨着他坐下，从烟盒里抖出两根烟，问，“来根？”

“谢谢，我不抽。”魏无疆摆手，收起速写板。

方枪枪、方恋恋两兄妹经过篮球场的时候，魏无疆刚到，相距不近，他还是一眼看出方恋恋长胖了。她穿着件及脚踝的羽绒服，把自己裹得严严实实，只露出圆润的脸蛋。

最近，魏无疆时常有意无意地想起方恋恋。

昨天陪初二的小表妹去万达广场挑春节礼物，她小小年纪想学化妆，面对几十种色号的口红，挑花了眼举棋不定。等在旁边的魏无疆帮不上忙，无端走了神想到方恋恋。如果她在，应该能帮表妹挑到称心如意的颜色。

表妹人小鬼大，好奇地追问表哥是不是在想女朋友，魏无疆矢口否认，小表妹却不信，好似经验老到地说，只有想女朋友才会不自觉露出幸福的傻笑。表妹的眼睛不会骗人，他词穷，无从解释。

昨晚没睡好，莫名有些烦躁，魏无疆带着速写板早早出门，希望写生能使自己平静。本来打算随处走走，漫无目的，哪里合适就在哪里停留，却不知不觉来到一中。每年都会约同学去班主任家拜年，魏无疆当然知道存在与方恋恋偶遇的可能性。

远远看见她的刹那，他仍意外地怔住了。

身旁方枪枪低头点烟，魏无疆在想，他是否能保持一颗平常心，如往年一样去拜年……

“不用害怕，我不打你。”方枪枪嘴角叼着烟，说的是一套，做的却是另外一套，转着脖子，指关节掰得咔咔响。

“我没害怕。”魏无疆面如止水，岔开话题，“枪枪哥，你们的动画样片做好了吗？”

“当然，我老妹的剪辑思路绝了。”

样片只有一分多钟，剪辑可以发挥的空间有限，方枪枪的话里当然有夸张的成分。大过年图吉利，他不会真的动手打魏无疆，只是心里义愤难平。当哥哥的最了解妹妹，方恋恋表面上嘻嘻哈哈好像没事人一样，他知道，那蠢丫头夜里失眠，已经好几天没怎么睡过囫囵觉，睡不着就找东西吃，怎么可能不像吹气球一样发胖。

既然碰巧遇见了，方枪枪决定平心静气地和魏无疆聊一聊。

征得同意，方枪枪接过速写板，左手夹烟，右手挥笔随意画着什么。他也不看魏无疆，仿佛聊天一般再度开口。

“你应该知道，我妹妹暗恋你很多年了。除开霍西洲那浑小子，追她的人可不少。光我知道的，没有十个，也有八个。我记得有一个是她舍友的同学，各方面条件都不错，追她也卖力，还知道从我入手，没少跑培训学校义务劳动。可惜啊，我妹不喜欢，被逼急了，当着我的面就给人摆脸色，送的花直接踩了个稀巴烂。那凶神恶煞女阎罗的样子，我见了都想抽她。”

话音稍顿，方枪枪停笔，看向魏无疆：“我妹从来不是个温柔的女孩儿，没我脾气大，但比我脾气急，有时候浑起来使坏，能把人恨得牙痒痒。以前只因为我说过一句，你长得也不怎么样，她就敢给我剃个阴阳头。所以我不是无缘无故对你没好感，她要不来这么一出，不说别的，我想，我会因为你的才华欣赏你。”

魏无疆回以微笑：“谢谢。”

方枪枪用语言勾勒出一个全新的方恋恋，他见所未见，觉得陌生的同时，也觉得立体，鲜活而生动。他开始重新认识方恋恋，回想和她相处几个月来的点点滴滴，忽然就察觉到，他只是接受了方恋恋喜欢自己的事实，而她在漫长暗恋岁月里所经历的每件事，他却从不曾试着了解。

仿佛急于弥补空白，魏无疆脱口追问："那是什么时候的事？"

"她高三那年寒假。"方枪枪斜睨他一眼，继续埋头涂画，"你带着你的女朋友来我家拜年，我妹窝窝囊囊躲在我房间不敢出去，还不准我出去。我只透过门缝望了一眼，她吓得够呛，跟遭雷劈似的，抱头钻进被窝。你和你的女朋友坐在客厅和我妈谈笑风生，我妹只是因为暗恋你，就把自己搞得像罪人一样。呵呵，是不是很有戏剧张力？"

魏无疆移开视线，没有回答。

他沉默了，深受触动。望着早已空无一人的篮球场，心脏一点点地裂开，陷入复杂心情。仿佛无数种情绪在体内激烈碰撞，争抢恐后主宰他的大脑，而最终全部被消解，只剩愧疚占了上风。

他艰难启齿，低声一句："对不起。"

又是这苍白的三个字。魏无疆都觉得自己很没用，是个缩手缩脚的懦夫。

"没必要道歉，她自己要喜欢你，不是你的错。"速写板还回给他，方枪枪坦率而平静地道，"我见过我妹做过最有耐心的两件事，一件是玩剪辑，另一件就是追求你。我很庆幸，后者失败了，她还可以在前者找回自己的价值和成就感。"

魏无疆眉间一凛，有惊讶的震动拂过英俊脸庞，猛然好像明白了什么。

方枪枪看透没点破，按着他的肩膀借力站起身："我再最后啰唆几句。

我之所以鼓励我妹追求你，是因为人总要学会长大，包括勇于面对自己的感情。比起学会审视自己，恋爱成败与否反而没那么重要。”

每一段感情都有它的独特性，比较没有意义，关键在于摆正自己的心态和位置。不是只有奋不顾身的爱情才配称之为爱情，不计回报的付出固然伟大，但它永远不会是爱情的真谛。

方枪枪言尽于此，头也不回地走了，在素描册里留下一幅单格漫画——

海绵宝宝坐在堆满零食的电脑桌前，转过头眼泪汪汪地问：“今晚十二点，文化宫广场，你会来吗？”

风吹云散，冬日里阳光和煦，温柔照落，镀一层淡淡金辉，不明媚却轻软。

久久凝视速写板，魏无疆再度陷入沉思，清隽眉眼里，渐渐似有暗潮涌动……

2

尽管春晚一年比一年难看，微博的花式吐槽都比节目精彩，方家四口和万千家庭一样，吃完年夜饭，依然准时守候在电视机前。方爸爸是北方人，两夫妻忙着擀面皮包饺子。方枪枪也没闲着，窝贵妃榻里忙着微信拜年。哈欠连天的方恋恋百无聊赖，怕自己熬不到十二点，找爸爸要了面团，捏着玩提神。

揉圆捏扁间，脑海里情不自禁想的全是魏无疆。方恋恋没自觉，怅然若失的表情已经爬满了整张脸。

方爸爸瞄见，胳膊肘碰了下身旁的妻子。

方妈妈捏着枚饺子坐到女儿身旁，翻着饺子褶，没有铺垫直接道：“连着三年，魏无疆都来家里拜年。过两天他来，你想好怎么办了吗？”

“没想好。”方恋恋老实交代。

压平面团贴自己脑门，她像个天真孩子似的，一本正经地胡说八道：“从现在开始我隐形了，谁也看不见我。”

“逃避不是解决问题的方法。”女儿能宠不能惯，方妈妈直言不讳，“要是真心喜欢，不至于一点挫折也受不了。我当年追你爸的时候，你爸对再婚有顾虑，也拒绝了我好几次。”

“妈，我插个话。”方枪枪凑过来，争宠似的硬把自己塞进母女中间，困惑道，“当初他还没分手，您就当起神助攻，这会儿又劝方恋恋迎难而上，妈您为什么这么看好魏无疆那小子？”

方妈妈想也不想：“很简单，因为我闺女真心喜欢他。”

“万一您闺女看走眼了呢？”方枪枪撇嘴，指着贴着面皮犯蠢的方恋恋，嫌弃道，“您看看您闺女，真不像眼光好的人。”

“你才没眼光！”方恋恋扯掉面皮，怒瞪方枪枪，“走走走，离我远点。”

方枪枪回瞪：“不走，这是我家。”

一言不合，两兄妹大打出手，互往对方脸上抹面粉，闹成一团。

方氏夫妇早习以为常，两人无声对视。方爸爸调小电视音量，方妈妈平平道：“我教了魏无疆一年，对他的人品我有信心。有一次我低血糖犯了，晕倒在课堂上，是他把我送去的医院。”

兄妹俩闻言僵住，两张大花脸上不约而同露出相似的惊诧之色。

“这事儿我怎么不知道？”方枪枪看向茫然的妹妹，“你也不知道？”

方恋恋点头，急忙追问：“妈你怎么不告诉我啊？”

方爸爸放下擀面杖，先对女儿道：“你那个月月考成绩不理想，你妈不想你分神。”又对儿子道，“你离得远，告诉你你也帮不上忙，只能白担心。”

“是啊，我又没什么大毛病。”方妈妈接过话，“你爸赶到医院，魏无疆那孩子已经把能办的都办好了。处变不惊，做事有条理，你爸也觉得他不错。”

方枪枪听笑了：“就送您去趟医院，您这评价未免也太高了点。”

“你不要以为这事平常，事情越平常越见人品。”方妈妈端起盛满饺子的托盘，走出几步，又回头笑着对方恋恋道，“咱们家有女追男的传统，有其母必有其女，恋恋，妈看好你。”

方爸爸立马扬声附和：“爸也看好你。”

“爸妈，我最爱你们了！”方恋恋热血沸腾，扑过去一人亲一口。

小范围达成共识，方恋恋搂着爸妈，三人一同望向方枪枪，等他表态。

光看好有啥用，我都已经付诸实际行动了。方枪枪心说。

他四仰八叉地躺回贵妃榻，举着手机，似不经意地叮嘱一句：“老妹，待会儿出门多穿点。”

但愿魏无疆那小子能吃透他的良苦用心，不然的话，他是不介意用拳头使其开悟的。

方爸爸年前体检查出嘌呤超标，方妈妈特意调了白菜粉丝的素馅，和孩子们爱吃的韭菜猪肉馅。

两盘饱满鲜亮、香喷喷的饺子端上桌，方恋恋食指大动。筷子刚伸进盘子，便被另一双筷子啪地打开。

“你干吗呀？”方恋恋奇怪地看向哥哥，“吃饺子你也跟我抢？”

方枪枪搛起个素馅饺子，放进妹妹面前的醋碟，道：“韭菜馅有味。”

方恋恋更奇怪：“吃的不就是韭菜那股味嘛。我要吃肉，不吃素。”

筷子尖再次渴望地伸向荤饺子，方枪枪手一伸，干脆把整盘荤饺子据为己有。

方恋恋撂下筷子，目露凶光：“哥，你是不是有病？”

方枪枪老神在在，挑起个饺子送进嘴里：“吃肉长肉，你都胖成这样了，改明儿回学校遇见全世界最帅的魏无疆，你不自卑吗？”

被掐软肋，方恋恋无话可说，心里有怨气，发泄似的夹着素饺子一个接一个往嘴里塞。也不细嚼，两边腮帮子高高鼓起，金鱼似的，喉咙一滚，全部咽下去，噎得实在难受，就用冰可乐往肚里顺。

大年三十的饺子，吃得如此怨念深重，也是难为她了。

只因热血凉透又开始犯㞞，担心自己继承不了老方家的光荣传统，做不到越挫越勇，追不到魏无疆。

怏怏不乐的方恋恋顾得了脑袋顾不了嘴，三下五除二干掉整盘素饺子，还像没吃一样。趁哥哥看手机，她第三次将筷子伸向他护在近前的韭菜猪肉饺子。方枪枪眼睛一斜就知道事情不简单，没拦她，直接将刚刚收到的一张照片杵到她眼皮子底下。

方恋恋定睛一看，“山啸”四子和小曾围坐在狭小杂物间里，正用老式电饭煲涮火锅。

虽然环境简陋，但五个大男生一丁点没亏待自己，四周摆满各色净菜和肉类，墙边还摞着两箱啤酒。个个吃得红光满面，笑得合不拢大油嘴，比老方家煮开花的饺子都喜庆。

方恋恋只看照片，也能强烈感受到此刻杂物间里热闹欢乐的气氛，叼着筷子尖忍不住咧嘴笑。

“哥，小曾为什么会和他们一起过年？”小曾父母管儿子像管三岁小孩儿，方恋恋很好奇。

“小曾明天启程，第五次赴京赶校考。”方枪枪欣慰得像个老父亲，“这几个小子还挺有人情味，主动张罗践行，也不知道怎么忽悠了小曾爸妈。”

方恋恋不禁想起那次虚惊一场的离家出走事件，关切地问：“小曾今年能考上吗？”

方枪枪没吭声，淡了神情，埋头吃饺子。

照年俗留下最后一个饺子在盘里，方氏兄妹又坐回电视机前看春晚。精心编排的节目一如既往的难看，方爸方妈熬不了夜，十点多便回房睡觉。方恋恋昏昏欲睡撑到十一点，终于再支不起眼皮，抱着抱枕倒进沙发。睡得迷迷糊糊，她肚子突然隐隐作痛，睁开眼，瞧见哥哥一边打电话，一边招手催她起来。

“有什么事等我回去再说。”方枪枪瞥了眼墙上的石英钟，正打算挂电话，想起了什么，又把手机举回耳边，“周颂，新春快乐。长了一岁，少哭点鼻子啊。”

方恋恋捂着肚子坐起来："哥，几点了？"

"快十一点四十了，赶紧走。"方枪枪急匆匆把围巾手套扔给妹妹，发现她脸色不太好，忙问，"你怎么了？"

"没事。哥，你帮我拿瓶水。"

方恋恋不以为意，只当是吃多了撑的，下楼坐进放满烟花的小三轮。喝了几口冰凉的矿泉水，肚子疼没缓解，胃也跟着开始闹腾，一阵恶心想吐。方恋恋伸手拍拍蹬车的方枪枪，想喊他停一停，话没出口，先控制不住，吐了出来。

方枪枪闻声回头吓一大跳，傻了似的问："方恋恋，你晕车啊？"

五脏六腑像移了位，方恋恋连翻白眼的力气也没有了，虚弱道："哥，我肚子疼。"

方枪枪二话不说转动车把掉头，转念一想不能回家惊动父母，又变方向直奔最近的市一医院。

一路玩命狂蹬，满头大汗的方枪枪没有忘记安抚妹妹，不停地说"坚持一下，快到了"。五官都疼得拧在一起，同样满头虚汗的方恋恋却道："哥，我不要紧，你骑慢点，安全第一。"

长街空旷，唯有一辆小三轮像装了火箭似的，疾速如风冲破夜幕。

这个除夕夜，看似平常却又特别，注定将令某些人毕生难忘。

3

暴饮暴食终于中招，方恋恋突患急性肠炎。幸亏她体质好，跑几趟厕所，打上点滴，疼痛很快消失，就是人恹恹的，没什么气力。年三十的输液大厅，比她想象中热闹，周围全是些和她一样吃坏肚子的半大小孩儿，有父母陪着哄着。

方恋恋臊得不行，单手捂脸直往方枪枪的怀里拱。

方枪枪忙着发微信，嫌她烦："生病了怎么还这么讨厌呢，我又不是魏无疆，甭找我撒娇。"

方恋恋一顿，总觉得哥哥今晚有些反常。平白无故不准她吃韭菜猪肉饺子，出门晚了十几分钟就着急往文化宫广场赶，陪她挂急诊频频看手机，好像有什么要紧事耽误了似的。

最可疑的是，他提了两次魏无疆。

"哥，你有问题。""方 · 福尔摩斯 · 恋恋"口气笃定。

"是你有问题，身体有问题。"方枪枪四平八稳，将手机揣回裤兜站起身，"好好的年三十让你搅和了，我出去抽根烟。"

方恋恋"嘁"了一声，头歪向一边，闭眼休息。

周围吵吵闹闹，不时响起孩子的哭泣声，隐隐约约还有爆竹声响起，提醒人们辞旧迎新。方恋恋睡不着，脖子麻了，心想哥哥怎么还不回来，揉着脖颈睁开眼，就看见了魏无疆。

心心念念的男孩儿仿佛从天而降，身姿挺拔仪表堂堂，面庞温柔似水，似乎是跑着来的，微微还有些喘。

像梦一样。

方恋恋傻眼，第一个下意识的反应是用手挡住自己肉乎乎的脸颊。

"你胖了。"魏无疆忍笑，坐进之前方枪枪坐过的位置，故意拿方恋恋最在意的事逗她，“胖得我有点认不出你了。”

“我会瘦的！”方恋恋不忿，胸有成竹地道，“而且我不管胖瘦都好看，因为我会亚洲化妆邪术。”

“你不化妆也好看。”魏无疆脱口道。

此刻的方恋恋素面朝天，小脸憔悴苍白，他依然觉得她很漂亮，透着让人心疼的娇弱。牵过她冰凉的小手焐在自己掌心，有些话本打算在烟花盛放的夜空下告诉她，但现在好像不行了，呼之欲出。

魏无疆侧身面向女孩儿，温情又不失郑重地对她说：“恋恋，做我女朋友吧。”

什么？

方恋恋半张着嘴目瞪口呆，好似中了定身咒。

魏无疆朝她展露笑颜，她眼睛瞪得更大，眼珠子都快掉出来了。

好半晌，方恋恋找回语言功能：“你是因为我大年三十生病，同情我吧？”

魏无疆一愣：“不是。”

“是因为你也病了，神志不清？”难以置信的方恋恋开始语无伦次。

“我很好。”魏无疆故作不悦，蹙眉问，“你为什么不想想，是你的追求成功了？”

“没成功呀，你明明已经拒绝我了。我那天虽然喝多了，但我清清楚楚地记得你对我说对不起来着。”方恋恋争辩，智商直线下降。

魏无疆眉毛拧得更深：“我现在反悔还来得及吗？”

“那不行。”方恋恋果决，智商彻底走失，“我还没有越挫越勇，再接再厉对你展开第二轮追求呢，你不能太快投降，不然我没成就感。”

“行吧。”魏无疆通情达理，松开她的手，“你继续追吧，什么时候快有成就感了，什么时候咱们再谈恋爱。”

好狠心啊，手都还没焐暖和呢。

方恋恋可怜巴巴地瘪了瘪嘴，伸出一根试探的指头在他手背挠啊挠：“我现在病了意志薄弱，你给的惊喜太突然，我容易头脑发热不冷静……”

“你想说什么？”魏无疆一下抓住她不安分的指尖，牢牢攥住。

触电般的感觉击穿身体，方恋恋头一垂，抵住他的臂膀，没什么底气地问：“你为什么会突然改变主意？”

“因为……”

急着见生病的方恋恋，刚才心急火燎冲进急诊大厅，魏无疆没看见就等在输液室门口的方枪枪，是被他拽着胳膊肘给拦下来的。方枪枪话不多，只问魏无疆一句，整理好自己，可以迎接新恋情了吗？等到他的明确答复，才肯放他和妹妹见面。

此刻，魏无疆轻吻方恋恋的发顶，温柔低喃出同一句话：“因为你很好，我不应该错过。”

远称不上什么甜言蜜语，却朴实无华，是他的心里话。

“魏无疆，我两天没洗头了。”方恋恋懊恼地抬起要哭不哭的小圆脸，“你不要嫌弃我。”

差点错过个好姑娘，哪好意思嫌弃。魏无疆笑而不语，从外套口袋里摸出一个包装闪闪惹人爱的小盒。昨天带小表妹逛街，觉得适合方恋恋就买了，他并没想过有没有机会送出手。彩虹屁一样缤纷的包装纸是小表妹帮忙选的，魏无疆也不确定方恋恋看不看得上。

心跳加快，他稍稍有些紧张：“恋恋，新年快乐。”

方恋恋接过礼物，眼睛也跟着闪亮起来，舍不得拆，放在耳边摇了摇：“是什么呀？”

“打开看看。”想起她右手输着液不方便，魏无疆代劳，正准备撕包装纸，又被方恋恋叫停。

他不解：“怎么啦？”

“提醒你别撕坏了，这么漂亮的包装纸我也要留着。”方恋恋亟亟叮嘱。正好可以和她珍藏的MM豆包装袋做伴。

魏无疆依言照办，小心谨慎地一点点扯开粘着胶布的边角，从里面抽出一管黑色底银色腰身的口红。

知名品牌的经典颜色，色号寓意也特别好，999，长长久久。

方恋恋爱不释手，素净着一张脸，拿起口红就开始盲涂。技术过关，艳色划过唇中再上下抿一抿，原本惨淡灰败的病相，顿时减轻不少，整个人重新焕发出精神和血色。

“漂亮吗？”方恋恋冲魏无疆笑得绚烂，名副其实的唇红齿白。

“嗯，很漂亮。”魏无疆比刚刚送礼物时更加紧张，声音压得极低，再次重复，“恋恋，做我女朋友吧。”

“我，我……”

同样的场景，方恋恋曾经幻想过无数次，每一次她的反应都一样——迫不及待点头说好。可当它真实发生时，她可能真的病到意识模糊，居然迟疑了。紧紧捏着口红，她自己都被自己的犹豫惊住，变得支支吾吾。

她能确定，绝对不是因为自己不愿意，可究竟因为什么，又像缥缈烟云一样抓不住。

刹停话音，吸气吐气深呼吸，方恋恋重新严肃认真地对向魏无疆："我现在脑子不够使，有点冷静不下来。能不能给我几天时间？等我想清楚了，一定给你确切答复。"

魏无疆虽不至于信心百分百充沛，却也有些意外，或者说失落大于意外。

他微讪，拂了拂鼻尖："好，我等你。"

"那你先回家，你在这儿我心里更乱。"

方恋恋知道，魏无疆不是个轻率鲁莽的人，会改变主意一定经过深思熟虑。他矜重，她也应该慎重，给自己时间沉淀，才能更勇敢地拥抱爱情。

4

方枪枪掐着输液的时间点回来，见只有方恋恋苦哈哈一个人，挺奇怪。再听她说，魏无疆表白完就被她撵回家了，方枪枪险些戳爆她装着死脑筋的蠢脑壳。后来细琢磨，是该让魏无疆尝尝求而不得的郁闷滋味，可他戳都戳了，总不能让妹妹再戳回来吧。

经急诊医生检查，可以回家休养，刚恢复点精神的方恋恋莫名来了兴致，非要照原计划去文化宫广场放烟花。方枪枪无奈，当是补偿，蹬着小三轮载着方恋恋，又掉头直奔广场。

凌晨三点多钟，文化宫广场空空荡荡，连个鬼影也没有。方氏兄妹享受了一把"独占广场为霸，独占夜空为王"的快感，玩得不亦乐乎。折腾够了临近天亮才回家，两人各自回房睡没几个小时，便不幸遭遇寒邪入体，高烧不退，双双倒下沦为病友。

方枪枪身强体健，吞粒退烧药睡一觉，晚上基本痊愈；方恋恋可惨多了，肠胃虚弱雪上加霜，从年初一躺到年初二，食欲不振，几乎没吃过东西，圆脸以肉眼可见的速度往下掉肉。初三一大早，方恋恋对着卫生间的洗面镜一照，觉得自己真争气，说瘦就瘦，立竿见影。

洗漱完喝掉小半碗白粥，方恋恋看会儿电视，又困得睁不开眼，病蔫蔫地回房间继续补觉。睡了不知多久，依稀感觉有一只温暖大手摸她的额头，她以为是方枪枪，呓语般嘟哝句烧早退了，翻个身面朝墙壁接着睡。

不知为何，回笼觉睡得出奇的香，方恋恋饿着肚子醒来，不知今夕何夕。躺着没动醒了会儿瞌睡，她侧身去拿床头柜上的手机看时间。手机还没摸着，她先看见了坐在书桌前的魏无疆。

该不会是梦魇了吧，方恋恋心想。

她使劲眨眨眼再定睛，是他，是他，就是他！

他在聚精会神地看书，正是方恋恋曾提起过的张曼娟散文集。她昨天临睡前，随手从书柜里抽出来，没等看就困了，便没放回原位，直接搁书桌上。

房间窗帘紧闭，只亮着盏橘光台灯。

魏无疆身子微微前倾，凑近在灯下阅读，俊秀侧脸染了一层浅浅柔光，更显沉静。

怎么可以这么帅！

方恋恋脸颊发热，掀起被子蒙住头，猫着腰弓着背躲在里面，着急忙慌地挖眼屎。

听到动静，魏无疆从书里抽出视线望向靠墙的小床。一整套淡绿色床品，被面缀满银杏叶，此刻中央高高拱起，像座小山丘似的。

不禁莞尔。

将偶然发现、夹在书页里的薄薄纸片偷偷收进口袋，魏无疆气定神闲地合上书。没离座，他声色未动，转身面向那座从床中央蠕动到床头的山丘。被子缝里忽然伸出一只纤长小手，睡衣袖有点短，露出一段白皙细腕，踅摸到床头柜的手机，又立刻缩了回去。

魏无疆笑意更浓："恋恋，你闷不闷啊？"

"不闷。"里面的人瓮声瓮气地问，"你来拜年？"

"嗯。"

"进来多久了？"

魏无疆看眼时间："两个多小时吧。"

"你为什么不叫醒我？"被子里的声音有点小埋怨，弱弱道，"我现在很丑，脸都睡肿了，你先出去。"

和"会说话被窝"聊天太怪异，魏无疆也怕她闷坏自己，走过去站定在床畔，找准她头部的位置，抬手拍了拍。

"恋恋，出来，我有话问你。"

里面没动静。

魏无疆轻扯被子，感觉被她拽得更紧，便沉声道："再不出来，我伸手进去抱你了。"

“好嘛，好嘛。”

小山丘缩至墙边，方恋恋用被子裹紧自己，只冒出一颗脑袋，像探出水面吸氧的鱼似的，张开嘴大口呼吸。

本来脸已经很红了，被子闷头再一憋，自作自受直接熟透，不亚于单元楼下挂的大红灯笼。

“又发烧了？”魏无疆说着话，隔着小床手已经摸上她额头，笑道，“是有点烫。”

“不是，不是。”方恋恋头摇到一半，意识到他在故意逗自己，鼓着眼睛闭了嘴。

魏无疆撤手,没往小女儿家的床上坐,拖过椅子坐在床边,与她面对面。

“你什么时候喜欢上我的？”他放慢语速，低柔问。

先听霍西洲说，方恋恋暗恋他很久，再听她哥哥说，她喜欢他很多年。到底很久是多久，很多年又是多少年，他现在很想知道。

“你第一次来我家，我就喜欢上你了。”方恋恋后背靠着墙，怕他质疑似的，急忙补充解释，“我相信一见钟情。”

与你初遇，我从此相信一见钟情。

四目交接，“恋恋”情深。

魏无疆也开始回忆当时场景，想到的不仅有被冰棍粘住舌头的方恋恋，还有与他手牵着手的杜心雨。

忽然就不想再继续追问，魏无疆按捺住自己，深深凝视女孩儿的眼睛：“恋恋，你考虑好了吗？”

方恋恋诚实地摇了摇头：“还没有。”

生病没有耽误思考，她终于想明白自己的迟疑，是源于自卑。方恋恋并没有表现出的那么自信飞扬，她怕自己不够端庄大方，也不够优秀出色，配不上全世界最温柔的魏无疆。

依旧裹着棉被的方恋恋蹭坐到床边，不安又忧虑地问：“我这样是不是很矫情啊？”

“你觉得呢？”魏无疆笑着反问。

“矫情。”方恋恋笑不出来，开始有点讨厌现在的自己，却拿自己没有办法。

“我接受你的矫情。”魏无疆大概能猜到她在想什么，可以做的就是保持最大耐心，“不急，你慢慢考虑。记得按时吃饭，不要再暴饮暴食，我先回家了。”

“魏无疆。”方恋恋喊住他，“你喜欢我吗？”

他没回答，含笑走回床畔，弯下腰轻轻吻过她浮肿的脸颊。

怎么可能不喜欢呢？

他没有告诉被吻红了脸的方恋恋，这是他第一次不经允许进女孩儿的房间，也是第一次在没确定关系前，就忍不住亲吻女孩儿的脸。

原本稳重的魏无疆，有且只有在方恋恋面前，才会被感性主导意志。

还好，他发现得不算晚。

男孩儿离开许久，方恋恋仍摩挲着被吻过的脸蛋，坐在床边痴痴回味，傻傻发笑。猛然间，她想起什么，一个箭步冲向书桌。拿起散文集飞快从头翻到尾，再从尾翻到头，又抓着书脊朝下不停抖落，没有任何东西掉出来。

方恋恋一脸追悔莫及，直直扑进枕头。

当年读完张曼娟的散文，她诗兴大发写下一首短情诗，顺手夹在书页中，很多年没再翻过。

然而，它不见了。

而此时此刻，坐在公交车里的魏无疆微微有些失神，修长的两指间捏着一张泛黄的便笺纸。

上面有三行娟秀的黑色钢笔字——

开心的理由，我列出了一，二，三，四……一百零七个，

每一个，

都败给了你。

简单而动人，一遍便能铭记于心。反复默念，男孩儿沉静英俊的脸庞，渐渐漾开缱绻笑意。

也许因为魏无疆的吻有魔力，方恋恋的病情直线好转。第二天，她便生龙活虎地拖着方枪枪逛超市，为宿舍的吃货们采买特产。顿顿喝白粥，方恋恋一到零食区再也走不动路，看见什么都眼馋。

她又不舍得自己花钱，满脸掬起逢迎的笑，拉扯方枪枪的胳膊，没等开口，已经被看穿用意。

方枪枪甩开妹妹的手：“年三十晚上，我不才给你发了一万块红包嘛。”

方恋恋对手指，大言不惭：“花自己的钱买零食，我心疼。”

“合着花我的钱，你就不心疼了呗。”方枪枪推着购物车只迈出一步，

恨恨道，“想吃零食，找你男人买去。”

“花他的钱，我也心疼呀。”方恋恋当自己亲哥瞎似的，抓起两袋薯片扔进购物车。为转移其注意力，她紧接着又说，“昨天是你让他进房间看我的吧。”

方恋恋深知以魏无疆的性格，绝对不可能擅闯别人房间。

“你要感谢有个比你中毒更深的妈妈。”上赶着把男人往女儿闺房里送，方枪枪活这么大还是第一回见，“未来丈母娘这关已经不攻自破，我们老方家的门也太好进了。丑媳妇总要见公婆，就不知道你讨不讨人家爸妈喜欢。”

方恋恋扶额：“哥，你想太远，我还没答应做他女朋友呢。”

“嗯？”方枪枪听得直掏耳朵，上上下下端详妹妹，“方恋恋，据我所知，女孩儿太骄矜任性，容易适得其反。你可以作，但不能作过头。你想让魏无疆尝尝你当初的滋味，要把握好分寸，差不多得了。”

方枪枪角度清奇，方恋恋压根儿没往那处想过，直接听蒙傻在原地。

紧追几步赶上方枪枪，她还没开口解释，先听见后面有人叫自己名字。

听出好像是杜心雨的声音，方恋恋不太敢确定，转身一看，果然是她。她身边没旁人，和方恋恋一样未施粉黛，穿着件雪白的羽绒服，没推车，手里只拿了一盒酸奶。

“早看见你了，没好意思叫你。”她走近方氏兄妹，眼角余光滑过方枪枪，意味深长地问方恋恋，“这位是？”

“我是她哥。”方枪枪立刻猜到她身份，快一步接过话，嘴角噙笑，“你是我妈的学生吧，不知道你敬爱的赵老师有一双俊美儿女吗？”

杜心雨面庞闪过一抹异色，很快镇定，抱歉颔首：“我记性不好，忘了。”又朝二人柔美一笑，“恋恋，恋恋哥哥，新年好。”

方氏兄妹异口同声：“新年好。”

杜心雨送完祝福，没有久留，翩然离去。方恋恋张口想说什么，却欲言又止。

等看不见人影，她才收回视线，下意识地就把购物车里的两袋薯片拿了出来。方枪枪一把夺过扔回去，又伸长手臂豪迈一扫，将货架上整排零食通通扫进购物车。

前后言行不一，方恋恋不解其意，呆头呆脑地望着他。

“魏无疆怎么看上了你？我真怀疑他眼睛有问题。”方枪枪弹一记妹妹脑瓜崩，严肃道，“方恋恋，我问你，当年一穷二白的老爸带着我这个拖油瓶，来到这么个人生地不熟的地方，为什么老妈敢嫁给他？”

“因为他们很相爱呀。”方恋恋不假思索。

“我以为你傻乎乎的不知道。”方枪枪更加严肃，“谈恋爱没你想的那么复杂，有时候很多负担都是自己给自己找的。机灵点，别自寻烦恼。”

方恋恋似乎听懂了，动容间也不知该说什么，低低长长喊了一声：“哥。”

“放轻松享受爱情吧，老妹。”

真是让人不省心啊，方枪枪脸一沉，还挺不高兴，推着满车的零食边走边念叨：“自己女朋友不养，天天住我的吃我的，改明儿我要找那小子全额报销。”

“哥，爱你！”

不管不顾身处公共场合，方恋恋张开双臂扑上前熊抱住方枪枪，使劲用已经第三天没洗的头蹭他胸膛。

方枪枪大皱鼻子恶心坏了，脖子差点没扭脱臼，叫苦不迭。

这谁家放出来的邋遢媳妇，太影响市容市貌，赶紧牵走吧。

一个海绵宝宝引发的表白

『第十五章』

· C h a p t e r ·

1

为了顺应时代趋势，配合年轻上班族的放假时间，流光寺庙会从正月十五提前至春节法定假期。

大年初五，是流光寺庙会的最后一天。

病好得差不多了，方恋恋这天起了个大早，一番梳洗打扮，一身新衣新裤，精神抖擞地出了门。

路边早点小店年后第一天开张。方恋恋守在摊位旁，等新鲜出锅买了两根油条，喜气洋洋道句恭喜发财。店家图个好兆头，又多送她一根油条。

就着豆浆吃掉两根，八分饱的方恋恋还能再吃，想起魏无疆叮嘱过“不能暴饮暴食”，立刻放下筷子。吃不完也没浪费，对面马路有沿路觅食的流浪狗，方恋恋瞄准位置，远远抛去，正中流浪狗的脑袋。狗狗吓得往后缩了几步，发现从天而降的美食，凑低鼻子嗅了嗅，吃得特别香。

流浪狗似乎也没有那么可怕。

新年新气象，方恋恋心情轻松愉悦，跳上开往流光寺的137路公交车。

方恋恋习惯坐车听音乐，运气不好，遇到个西瓜头的熊孩子，非要抢她的耳机。她不同意，怕摇滚乐会损伤小孩儿脆弱的耳膜，“西瓜头”便耍起脾气哭哭闹闹。身旁奶奶也不管，反而操着沪上口音指责方恋恋是小嘎巴气的乡下人。

没必要为一对不讲理的祖孙俩败坏好心情，方恋恋选择敬而远之。

到站下车，也许因为是最后一天，人们都追着赶着来逛庙会。九点开放，刚八点半入口处已大排长龙，人满为患。孩子太多，场面有些混乱，工作人员忙不过来，附近的执勤民警也赶来维持秩序。

蛇形排队区拐来拐去，排在最末的方恋恋低头刷着朋友圈，这时收到霍西洲发来的红包。留言写的是“欠债还钱”，实际数目却不菲，五位数的大几万，远超过他找方恋恋借钱的总额。整天喊穷的霍西洲出手如此阔绰，该不会是输错金额了吧？老方家的孩子不占人便宜，方恋恋决定打电话问清楚。

刚举起手机，感觉有人扯她裤管，又是公交车上遇到的“西瓜头”。他记仇心还挺重，认出了方恋恋，嘬着戒指糖发泄怨气似的大做鬼脸。身后的奶奶也不知道看没看见，正乐呵呵聊着语音微信，讲的全是叽里咕噜的上海话，没人听得懂。

老规矩敬而远之，方恋恋退出队伍，打给霍西洲。

电话接通，传来一声懒洋洋的“喂”，方恋恋开门见山：“你真去卖肾了，哪儿来这么多钱？”

那边霍西洲一下来了精神：“大过节的，你能不能盼着点儿我好！当我的肾镶了钻啊，卖五位数。”

“不卖肾，你哪儿来的钱？”纳闷的方恋恋又问了一遍。

“与民同乐太久，你难道忘了我是货真价实的富二代？”霍西洲声音带笑，得意道，“昨儿晚上我帮我爸应酬生意上的朋友，打了半宿麻将。钱我可还了，以后不准再叫我‘霍老赖’。”

“全是你打麻将赢的？”方恋恋不懂有钱人的生活，半信半疑。

“那可不，我堂堂A大数学系学生，赢几个喝多了的老男人绰绰有余。”霍西洲猜到方恋恋电话的用意，不用她开口，径直道，“心安理得地收着吧，多的当是利息。反正其中一大半是林靳爸爸的钱，解气不？”

那是两码事。方恋恋坚持道：“借多少还多少，多的我退给你。”

“我不要。”霍西洲也固执，“你实在不想收，可以开学约魏无疆和我打场麻将。放心，我绝不会手下留情，赢到他和你一起喊我爸爸。”

方恋恋听笑了：“架打不赢，还想在牌桌上扳回一城。我大概没告诉你，他当年高考数学148分。”

“……”

147分的霍西洲郁闷了，一分惜败不聊也罢，岔开话题：“我听林靳老爸说，他给儿子介绍了个门当户对的女朋友，两人最近……”

“你干吗跟我说这个？”方恋恋不想听，生硬打断。

“没话找话，闲聊呗。”语气似不经意，霍西洲打了个绵长的哈欠，“困，我补觉去了。方恋恋，新的一年，恭喜你又老了一岁，哈哈哈哈。”

“……”

2

霍西洲话不用讲完，方恋恋已经听懂了他的言外之意。仿佛历史重演，情况却变得更加复杂，方恋恋再一次陷入两难境地。

遇到林靳这种人人得而诛之的渣男，最终受伤的只会是蒙在鼓里的杜心雨。不提醒，方恋恋良心上过意不去。可谁都可以揭穿林靳的真面目，偏偏她不行。她的立场身份太敏感，空口无凭，杜心雨不见得会信，反而容易质疑她居心叵测。林靳既然渣得如此明目张胆，天下没有不透风的墙，迟早也会被杜心雨发现，她方恋恋又何必去蹚这浑水，费力不讨好呢。

一番纠结权衡，方恋恋终于打定主意，又把多余的钱转给欧阳。专款专用，资助乐队办专场。

不知不觉间，她已随着熙熙攘攘的人流逛了半条庙会街。

站在人堆里有点晕头转向，方恋恋引颈张望，看见不远处一大束飘扬半空的卡通氢气球，眼睛随之一亮。锁定目标，方恋恋于人缝中快步穿行，找到卖气球的小贩，张口便道，要买唯一一只海绵宝宝。

“老板，海绵宝宝怎么卖？”

沪上口音听着耳熟，方恋恋扫码的动作一定，闻声抬脸，哭笑不得——冤家路窄，怎么又是这对糟心的祖孙俩？

“阿姨，不好意思，气球是我先看中的。”方恋恋客客气气地提醒。

“哎呀你这个小丫头，跟个孩子争什么争，害不害臊。”奶奶拿腔拿调说着话，先下手为强，上前从小贩手中夺过气球，递给兴冲冲的小孙子。

方恋恋无语，总不能也伸手去抢，于是弯下腰与“西瓜头”平视，耐着性子和他讲道理："小朋友，买东西要讲先来后到，我比你先来，这个海绵宝宝应该是我的。"

"我不给！我不给！""西瓜头"头摇得像拨浪鼓，抬起小胖手往后指，"那个大哥哥也有，你去找大哥哥要。"

方恋恋顺着他手指的方向望过去，乌泱泱的男女老少，空中飘着各式各样的氢气球，眼睛都快望穿了，唯独没有手持海绵宝宝的大哥哥。等她再收回视线，祖孙俩早已不见踪迹。

小贩捏着十元现钞，脸上挂着抱歉又尴尬的笑："姑娘，要不你再挑个别的？"

可方恋恋也只喜欢海绵宝宝。难掩失落，她不声不响地摇了摇头。

前前后后碰见三次，再好的心情也经不起消磨，望着人头攒动的剩下半条庙会主街，方恋恋兴趣索然。不过她没有忘记此行的目的，沿路打听，找到民俗技艺展演的区域。

沿街两排整齐划一的仿古摊位，糖画、捏面人、剪纸、皮影戏……每一个摊位前都站满了大人小孩儿，时不时还会爆发出热烈掌声。可高三那年，魏无疆和爷爷的泥塑摊位水泄不通的壮观景象，今时今日已不复存在，方恋恋置身当年此地，只能靠想象去还原。

越还原便越唏嘘，感慨命运弄人，方恋恋找了个不那么喧哗的犄角旮旯，背靠着棵光秃秃的梧桐树，给魏无疆发微信。

满肚子的话编辑成文字，像流水账一样。

从早起吃油条喂流浪狗，到公交车上的奇葩祖孙俩；又到和祖孙俩的第三次狭路相逢，害她与海绵宝宝失之交臂；再到琳琅满目的小商品和各式各样的小吃，没兴趣一样也没有买；最后到少了泥塑的民俗技艺摊……

啰唆琐碎巨细无遗，方恋恋也不等对方回复，接连发出去六条，第七条迟迟未发，只剩一句话——我想你了，魏无疆。

要是你在我身边，所有的不开心都会变得微不足道，不值一提。

方恋恋唉声叹气，追悔莫及，没早点答应魏无疆的表白。太习惯暗恋，反倒惧怕恋爱，可爱情又不是洪水猛兽，她对自己没信心，也该对魏无疆有信心。

第七条微信发送成功，与此同时，“叮”的一声，不知谁的手机响起微信提示音。

铃声近得好像就在面前，未免也太凑巧了点。方恋恋诧异地抬头，海绵宝宝的大方脸登时映入眼帘。猝不及防间，她吓了一大跳，以为是“西瓜头”的恶作剧，随即怒目圆睁。却只见它冉冉升入天空，露出后面一张眉清目朗、笑意融融的脸。

“魏……无疆！”

方恋恋欣喜若狂，兴奋得跟小孩儿似的，一头扎进他的温暖怀抱。

这感觉简直像中彩票，而奖品就是心心念念的男孩儿，百万千万也换不来。

直觉这种东西，女人有，男人同样也有。

自高中毕业，魏无疆再没逛过庙会。只是乘坐的公交车在附近路段大堵车，他只能提前下车步行。经过庙会，游人络绎不绝，魏无疆没来由地有种强烈预感，方恋恋在里面。都已经走过了，他又折返回来买了张门票。再晚一点便会遭遇限流，停止现场售票。

人太多，好像全城的市民同时涌进了两条狭窄的庙会街。直觉无法指引准确方向，魏无疆寻找方恋恋很费了些时间，还买了一只海绵宝宝氢气球，想着如果方恋恋远远看见，会来找他。

气球飞上天，他才觉得自己的办法很傻，方恋恋又不是唯一喜欢海绵宝宝的人。果然，很快就遇到个留着“西瓜头”的小男孩，追问他在哪里买的气球。

怕自己指错路，魏无疆领着“西瓜头”和他奶奶走了一段，望见卖气球的小贩，他才道别转身。所以收到方恋恋的第四条微信，抱怨被“西瓜头”抢了唯一一只海绵宝宝的氢气球，魏无疆有些难以置信，以为会和她就此错过，差一点掉头去出口。好在第六条微信及时到来，他小跑着来到民俗技艺展演区，寻寻觅觅，终于找到靠在树下走神的方恋恋。

魏无疆现在信了，所有的巧合都是必然。

天大地大，他就应该在此时此地，遇到傻傻说着“想他”的方恋恋。

抱紧她，爱她。

女孩儿从他怀里仰起小脸，大大方方的笑容灿若夏花：“魏无疆，你好，我叫方恋恋，对你恋恋情深的方恋恋。我可以做你的女朋友吗？”

魏无疆低头，在她额心落下一吻：“你好，女朋友。”

往后余生漫长，不敢轻易许诺永远，但我会努力，每天爱你多一点。

3

顾及身处公共场合，方恋恋难舍难分地退出魏无疆怀抱。面前气宇轩昂的大男孩拽着一只幼稚的海绵宝宝氢气球，她忍不住咯咯笑，抬起手腕。

“拴我手上吧，这样我不容易走丢。”

魏无疆似乎毫不在意，手一松将气球放飞蓝天，改牵起心爱的女孩儿：“不用，它的使命完成，我已经找到你了。有我在，你不会丢。”

十指交扣，两人静静望着那一团明黄渐渐飘远，而后相视一笑。

火热的庙会仍在继续，方恋恋又恢复了兴致，抻长脖子举手一指：“我想去转糖画，转不到龙，你必须给我买一个。”

魏无疆牵牢她的手，笑意愈浓：“好。”

方恋恋被爱情眷顾，运气也不错，第一把就转到了糖龙。

周围小孩儿无不艳羡，见漂亮姐姐喜滋滋地舔一口龙头，他们也跟着伸舌头舔嘴唇；见漂亮姐姐把糖龙送到帅气哥哥嘴边，哥哥不吃摇摇头，漂亮姐姐耷拉下嘴角，他们也照葫芦画瓢，跟着不高兴地噘嘴；漂亮姐姐一问你们谁想吃，他们蹦着跳着举起一只只小手，争先恐后地高喊：我要我要。

整条街的特色小吃等着方恋恋宠幸，她要留着肚子慢慢吃，便将糖龙掰成一小块一小块分给孩子们。魏无疆刚才明明说不吃，却忽然伸手掰了一块，扔自己嘴里。方恋恋起初不解，发现他掰下的正好是自己舔过的那一小块，情不自禁地羞红了脸。

他吻过她的脸，吻过她的额头，但还没吻过她的唇。

初吻啊，好期待呀！

为人女友不过十分钟的方恋恋，盯着男友嘴唇，开始想入非非。

她今天用的口红恰巧是魏无疆送的999，有些掉色沾杯，如果初吻太激烈，会不会糊他一嘴？他那么帅，会不会呈现出一种被蹂躏过后的凌虐美？

方恋恋满脑子的绮思丽想,越来越重口,打都打不住。不敢再看魏无疆，她慌张别开脸，视线蓦地一定，瞳孔放大。

兜兜转转，竟然第四次碰到“西瓜头”，太不可思议了吧？

“西瓜头”明显比方恋恋淡定许多，伸出一根指头戳了下糖龙，然后半根手指都塞进嘴里使劲吮吸。

一点甜头解不了嘴馋，于是他扯着方恋恋的衣服，奶声奶气道：“小嘎巴气姐姐，给我钱，我也要买。”

方恋恋笑哭：“你可真不见外。”

魏无疆也认出了“西瓜头”，觉着不太对劲，忙环顾一圈，俯身问：“你奶奶呢？”

“西瓜头”黑白分明的大眼睛缓慢眨了两次，好像才想起来自己有奶奶似的，左看看右看看。找不见奶奶，胖乎乎的小脸转回来冲向方恋恋，他又缓慢地眨巴眨巴眼睛，深吸口气攒足了劲，猛地一泄放声大哭。

这回是真哭，眼泪跟喷壶滋水花似的，左右飞溅。

方恋恋从来没有哄过孩子，不知所措，只会急急说着不哭不哭，用手帮他胡乱擦泪。力道没控制好，弄疼了皮肤娇嫩的“西瓜头”，扒拉开她的手，歇斯底里哭得更凶。

“我来吧，你去给他买糖画。”魏无疆对方恋恋道。

以前带过年幼的表妹，魏无疆有经验，高高抱起“西瓜头”，将他的小脑袋贴近自己胸膛。有了依靠就有了安全感，“西瓜头”好似从未见过高海拔的风景，一下被吸引，定住眼珠，哭声戛然而止。

等方恋恋买糖画回来，“西瓜头”满脸的鼻涕眼泪已经被魏无疆擦拭干净。好吃的来了，“西瓜头”更开心，两手抓竹签，用零星的小乳牙嘎嘣脆咬掉一大口。不哭不闹不犯浑的小朋友很乖，魏无疆对他悄悄说一句“要抱紧哦”，他便腾出一只手环过魏无疆的脖子。单手力气太小，握不稳沉甸甸的糖龙，他还挺会自己想主意，直接牢牢贴住嘴巴，一伸舌头就能美美舔到。

有了“西瓜头”的配合，魏无疆也能空出一只手来牵方恋恋：“走吧，我们去出口找民警帮忙。”

方恋恋注意到这个小小的细节，心里像蜜一样甜，边走，边从牵手变为更加亲昵地挽过他的手臂，又朝他勾勾手指。魏无疆顿足一弯腰，她便凑上去轻而快地吻了下他的脸颊，留下淡淡唇印。她使坏地没有提醒，捂着嘴使劲偷乐。

魏无疆不知她笑什么，略略一想就心下了然，故意曲解：“‘西瓜头’走丢了，你觉得大快人心？”

“没有，没有。”笑容立马凝固，她心思也活泛，赶忙抬起手背擦去口红印，嘴里小声嘟哝，“男朋友太聪明，我也挺苦恼的。”

这时，“西瓜头”也把沾满糖渍的脸凑到方恋恋手边：“小嘎巴气姐姐，擦擦。”

一个一口“小嘎巴气姐姐”，方恋恋当真就变得小气，故作不悦道：“不擦。”

“大哥哥。”“西瓜头”扭头便把侧脸对向魏无疆，“大哥哥舔舔，好甜。”

“我擦，我擦。”某人服了，扬声疾呼。

“西瓜头”这招太狠，方恋恋甘拜下风，任劳任怨地为他服务。对上魏无疆看好戏似的含笑双眸，她坏心再起，用指腹的糖渍抹了一把他的嘴唇。魏无疆不躲不闪，由着她闹腾完，伸出舌尖润湿唇瓣，趁方恋恋不备，捞过她，用力亲一口脸颊，如数奉还。

手臂很自然地垂至她腰间，再没离开。

大的斗不过，小的也斗不过，方恋恋被收拾得服服帖帖，走着走着又忍不住笑了，心想，原来这就是爱情呀，比她想象中美好千倍万倍，美好到能令人心甘情愿为它沦陷。

小孩子忘性大，有大哥哥大姐姐陪又有好吃的，“西瓜头”再度把奶奶抛到九霄云外，任性起来根本不听劝，吵着闹着非要玩套圈。方恋恋和魏无疆无奈，与“西瓜头”约定只玩十个圈，反悔是小狗。孩子虽小，倒也遵守约定。没套到奖品尽管很失落，一步三回头，他仍乖乖跟着哥哥姐姐来到庙会出口。

这孩子眼尖：“奶奶！”

心急如焚的奶奶对着民警哭诉，猛地听见宝贝孙子的声音，整个人愣住。“西瓜头”摇摇晃晃地跑过去抱住她的腿，她才缓过神，蹲下搂紧失而复得的宝贝孙子，带着哭腔絮絮叨叨：“侬个小囡走丢了，我可怎么向你爸妈交代呀……”

孩子找到奶奶就好。方恋恋有些忌惮那位老阿姨，朝魏无疆使了个眼色。他心领神会，牵起她的手，两个人默默转身离开。

“西瓜头”发现大哥哥大姐姐走了，急得大喊大叫，扭动身子挣脱开奶奶的怀抱，小短腿飞快倒腾朝他们跑去。幸好大哥哥大姐姐听到声音，停下来蹲在地上等他。气喘吁吁的“西瓜头”站定，先钩过大哥哥的脖子照他脸上响亮啵了一记，又重复同样的动作，揽着方恋恋，噘起两瓣粉嘟嘟的嘴唇重重啵下去……亲的却不是脸，而是她的嘴。

方恋恋彻彻底底被亲傻了，脑子“嗡”的一声炸开，火树银花。

为人女友不满一小时的她，当着男朋友的面，初吻居然被个小屁孩夺走了！

晴天霹雳，怎么办，好想哭！

这才叫『初吻』

『第十六章』

· C h a p t e r ·

1

方恋恋小时候调皮捣蛋，熊孩子一个，千算万算也算不到，另一个熊孩子有一天会变成她的心魔。接连几晚做噩梦，方恋恋都是半夜被吓醒的。

在梦里，“西瓜头”化身人头糖龙身的喷火巨兽，跨过高山大海，对方恋恋穷追不舍。每次火舌即将燎燃屁股的紧要关头，方恋恋就会摔一跤，熊熊火柱贴着她的后背凶险卷过。再跑再追，再摔再跑……循环往复，形成一个无休无止的可怕闭环。

睡个觉比不睡还累，方恋恋站着都能打盹。年初八这天，方枪枪的春节假期即将结束，方恋恋开老爸的车送他去火车站。校门口接到魏无疆，她直接把方向盘交给男友，自己窝进后座补瞌睡。

魏无疆透过后视镜瞅了眼，轻声问方枪枪：“恋恋不舒服？”

“这你得问她。”方枪枪不知情，自己也奇怪，“初五那天你送她回来，她就变这副要死不活的样子，像丢了魂儿一样。”

魏无疆没搭腔，十字路口等红灯，他略作思考忍俊不禁，头扭向一边无声地笑了。

也就在这时，他望见了正在讲电话的杜心雨。似乎和手机那端的人发生争执，她表情震怒，肢体语言激烈。绿灯亮起，她并没有走过斑马线，而是坐在了马路边，表情由愤怒化为悲伤。

魏无疆虽然看不清她的脸，但毕竟是曾经深爱的女孩儿，他知道，她在落泪。

不晓得他发什么呆，方枪枪侧过身子只瞄了一眼，不动声色地提醒：“灯亮了，走吧。”

“哦，好。”魏无疆忙收回视线，平稳心神，踩下油门。

余光里，杜心雨埋首膝间，身影孤单嶙峋，哭得应该很伤心。

下一个路口，外套口袋里的手机嗡嗡响起，魏无疆有预感可能是杜心雨。他没有管，继续神色如常地驾驶轿车。

方枪枪听见动静，一忍再忍，还是忍不住问了句：“不接吗？”

“开车，不方便接。”魏无疆从容应答。

方枪枪也没打算藏着掖着，直截了当又问：“想背着我妹联络她？不要跟我装傻，你知道我指的是谁。”

不等魏无疆回答，方恋恋已经醒了，睡得有些发蒙，保持着要起不起的姿势纹丝不动，扭脸看见魏无疆，睡眼尚且涣散惺忪，嘴角却不自觉地高高上扬。

“快到了吗？”她问。

魏无疆从后视镜里回她温柔一笑：“快了。”

方枪枪板着脸，回头看看妹妹又看看魏无疆，自说自话般低声嘟囔，赶得早不如赶得巧啊。

一路畅通到达火车东站，一对小情侣把方枪枪送至候车大厅。分别是短暂的，反正过完寒假返校又会见面，没什么离别的感伤。方枪枪最反感煽情场面，还有点嫌方恋恋烦，听她复读机似的一直重复同一句话——

“哥，动画公司那边一有好消息，你一定马上通知我啊。”

得，又一遍。

“再啰唆,信不信我削你！”方枪枪作势挥臂,支开妹妹去给自己买水。

等人走远，他对魏无疆说：“别看我老妹在你面前呆头呆脑，好像很蠢似的，真遇到事儿，我们老方家的孩子扛得住。我的意思，你懂？”

都是聪明人，不用说太多点太透，魏无疆已然明了。

即便没有方枪枪这句话，早在小曾无故失踪那一次，他已经清楚知道，方恋恋是个遇事不慌、有主见有魄力的女孩儿。魏无疆没打算，也不会隐瞒她任何事。

送走方枪枪，两人来到车库。方恋恋磨磨蹭蹭不肯上车，副驾门大敞，她抬起一只脚又收回，飞快绕到驾驶位，隔着车门拉住魏无疆拴安全带的手。

他不解：“怎么了？”

方恋恋没作声，有些难为情。

她以前笑话过宿舍老三是黏人精，恨不能每时每刻黏着男友。想不到轮到她谈恋爱，也没好到哪里去。

刚确定关系，方恋恋就接到个新活儿，又是方枪枪做网综剪辑的哥们儿找她江湖救急。这回倒不是和方枪枪喝酒喝到胃出血住院，而是和高中同学聚会喝到胃出血，殊途同归。初六初七整整两天没见面，方恋恋这会儿只想寸步不离跟着魏无疆，他去哪里，她跟到哪里。

方枪枪注重私人空间，不喜欢太黏人的女朋友，魏无疆会不会也一样？

方恋恋心里没底，脑袋低垂斟酌着道："我不想回家，想和你多待会儿。"

"巧了，我也不想太快放你回家。"

方恋恋眼睛都瞪圆了。魏无疆轻轻拍拍她的脸蛋，言笑晏晏："上车，带你去个地方。"

2

魏无疆爷爷的泥塑工坊位于城东近郊，左邻清水河故道，右邻魏无疆初中母校七中。地方不大，只一座砖墙平房。房前有爿小院，以前逢着天清气朗，魏无疆放学归来扔下书包，就跟着爷爷在这里制泥坯。泥是来自故道两侧的积土带，和泥浆用的麦秸，则是他去附近农家田间地头收来的。

他牵着方恋恋走进小院，回忆纷至沓来。仿佛一大一小两个忙碌身影仍徘徊眼前，明晃晃的阳光一照，随即如云雾匆匆散尽，只剩满园荒草。

算一算，爷爷去世也不过一余载。

感觉手指被握紧，魏无疆侧首悠悠一笑，对面露忧色的方恋恋说："我初中成绩很差，刚摸到点泥塑的门道，心思全放在了这里。"

方恋恋顺着逻辑便道：“那证明叔叔阿姨很支持你学泥塑。”

魏无疆低头笑笑，没说话。

拨开齐腰高的枯黄乱草，迈上一级台阶，来到门前。对开的红木门斑驳陈旧，一道道裂缝里藏着经年岁月，门上落着一把老式黑锁，相比而言，显得崭新许多。

爷爷头七那天，魏爸爸亲手上的锁。当着儿子的面，他将钥匙抛得又高又远，落进杂草丛生的干涸河道，再无迹可寻。

意图很明确，要让儿子彻底断了制泥塑的念想。

依旧不给儿子只字片语的解释，掉头就走。魏无疆追问过太多次，得不到答案也倦了。父子关系越来越淡，而后便是一场旷日持久的冷战，没有硝烟，却满布疮痍。

时隔一年再回来，父亲扣锁一瞬清晰如昨，那一声锁头咬合的脆音犹在耳边。一把锁锁住的不仅仅是爷爷的泥塑工坊，还有太多的回忆和年少时的雄心壮志。

魏无疆伸手推动木门，嘎吱嘎吱作响。

“你没有钥匙吗？”方恋恋奇怪地问。

“没有。”魏无疆神色平静，“我爸不准我再碰泥塑，上了锁，钥匙也扔了。”

“为什么？”方恋恋拉起黑锁，越发奇怪，“我记得你说过，是叔叔让你跟着爷爷学泥塑的呀。”

魏无疆牵着她并肩坐进台阶，随手拔起几根泛黄的狗尾草。桩桩旧事在心头萦绕几年，已经不需要组织语言，他不疾不徐且毫无保留地告诉了方恋恋。他一面讲，一面翻折狗尾草，指间灵活动作娴熟。最后一个字落地，一只毛茸茸的小草狗也鲜活诞生。

轻轻转动草秆，魏无疆微笑着说：“爷爷教我的。”

方恋恋接过草狗，尽管满腹疑虑，却只问了一个问题：“你后悔吗？”

“非常。”魏无疆不愿伪装，向她袒露心声，“可是如果可以重来，我想，我可能还会犯同样的错误。在那个年纪，有那个年纪坚持认为是对的决定。所以我才会跟你说，对过去的那段感情，我没有遗憾，问心无愧。”

方恋恋深深看他：“我相信你。”

魏无疆弯唇：“谢谢。”

而后两个人不约而同地沉默了，面朝着破败小院，仿佛沉浸于各自的心事。

魏无疆心思沉得深，忽听身后传来异响，他才发觉身边已没了人。回头一看，窗户不知怎么开了，方恋恋蹲在窗框上，两手扶着两侧，正探头向内张望。

忽而，她身子打挺，似乎准备往里跳。

“小心！”魏无疆惊呼。

不过为时已晚，打小就喜欢跟着哥哥上蹿下跳的方恋恋，轻轻松松一跃而入，平稳着陆。她转过身，拍掉手上尘土，摘下叼在嘴里的草狗，摇晃着朝魏无疆招手。

“窗户竟然没有锁死，我稍微使劲一推就推开了。”方恋恋等他走近，偷偷摸摸地压低声音，“进来看看吧，天知地知，你知我知。”说完，像与同伙打暗号似的，俏皮地眨动左眼。

窗户不高，魏无疆一只手撑住窗框，同样轻松敏捷，纵身翻了进去。

长久闲置人迹罕至，空气中弥漫着浓重的腥湿味道，墙壁生了青苔，墙角结满蛛网。爷爷的起居旧物，已经追随他烧为灰烬。他的泥塑作品也被移至文化局仓库保存。工坊空空荡荡，物什所剩无几。

南面墙壁立着巨大的木架，曾经摆满等待干燥的泥胎。

魏无疆走过去，从这头缓慢踱步至那头，指腹划过空无一物的隔板，沾满灰尘，留下一条长长痕迹。

而方恋恋的目光则被角落的奇怪物件所吸引。

乍看之下，像一副人体骨架，却是由长长短短的木材钉制而成，而且排布更密。半米来高，被固定在一个圆形底座上。

“这是什么？”方恋恋拖来魏无疆，指着“怪物”好奇地问。

“传统叫法是‘立骨’，也叫泥塑骨架，用来负重，是泥塑造型的第一步。”魏无疆对这副骨架印象深刻，当初父亲嫌搬运碍事想拆掉，被他极力阻拦，于是永远留在了这里。

一钉一木皆出自爷爷之手，如今依然牢固，魏无疆一寸寸抚过，百感交集。

“好神奇呀！”方恋恋不由得感叹，也伸出一根手指，试探着穿过两段木材间的空隙，“我以为泥塑全是实心的呢。”

“实心的反而不结实。”见她感兴趣，魏无疆也乐于多讲，“小型泥塑只需要固定在底座上；制作悬塑、臂塑，骨架会被固定在房架和墙面；制作大型泥塑，通常会将整根木材深插入地下。”

方恋恋绕着骨架打转，像个好学生，边听边点头：“你做过大型泥塑吗？”

“没有。”人来到跟前，魏无疆牵起她的手，往南墙角落走，“老一辈的工匠制作大型泥塑的机会更多。爷爷年轻的时候，最擅长制作泥身佛像，观音、弥勒、释迦牟尼。爷爷记得经由他手被供奉进寺庙的每一尊佛像，最高的一尊有三米多。”

方恋恋仰头，伸长胳膊比画，想象着那高度，不禁道：“一定很壮观。”

魏无疆也抬起下巴，目光放远于虚空，仿佛那里立着一尊爷爷亲手捏塑的佛像。

“爷爷说，制作泥身佛像最难的是塑佛颜。即使不信佛，也要心怀敬畏。难中之难是塑佛眼，眼睛里要带着慈悲，包含着大千世界的气魄，显现出信仰的力量。”

话音刚落，他只觉腰间一紧。

方恋恋环抱魏无疆，神情笃信：“天无绝人之路，总有一天叔叔会理解你，让你重新拿起竹片刀的。”

“但愿吧。”魏无疆莞尔，有些神秘地道，“恋恋，你原地跺跺脚。”

方恋恋虽不理解他的用意，却没多问，立马听话照办。

跺第一脚就听出声音有异，她眼眸里旋即迸出新奇又兴奋的光芒，试着跺响周围，只有脚下一小块地面声音明显不同。

“下面是空的？”方恋恋睁大眼睛问。

“嗯，有个暗屉。”见她已迫不及待弯下腰，魏无疆忙拉她起来，“脏，我来吧。”

凭着准确记忆，他很快找到掩埋在厚厚积尘下的拉扣，钩起向上一提，扬尘四起。两人没防备，像遭了暗器似的同时别开头，呛得直咳嗽。魏无疆反手用力扇去纷飞烟尘，难耐好奇心的方恋恋已经忍不住捂着嘴转回头，大眼不眨，终于看清放在暗屉里的东西。

几包扎紧封口的黑色塑料袋，大小都差不多，不知里面装的什么。

她当然不会以为有金银财宝，但这也未免太过普通了吧。

魏无疆提出其中一袋，解开封口，露出里面土黄色的泥坯。

他先伸手进去按了按，又撕扯出一小团，欣喜道："还能用。"

见泥团撕扯边缘黏着絮状物，方恋恋用手感受了下触感："里面加了什么神秘物质？"

魏无疆听得一笑，取出整块泥坯："不是什么神秘物质，是棉花。利用纤维固定泥坯，成品不容易开裂。"

"哦，这样啊。"一门看似传统的技艺原来大有门道，方恋恋受教，头点到一半像明白了什么，陡然拔高调门，"你要现场表演泥塑给我看？"

"对。"魏无疆加深笑意。

没有工具，只能徒手捏塑，捏什么呢？

两个人似乎在思考同样的问题，相互对视心意相通，异口同声："海绵宝宝！"

3

日光柔软，风轻云淡。

重新坐回门前台阶，魏无疆专心捏塑泥人。方恋恋也不说话，侧过身子双手托腮，安安静静地看他忙碌，脸颊始终挂着痴痴迷恋的笑，指间夹着草狗，尾巴随风轻摆。

一小团泥坯在他筋骨分明的大手间变换着形状，不一会儿便初现轮廓。

亲眼所见简直太奇妙，尤其他捏的又是全世界独一无二的礼物，方恋恋目不转睛看得正入迷，魏无疆揣在兜里的手机响了。他不方便接，一个眼神对上，方恋恋很自然地伸进口袋拿出手机，是一串数字。

方恋恋觉着陌生，魏无疆却烂熟于心。

“是杜心雨，你帮我接吧。”他捏塑动作未停，眉目淡然从容。

方恋恋犹豫半秒：“还是你接吧，我按免提。”

方恋恋想放下手机回避，只动了念头仿佛就被魏无疆看穿，擒住她的手腕还不够，怕她跑了似的，抬高手臂绕至她身后，把人搂紧了，他才就着她举手机的高度，接听电话，按下免提。

“别乱动，听不见了。”魏无疆警告似的瞥了怀里女孩儿一眼，转对向手机，直呼其名，“杜心雨，有事吗？”

那头安静片刻，传出细弱的哭泣声：“无疆，我可以和你见一面吗？”

颤颤哀求的口吻，脆弱且悲苦，任谁听了都会动容。

魏无疆放缓语速：“我想不可以，恋恋容易误会。”

尽管方恋恋拼命摇头，他仍视而不见，继续道：“我今天看见了你，心情不好的话，找你最信任的朋友聊聊吧。”

那边的人似凄凉自嘲一笑：“我哪有什么值得信任的朋友。全世界的人都不值得信任，只除了你。”顿一顿，没等到想要的回应，杜心雨小心地问，“方恋恋现在是你女朋友？”

“对。”魏无疆客气而疏淡地道，“抱歉，帮不了你。挂了吧，再见。”

两个人默默等待杜心雨先挂机，那头的她却一直没有挂，也一直沉默不语。

良久——

“方恋恋。”

听见手机里传出自己的名字，方恋恋不由得一怔：“在。”

“你介意魏无疆单独和我见面吗？”

方恋恋轻咬着指甲盖，迟疑了。

前女友猛如虎，虽然她百分百信任魏无疆不会误解，但内心当然会介意。自己没主意，她不由得向魏无疆投去征询的眼神。他大概知悉她的犹豫，投回的目光清澈睿智，充满爱的鼓励，仿佛在说，不论你做什么决定，理性的也好，情绪化的也好，我都支持。

方恋恋一下子有了正视自己内心的勇气，对手机那头的杜心雨果断道：“抱歉，我非常介意。不过，如果你不介意的话，我会陪他一起去见你。”

那边两三声轻飘飘的笑声响起：“算了吧，再见。”

挂机的嘟嘟声中，方恋恋像有话没说完仍举着手机，却低下了头：“我好像知道杜心雨为什么想和你见面，林靳那个渣男……”

讲到一半，鼻尖忽然一阵瘙痒，方恋恋眼睛不自觉对成斗鸡眼。小草狗不知何时换到了魏无疆手中，他跟拿她开心似的，正用毛毛的狗尾巴搔来搔去。

从没见过他如此孩子气的举动，方恋恋又诧异又迟钝，没太多反应，只慢吞吞地抬起头。紧接着，魏无疆俯身贴近，吻住了她的唇。

他控制得极好，不具任何侵略性，把握着温情节奏，带着对心爱姑娘最珍贵的小心，不疾不徐缓缓深入，一点点将她的甜美据为己有。

这一吻缠绵悱恻，直至女孩儿意乱情迷，醉倒在他怀中，小脸酡红，气息微乱。

魏无疆低下头，轻刮她俏挺的鼻梁，笑着道：“傻丫头，这才叫‘初吻’，明白吗？”

他手指沾着泥土的腥臭味，方恋恋可能被吻晕了，莫名觉得特别好闻。

摸了摸被他刮过的地方，方恋恋故意装傻：“现在明白，怕一会儿就忘，温故而知新，要不你再带我巩固巩固？”

魏无疆笑意更深：“要不你先温习一下？”

求之不得，身体里蛰伏着女王的方恋恋大方爽快，勇敢地吻上她最爱的男孩儿。

虽难免笨拙，像在啃噬美食，可魏无疆又何尝不是她方恋恋最可口的美味呢？

管他呢，吻过瘾再练技术，熟能生巧嘛。

天下无大事

『第十七章』

· C h a p t e r ·

1

有了爱情滋润的方恋恋，剩余假期过得乐不思蜀。

荒废的泥塑工坊成了一对小情侣的秘密花园。他们谈天说地，他们拥抱接吻，有时候他们什么也不做，就依偎着坐在门前台阶上发呆。有时候也会去清水河故道转转。沿河道有一条早已废弃的铁路，方恋恋总缠着魏无疆背她。踩着锈迹斑斑的轨道前行像过独木桥，一侧是湍急河流，一侧是悬崖峭壁，他们“生死与共”。

更多的时候，他们与泥土为伍。方恋恋跟着魏无疆学泥塑，无奈笨手笨脚，怎么也捏不出点样子。她倒是很擅长搞破坏，要么不慎掰断魏无疆新磨制的压塑刀，要么是不留神打翻他刚调制的水胶。魏无疆也不恼，抓过人来按身边，老老实实地守着他工作。

他爱聊传统泥塑，她也爱听。

原来传统匠人们通常都是自己制作工具，分为塑形和压光两种类型，有竹制的，也有木制的；原来堆泥塑形要经过层层上新，从“糙泥”，到“中泥”，再到“细泥”，边加泥边压光，这个步骤最费时费力；完全干燥后的泥胎叫素胎，先要贴一层细纱布以防干裂，然后上水胶上腻子，再用砂纸打磨，最后勾描图案，敷彩；老一辈的工匠们颜料用得讲究，矿石研磨的石色，植物提取的水色，如今已被化学丙烯颜料所替代……

时间总是不够，一眨眼就从清晨到日暮，再一眨眼，寒假已滑至尾声。

方恋恋如愿以偿，收获了一整套专属于她的泥塑人偶——“海绵宝宝和它的朋友们”，一套八个整整齐齐陈列在宿舍书桌前。方恋恋宝贝得不行，只近观不亵玩，还为它们套上玻璃防尘罩。宿舍老四也喜欢，要用限量版 Molly 娃娃交换。方恋恋人狠话不多，当场翻开八个人偶的底部给老四看——*W*♡*F*。

魏无疆爱方恋恋。

方恋恋并不知道他是什么时候刻上去的，等发现，两人已经登上返校的动车。再回忆起第一次同乘动车时的场景，方恋恋捧着人偶不争气地很想掉眼泪。她像多年前一样，忍着眼眶里打转的热泪，冲进卫生间给方枪枪打电话，不再是哭诉委屈，而是想和哥哥分享自己的喜悦。可方枪枪没有接。她发过去炫耀的人偶照片，他也始终没有回复。

方恋恋起初并没有在意，刚开学光顾着谈恋爱也没去过培训学校，只当是哥哥开年工作忙，分身乏术，没闲工夫搭理她。

这天午饭后，趁着初春风和日丽的好天气，方恋恋和魏无疆在校园里散步，晒着太阳聊着天，收到一个霍西洲发来的微博链接。标题显示为某老牌动画公司最新官宣发布的概念先导片。巧的是，这家公司也是方枪枪年前投稿的公司。

方恋恋隐隐感觉蹊跷，点开先导片一看，蒙在原地，像被人痛击一拳，头晕目眩，眼冒金星。

这部名为《盲·目》的先导片，从风格人设到故事内核，和方枪枪《盲童看世界》的样片太雷同，只换了片名、人物名，以及把原本的二维动画改成 CG 动画，加了更多视觉特效，时长增加到两分半钟。

除此之外，两部片子几乎一模一样，连方恋恋的剪辑思路也原封不动被照搬。很明显，这就是赤裸裸的抄袭，毫无技术含量。

按照行业规定，为防止抄袭，在寻求合作的投稿阶段，不可以向合作方发送任何相关视频文件。方恋恋明明记得，哥哥年前发给对方的只有打水印的样片截图。在这个靠创意靠内容取胜的行业里，尽管抄袭事件屡见不鲜，但她从没想过，有一天会像噩梦一样，降临到哥哥头上。

为什么才隔了一个多月，就被抄袭呢？到底是哪一环节出了纰漏？

没有头绪，她心乱如麻，只能抓着魏无疆的手，不停地问："怎么回事，怎么回事……"

魏无疆明白现在无论说什么，都安抚不了惊慌失措的方恋恋，当务之急是弄清楚原委。他搂过方恋恋，轻抚着她的后背，再次试图联系方枪枪未果，又打给霍西洲。得知他的位置，两个人一刻也不敢耽误，马不停蹄地赶过去。

为方便开学后继续排练，"山啸"乐队节后就搬出了培训学校的杂物间。霍西洲托朋友租到一间地下室，离 A 大只有两站地。

四个人排练正起劲，方恋恋火烧眉毛一样冲进来，霍西洲吓得鼓棒都掉了。方恋恋一通猛摇他胳膊，追问到底怎么回事，他还一脸茫然地反问，什么怎么回事。

难道过个节过出躁郁症了？霍西洲转开视线，心情很好地揶揄魏无疆，你们这恋爱谈得够激烈的。话音未落，便挨了方恋恋狠狠一踹。

无缘无故被打，要不是魏无疆护着她，哥们儿劝着自己，霍西洲能和方恋恋当场开干。

“霍西洲，这个时候你还有心情开玩笑？”方恋恋快急哭了，攥着拳头又想扑过去揍他。

一进来就发疯，没讲过一句明白话，霍西洲彻底蒙圈也有点上头，凶狠的眼神逼退架着他的符浪和兰胖子，又推开阻拦他的欧阳，他光明磊落地站到方恋恋跟前。看得出她不理智，他没去惹火上身，转对向她旁边神色凝重的魏无疆。

“我真被你们搞糊涂了，什么‘这个时候’？”他吞口气，耐下性子问。

魏无疆言简意赅：“你转发给恋恋的先导片抄袭了枪枪哥的作品。我们联系不到枪枪哥，只能先来找你。”

“什么？”霍西洲震惊地张大嘴巴，“为什么会被抄袭？”

“你问我，我还想问你为什么呢？”方恋恋稍稍冷静下来，审犯人似的逼问，“你为什么要把那个抄袭片转发给我？”

“大姐，我哪知道那是抄袭。”莫名其妙被扣屎盆子，霍西洲憋屈到抓狂，“咚”的一声踢响地鼓，“我又没看过枪枪哥的原作品，只听你提过和盲眼孩子有关。那先导片发了快一个礼拜了，我刚刷微博才看到，以为是枪枪哥的项目成了呢。转发给你，是想让你请客吃饭。”

“吃吃吃，你就知道吃！”刚压下去的火又烧上来，方恋恋怒道，“那条微博公布的长片主创人员名单里，压根儿没我哥的名字，你没发现吗？”

“我去！”霍西洲一拍脑袋，恍然大悟，“我只顾转发，真没注意！恋恋对不起啊，现在怎么办？”

“我哪知道怎么办。”一无所获，方恋恋只觉无力，背靠着墙壁失了神。

来的路上，她几次打给周颂，无人接听；联络了所有可以联络到的哥哥的朋友，都说已经有些日子没见过方枪枪；魏无疆打电话问培训学校，那边答复同样不清不楚，只说几天前，方枪枪在电话里交代要去外地采风。

再纵向联系先导片发布的时间，哥哥无故与所有人中断联系，很可能就发生在同一天。

血脉相连，尽管没有任何根据，直觉告诉方恋恋，“外出采风”只是一个幌子。她有种很不好的预感，很虚无，却一下比一下强烈地撞击着心脏。她抓不住那感觉，不知该如何说出口，也不敢说出口，怕一语成谶。

魏无疆走过去，默默地将方恋恋纳入怀中。他一言不发，只把她的头摁进自己肩窝。她瞬间就红了眼眶，脸埋得更深，双手紧紧揪着他的外套，无声啜泣起来。

霍西洲从没见过方恋恋这样掉眼泪，但他明白，再坚强的女孩儿也会有脆弱的一面。只有在最信赖最深爱的人面前，她才会无所保留地承认自己的无能为力。

他做不到视而不见，不合时宜地嫉妒了，挑衅般对魏无疆道：“你难道也没有一点办法吗？”

魏无疆拎得清轻重缓急，无视霍西洲，从兜里掏出手机打电话。对方没有接听。他凝神想了想，问向“山啸”四子：“那天晚上打牌，你们谁有和周颂互留手机号码？”

四个人听得云山雾罩，只有兰胖子慢吞吞举起手：“我好像没有。”

魏无疆滑动手机：“我念号，你打给他。”

“打给他？我说什么？”兰胖子蒙了，一边拨号，一边问。

魏无疆：“随便说。”

一瞬间成为焦点人物，兰胖子有点紧张，听见那边接通，大着舌头问一句“你是周颂吗”。得到肯定答复，他不知道该接着说点什么，愣愣地看回所有人。

方恋恋一个箭步冲过去，夺下手机：“周颂，你为什么不接……喂！喂！周颂！周颂！”

那边一听到她的声音就挂断了，方恋恋再打过去，语音提示已关机。

显而易见，周颂故意躲着方恋恋，不敢接她的电话。

心急如焚的方恋恋一秒钟都不想多停留：“我去学校找他！”

“等等。”魏无疆忙拉住她，冷静道，“你现在去找他和大海捞针没区别。恋恋，再等等。周颂……”

“还等什么？”霍西洲抢过话，周颂明显有猫腻，他搞不懂魏无疆为什么还能沉得住气，“你不陪她找，我们陪。”说着就拉起方恋恋的另一只手，“走走走，大不了我们逮着人挨个儿问，我不信问不到。”

“是啊，是啊。我们还可以多找些人帮忙。”欧阳附和。

兰胖子和符浪也跟着点头。

“你们不要冲动。”魏无疆丝毫没有松动，声量不高但果断，字字分明地道，“我们手头连张周颂的照片也没有，像没头苍蝇一样碰运气没有用，只会浪费时间。周颂肯定知道什么才会故意躲着恋恋。他性格软弱，害怕接恋恋电话，我想很可能是因为他自己也犹豫不定。再等等，也许他会主动联系我们。”

“光凭你的判断，我们就这么干等？万一他没联系我们，一样是在浪费时间！”霍西洲厉声反驳，“我们可以边找，边等他电话。”

“如果他不在学校呢？”魏无疆依然不肯让步，“你看恋恋现在这样，适合到处乱跑吗？”

这一问便把霍西洲问得无话可说。方恋恋的手冰凉，脸色也有些泛白，被拉扯在中间，她一直一语不发，像在思考什么，也像是恍恍惚惚不知所措。

霍西洲真没留意，心脏负罪地一跳：“恋恋？”

她蓦然回过神，抽回两只手背到身后，努力牵起嘴角，朝所有人微笑。

“这样吧，我们分头行动。霍西洲你们去学校找周颂，我知道概率很小，但只要有万分之一的可能，总得试一试。我觉得魏无疆说的话也有道理，我和他留下来等周颂主动找我。大家保持电话畅通，有消息随时联系。”

方恋恋虽没有太多表情，声音却异常平稳，不慌不忙。

每个人都在想办法帮她，她绝不能成为害大家分神的累赘，必须停止胡思乱想，顶住压力面对问题。

爸爸妈妈还有哥哥都说过，天下无大事。

她能找到周颂，哥哥也一定平安，一定！

2

霍西洲带着三个哥们儿赶往周颂的学校。可能是心理作用，方恋恋只觉地下室太压抑，好似空气稀薄，令人喘不过气来。重回万里晴空下，她的手机就响了。果然不出魏无疆所料，是周颂。

他用眼神询问她能不能接，她用力点头，然后深吸口气，举起手机。

“喂，周颂。”她用尽可能平静的语气，慢慢说，“我也是项目的一分子，有什么问题，我们共同面对。”

那头死一般的寂静持续两三秒后，骤然爆发出号啕大哭：“恋恋，我对不起枪枪哥，对不起你！”

“周颂！”方恋恋一下子也急了，“你不要哭啊，到底怎么回事？”

魏无疆见状，连忙拿过手机，只听周颂哭哭啼啼不停说着对不起，当即打断：“周颂，我是魏无疆。事情已经发生了，现在不是道歉的时候。恋恋联络不到枪枪哥，你在哪里，我们去找你。”

那头很快说了什么，魏无疆挂断电话，扳正方恋恋的肩膀，温柔又不失力量地对她说：“你刚才表现得很好，待会儿见到周颂，你也一样要保持镇定冷静。他情绪不稳定，你尽量不要被他影响，尽量控制好自己的焦虑，不要着急。”

本已有些慌乱的方恋恋对上他清朗坚定的目光，不再紧张不安，心也跟着踏实许多。

“好。”

魏无疆牵起她的手：“如果感觉不对，给我个眼神，我来处理。听明白了吗？”

她重重点头：“明白。”

周颂的确不在学校，而是像游魂一样于方枪枪公寓附近徘徊。打完电话，他走进路边一家生意清淡的咖啡厅，找了个最角落的位置。把定位发给方恋恋，他终于忍不住，抱头痛哭。

一个络腮胡的大男人哭得惊天动地，险些背过气去，好似全天下最可怜的失意人，有什么坎儿愣是过不去。女店长为之动容，免费送了他一杯咖啡。方恋恋和魏无疆赶到的时候，他还在抽抽搭搭地哭，又得到一盘免费的手工曲奇。

看见一对帅哥美女坐到周颂对面，女店长会错意，当是一场始乱终弃的狗血恋，对方恋恋和魏无疆爱理不理。再一听失意人开口第一句就是“我对不起你”，她的脸都黑了，什么世道啊，被甩的反倒满怀愧疚。点完单，女店长迟迟没走，想多听听这其中的爱恨情仇。

周颂一天没正经吃过饭，哭饿了，拿着曲奇抬起一双婆娑泪眼，还以为自己忘记道谢，忙补了一句。小半盘曲奇慢吞吞下肚，他还没有开口的意思。方恋恋牢记魏无疆的嘱咐，按捺住情绪，握紧魏无疆的手，静静等待。

时间悄然流逝，一盘曲奇见底。

周颂打个嗝，嘴巴又紧闭好几分钟，终于艰难张开，讲出第二句话：“恋恋，你打我一顿吧，我能舒服点。”

神经高度紧绷，等这么久居然等来如此孩子气的言语，方恋恋直接听笑了：“我可以满足你的要求，但你先给我个理由，我为什么要打你？”

周颂不敢与她对视，深埋下头，整张脸快戳进胸口，声如蚊蚋：“因为样片是我泄露出去的。”

已经准备好接受方恋恋暴风骤雨般的责骂，周颂认命地闭上双眼。等了很久，却什么也没有发生。

他诧异地抬起头，方恋恋一脸平静，似乎早有预料，完全不见怒意。

整件事不难分析，能泄露样片的只有方枪枪、方恋恋和周颂。方枪枪不会犯这种低级错误，方恋恋也没有，那么只能是周颂。他故意躲着方恋恋便是最有力的佐证。

被抄袭已成既定事实无法挽回，方恋恋还是想问清楚：“你怎么泄露出去的？”

周颂红着眼睛欲言又止，含含糊糊吐出几个字，一下紧咬发颤的嘴唇，又快哭了。

窝窝囊囊不像个男人，魏无疆立目沉声：“周颂，你再这么消磨我们的耐性，不用恋恋动手，我也会打你。”

被平时温柔和善的人冷不丁这么一刺激，周颂擦擦眼睛，真就鼓起了勇气。

事情发生在正月二十五那天，周颂下飞机转乘城际列车，途中接到动画公司的电话。对方并没有立刻切入正题，先是用尽溢美之词大加赞赏一番《盲童看世界》的创意和风格，公司高层也很看好项目前景，而后态度诚恳地表示，为了加快项目启动进度，希望能先看看样片。

彼时方枪枪人在飞机上，电话打不通。对方催得急，说是正在开会讨论这个项目，所有人都在等周颂的回复。或许因为归心似箭无暇多想，又或许因为太渴望项目可以顺利起步，涉世未深的周颂欣然应允。这时他又犯下一个致命的错误——动车上信号不佳，他直接给了对方保存样片的百度网盘地址和密码。

方枪枪版权安全意识强，再三强调过不准把任何原创作品同步网盘。周颂旧习难改，图方便省事，仍背着方枪枪偷偷保存。这也是他在觉察起疑之后，没有第一时间告诉方枪枪的重要原因。

后来越琢磨越担心，年三十那晚，周颂曾试着想要坦白，可方枪枪着急出门电话挂得快，他就彻底失掉了勇气。节后打电话给动画公司，对方也说请他放心，他只能自我安慰，毕竟是经枪枪哥朋友介绍的老牌动画公司，爱惜羽毛，不可能会做出违背最基本行业道德的事。

可就像方枪枪说的，这世界不是为他周颂一个人存在的，当然也不可能按照他所希望的那样去发展。

险恶的人心，无情的现实，给了周颂致命一击。讲到最后，他又一次泣不成声。

方恋恋什么也没有做，也没有出言安慰，只静静地望着他。

性格使然，周颂选择逃避问题，可她想不通，为什么哥哥也避而不见，这根本不是他的行事作风。不安预感再一次攻占心房，更加强烈地压迫着每一根早已绷紧的神经，方恋恋如鲠在喉讲不出话。

她下意识地将魏无疆的手抓得更紧，指甲深陷皮肉。

魏无疆敏锐察觉，替她问出最想问的话：“周颂，枪枪哥在哪里？”

“恋恋，我，我对不起你。”周颂哭得上气不接下气，每个字都颤悠悠地抖，“枪枪哥，枪枪哥他在……在……拘留所。”

不知怎的，方恋恋只觉听到一个天大笑话，滑稽至极。

她嘴角抽动，像在笑，却又质疑地轻轻摇头：“什，什么？你再说一遍。”

周颂大概哭不动了，吊着口气终于止住眼泪：“辛辛苦苦几个月，到头来变成给别人做嫁衣裳，我气不过，瞒着枪枪哥去找动画公司的人理论。枪枪哥赶到的时候，我已经被保安按在了地上，他为保护我，和他们动了手。他们还反咬一口报了警。枪枪哥扰乱社会秩序，被判处行政拘留七天。”

酿下大错的是他，冲动行事的也是他，而最终代他受过的却是方枪枪，周颂一度死的心都有了。

“魏无疆，求你给我两巴掌吧。”没勇气去死的周颂痛苦道。

“打你也于事无补。”魏无疆眉心皱起，“枪枪哥什么时候被拘留的？你为什么不通知我们？”

“五天前。枪枪哥不准我说，任何人都不行。”他止住了眼泪，却止不住剧烈的抽噎，连带着身体也跟着颤抖，“他只给培训学校去了电话，就把手机给了我，交代我充电保持畅通，但谁的电话也不能接。”

是了，这才是方恋恋心目中的方枪枪。

做他该做的事，保护他该保护的人，然后独自承担一切后果和责任。

他从小喜欢看英雄漫画，中二时期也幻想过凭一己之力拯救全世界，现在他做到了。

方恋恋告诉自己不准哭，哥哥会瞧不起自己，双手掩面躲进魏无疆的怀里。

3

晚上，在方恋恋的提议下，大家聚在一起吃饭。魏无疆拦下方恋恋，提前买了单。

无心交谈，无心茶饭，因为没少喝酒，极度沉闷的一顿饭仍吃到十点多钟。

良心难安的周颂终于讨到一顿揍，被“山啸”四子打到满地找牙，愣是一声没吭。到最后“山啸”四子再不忍下手，他一个人四仰八叉躺在马路边又哭又笑，不知是醉，还是清醒。

“啊啊啊啊，我犯了这么大的错，枪枪哥为什么不骂我啊……他是不是对我已经彻底失望，再也不管我了啊……枪枪哥，对不起，你原谅我吧……求求你不要不管我，我还想跟着你做动画……我保证听你的话，对天发誓以后再也不哭了……啊啊啊啊……”

像个怨妇，也像个被遗弃的孩子。

其余的人肩并着肩坐在马路另一边，除方恋恋和魏无疆外，人手一瓶啤酒。

“王八蛋！”霍西洲猛灌口酒，腾地站起来，“恋恋，这口气不能忍！我找我爸请全国最好的知识产权律师，告他们！告到公司倒闭！告到所有人身败名裂！”

方恋恋苦笑，她何尝没想过。她说：“没用的，我们拿不出证据。只凭着几张样片截图，是告不赢的。”

“我师兄郑穆前年的毕设作品，也被一家设计公司抄袭了。”魏无疆举目望向马路对面的周颂，仿佛看到了一年前的郑穆，“他的师兄劝他吃下这口哑巴亏，可他不肯，选择了走法律途径。从收集证据到提起诉讼，到法院受理立案调查，再到开庭审理进行调解，调解不成进入诉讼程序，最后到下达判决书，用了一年半时间。

“师兄那一年半什么也没做，几乎没有收入，所有的时间精力全部耗在了官司上，还要承担律师费和诉讼费。而那家设计公司，只需要把问题交给法务处理，产品开发进度丝毫不会受影响，该问世问世，该牟利牟利。”

“郑师兄最后打赢了吗？”方恋恋关切地问。

“赢了。可民事诉讼执行难，那家公司到现在也没有公开道歉，也没有支付一分一厘的赔偿金。”魏无疆平心静气地看向霍西洲，“官司虽然赢了，但没有人身败名裂，那家公司直到今天依然活得好好的。师兄从此不再信任任何一家设计公司，开始自己创业。”

霍西洲咽不下这口气：“你师兄倒霉，遇到一家无良公司，所以我们也应该忍气吞声吗？”

“那家动画公司不无良吗？没有证据走不了法律途径，只能吃一堑长一智。”魏无疆迎向他的咄咄视线，目光锐利而有神，抬手指向漫天哀号的周颂，“他没有忍气吞声，结果呢？”

有人不理智，就必须有人理智，魏无疆不介意充当这个惹人嫌不讨喜的角色，即便会显得格外冷血无情。

事实摆在面前，霍西洲无话可说。

半瓶啤酒一饮而尽，他想想又憋屈：“枪枪哥被他们害得进了拘留所，我们总不能什么都不做吧。实在不行，我们还可以半夜去砸他们窗户啊！”

兰胖子第二个站起来：“我可以泼狗尿洒鸡血。”

符浪也跟着起身：“我可以二十小时不间断打骚扰电话。”

“你们当自己是讨债公司啊，一点技术含量也没有。”欧阳接个电话回来，摁图钉似的把他们一个个按回原位，转身面向方恋恋，一本正经道，“我可以黑那公司的官网。”

“谢谢你们。”方恋恋明白他们是在安慰自己，勉强挤出一丝微笑，保持着理智，“因为他们无良，我们就变成无赖，岂不是和他们一样低劣？我哥哥如果在，肯定也不会同意我们胡来。太晚了，散了吧，我没事的。”

“等下。”欧阳指着自己的手机，“小曾从北京回来了，问我们为什么都不在培训学校。要不要告诉他实情？”

方恋恋和魏无疆简单交换眼色，摇摇头。

方枪枪不想被人知道他进了拘留所，于是所有人约定好假装不知情，像秘密一样，永远保守住它。

赶不及宿舍门禁，只能各自找地方落脚。

不能放着醉卧街头的周颂不管，“山啸”四子打了人培养出了感情，决定把他扛回地下室，大家相亲相爱凑合一晚。魏无疆送方恋恋回公寓，等她进电梯，给师兄打电话。接听的人是关梓萌，他便打消了借住的念头。

晚风拂来，裹挟着残冬的寒意，街灯将摇曳的树影投掷在脚边，魏无

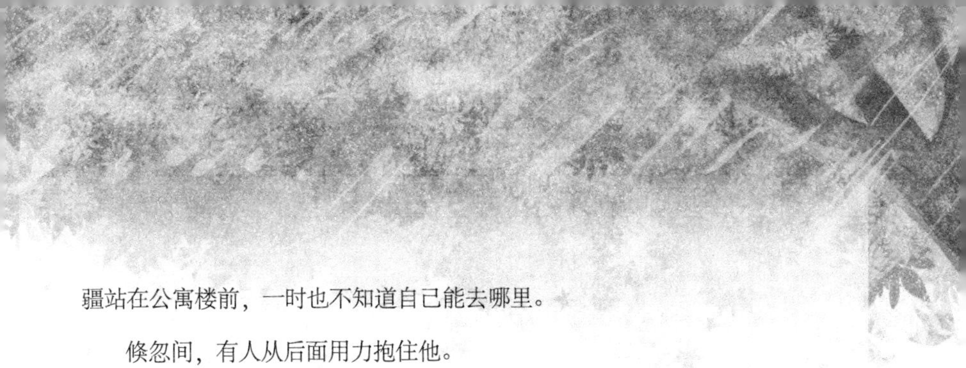

疆站在公寓楼前，一时也不知道自己能去哪里。

倏忽间，有人从后面用力抱住他。

“恋恋。”魏无疆没动，只诧异转过头，“怎么又下来了？”

整张脸埋在他冰凉的工装外套里，方恋恋瓮声瓮气：“公寓太大了，我一个人住有点害怕。男朋友，你今晚能不能留下来陪我？”

不是有点害怕，是很害怕，害怕到电梯只坐到三楼，她就吓得冲进消防楼梯。

双手圈着魏无疆的腰，方恋恋小碎步挪到他身前，难为情似的拉起工装外套的前襟，飞快地把自己罩在了里面。被熟悉又好闻的气息包围，方恋恋埋着头，重新环抱住他的腰。

真暖和呀，不想出来。

从魏无疆的角度，只看得见一个毛茸茸的脑袋尖，这感觉很像被一只胆小的仓鼠当成庇护所。

瘦瘦小小的一只，让人心爱又心疼。

用外套搂住她，魏无疆低笑，轻踢她鞋尖：“踩上来。”

方恋恋愣了一秒会过意，棕色的切尔西踝靴踩在了黑色的马丁靴上面。怕踩疼他，方恋恋提着气，两只手忙缠绕上他的脖颈。魏无疆收紧双臂往上一带，承接住她大半的体重，轻松迈步走进公寓楼。

“我可以和你睡在一起吗？”眼睛盯着他的下巴，方恋恋大着胆子问。

魏无疆也不低头，单手搂紧她，按亮上行键：“可以。”

“你放心，我暂时对你没有非分之想。”方恋恋竖起三个指头保证，眼神无辜，“我就是怕一个人睡不着。”

魏无疆牵唇浅笑:“我明白。我陪你聊天,你什么时候睡着了,我再睡。”

“你怎么这么好……”

他明天一早要去工作室开会，方恋恋也不知道自己什么时候能睡着。心口暖意流淌，有亲他的冲动，下一瞬，一道霹雳划破脑海。哥哥在拘留所里煎熬，而她却只想着儿女情长。

深重的负罪感迅速将方恋恋推出了魏无疆的怀抱。

她像面壁思过一样，转身背对他，低下了头。

如果没有沉迷于爱请，她应该会很快察觉哥哥的异常，哥哥或许就不会进拘留所……接连的坏消息没有打倒方恋恋，最终击垮她的，是排山倒海而来的负面情绪。

惭愧，内疚，自责，懊悔，沮丧，悲伤，以及无颜面对自己的懦弱。

她一下蹲了下去，埋头抱住膝盖：“我对不起我哥，在他最需要人支持的时候，我不在他身边。都怪我，怪我没有早点发现被抄袭。怪我没用，出了这么大的事，哥哥都不告诉我。怪我光顾着自己谈恋爱，忘了我哥，忘了说好要帮他实现理想……都怪我，都怪我！”

电梯到达顶层，魏无疆按住开门键，一把捞起女孩儿。

他面有愠色，黑眸里仿佛酝着风暴，一字一句沉声道：“方恋恋，你先前的沉着冷静哪里去了？枪枪哥之所以不告诉你，是因为他明白，事已至此，任何人都无力回天。你早知道晚知道，没有差别。”

“不对！”方恋恋挣扎着大声反驳，“如果我早点知道，我一定能劝住周颂，我哥就不会因为打架被关进拘留所。”

电梯门一直敞开，头顶响起尖锐警示音。魏无疆没说话，果断使出男友力，强行把人抱出去。抓起方恋恋的手指打开指纹锁，他打横抱起她，踹开门，径直来到客厅将人扔进沙发，自己也迅速欺身上前，将人困在沙发与手臂之间。

魏无疆突如其来的强势,震住了方恋恋,眼里有了惧意,她一动不敢动。

知道怕就好。魏无疆仍面带厉色：“周颂连枪枪都瞒着，他怎么可能会让你知道？退一万步说，就算你知道了，试想一下当时的场景，枪枪哥控制不住自己的情绪出手打人，你觉得你能控制住吗？你会比你哥更冷静吗？”

方恋恋没推开他反被双手反剪，急火攻心，瞪大眼睛质问：“你凭什么说我控制不住？”

“就凭你在电梯里说的那些话！”魏无疆低喝，“方恋恋，把责任全揽在自己身上，你会觉得很好受吗？”

“我，我……”诚实的泪珠滚落眼眶，她无力还击又不肯认输，崩溃地大叫，“控制不住就控制不住，我倒希望可以陪我哥进……唔！”

魏无疆不准她把话讲完，用吻狠狠堵住了她的嘴。

眼泪苦涩，沾湿了她涨红的脸颊，也沾湿了他微颤的嘴角。

他自私，他庆幸，他根本不敢去想如果方恋恋也被关进那种地方，连那三个字他都不敢听。

“恋恋听话，不要胡思乱想。”贴着她的唇，魏无疆哑着嗓子，近乎乞求地说，“我没你想的那么理智，不要意气用事来吓我。”

方恋恋没吭声，湿漉漉的眼睛里盈满无助与委屈。

“对不起，对不起。”抚过她微微红肿的唇瓣，魏无疆内疚不已，将她揽进胸膛，靠进沙发，“会好的，一切都会好的。”

温情脉脉的低醇嗓音抚慰着一颗兵荒马乱的心，方恋恋枕进他的肩窝，缓缓合上双眼。

一遍遍反复默念，会好的，都会好的……

良久后——

“魏无疆，不准再凶我，我更喜欢温柔的你。再凶我，我就要凶回来了，我还要找我哥一起凶你。”

心爱的女孩儿怎么着都得宠着，魏无疆低头轻吻她发顶：“好，我错了。”

“我原谅你。”方恋恋哪里舍得呀，闭着眼抬起手摸摸他的脸，“我爱你还来不及呢，怎么可能会凶你。我说过的，你喜欢我，永远都不会比我喜欢你更多。”

魏无疆抓着她的手贴在自己唇边，无声启阖：“人生还长，我们试试。”

人生还长，我会证明给你看，我对你的爱只多不少，至浓不淡。

来事也不怕

『第十八章』

· C h a p t e r ·

1

折磨身心的等待终于走到尽头，不过两天，长如万年。

大家事先也没商量，似乎都忘了说好假装不知情，不约而同来到方枪枪的公寓，弄得像只有七人齐聚，才能召唤出公寓主人似的。人人都是出于关切之情，也都明白肯定瞒不住精明的方枪枪，任凭方恋恋三催四撵，就是没一个肯走。

魏无疆是经方恋恋官方认证的男朋友，理应陪在她身边。

周颂不走，要留下来负荆请罪。荆条不好找，改换成带刺的玫瑰花。

霍西洲不走，直接耍无赖，魏无疆不走，他也不走。正好给了“山啸”其余三子留下来的理由，大用团队意识做文章，说什么办专场前，他们必须同进同出，同吃同住，以培养默契。

方恋恋又何尝不知，即使赶走他们，她这张藏不住心事的脸，只要和哥哥一对上，保准露馅儿。

尽管已经做好准备，当开门声响起的一瞬间，所有人都下意识地从沙发里弹起来，跑向玄关；门被推开的一瞬，所有人又都下意识地屏住呼吸同时站定，面目肃寂。

方枪枪一进门，看见年轻人的排场阵仗，忍不住骂了句街，怎么跟参加追悼会似的？

整整七天的拘禁生活，暗无天日没有自由，可想而知有多煎熬。

方枪枪明显消瘦了一大圈，憔悴疲惫，胡子拉碴。此刻他眼底青黑，眼睛里密布血丝，但看人的眼神依然锋锐有力量。

“我又没死，你们一个个板着脸干什么？”他趿拉着拖鞋走到众人跟前，提嘴角笑了笑，点着指头调侃，“等着谁喊预备开始，集体哭丧啊？”

没人动，没人言语，没有人脸色有一丝缓和。

“玩行为艺术？COS葫芦娃？”方枪枪依旧是说笑的语气，打个哈欠摆手道，“懒得理你们，我睡觉去了。”

“方枪枪！”

方恋恋一声大喝，扑向房门口的哥哥，跳骑上他的背，不由分说一通暴打。

其余人面面相觑，这姑娘是不是拿错剧本了？

“大笨蛋方枪枪，你瞒谁都可以，为什么连我也要瞒？我是你妹啊，你妹的！”方恋恋下手知轻重，骂人就没顾忌，怎么解气怎么来，“都快瘦成人干了，你还装什么若无其事，充什么英雄好汉啊！我管不了你，信不信我喊爸妈来治你！”

“造反啊，你！”方枪枪腰背猛地一挺，把妹妹抖落下来，劈头盖脸骂道，“你个死丫头，告诉爸妈了？你大爷的不准哭！成事不足败事有余，告诉你，你好给我添乱吗？”

整夜没睡，方恋恋的确熬得双眼通红。从哥哥进门，眼眶不自觉泛潮，但她强忍着，一滴眼泪没掉。这会儿一听哥哥嫌她添乱，她再难克制，不屈的眼泪即将夺眶而出之际，抬起袖子使劲一抹，又给硬生生憋了回去。

她昂首挺胸吼回去：“我没有哭！没有告诉爸妈！更不会给你添乱！”

“哎呀，你敢顶嘴！”方枪枪的声音里明显褪了火气，扳着她肩膀一百八十度转身，“你倒是没给我添乱，就是把这帮臭小子招来给我哭丧。”然后一张黑脸冲向臭小子们，挨个儿数落，“魏无疆，我老妹不让人省心，你怎么也不让人省心？麻烦你珍惜美好时光，带着她专心谈恋爱。还有你们四个，摇滚青年不做了？专场不打算开了？不抓紧时间排练，谁给你们的脸跑来我家瞎混！”

话音停顿，方枪枪左右张望，奇道：“周颂人呢？又哭着鼻子跑了？”

“枪枪哥，我没跑！”

声音是从魏无疆身后发出来的，脱掉上衣光着膀子的周颂，正龇牙忍痛，忙活着往后背绑红玫瑰。几朵娇艳的花苞从两边肩膀冒出来，衬着他一张雄赳赳的络腮胡脸，滑稽中又透出华丽，要多诡异就有多诡异。

一身排骨架让人不忍直视，方枪枪抬手盖住妹妹的眼睛：“周颂，麻烦你不要再挥霍你天才的想象力了。有这心思，你不如多写几个脚本。”

周颂动作一顿，直直地望向方枪枪，要哭不哭地说：“枪枪哥，你还愿意带着我做动画？”

七天没怎么合过眼的方枪枪头疼，用力揉太阳穴。

不过他知道，不把话说透，那小子不会开窍：“都快出师了，我当然要趁你翅膀长硬之前，再多压榨剥削你几年。”

可惜姓周的小子真就死不开窍：“你没有压榨我，你教会我好多东西，还有教我做人的道理。”“山啸”四子拼命向他挤眉弄眼，他也看不懂，向方枪枪跪行，“枪枪哥，我知道错了，求你原谅我。”

“周颂哥，我也求求你，不要跟我这儿演古装剧。”方枪枪头更痛了，一句废话不想多说，把妹妹推给魏无疆。

他走进房间，临门又转过头，冲“山啸”四子不爽道：“他戏精上身，你们递个屁的眼色啊，把他给我弄起来！还有，留下可以，不准吵我睡觉！”

说完，“砰”的一声，关门伺候。

仿佛再一次惨遭无情抛弃，周颂嘴角抽搐，缓缓张大。恸哭声即将破口而出的危急时刻，“山啸”四子展现出绝佳的团队默契，及时出手，将他的嘴巴捂了个密不透风。周颂又跟遭了偷袭似的，开始张牙舞爪乱扑腾，大哭变呻吟。

霍西洲固定左手臂：“嘘！”

欧阳固定右手臂：“再乱叫，我们都会被枪枪哥赶出去。”

兰胖子抱左腿：“配合一下，不然我们可又要抽你了啊。”

符浪抱右腿：“抽！”

被牢牢控制住的周颂口不能言，只有眼珠子还可以活动，左右乱转。

“山啸”四子互相对望，均摇头表示不明白他打的什么哑谜。

“怎么了？”方恋恋听见动静，侧着耳朵问。

被哥哥转交给魏无疆，非礼勿视，他也用手遮住了她的眼睛。方恋恋扒拉不开，只能撒娇：“小时候没少看我哥光膀子，让我看看嘛。”

“小时候是小时候。”

魏无疆无动于衷，叫过符浪，低声知会几句，然后半推半搂着不老实的方恋恋，进了她的房间。

魏无疆原话再经转述，大家都明白了周颂的意思是，放他去卫生间悄悄哭会儿。只要不吵醒方枪枪，爱怎么哭怎么哭。于是“山啸”四子轻手轻脚把人抬进卫生间，等他哭够了，再点醒他，让他白哭一场。

原本热闹的客厅空下来，不多时，主卧门由内慢慢拉开。方枪枪探出半边身子，望望妹妹的房间，又望望卫生间，摇着头抿唇笑了。

拘留所的日子，没有一帮小年轻想的那么恐怖难熬。

不用劳动，早中晚固定时间吃饭放风，晚上还可以看电视。标准餐食一般，但可以自己花钱加菜。方枪枪变瘦，不是因为食不下咽，而是因为随身携带的现金都用来买烟抽了，没法加菜。

失去自由，与世隔绝，不见得是一件纯粹的坏事，至少他可以花大把时间思考检讨消化。

样片被抄袭，周颂有责任，方枪枪也有责任，都是受害者，谁也怪不得谁。

说到底只不过是一个好项目被迫夭折，可周颂的想象力抄不走，方枪枪的创作能力抄不走，方恋恋的剪辑天赋抄不走。只要重振士气从头再来，方枪枪坚信，他们一定能拿出更好的项目。

一句话，天下无大事，来事也不怕。

2

方枪枪一觉睡了整整两天，睡醒后第一件事，把自己关进工作间，把上千只手办全部清洁一遍。工程量浩大，又花去整整两个白天。状态不佳，他没有再开新班收学生，工作量因此骤减，不用频繁往返培训学校，像难得放一次长假。方枪枪乐得清闲，看看书看看电影，兴致来了还会下厨，花几个小时做一顿丰盛大餐。

陪伴是最好的安慰。最初几天，方恋恋宿舍也不回，课也不上，守在客厅没日没夜地剪片子。她打定主意，要挣好多好多钱，帮哥哥开一间属于他自己的动画工作室。等方枪枪修身养性享受生活，她这才放下心搬回宿舍，继续没日没夜地剪片子。

陪伴也是最长情的告白。魏无疆工作室、学校两头跑，有时候自己连饭也顾不上吃，仍不忘叮嘱方恋恋三餐按时。一个完全不懂动画的人，因为方恋恋，工作学习之余，开始上网了解行业动态。没有创业经历，不知道一间工作室从有到无需要走哪些行政审批流程，哪些事项需要特别注意，哪些风险可以规避……魏无疆虚心向郑师兄请教，认真做好笔记，再带回学校和方恋恋一起学习。

魏无疆问得勤了，郑穆不免担心最得力的干将会不会为了女朋友跳槽转行。借着周末，下班约魏无疆吃饭，得知他已经有约在先，要赶着去女朋友哥哥的公寓吃饭，郑穆有些不是滋味，惋惜自己没有个漂亮妹妹，怕是留不住人。工作室最近在谈一个两百万的大项目，甲方负责人又是林靳。一回生二回熟，郑师兄本打算让魏无疆牵头来做，饭没吃成，便也没提。

魏无疆绕回学校接方恋恋，两人一同乘车前往公寓。推开门先看见周颂，差点没认出来。别人是断发明志，他是断须明志——络腮胡剔得干干净净，冬去春来终于脱下了军大衣，换上夹克牛仔裤，跟变了个人似的。

身量瘦高，五官周正，有几分阴柔的帅气，偶像男团小生一样。

方恋恋太过惊讶，上上下下好一番打量，由衷地感叹：“周颂，你不当明星可惜了。”

周颂害羞，摸不到胡子改挠头：“志不在此，志不在此。”

“后悔了吧。”方枪枪系着条比基尼围裙，转着开瓶器走出厨房，“当初让你多条选择多条路，你嫌我没事找事，错失良机了吧。”

“哥！”方恋恋想找刀。

“我也觉得你好像后悔了。”魏无疆有点小吃醋，把女朋友捞回跟前，凉凉道，“后悔也没用。说吧，还有多少条路供你选择，我一次性堵完，一劳永逸。”

“哪有那么多，一直都只有你这一条康庄大道。”方恋恋展露灿烂笑颜，指指自己心口，又指指他的心口，“我已经从起点走到了终点，不对，是跑到了终点。”

“不一定。”方枪枪抛来开瓶器，半开玩笑插话，“没准你只是我老妹的中转站。”

魏无疆稳稳接住，神色从容：“那我就再努把力，变成她的终点站。”

“我也会努力，成为你的终点站。”幸福洋溢的方恋恋挽起他的胳膊，一同面向方枪枪，“哥，你再试探我们，我会以为你是羡慕嫉妒，也想谈恋爱。”

方枪枪不屑，“嘁”了一声，转身又回了厨房。周颂跟着他进去帮忙，倒是一脸憧憬，很期待爱情女神的眷顾。

经过一场变故，周颂俨然已将方枪枪视为人生偶像，奋斗目标。做人做事要向他看齐，谈恋爱当然也要向他看齐。一场恋爱没谈过的迷弟周颂，已经将目光放得又长又远，仿佛望见了自己第五六七八场的恋爱模样。

高山仰止，任重而道远啊！

方枪枪今晚大展厨艺，做的是西冷牛排，超市品质。八二年的拉菲买不起，买得起九二年的张裕。重要的不在于形式，而是气氛和同席而坐的人。

方枪枪心情不错，允许方恋恋小酌一杯。红酒入口淡后劲足，魏无疆提醒她慢点喝，她一高兴没控制好节奏，两三口就喝光了。不过瘾再要一杯，卖乖撒娇不顶用，魏无疆不为所动，她只能可怜巴巴改喝可乐。结果一口没喝到，先被魏无疆抽走杯子，嫌太凉。知道她觉得扫兴，魏无疆小狗顺毛似的摸摸她脑袋，再加一个柔情满溢的笑容，她彻底失陷，还自己倒了杯温水，翘起小尾巴，摇头晃脑地求表扬。

一对热恋中的小情侣卿卿我我，时间都变软了，空气都变甜了，周颂都变惆怅了，方枪枪都快恶心吐了。

起一身鸡皮疙瘩，方枪枪用根筷子敲响酒杯：“喂喂喂，狗粮吃太多也会腻，差不多得了。”

“你腻，我不腻。”方恋恋依然故我，口齿伶俐，“是你让我们专心谈恋爱的。”

“哟，可以，知道拿我说过的话堵我的嘴了。”方枪枪双臂交叠靠在椅背上，不咸不淡道，“正好，我问问你，我让你专心谈恋爱，你有专心吗？到处找活儿接，都找到我做网综的哥们儿那里去了。今人家天还打电话问我，你是不是借了校园贷。你谈个恋爱很烧钱吗？”

明知故问，方恋恋收起恋爱中小女人的幸福傻样，小脸认真执着：“哥，我说过，要赚钱帮你开独立工作室。”

“钱我自己会挣，你该干吗干吗。”方枪枪明显不愿多谈，神情淡淡的，转对魏无疆道，“你说话好使，管着她点。”

方恋恋不认同张口欲言，魏无疆在桌下牵起她的手，用眼神示意，不要着急，交给他。

与方枪枪碰杯，小口酌酒，魏无疆沉稳开口：“枪枪哥，国家现在大力扶持原创动画产业，我听说市政府为加快城南文化产业园区的建设，响应国家号召，出台了最新的扶持政策，新工作室入驻文化产业园，可以一次性获得五十万资金补贴，以及三年免租金。”

“我也听说了。”在哪里跌倒就在哪里爬起来，周颂早已摩拳擦掌，“枪枪哥，这政策太诱人了，是个大好机会呀。”

“我当然知道是好机会。”方枪枪似一点不心动，眼睫微垂，有一下没一下地磕响打火机，“我还没准备好。”

“什么叫‘准备好’？”魏无疆思维敏捷，犀利追问。

方枪枪提了提嘴角，淡淡一笑“你这个问题问得有水平，我也不知道。”

撂下话，他抓起香烟打火机，起身走去阳台。

似乎有苦衷，却是一言难尽。

连最不善察言观色的周颂都看出来了："枪枪哥是不是有什么顾虑？担心我又捅娄子吗？"

"与你无关。"方恋恋收回视线，自己也没有太多思路，"我和哥哥以前聊过，可能还是因为放不下培训学校的工作。我记得哥哥最初创业的目的，就是为了赚够钱专心做动画，想不到，有一天会变成他的阻力。"

"我觉得，这应该不是唯一的原因。"魏无疆凝神思索，沉吟道，"可能因为越热爱，越害怕失败，反而会变得顾虑重重，束手束脚。"

人一旦有路可退，此消彼长，就会失去孤注一掷的勇气。

而追逐梦想，远没有字面上那么浪漫，往往需要逼自己无路可退，做好无怨无悔的准备，做好可能一事无成的准备，像苦行僧一样去修行，戒掉所有迷茫、困惑、失落和患得患失……

朋友，一路走好

『第十九章』

· C h a p t e r ·

1

一场倒春寒过后，气温逐渐回暖。

万物复苏，草长莺飞，似乎一切都在慢慢变好。

A大官网发布新一年度考研夏令营通知，魏无疆开始着手准备申请资料，包括读大学几年来的作品集。为保险起见，他仍没有放松考研复习。

男朋友忙，方恋恋也没闲着。“山啸”乐队原创曲《啸音》的MV素材全部整理完毕，只等她动手开剪。“山啸”四子各有各的想法，又都觉得自己的最炫酷，五个人坐在一起讨论过三四次，吵到口沫横飞不可开交，始终无法统一思路。

方恋恋头大，每次从地下室吵完架出来，都想撞墙。

她现在终于明白，在好莱坞，为什么即便是最知名的导演也没有资格进剪辑室。因为如果有满意的镜头被剪辑师残忍剪掉，导演很可能会与其拼命。怪不得大导演们喜欢出导演剪辑版，随随便便一部也有三四个小时，原来是为报复剪辑师的残酷无情。

剪 MV 当然不能与剪电影长片相提并论，素材多是乐队在不同现场表演和平时排练的视频。“山啸”四子的诉求也很简单，只要保证每一个画面里的自己够帅够有范儿。

“说起来简单做起来难，四个人谜之自信，以为自己颜值耐打，360 度无死角。”方恋恋满肚子牢骚，只能趁着午饭时间向魏无疆诉苦，“免费剪 MV，还要帮他们每个人修图，瘦脸磨皮拉出大长腿。这么在意外表，一点也不摇滚。”

方恋恋有肉吃就不爱吃菜，魏无疆专门给她搛蔬菜：“你认为怎么剪才摇滚？”

“哈，你怎么知道我有自己的思路？果真知我莫若魏无疆。”方恋恋顿时容光焕发，放下筷子，“我在素材里面看到了小曾，他听山啸排练的痴迷样子，简直像个摇滚信徒，和平时木讷内向的他完全不一样，眼睛里会放光，有时还会跟着音乐手舞足蹈。”

魏无疆点点头：“这就不难理解，为什么有些摇滚歌手会成为一代人的精神领袖。”

“我想好了，把《啸音》剪成叙事性的 MV，讲述一个普通人被摇滚乐征服的故事，邀请小曾本色出演，再请我哥帮忙补拍些镜头。快的话，一周时间可以完成。”方恋恋跃跃欲试，坐都坐不住，“你觉得呢？符不符合摇滚精神？”

一聊工作就跟好动的小孩儿似的，魏无疆笑着拉她老实坐下吃饭。他保持着工科男的严谨，诚实道：“摇滚精神我不太了解，但我觉得很有意义。”

“好！有意义最重要！”

方恋恋斗志昂扬，说完就被喂了一大口蔬菜。食不言，抿紧唇咀嚼咽下，她冲魏无疆露出一个大大的笑脸：“兰胖子给我打电话，约我两点去地下室讨论。本来我还想找理由推托，和你一聊，现在恨不得飞去地下室。”

魏无疆也笑了：“我也没说什么呀。”

“不，你就是我的精神领袖！”

魏无疆太宠方恋恋，宠出她越发厚的脸皮。食堂人来人往，她没羞没臊，翘起嘴巴要亲亲，迎接她的却是一张纸巾。三两下擦干净，继续讨要香吻，不达目的不罢休。魏无疆无奈，香一下额头。某人不知餍足，噙着左脸的笑涡，将浓浓爱意化作吻，亲在他的下巴颏儿，刺刺痒痒的触感。

他又没刮胡子，忙考研忙工作，还要挤出时间陪她吃饭约会，忙到挂起两个黑眼圈，皮肤依然细腻白皙，连个毛孔也看不见。

果然是天生丽质啊！方恋恋戳着自己脑门新鲜冒出的大红痘，郁闷了：“唉——”

魏无疆还没吃饱，低头捡着剩菜剩饭填肚子，没注意小女儿家的唉声叹气。常年战斗在抗痘第一线的方恋恋，羡慕地盯着他光滑的脸颊，忍不住就上手摸了摸。魏无疆当她又在瞎闹，捉住她的手牢牢握着。

“我嫉妒了。”方恋恋小眼神里满是幽怨，“嫉妒你皮肤比我好。”

这算什么事儿啊。魏无疆不甚在意，抬脸看眼食堂墙上的电子钟，无声地加快吃饭的速度。可男女有别，女孩子只要一长痘，就会无限放大它的存在感，觉得它是全世界的聚焦点。

方恋恋也一样。等他吃完饭，她固执地指着自己的额头，问：“我又长痘了，你没发现吗？”

“没发现。”魏无疆匆匆一瞥，拉她起身，“走，我送你过去。”

“去哪里啊？”方恋恋现在满脑子都起了痘痘，有点蒙。

小迷糊一只，魏无疆拥着她往前走：“地下室。结束了给我打电话，我去接你。”

方恋恋心疼他来回奔波：“不一定什么时候能结束呢，你忙你的，我自己回来。”

魏无疆也不看她，平声道：“我不放心。”

方恋恋笑了，大大咧咧地说：“又没多远，有什么好不放心的。”

魏无疆收紧她的肩膀，在心里嘀咕，我不放心霍西洲。

他一直对霍西洲单独带走方恋恋的那晚耿耿于怀。当时没有立场过问，事情过去这么久，再追问又显得太没气量。最近因为 MV 的事，两人常常见面，快赶上他们约会的频率，魏无疆不至于因此而抱怨，但还真做不到一点不吃飞醋。

心里有点拧巴，一顿饭的时间不足以慰藉他吃味的小情绪，舍不得心爱的女孩儿，下了公交车又送到地下室所在的大楼前。魏无疆黏起人来也挺腻味，拉着方恋恋躲进偏僻的墙根，耳鬓厮磨了一会儿，直到最后一分钟，才放她下去。

人走了挺久，魏无疆手揣裤兜，依然留在原地。

昨天向郑师兄提离职，理由是想专心复习考研，反遭素来严肃的师兄笑话一句，从此君王不早朝。想想还真是，明明有许多交接工作等着自己，他就是不舍离开，傻气十足。

片刻后，俊脸微讪，魏无疆低下头拂一拂鼻尖，被这样的自己逗乐了。

2

方恋恋掐着点儿跑进地下室，推开门，没有如常的摇滚乐声，却一眼看见了杜心雨。

她气定神闲坐在架子鼓后面，手持鼓棒敲响军鼓。

“咚”的一声，愣在门口的方恋恋，心脏也跟着猛震一下。

距离上次超市偶遇，已经过去近两个月。那通电话在前，从兰胖子口中得知杜心雨和林靳分手的消息在后，方恋恋完全不意外，也没有隐瞒魏无疆。两人的反应如出一辙，平静淡然，事不关己。

杜心雨骗她见面，方恋恋不难猜到对方的目的，很快便稳定心绪，恢复如常。

敞着门，方恋恋倚墙而立，望着似乎沉迷于架子鼓的杜心雨，静静不发一语。

随心所欲地胡乱敲打一气，毫无章法可言。杜心雨在肆无忌惮的宣泄中，掉下了眼泪。她张口说了什么，被嘈杂刺耳的鼓声淹没，方恋恋一个字没听见，不禁皱起眉头。

钝刀子割肉似的不痛不快，方恋恋浑身难受，走过去抽走她手里的两根鼓棒：“杜心雨，敲坏了要赔。你想说什么直说，我没多少时间陪你干耗。”

杜心雨含着泪就笑出声：“你以为我是来求你把魏无疆还给我的吧？”

“难道不是吗？”方恋恋想不出还能因为什么。

“我明年就出国了，你即便还给我，我也守不住他。”杜心雨收住笑，站起身与方恋恋平视，“我更不会蠢到去当你们感情的试金石。不过，我真没想到你能在短短时间内追到他。还有林靳，吃过一顿饭就对你念念不忘。”

方恋恋很反感她富含深意的措词，比鼓声更刺耳：“林靳有多渣，你应该比我清楚。一个无耻渣男的话你也信？”

“我本来不信。”杜心雨划拨开手机，递给方恋恋，“你自己看吧。”

没伸手接，方恋恋只低头扫了一眼。

是一张偷拍照，林靳正俯身与方恋恋耳语，因为拍摄角度，看上去像他在吻她的侧脸。

想不到如此狗血的情节，也能发生在自己身上，方恋恋愣了几秒，直接笑了。

要真是孤男寡女，方恋恋确实难以解释，可那晚有工作人员在，霍西洲和兰胖子也在，每个人都可以为自己做证，这个锅，她不背。

“你到底想怎样？”她现在有点摸不清杜心雨的路数，“把照片发给魏无疆？还是要用它来威胁我什么？”

杜心雨鼻子里发出一声哼笑：“我为什么不能是出于一片好意，提前给你们提个醒，免得其他人别有居心？”

方恋恋被问住，哑口无言半天，怎么想都觉得不对劲，不敢轻易领情：“既然出于好心，你哭什么？刚刚对我说的那些话又是什么意思？”

“我哭是因为真情流露，错过了一个好男人。故意对你说那些话是出于妒忌，也想看看你会不会心虚。”杜心雨似能从方恋恋的眼中读出疑惑，接着又道，“没有错，我说话做事确实喜欢拐弯抹角兜圈子。先吓唬吓唬你，再让你和魏无疆记我个好，这就是我的恶趣味。”

有心机，又直言不讳地讲出自己的心机，方恋恋再度无言以对，不知道该说什么。

“方恋恋，你挺好的，虽然单纯但不蠢。”杜心雨低头笑笑，敞亮道，“也比我有眼光，或者说，比我更认得清自己到底想要什么。”

杜心雨大方磊落，倒显得方恋恋心胸狭窄，防人之心，小人之心，一下全占了。

她不由得有些羞愧，怀着歉意坦诚道：“对不起。我其实可以早点告诉你，林靳根本不是个东西，他……”

杜心雨挥手打断：“不用说了，谁还没点私心呢。爱情是给俗人谈的，俗人有私心太正常了。”

“杜心雨，你变得和以前不太一样了。”即使方恋恋并不了解她，也能感觉到。

人哪，总是要经历成长的阵痛，才会有所觉悟。

杜心雨轻松一笑：“以前想不通的道理，现在想通了而已。”

“怎么想通的？”方恋恋好奇。

“没有经历过一场失败的恋爱后想不通的道理，如果有，那么两场。”杜心雨有说有笑，扬起手机，“加个微信吧，我把照片传给你。”

“什么照片？”

只有两个女孩儿在的地下室，突然响起一道熟悉的低沉男声，方恋恋和杜心雨同时一愣，又同时看向来人。

门口，魏无疆长身玉立，手里拎着一个白色塑料袋。

公交车站对面有家药店，魏无疆想起方恋恋为颗痘痘大惊小怪的样子，于是进店咨询。致痘成因各有不同，没法对症下药，他干脆把所有祛痘治痘的药膏买了个遍。本没打算打扰地下室里的讨论，打个电话叫出方恋恋，把药交给她就回工作室，没承想会先听见杜心雨的声音，他问得也急，不假思索。

一时之间，空气静止。

三五秒后，杜心雨最先有动作，凑近方恋恋咬耳朵："不介意我最后拥抱一下我的前男友吧？"嘴上征求意见，脚下已经不等现任女友的回答，迈步走向魏无疆。

方恋恋"喂"了一声，抿唇咽回已到嘴边的话，追上去隔着小段距离，没太靠近。

"你做得够绝的，把我微信都拉黑了。"多多少少带着那么点埋怨，杜心雨双手负在背后，"是她让你拉黑的吗？"

"不是。"魏无疆斜眸看一眼她身后，惜字如金，"避嫌。"

"对我这么冷淡，也是避嫌吧。"杜心雨上前半步，"抱一下行吗？你女朋友同意了。"

魏无疆连字也省了，抗拒摇头，径自绕过她。

男朋友来到跟前，方恋恋反而缓不过劲，呆呆地与他对望。魏无疆不爽利，伸出手捏她脸蛋，故意没轻没重，扯变形了满脸的纠结。

"疼。"方恋恋轻呼。

"忍着。"魏无疆说着放松力度，弯下腰贴在她耳畔，不失严厉地警告，

“小惩以戒，下次再擅做决定，直接打屁股。”

唰地红了脸，心怦怦跳，这会儿知道害臊的方恋恋，弱弱为自己辩护：“我没做决定呢，想着见机行事。”

“狡辩。”拉起她的手接过整袋药膏，魏无疆上瘾了似的，又轻捏肉嘟嘟、像在滴血的耳垂，“就你这反应，见机行什么都晚了。”

“只要你不随便撩我，我反应快着呢。”

方恋恋小声嘟哝，好奇地拨开塑料袋，看见里面各式各样的药膏，有些用过眼熟，绝大多数陌生。她先是吃惊，而后心情变得格外复杂，喜忧参半。喜的是，脸上的痘痘终于引起男友的重视；忧的是，他似乎有些过于重视了。

心思在别处，自然没有留意到杜心雨已悄然离去，和魏无疆乘公交车回学校，方恋恋才想起来还没加微信，传照片，只能对魏无疆口述当晚发生的一切。她揣着小心，斟酌着字眼，花了一站地的时间，终于把话讲清楚。

知道工作室和林靳老爸合作的项目已经完成，款项也全部结清，方恋恋仍不免担忧地问：“林靳没再刁难你们吧？”

“放心吧，没有。”魏无疆轻牵嘴角，极浅的一笑只浮于表面，散得也快。公交车陡然颠簸，他手臂一带扶稳腰身，把方恋恋半圈在身前。

“可你好像不高兴。”方恋恋攀着他胸口，巴巴望向他深沉的脸，“哪里不高兴，你说出来，我帮你开解开解。”

魏无疆略颔首，对上她幽幽眼眸，放低嗓音：“我气自己，当时在你身边保护你的人，不是我。”而他更为在意，那个人恰恰又是霍西洲。

“不气，不气。”方恋恋抬手捋顺他额前的短发，没心没肺小傻子似的笑，“等哪天我和我哥打架，你记着帮着我点，将功补过，好吗？”

讲出口的话也傻里傻气，那天她骑在方枪枪身上又打又骂的画面，倏然划过脑海。那样生猛的方恋恋，横冲直撞简直像头小蛮牛，魏无疆很喜欢，但更喜欢独属于他的柔软纤细，大智若愚。

下了车，公交车站空无一人，阳光斜斜洒落，微尘飞扬。

他心尖在颤，带着一丝丝的疼，虔诚落下轻吻，吻过女孩儿的耳郭，腮颊，鼻尖，最后来到朱唇——

“恋恋，我爱你。”

3

清明雨后，阳光普照。

以小曾为原型构思的MV故事，得到“山啸”四子的高度认可。方恋恋的踌躇满志尚未发育成型，便被无常世事打了个措手不及。

小曾没能成为《啸音》MV的男主角，悄无声息地永远退出了人生舞台。

太仓促，没有与任何人道别，也没有留下只字片语。

杂物间的门窗缝隙被胶带封堵得严严实实，墙角的不锈钢盆里铺满白灰，残留有尚未点着的木炭。

小曾半坐在地上，后背倚靠着墙壁，淡黄色液体沿着他身下流淌一地。

清晨第一缕阳光透过气窗，照亮他的脸庞，令死亡变得安详，周围一切都变得温柔。

这一天，南风徐徐，天高云淡，并不像是会出事的天气。

每个人都开始回忆，试图找寻小曾轻生的蛛丝马迹。有人看见他中途离开过画室，回来时手里拎着一个黑色塑料袋；有人注意到他在各个房间门口徘徊，短暂驻足又离去；有人听见闲置的杂物间里依稀传出歌声，以为是那支叫“山啸”的摇滚乐队又回来了；也有人在很晚的时候遇到小曾，绝少主动与人搭话的他，问了一句，方老师明天会来学校吗……

方枪枪接到噩耗赶到学校，小曾的遗体已经被送走，警察也已经封锁了现场。只听法医说一氧化碳中毒会造成窒息，恶心呕吐，全身痉挛，过程漫长且非常痛苦，意识尚存却无能为力，几乎是眼睁睁看着死亡来临。

小曾一心求死，生前没有任何挣扎的痕迹。

逝者已逝。为什么年纪轻轻，求死欲望如此强烈，成为所有人最关心的问题。

这个问题也魇住了方枪枪，只要人一放空，就会如吸血水蛭一样钻进脑袋。他不敢想。有太多棘手的事等着他处理，协助调查，配合相关部门的检查，小曾的身后事，学校的危机公关，其他学生家长的安抚工作……

连续数日不眠不休，送完小曾最后一程，方枪枪终于得以喘息。从殡仪馆回来，他带着香烟和酒，把自己囚禁在公寓的工作间，自赎一般与梦魇独处。

方恋恋进不去，不知道哥哥什么时候才会放自己出来，只能静静守候，苦苦等待。

她明白，小曾自杀带给哥哥的打击，要远远超过作品被抄袭。事业没了，可以从头再来，而人没了，就是真的没了，从此阴阳两隔。

窗外，是长夜过半最沉寂的黑。

方恋恋和魏无疆已经枯坐了近八个小时。

“小曾过世的前几天，我去过培训学校。”形容潦草的方恋恋从兜里摸出三张皱巴巴的纸，“看见他把这个扔进垃圾桶。可能在那时候他已经动了轻生的念头。”

展开，是北京三所不同高校的校考准考证。

小曾全名曾耀杰，顾名思义，父母寄予厚望，盼望儿子有朝一日成为耀眼英杰。

每张准考证上的大头照都被马克笔涂得乌漆墨黑，恶作剧一样，可现在看来更像是噩兆。

“我听学校老师说，小曾从北京回来，就恢复了和以前一样没日没夜画画的生活。我以为他又没考好，打算继续备战，所以没把他扔准考证的事放在心上，也忘了告诉我哥。”

方恋恋的声音越来越微弱，明知再多的悔不当初也换不回小曾，仍难掩愧疚。

将准考证收到一边，魏无疆轻抚她的肩膀：“与其一年又一年重复做着考试机器，也许对他来说，永远离开反倒是一种解脱。”

“可这种解脱的方式，代价会不会太大了？”方恋恋垂眸盯住自己的指尖，她想不通，“小曾还年轻，还没有真正体验过人生。他的生活不应该只有画画和联考校考高考。”

“你说得没错。可这样的生活他已经过了四五年，没有人能告诉他，什么时候是个头儿。”淡淡郁色笼上面庞，魏无疆向后仰倒，望向天花板中央的吸顶灯。

灯光明亮，他的眸色却黯淡了几分：“小曾的人生早已经被他父母绑架，他看不到希望，拯救不了自己，只能选择用最极端的方式抗争。”

抗争的结果，就是把自己当成献祭品，决绝地走上了父母之爱铸造的祭坛。

只求用年轻的生命，去换取来生能为自己而活的机会。

没有办法的办法，求死即求生。

“出事前一天，我还和乐队讨论 MV 细节，还说好要在专场现场首播 MV，请小曾做嘉宾。”一夜过后竟已成为永远的遗憾，方恋恋很是伤感，“我以为音乐能拯救他。”

魏无疆用手背蹭了蹭她忧郁的小脸：“至少在有音乐的那段日子，他是快乐的。”

嗯，至少小曾快乐过。

方恋恋翻过他的大手，侧脸落进他温暖干燥的掌心，不再说话。

除夕夜和“山啸”四子的合照，是小曾生前最后一张照片，也成了他的遗像。照片里的他笑得恣意开怀，连他父母都从不曾见过。

但愿，天上也有摇滚乐，方恋恋在心里祈祷。

魏无疆拥她入怀，自上而下抚过她的眼皮：“天快亮了，睡会儿吧。”

窗外起了风，仿佛幽冥的哭泣。

方恋恋枕着风声，渐渐沉入梦境。魏无疆一直没合眼，等怀里人儿熟睡呼吸平缓，轻轻将她平放在沙发，盖上薄被。

然后，他敲开了工作间的门。

方枪枪没怎么喝酒，但烟没少抽，烟灰缸里挤满了烟头。

他站在玻璃展示柜前，眼底血丝如蛛网，回头掠了一眼："她睡了？"

"嗯。"魏无疆无声带上门，与他并肩而站。

上千只手办陈列在一起蔚为壮观，像一场声势浩大的嘉年华会。玻璃橱窗是它们最好的屏障，隔绝了外界所有的纷扰无常，永远喧嚣，永远热闹。

他们沉默不语，站了很久。

"啪"的一声，打火机燃起一簇蓝色火焰。

"帮我个忙。"方枪枪点一根烟，视线没有离开他的宝贝们，"我给你的网址，你帮我把这些手办卖了，价钱随行就市。"

魏无疆："一个不留？"

方枪枪想了想，叼着烟打开柜门，拿出正中C位的女版路飞："这个是我老妹送的，留着。"又拿出藏在后面的泥塑人偶，抛给对方，"这个是她的，让她自行处理。"

曾经拥有特殊意义的一对人偶，因为感情的结束，分量也减了，拿在手里轻飘飘的。

人啊，总喜欢把不堪其重的情感，加诸一些死物上。因为只有它们不生不灭，永生永灭。然而越是难以负荷的情感，越是庸人自扰。

看山是山，看水是水，这一点是方恋恋的大智慧，魏无疆自叹弗如。

正想着便听见方恋恋的声音，轻轻弱弱地响起在房门口，喊了一声

"哥"。抬眼间，方恋恋已推门而入，发现他手里的人偶，伸出手就要回去藏在背后，怕被抢似的。

"你进来得正好，我有几件事跟你们说。"方枪枪掐灭半截香烟，抓过椅子坐下，也示意他们都坐，"这段时间你们俩的课肯定耽误了不少，天亮就给我回学校，当好学生认真学习。你……"

"哥，让我们再多陪你几天吧。"不等他说完，方恋恋坐不住，站起来抢声打断，"万一他爸妈又为难你，我们还可以保护你。"

"不会。要为难早为难了，不用等到现在。儿子没了，他们也醒悟了。忙完这阵子，我会带着他们和小曾的骨灰去趟海南。"说到这里，方枪枪淡淡一笑，苦涩似解嘲，"说好的考完带他去海南看阳光沙滩比基尼，我不能说话不算数。"

"哥。"方恋恋揪着心，"你不要太自责。"

"我是在帮小曾完成他的心愿，弥补我自己的遗憾。"方枪枪把妹妹按回原位，又把她的手交到魏无疆手里，"我确实自责，谁也帮不了我，得自己想明白，走出来。我会找个地方待一阵子，没理由拉着你们作陪，况且你们也陪不了我。小子，该复习考研复习考研，你该……方恋恋，你不会已经挂科挂到毕不了业了吧？"

"哪有。"方恋恋眼潮，瞪大了不敢眨，扑过去抱紧方枪枪，"哥，我们等你，你可一定要王者归来啊！我还等着你带领我们振兴中国动画呢！等着你带我们走红毯，拿奖拿到手软呢！"

一番豪言壮志的背后，眼泪断了线。

"自己男人在呢，瞎抱什么？"方枪枪保持着一贯的不耐语气，双臂已经回抱住妹妹，他看向魏无疆，继续交代，“你顺便帮我看好周颂那小子，别让他胡思乱想。实在不行，给他介绍个女朋友，只要比我老妹长得好看就成。”

情人眼里出西施，魏无疆面露难色：“可能不太好找。”

“那就找个不爱哭的，别跟我老妹似的，把自己当林妹……哎哟！”

方恋恋牙痒，咬一口他肩头肉不算完，鼻涕眼泪又脏兮兮地蹭了方枪枪一肩膀。老方家的孩子都爱美，方枪枪忙到脚不沾地也不忘一天一身衣服，件件不是便宜货。身上这件是他最喜欢的动画大师与潮牌的联名款，肉疼心更疼，他暴跳而起，连人带男朋友通通撵了出去。

方恋恋连喊几声哥，半边身子抵住门。魏无疆怕她伤着，手掌也撑在门板上。两人倒是齐心，方枪枪没多折腾，又把他们放了进来。

“哥，你要去哪里，颓废多久啊？给我个准信儿行吗？”方恋恋急问。

“给不了。”方枪枪坐到电脑前，打开数位板，“对了，把你那里凡是有小曾出现的 MV 素材，都发给我。”

方恋恋张口想问为什么，被魏无疆用眼神制止，只顺从说了一个“好”字，与他牵手默默退出工作间。

重回宁静，方枪枪一动不动地坐了会儿，感觉眼里有泪，狠狠啐了句自己，起首望向窗外。

东方天际已蒙蒙亮起，那里低悬着一颗蓝星，在晨曦中闪着幽光。

夜幕是匆匆过客，阳光也是匆匆过客，而小曾是归人，归于遥远某处，俯瞰大地久久安息。

小曾，走好。

一波未平一波又起

『第二十章』

· C h a p t e r ·

1

互联网时代，只要愿意发声，人人都可以畅所欲言，做社评家。

“五年艺考失利，美术生于画室烧炭自杀”，区区 16 个字的标题，轻易就能刺激眼球，引发各种舆论猜想。键盘侠们高举“正义”大旗，抨击完现今教育制度弊端，又开始挞伐艺考培训乱象。言辞激进偏执，恨不能指着每个从业人员的鼻子大骂——你们是魔鬼凶手吸血鬼，出卖灵魂牟取暴利。

你可以解释，但没有人会听，他们只听得见他们想听的，只相信他们想相信的。

叶子烂了摘掉便是，没有人在意深埋地底的根茎是否已经腐烂，反正看不见。迫于各方压力，培训学校成了那片烂叶子，不得不停业整顿，几年苦心经营的名誉声望一夕扫地，再难挽回。方枪枪和合伙人经过商议，痛下决心，从此退出培训行业。

退出某个行业，说得直白难听点，像“赎身”，要花钱。

方枪枪卖了手办，卖了车，退了顶层公寓，赔上几乎全部积蓄，才勉强全身而退。两手空空反倒更轻松，如释重负。隔天，方枪枪便带着小曾父母和“小曾”南下三亚。乘船出港，三个人将小曾的骨灰撒进了蔚蓝色的南中国海。

在那里长眠，小曾将永远不会孤单，陪伴他的有浪花、涛声，有自由自在的鱼群，和一年365天的艳阳高照。

方枪枪也把自己留在了一座南海边的小渔村，全村二十来户人家，家家姓“符”。

姓“符”，幸福。

方枪枪每天的生活就是日出而作，出海捕鱼，日落而息，呼呼大睡。天气炎热，再好看的衣服也穿不住，他打摩的去附近乡镇买了一打廉价背心短裤。几天时间，晒出一身古铜色，理了个小平头，趿拉着人字拖，俨然已是地道渔民模样。

俊帅不减，男人味暴增。

发给方恋恋的照片里，方枪枪大剌剌地坐在舢板船头，手持鱼枪，爽朗大笑，背靠蓝天激浪，简直不要太潇洒。

尽管下一秒就大吐特吐，连亲妈都不认识。

小日子赛过活神仙，方枪枪今天发海鲜大餐，明天发白沙碧浪，发到方恋恋羡慕嫉妒，心中大石也跟着落了下来。没隔多久，她又收到哥哥发的故事脚本和手绘人设。原来他一直有把《啸音》MV的事放在心上。小曾再无法出镜，方枪枪就以他为原型创作出一个动画人物，通过动画与真人结合的方式，呈现普通乐迷与摇滚乐之间的一段不解之缘。

方恋恋为哥哥的创意点赞，热情高涨斗志昂扬，拉着周颂紧锣密鼓展开 MV 的制作工作。“山啸”四子倒是想插手，外行领导内行，周颂有模有样地发过两次飙之后，他们再不敢造次。

自从发誓再也不哭，周颂改走内外合一的“纯爷们儿”路线，从方枪枪身上或多或少学到点精髓。因为工作和方恋恋吵起架来，也是三分样七分像。

今天吵架的原因很简单，为保持 MV 叙事的流畅统一，周颂坚持全部使用动画版男主角，而方恋恋则更看重故事背后的意义，希望尽可能多地保留小曾生前的音容笑貌。

这一架从去往食堂的路上，吵到食堂的餐桌上，魏无疆见半点没有休战停火的意思，俊脸一沉乌眸一深，两个人立马消停，乖乖吃饭。

周颂刨两口米饭，嚼着嚼着表情困顿：“为什么我做不到像你和枪枪哥一样，不开口说话也有威慑力？”

“可能因为你心里一直住着一个小公主。”方恋恋代为回答，偷夹魏无疆餐盘里的熘肉片，“以前都是别人觉得我碗里的菜更好吃，为什么我现在觉得你的更好吃呢？”

“你是觉得他的人好吃吧。”周颂也代为回答，仿佛方枪枪上身。

“周颂你学坏了。”方恋恋摇头叹息，“你真行，成功避开我哥的所有优点，只学会了他一身的臭毛病。我不管，别的事咱俩可以再议，原则问题我绝不让步，一定会把小曾的片段剪进去。”

周颂：“我不同意，这是个美学问题，不是原则问题。”

“吃饭。”魏无疆面无表情，各扫两人一眼，把方恋恋不安分的小肩膀往下压一压，“你再不听话，晚上的‘五分钟’取消。”

方恋恋吓得立马噤声闭嘴，一心一意埋头吃饭。

虽然魏无疆已经从郑穆的工作室离职，但计划赶不上变化，依旧没能挤出太多时间谈恋爱。复习考研是一方面，另一方面被指导老师点名，带领师弟师妹准备新一届的全国大学生工业设计竞赛。方恋恋要接活儿赚钱，要制作 MV，偶尔还要去上上课混脸熟，同样也是大忙人。

小情侣凑在一起上自习各忙各的时候居多，真真正正谈情说爱的时间，只有晚上分别前的五分钟。唯有这短短五分钟里，方恋恋可以对魏无疆为所欲为，怎么闹他烦他，要抱抱要亲亲，要甜言蜜语，都会被一一满足。

弥足珍贵的放纵时光是方恋恋的命门，只要她不听话，魏无疆一戳一个准。

2

吃完饭，三个人在食堂门口碰到方恋恋宿舍老大。

这妹子看见两个大帅哥，眼睛噌噌冒绿光。最近 B 站美妆区流行男友出镜撒口粮的美妆视频，妹子没男朋友，正愁跟不上潮流，两位帅哥的出现给了她灵感，这下再也不用苦恼了，正好可以拍个“挑战男朋友给我化妆”的主题。

老大是个东北妹子，作风海派，不介意周颂冒充男友。想交女朋友想疯了的周颂当然不会拒绝，逢场作戏他也开心。

上次“替闺蜜换妆容”的视频广受好评，为了收藏弹幕投币再创新高，妹子非拉着方恋恋和魏无疆一起出镜，来个两两对决。

方恋恋觉得好玩，举双手赞成。只要她高兴，魏无疆自然奉陪，反正对她向来没有抵抗力。比如，每晚五分钟，对方恋恋来说是甜饼福利，对他来说就是考验定力，坐怀不乱忍得辛苦。

恰巧下午大家都有时间，四个人很快便坐到镜头前，两两面对面。

老大妹子和周颂到底陌生，也不是职业演员，四日相对特别尬，不一会儿就同时笑场。试了几次没用，笑到妹子飙泪，周颂怀疑人生，根本拍不下去，只能交由真正的情侣独挑大梁完成挑战。

也不是第一次在魏无疆面前素颜，可能因为坐得太近，方恋恋又紧张又害羞，宁愿看相机镜头，也不敢直视他的眼睛，不自觉脑袋便埋了下去。旁边摆着一堆化妆品，魏无疆认识的没几样，秉持做学问的精神正研究，不经意转眸，见方恋恋低着头，很自然地托起她的下巴颏儿。

“第一步先做什么？”他眉眼沉静，认真地问。

“上粉底。”方恋恋不敢乱动，伸手去摸粉底液，听镜头外老大喊了声“不准提示”，又暗搓搓地收回手。

只能听天由命，她横下心咬紧牙，对魏无疆说：“我的脸交给你了，你看着办吧。发挥你的聪明才智，觉得哪个像粉底就用哪个。”

自小学泥塑又有手绘功底，魏无疆触类旁通，仅凭颜色就能轻易分辨。知道方恋恋紧张，下巴绷到僵硬，他罕见地大发玩心，故意绕过正确答案，拿起一瓶液体腮红。

他仔细端详：“应该是这个。”

方恋恋心里叫苦，这怕是要化关公出巡妆，只能认命地闭上双眼：“来吧，你高兴就好，记得用美妆蛋。蛋！蛋！顾名思义，顾名思义啊，大哥。”

片刻后，美妆蛋轻抵上方恋恋“大义凛然”的脸蛋。

老大和周颂不矜持的笑声传进耳朵，方恋恋从“大义凛然”直接跳转至“生无可恋”，打定主意逃避到底，妆不化完绝不睁眼。

“下一步呢？”魏无疆克制笑意，平声问。

“随便化吧。”破罐破摔的方恋恋说，“当给泥塑上色，觉得我五官哪里不够突出不够漂亮，你挑喜欢的颜色来上几笔。”

魏无疆左右转动她的下巴，徐徐沉吟：“我觉得都很漂亮。”

早年跟着爷爷捏塑过四大美人，精心描绘下的眉眼鼻唇皆秀美端丽，却均不及眼前女孩儿美得生动，美得令人心动。

瞎说什么大实话。

方恋恋很受用，忍不住窃笑，差点睁眼，忙收拢表情。有他这句话，关公出巡怕啥，化成鬼她都乐意。

魏无疆可舍不得把她化成鬼，凝神屏息描眉画眼，最后拿起了唯一眼熟的999。

视觉暂时失效，方恋恋鼻子灵，闻到熟悉的香味，条件反射一样噘起嘴。而下一瞬，落在她唇间的却不是口红，而是柔软的唇。

偷亲！犯规！

有旁人又有镜头，方恋恋被箍着下巴躲不掉，吓得忙睁开眼睛。与此同时，浅尝辄止的魏无疆，收回了覆在镜头上的手。

“你干吗呀？”方恋恋快羞死了，捂紧发烫的脸颊。

魏无疆表情无辜：“没忍住。”

“少来。”方恋恋撇嘴，言之凿凿，“肯定是把我化丑了，怕我生气。”

魏无疆笑说：“丑了算我的。”

“那漂亮算谁的？”方恋恋顺嘴便问。

“漂亮也是我的。”魏无疆轻刮她秀挺的鼻梁，“不管美丑，都是我的。”

甜到心里，方恋恋不说话了，彻底沦陷在他迷人的微笑中。

四目相对，你中我有，我中有你，全是爱的浓情蜜意。

“哎哟我去，你俩这恩爱秀得贼拉仇恨。”老大妹子嫉妒得，大碴子东北话都秃噜出来了，“要没我和周颂，你俩备不住还得来场真枪实战呗。”

周颂连连点头，耷拉下嘴角，咕咕哝哝“说好的给我介绍女朋友呢……天天吃狗粮，好伤肾的。”

“伤肾？”老大妹子看他像看大傻子，“小老弟，你吃的是真狗粮吧？那玩意儿是饲料，里面有添加剂，吃多了还伤身。”

周颂：“……”

这边一对小情侣置若罔闻，魏无疆仔仔细细地帮方恋恋涂好口红，拿起面镜子对向她，嘴角上扬出几分骄傲弧度。方恋恋已经做好惨不忍睹的准备，猛一对上镜子里粉黛轻薄的自己，愣了足足三秒钟……

手机响了。

3

给方恋恋打电话的是关梓萌。人在医院，没说几句话，已泪如雨下。

郑穆工作室接的近两百万的项目，因为违反合同条款，面临解约危机。

做交互设计开发，生产环境涉及使用多种软件。照道理应该全部使用正版，但国内行业环境有其特殊性，对于一些常见的破解软件的使用，行业内全都心照不宣，形成约定俗成的默契。郑穆大意就大意在，想当然地以为合作方也会同样遵循行业默契，偏偏就落入了他们的“陷阱”。

合同遵照国际惯例白纸黑字规定，整个开发过程所使用的全部软件，包括操作系统必须为正版。郑穆签了合同，也签了正版软件承诺书，却又理所应该地遵循着行业默契，继续使用破解软件。结果，项目进展到三分之一，被甲方反指违约，没有按合同条款规定履行义务。

林靳作为甲方负责人，态度强硬，给了郑穆两个选择，要么赔偿合同总金额 20%——高达近四十万的违约金，要么法庭上见。

合同不会宽容你的“想当然”，法庭也不会体谅你的“理所应该”。郑穆为了整个项目倾尽全力，不分昼夜玩命工作，突然间就从任劳任怨的乙方狗，变成了背负高额赔偿金的违约狗，一气之下突发脑梗。

幸亏抢救及时，堵塞面积较小，性命无虞。

都是在外打拼的异乡人，关梓萌不敢通知郑穆远在大西北的父母，孤立无援的她，只好向方恋恋和魏无疆寻求帮助。

病床上口眼歪斜的郑穆看见魏无疆很激动，控诉一般含混不清地说着些谁也听不懂的话。主治医生告诉他们，病人还年轻，伴随着身体的恢复，坚持康复训练，一年左右并发症状会逐渐消失。不幸中的万幸，可没有人能长舒一口气。

从医院回来，方恋恋和魏无疆显得格外沉默，两个人都心事重重。

林靳不可能无缘无故设下合同圈套，肯定和他挨了方恋恋一耳光脱不开关系。

他怀恨在心，没有直接报复方恋恋，而是选择对一个毫无干系的外人下手，甚至牵连了关梓萌和魏无疆，可见其手段有多卑劣阴损。

夕阳在风中缓缓冷却，经过食堂，谁也没胃口，魏无疆进小超市买了些吃的，送方恋恋到宿舍楼下。

用力绞着塑料袋，指间勒得泛白，方恋恋看着魏无疆，踌躇道：“要不我去找林靳，求他放郑师兄一马。”

“不要去。”他果断否决，“如果这就是他的目的，他肯定会想方设法为难你。”

方恋恋咬了咬唇，故作无所谓地摇头：“我不怕。为难就为难吧，我可以忍，总比郑师兄拿不出赔偿金，被告上法庭强。”

“恋恋。”魏无疆满目疼惜地一把抱住她，斩钉截铁，“你不要去，师兄也不会上法庭。我会想办法筹到钱。”

“什么办法？”方恋恋仰着脸急急追问。

将她的一缕额边碎发挽在耳后，魏无疆安抚似的对她温柔一笑：“不要担心，我会想到的。在这之前你什么都不要管，专心做好 MV。”

“可是……”

“没有可是。”魏无疆飞快地截断话头，轻弹她的脑门，“你要相信你男朋友有解决问题的能力。进去吧，早点睡。”

无言，点头，方恋恋用力回抱他，转过身，迈着沉重脚步，走进宿舍楼。

黛眉仍浓，胭脂仍红，下午那片刻的欢愉时光，却已被一寸寸挫骨扬灰，仿佛从不曾发生。

周六晚间，宿舍不熄灯。

宿舍老三、老四名花有主，佳人有约，不负长夜不负君。

老大妹子孤家寡人一个，忙着拍开箱视频。方恋恋当观众，趴在上铺，怀里抱着趴趴熊。她心烦意乱，一直在走神。老大让她帮忙试色，吊着嗓门喊了几遍，她聋了似的，愣是一个字也没听见。老大关了相机，爬上扶梯掐她屁股，她才大梦初醒一般惊声喊疼。

新买二十瓶指甲油，十根手指不够用，老大翻身上床，无偿征用方恋恋的两只手。

方恋恋下巴抵着趴趴熊脑袋，若有所思：“老大，做美妆博主来钱快吗？”

“不管做什么，挣钱的永远是金字塔顶端的少数人。”老大头也不抬头，专心试色，“你想挣快钱，可以去读读挣快钱宝典。”

“挣快钱宝典？”方恋恋只知道葵花宝典，一头雾水。

“又名中华人民共和国宪法。”法律专业的老大煞有介事，掰着指头娓娓道来，“坑蒙拐骗偷、外加黄赌毒抢，一个比一个来钱快，一个也比一个死得快。有命赚没命花，你三思啊，方老二。”

随时随地展开普法教育，方恋恋忍不住竖起大拇指。

“怎么着？缺钱？”老大拿出东北人的豪爽劲儿，“缺多少，姐借你。”

“不多，不多。”方恋恋嘿嘿笑，“也就三十来万吧。”

眼珠顶向上眼皮，老大专业触觉敏感，戒备道：“你该不会真犯了什么事，想借钱带着你男人跑路，亡命天涯吧？”

方恋恋无语：“不是啦，我朋友工作室出了些问题，我手头现钱不够，想帮他再借点。”

“你朋友真奇怪，怎么会找兜比脸干净的穷学生借钱呢？”试色完毕，老大摇头直呼不懂，“你一小富婆都没那么多钱，别人更不可能会有了。”

方恋恋没吭声，仰面躺下，平举着色彩斑斓的十根指头，忧心忡忡地陷入沉思。思来思去思不出个所以然，她辗转反侧许久，抓起手机给魏无疆发微信。凌晨一点，有预感他和自己一样睡不着，方恋恋发了个的“求抱抱”的表情包。约莫半分钟后，电话打了过来。

方恋恋很想问他，是不是因为想不到办法所以失眠，话到嘴边上下牙一咬，又全部嚼碎咽了回去。

她改口：“我卡里有三万多，可以先转给林靳，请他再通融一段时间，好让我们去筹钱。”

没有回应。

魏无疆人在走廊，倚墙站着，找舍友借了香烟和打火机，攥在手心，一根没抽。

近四十万的赔偿金不是小数目，这个二十出头的年轻人确实一筹莫展。

短暂沉默后，他调整出轻松语调：“不是叫你早点睡吗，当心长痘。”

“你不也没睡。”

“我故意的。”他低笑，“舍友都在打游戏，我也睡不着，熬夜试试长不长痘，省得你整天嫉妒我皮肤比你好。”

“你骗我……”方恋恋笑不出来，抱着趴趴熊坐起来，“你是不想我担心，拿我当小孩儿哄。”

他仍在笑，也将笑意揉进了低醇的嗓音里，蛊惑一般问：“方恋恋小朋友，你乖不乖，给不给我哄呢？”

“不乖。”方恋恋高举起趴趴熊，就像面对着手机另一端的魏无疆，字字铿锵坚定，“方恋恋小朋友想做个能帮男朋友分担压力的大人。”

“大人交给我来做，你……”话音停顿，魏无疆闭了闭眼，敛去所有忧思，低低沉沉地说，“你来好好爱我。”

爱我，给我力量，让我坚信自己无所不能。

爱你的理由

『第二十一章』

· C h a p t e r ·

1

正因为爱，方恋恋做不到置之不理。考虑了整整两天，她瞒着魏无疆给兰胖子打电话，请他帮忙约林靳见面，也请他千万保守秘密。

方恋恋想过找方枪枪出谋划策，后来又作罢。远水救不了近火。

地点约在花臂大哥的酒吧。林靳姗姗来迟，仿佛只为彰显其出身富庶的优越感。

他保持着富家子弟惯有的趾高气扬，甚至更显志得意满。知道方恋恋是来求情的，他点了两瓶洋酒，摆在她面前。

方恋恋正襟危坐，视而不见他的自大倨傲：“给我个账号，我把我所有的钱转给你。”

“别急呀，谈条件可以，你总要先拿出点诚意吧。”一边倒酒，林靳嘴角噙笑，一边慢悠悠绅士般道，“你喝多少，我奉陪多少，免得有人说我欺负美女。”

方恋恋淡定：“我来吧。”

拧开另一瓶红酒，端起杯子咕咚咕咚倒满，她扬手便泼向对面那张道貌岸然的脸。

大失所料，林靳没防备，错愕愣住。

“你不要欺人太甚，我不是来低声下气求你的。”方恋恋素面清寂，不卑不亢，撤一张纸巾递过去，“因为我明白，求你也没用。你处心积虑，兜那么大个圈子，应该不只是为了报复我吧，也没有必要。我和郑穆非亲非故，我大可以装作一无所知，与我无关。”

“聪明。”林靳抹去眼周围的酒渍，又伸舌缓缓舔舐嘴角，“你既然晓得可以装傻，为什么又要来找我谈条件？”

“我没说是谈条件。我是来告诉你，合同违约我们认，该赔多少一分不会少。”方恋恋没有太多表情变化，目光于一瞬间犀利，盯住他不放，“我还想知道原因。郑穆和你无冤无仇，你为什么要故意陷害他？”

“因为我失算了，你信吗？”林靳掸了掸湿淋淋的衣服，俯身前倾，讲悄悄话似的压低声音，“我想整的人是魏无疆，没料到他会辞职。不过没关系，郑穆上钩了，让他长长教训也不错。”

“为什么？”方恋恋愕然。

“没有为什么，我就是看不惯你男朋友，想打压他，给他苦头吃。看不惯一个人，是不需要理由的。”林靳振振有词，自有一套他的逻辑体系，“可惜他已经辞职了。方恋恋，你真应该学学你男朋友，事不关己，夹起尾巴做人。”

“王八蛋！变态！”

从来听不得任何人道魏无疆半句不是，方恋恋一下子搂不住火，抓起酒瓶欲泼过去。但这一次没能成功，早有准备的林靳抬臂一挡，汁液飞溅，咣当巨响，玻璃瓶碎开一地。

浓烈酒味登时弥漫开来，仿佛引爆了女孩儿眸中的丛丛火苗。

方恋恋后悔了，不该和林靳废话，他根本不可理喻，就是个不折不扣的魔鬼。多说无益，她攥紧拳头，腾地站起身。盛怒之下，并没有留意到魏无疆和霍西洲已经大步流星地来到近前。

他们气势骇人，面容冷峻，眸光暴烈，一人手持一张银行卡。

没二话，一张扔在了桌面，一张直接甩到林靳的身上。

方恋恋这才看见两个男生，不由得怔了几秒，张开嘴没等说话，魏无疆伸手一拨，先把她拨到身后。霍西洲似漫不经心地瞥了他们一眼，而后双手抄兜，慢条斯理地走近林靳。

仗势欺人他霍西洲也会，而且比某人更高阶，更狂踨。

两手攥起林靳的衣领，霍西洲也不恼，似笑非笑地提提嘴角：“你有有钱老爸，不好意思，我也有。听小爷一句劝，拿着钱赶紧滚蛋。你要是再敢欺负我朋友，我朋友的朋友，我朋友的朋友的朋友，可就不是拿着钱滚蛋这么简单了。好话无二遍，记住啦，哥们儿。”

言毕，霍西洲拿起两张银行卡，很周到地放进林靳胸前的衣服口袋，又顺手很贴心地帮他理平衣领。

这时，通风报信的兰胖子也走了过来，同样没二话，一拳捣在发小的肚皮上。毕竟是小学初中高中同窗十一年的好兄弟，兰胖子又及时伸手，拉住往下滑的林靳。

把吃痛到五官扭曲的发小架住了，搀扶着走向门口，兰胖子语重心长，开始说服教育：

“兄弟，不是我说你，天道好轮回，你林靳有眼中钉，保不齐你也是谁的肉中刺。山外有山爹外有爹，做事真不能太缺德，总有比你更牛气的人，谁让人家爹比你爹更牛气呢……”

这话传进霍西洲耳朵里，他特不服气：“喂，死胖子，老子今天是牛自己的气，可没麻烦我爹！”

“那张卡是谁的？”方恋恋不信，没等他回答，立刻转向魏无疆，严肃地问，“你那张卡又是谁的？”说完又对二人强调，“谁也不准骗我！”

霍西洲往椅子里慵懒一坐，跷起二郎腿，朝魏无疆比了个“对方辩友请回答”的手势。

魏无疆拖把椅子，把方恋恋按进去，自己也坐下来，简洁道：“我的卡，是我这些年打工存的钱。”

“有多少？”

“二十万。”

魏无疆云淡风轻，不会告诉她，他现在已身无分文，短时间内只能靠宿舍哥们儿接济。

方恋恋动了动唇，却什么也没有说，不由得握紧他的大手。

“你呢？”她看向没个正行的霍西洲，“不要告诉我，你也是打工挣的。”

“我当然没有你男朋友能干，懂得勤俭持家啦。”霍西洲嬉皮笑脸，“说起来，我也不是牛自己的气。卡里的钱全是你的。你以前给乐队的十二万，我们一分没花。还有几万是我春节还你的利息，你没收又转给乐队的。”

“真的？”方恋恋挑眉，半信半疑。

“骗你干吗，救急的钱，我怎么可能乱说。”霍西洲为显示自己的庄重，勉强挺起腰杆坐直。

方恋恋：“乐队专场怎么办？”

“我有必要再重申一遍，我是个名副其实的富二代。”霍西洲卖弄可爱，双手张开比成花瓣，托住自己漂亮的脸蛋，龇开白牙笑眯眯，“我这么倾国倾城，我爸可舍不得和我断绝父子关系。他出钱帮乐队办专场，我以后进公司兢兢业业工作加倍还他。就这么简单，没难度。”

最后高歌一场，然后尘埃落定，安安心心做个接班人。

这位摇滚小青年呀，用插科打诨的方式，一笔带过了富二代的烦恼和无奈。

家境普通的孩子不懂有钱人家孩子的世界，方恋恋和魏无疆看着他，同时沉默。

霍西洲也睨向对面两人，几秒空白后，他拍起巴掌酸溜溜道：“他的二十万，加上你的小二十万，不多不少刚好够付赔偿金。你们这应该叫‘夫妻同心，其利断金’吧。我决定了，今天开始做你们的 CP 粉，粉到深处自然黑，看你们能坚持到哪天宣布分手。”

狗嘴里吐不出象牙。

一对小情侣确实齐心，魏无疆手长负责递纸，方恋恋接过来揉成一团，狠狠砸向霍西洲溢满坏笑的脸。他闪身躲开第一弹袭击，没躲开第二弹，

第三弹……像受了多大委屈似的，这小爷扯着嗓子瞎叫唤，倒霉进了黑店啊，遇到对儿贼夫妻，要钱没有要命也没有啊……

嬉笑打闹了会儿，方恋恋蓦地想起问题解决，该给关梓萌去个电话，起身离座。

2

两道目光追随着她的背影，眼神中各有各的缱绻情丝。只是霍西洲收敛及时，恢复常色，没被转回视线的魏无疆瞧出端倪。

“谢谢。”魏无疆想得深，语气诚恳，“没有你，这事儿完不了。算我欠你个人情，有机会我一定还。你那几万块利息，我也会尽快还给你。”

“我帮恋恋是应该的。”霍西洲姿态懒散，似真似假地道，“我不要利息，你不如现在还。让我抽你一顿，你不能急眼还手，怎么样？”

“不怎么样。”魏无疆假话也当真话听，“想打架就拿出男人样，我奉陪到底。”

这不是打不赢嘛。霍西洲挂不住面子噎了一下：“那你把恋恋还给我。”

魏无疆不喜欢他用“还”这个字，剑眉微蹙，纠正道：“恋恋不是任何人的附属品。我还是以前那句话，你想追她可以追，但我不会放手，你也不会成功。”

“得了吧，她也就是在不懂事的时候着了你的道，所以只认你这一条道走到黑。”

桌上摆着林靳倒的半杯洋酒，霍西洲仰着脖子灌下一大口。

烈酒过喉烧心烧肝，他再度开口，声音里也掺杂着火辣辣的涩：“我不比你差，要是那时候我也在，她还指不定会对谁一见钟情呢。”

说完，他把杯子递向对方。

魏无疆没打算喝，接过来又放回桌面，眉舒目静：“谁都可以做假设，但事实只有一个。我承认我很幸运，在没有爱上恋恋之前，就已经被她喜欢了很久。”

霍西洲没得话讲又想抓酒喝，被魏无疆制止，于是故意激他道：“怎么，怕我喝醉了酒后吐真言，又向恋恋表白？”

“你想表白，可以挑个清醒的时候。”魏无疆以退为进应对自如，从容而恳切，“在酒精作用下放纵自己的言行，对你对她都是不负责任的。以后再遇到喜欢的女孩儿，我建议你，把最重要的表白，留给自己最冷静最清醒的时候。”

同一件事，两种截然不同的态度。

霍西洲想起那次自己的咆哮式表白，既没风度又没诚意，顿时哑火，偃旗息鼓。

方恋恋打完电话回来，无需言语，一个眼神就把该传达的都传达给了魏无疆。坐回原位，见霍西洲无精打采，像吃了什么哑巴亏似的，她多少能猜到些缘由。方恋恋也不吭声，偏过脑袋，用“老实交代”的眼色审视身旁男友。魏无疆一脸平和淡然，只片刻，便在灼灼日光注视下，屈服地点了点头——

对，没错，我又一次在和情敌的心理攻防战中取得了胜利。

然后他一个没绷住，露出胜利者的微笑，俊脸之上尽显少年意气。

霍西洲识趣，知道再待下去无异于自找虐受，拍拍屁股功成身退。

方恋恋也想开溜，保证过不冲动，不单独行事，非但没做到反被抓现行，她心虚。直接跑多没技术含量，方恋恋假模假式接电话，喊了声周颂。这姑娘戏挺足，停留几秒好像在听对方说话，同时冲魏无疆摆出一副“事多人忙我也很烦”的无奈表情，就怕他不信，又自作聪明捂着手机征求他的意见，能不能先走一步。

魏无疆不言不语，点了点头。静静看着方恋恋做完妖，只等她脚底抹油刚起身，他长臂一伸钩住她的小腰，“轻拿轻放”搁回原位。

“周颂今天飞三亚，你知道吗？”魏无疆并不急于戳穿，闲聊似的。

“飞三亚？”影后方恋恋脑子没转过弯，入戏太深，“他刚没说呀。”

魏无疆也跟着演起对手戏，看时间：“飞机应该已经起飞了，他也没说？”

方恋恋绕进去了，真蒙：“飞机上可以打电话吗？”

魏无疆不说话，只摇头。

“走得这么突然！”

这话真没法接，他选择沉默。

“等，等一下。”方恋恋前后飞快一顺，智商紧急上线，大惊，“他去三亚干什么？”

“找枪枪哥讨论你的原则问题，他的美学问题。”魏无疆说，“他不敢直接告诉你，让我等飞机起飞了再通知你。”

方恋恋不忿：“先斩后奏，太过分了！”

魏无疆幽幽盯视她，转回正题，不疾不徐地问：“你呢？瞒着我见林靳，也是打算先斩后奏吗？我有没有说过，我不在你身边的时候，遇到事，能忍则忍？”

“他要不那么混账，我是能忍住的。”方恋恋知道逃不过，抬起本低下去的脑袋，勇敢而倔强地迎向他，“置身事外不闻不问，我做不到。那种大风大雨来了，只会躲在男朋友后面的女生，我不要做，也不会做。我希望和我爱的人在风雨里共同长大。你对我说过，‘恋恋不怕’，我不怕，头破血流也不怕，只要让我在任何时候都能找到你的手，紧紧握住。”

怎么就把小姑娘惹急了，一番话跟战斗檄文似的，见血见肉。

动容之处，魏无疆心底莫名生出些局促慌张。

“我没有怪你的意思，只是每次你都冲在最前面，让我觉得自己……”他讷讷着，有些羞于启齿，竟红了耳根，偏过头掉转视线，声儿压得低，“很丢脸。”

万万没想到会从他口中听到这三个字，方恋恋不由得一怔，很快又扑哧笑出了声。魏无疆更不自在，斜眸睨她一眼，自知全无气势，飞快移开。他低下头，骨节分明的手遮掩着挡在额前，好像举白旗投降，等这波尴尬过去你笑够了，咱们再聊。

见惯魏无疆平日的沉稳有度，方恋恋越发爱死了他此刻的小别扭小拧巴。

涂着五颜六色指甲油的两只手，摊到他眼皮子底下，方恋恋笑吟吟地道：“快，挑个你喜欢的颜色。”

问题过于跳脱，魏无疆有点犯糊涂：“干什么？”

“当然是给你涂指甲油啦。”方恋恋眼里忽闪出狡黠光芒，理直气壮头头是道，“脸丢多了自然就厚了，也就没那么在意了。”

这又骚又馊的主意出的，一般人真想不出来。

魏无疆垮下脸抵死不从，咬定四个字，都不喜欢，还有事等着他们去办，不由分说拉着方恋恋起身就走。小恶魔一旦附身坏心四起，方恋恋那是不达目的誓不罢休。出了酒吧经过便利店，她口渴冲进去买水，很“顺便”地多买了一瓶指甲油藏兜里。胆子挺大，又大得不够彻底，怕魏无疆生气，只敢买透明亮甲油。

合同纠纷事发突然，郑穆住进医院，没了主心骨，工作室也散了。墙倒众人推，物管的催缴水电费通知书早早便贴在了门上，生怕人跑路似的。世态炎凉，魏无疆一把揭掉，牵着方恋恋走进空无一人的工作室。

杂乱无章的办公环境早已成过去式，在关梓萌的操持之下，处处整洁干净。每个工位仍保持着原状，桌上还放着不知谁喝剩下的半瓶雪碧，仿佛暂时离开，很快会回来。一切却只不过是假象，这里将再也见不到一群年轻人热火朝天拼事业的场面。

志同道合的小伙伴聚在一起，齐心协力做一件事，这大概就是创业的乐趣所在，也是它的艰辛所在。

如今物是人非，魏无疆和方恋恋心情复杂，默默分头收拾东西。

魏无疆的工位自从他离开，一直空着，抽屉深处，方恋恋发现了一个被遗落的软皮本。随手翻看，字体遒劲，记录的多是会议纪要，内容简洁精炼。可能偶尔无聊，他也会开小差，空白处的小涂鸦，居然全是些幼稚的卡通人物。

方恋恋忍不住偷笑，被魏无疆听见，回头问：“怎么了？”

“没什么，没什么。”

忙将笔记本藏到身后，方恋恋矮身蹲在地上，偷偷摸摸继续翻，看得津津有味，读起晦涩难懂的专业术语也不觉无聊。薄薄一本很快翻至最后一页，字不多，只默念了个开头，方恋恋蓦地一愣。

开心的理由，我列出了一，二，三，四……一百零七个，

每一个，

都败给了你。

是她年少时写给魏无疆的情诗，一字不落，但在下面又多出了三行短诗——

爱你的理由，我列出了……

你，

就是我爱你的唯一理由。

同样的句式，前三行是她偷偷的喜欢，后三行是他深深的爱。

用文字跨越时空，回到那个织梦少女的面前，告诉她，你的单恋终于修成正果。

惊不惊喜？开不开心？

漂亮的大眼睛泛起水意，方恋恋将软皮本塞进随身挎包，迫不及待地奔向魏无疆。从后面紧紧抱住他的腰，她讲不出话，开口说爱都词不达意，整张脸埋进他的后背，嘤嘤地哭。

瘦瘦一只力气不小，魏无疆被震得往前扑，不得不单手撑住墙壁。听

见没因没由的哭泣声，他一时无措不知该怎么办，默默不作声，一动也不敢动。哭声渐弱，他试着转身，一下被抱得更紧。

“不要动。”开不开心都只会掉眼泪，没一点创意，方恋恋觉得忒丢人，还给自己找理由，“我肯定是和周颂待的时间太长，被他传染了。”

魏无疆失笑：“自从发过誓，他可再没哭过。”

“讨厌。”方恋恋抬起脑门，一下接一下磕他的背，“小偷，偷我的诗。”

“那不就是写给我的吗？”怕她疼，魏无疆强行转过身，固定住她的脑袋，“别敲了。”

人动不了，方恋恋嘴上不依不饶：“讨厌，还偷走我的心。”

“还不回去了。”拉起她的手按住自己左胸，魏无疆说，“我把自己的赔给你。”

方恋恋骨子里是个小色坯，隔着衬衫，顺势抓了两把。

泪痕斑斑，吸着鼻涕，她眯缝着眼睛得逞地笑：“手感不错，看在你身材的分上，我不讨厌你了。”

这回轮到魏无疆不满意了，挑起眉梢：“仅限于不讨厌？”

“还有好多好多的爱，以及……”方恋恋抱他个满怀，从兜里摸出透明甲油，在他眼前得意地晃啊晃，“好多好多的小情趣。想不想试一试呀？”

怎么没完没了啊。

多说无益，魏无疆敷衍地笑笑，果断扣住她的后脑强吻下去。方恋恋从来招架不住他的热烈攻势，醉在唇齿交融的吻里，软在结实温暖的怀里，被亲到七荤八素，满眼湿漉漉的水光，又恍惚又沉沦。

色欲熏心，哪还想得起小情趣，手里的甲油早已不翼而飞。

3

周颂运气不佳，没去成三亚。

当地遭遇多年不遇的异常天气——春季台风，飞机在上空盘旋一圈，惹不起打道回府，改日再飞。周颂一通电话打给方枪枪，想告诉他改签时间，话没出口先被狗血淋头臭骂一顿。方枪枪嫌他烦，问题不大没事找事，有这飞来飞去的工夫，早把问题解决了。

当时人在机场，周颂要面子忍着没哭，一肚子委屈留到了隔天和一对小情侣吃宵夜的时候。

他倒没真掉眼泪，就闷声闷气、自怜自艾地喝酒吃串。

“枪枪哥该不会打算当一辈子渔民，不回来了吧？”两口啤酒就上头，他说这话时，很像怀春少女的闺怨。

方恋恋后脊背发凉：“你要不是急着找女朋友，我都怀疑你爱上我哥了。”

周颂不以为然：“枪枪哥有才华长得帅，又有担当，还因为我蹲了七天拘留所，我要是女的，肯定以身相许。”

“你以身相许，我哥肯定会以命相搏。”闲扯淡告一段落，方恋恋话锋一转，“乐队专场定在六月二号，MV 制作的进度也必须抓紧时间跟上。咱俩别再打拉锯战了，敢不敢多熬几个通宵做两版 MV，交由大家来选？”

旁边魏无疆正低头看手机，闻言抬脸：“不准熬通宵。”

“一次，就熬这一次，以后再也不熬了。”方恋恋满脸堆笑，抱着魏无疆的胳膊，软着话音撒娇，“或者你帮我说服这位固执的大哥。”

小算盘打得精，她嘴皮子磨破了也没说动周颂，魏无疆肯定一样没辙。

谁知他想也不想，便对周颂道：“听恋恋的，我给你介绍女朋友。”

“成。”周颂应声利索，眉毛都没抖一下。

方恋恋看看他，又看看继续滑手机的魏无疆，错愕两秒，不得不服还是直男最懂直男：“周颂，这介绍不管成没成，你都不准反悔。”

“大丈夫一言既出，不反悔。”周颂说着话，视线扫过她旁边，忽地像发现什么怪事一样，悄悄压低嗓子关切地问，“魏无疆还好吧？”

问得隐晦，但方恋恋心下了然。她只笑不答，烤串吃得欢，神采飞扬。

昨晚她被美男计迷惑，让魏无疆躲过一劫。今天时运反转，她抱着势在必得的决心，软磨硬泡加威逼利诱，成功地在他的两只小拇指指甲盖上，涂上了自己精挑细选的甲油。

香芋灭霸色，和魏无疆的气质就那么搭！

特写拍照发朋友圈，大受好评，都夸方恋恋教导男友有方，堪称一代御夫楷模。

被捧得如此之高，后来哪有被打屁股，绝对没有！

选择性失忆的方恋恋偷瞄身边人，见他专注于发布设计外包的某信息网站，她眼珠滴溜一转，小爪子鬼鬼祟祟地伸向他面前的啤酒，不馋酒只图好玩。指尖差一点碰到酒杯，就被一只修长大手拍开，就势拿远酒杯，魏无疆的视线始终没离开过手机屏。

没用多大劲，但声音脆响，旁边几桌学生纷纷侧目。

方恋恋脸臊，借口上厕所跑掉。魏无疆继续浏览网站，没一会儿，“叮”的一声收到个微信红包，备注——

男朋友，给个机会，我包养你呀！

小姑娘心细如发，也知道男人要面子，故意躲起来发红包，语气戏谑。魏无疆又好笑又感动，仿佛暖风掠过心房。

积蓄没了不至于弹尽粮绝。国家奖学金学校拖到最近两天才发，及时缓解了他的经济压力。变现容易是学设计的一大好处，魏无疆忙归忙，只要时间规划合理，还是可以接些外包散活儿的。

他没点收红包，仿佛有感应，下意识地抬眸，一眼看见猫在广告灯箱后面焦急张望的方恋恋。灯箱冷光映照在她脸上，幽幽惨白，跟只小女鬼似的。视线于空中交汇，发现自己暴露，她慌忙缩着脖子躲回去。魏无疆忍俊不禁，和周颂打声招呼，起身离座。

人到跟前了，方恋恋全然未觉，真像演鬼片似的，蹲在地上蜷成一团，两只手交握夹着手机，紧闭双眼。

他单手抄兜，弯下腰，没出声言语，先伸出手摸了一把她的脑袋。

方恋恋猛地仰头，眼前花了几秒，待定睛看清他笑容拂面，英俊迷人，也跟着傻呵呵地笑了。

片刻后，笑容一收，她下巴颏儿朝天，牛气哄哄道："告诉你，我可是我们村响当当的富婆。"

魏无疆把人拉起来："你们村？"

"我们7号女生宿舍楼，是全校年代最久远、条件最差的一栋宿舍楼，表里如一的破破烂烂，所以同楼姐妹们习惯说，我们村。"

魏无疆笑问："你是村花？"

"真会说话。"方恋恋心花怒放，眼角弯弯，连连摆手谦虚道，"不过都是些江湖虚名，不要也罢。比起当村花，我更喜欢当富婆，实现人生目标。”

“那就安心当你的富婆。”

魏无疆抽走方恋恋的手机，捉着她的手指纹解锁，凭借身高优势，手机高举过头顶，进微信删除红包。

方恋恋跳起来也够不着，树懒似的缠上他的有力臂弯，半央求半耍赖：“包养男友是我人生的另一大目标，你就帮我实现吧。”

手机揣回她的口袋，魏无疆冷艳高贵地摇头：“不好意思，绝对不能被女朋友包养，恰巧也是我其中一个人生目标。”

方恋恋不满：“你骗人，哪有人会定这种目标。”

“专门针对你定的。”魏无疆眼尾挂霜，作势打她屁股，严厉警告，“再不听话，你今天会挨第二顿打。”

“你变了。”方恋恋捂着屁股连退三步，受气包一样咬咬嘴唇，哀怨道，“你保证过不凶我的，现在不但凶我，还会动手打我。”

演得跟真的似的，明明他打屁股的力道连只蚊子都拍不死。

魏无疆原地没动绷住笑，沉声：“过来。”

方恋恋甩头：“我不。”

“过来不打你。”

“我不。”

魏无疆嘴角微翘，但语调不变：“过来给我抱。”

“我……”

差一点嘴快拒绝，方恋恋旋即绽开快乐笑容，欣欣然跳进他怀里。

烟火气笼罩的夜晚，霓虹闪烁的街头，他抱紧她，就像抱着最好的世界。

这一天的晚些时候，魏无疆回到宿舍，才发现微信红包不能删除。方恋恋鬼精灵，应该早知道，所以宵夜时趁他没注意，偷偷替他收了。小两万的数目，是她一半的积蓄，魏无疆稀里糊涂真成了她的小白脸。他躺在床上无奈地笑了好久，也失神了很久，思绪飘得很远，远到与方恋恋一生一世共白首。

从来淡泊物欲的魏无疆，第一次产生出强烈冲动，想给他深爱的女孩儿富足的生活，让她衣食无忧，美满顺遂。

为什么一定要改变世界

『第二十二章』

· C h a p t e r ·

1

创业失败，身心遭受重创的郑师兄决定离开这座失意的城市，回西北老家休养。失去一切，还好仍有爱情不离不弃。关梓萌没有通知魏无疆和方恋恋，脑梗并发的失语症令郑师兄讲不出一句谢谢，这个铁骨铮铮的西北汉子，没有脸面对帮他渡过难关的两个年轻人。不声不响离开更加不妥，临行前，关梓萌编辑了一条长长的微信发给方恋恋。

她说，他们不会对生活失去信心和希望，也许会再回来，继续拼搏奋斗的脚步。

正因为年轻，他们相信未来。

相信不屈不挠的努力，会扭转命运。

方恋恋百感交集，反反复复读了许多遍，突然很想念远在南海渔村的方枪枪，索性一通电话打过去，追问他到底什么时候王者归来。方枪枪打鱼郎的日子告一段落，又开始当起镇里小学的兼职美术老师。他忙着给孩子们上课，急匆匆应付三言两语，便撂了电话。

王者归期似乎遥遥无望，彼时的方恋恋并不知道，哥哥做老师另有原因。

她心里不痛快，只觉哥哥是在逃避现实。

必须想办法刺激刺激这个贪图享乐的昏君。方恋恋和周颂碰头之后，达成统一战线。两个人智商有限，只想出“假装出车祸”的大烂招，但不敢实践，都忌惮方枪枪的暴脾气。

晚上，方恋恋和魏无疆聊起这件事，他的态度却截然不同。

“马斯克说，没有人一周工作四十小时能改变世界。”读完关梓萌的长微信，魏无疆沉默良久，他问方恋恋，“可是为什么一定要改变世界？枪枪哥既然很享受现在的生活，为什么一定要回来做动画？”

方恋恋被问住，愣了下：“因为那是他从小到大的理想呀。”

“理想难道不可以改变吗？”魏无疆面带微笑，耐心与她探讨，“环境变了，心态变了，理想为什么不可以跟着改变呢？”

方恋恋一直以来以哥哥为榜样，先后经历诸多意外之后，哥哥的坚不可摧更是令她钦佩。

她就像个坚定的理想主义者，一心捍卫信念，铿锵道：“能轻而易举被改变的理想，不叫理想，叫白日做梦。”

当一个人选择对现实低头，理想化为泡影，岂不是只剩白日做梦，求个心安，求个自我宽解。

魏无疆不想为自己争辩什么，轻轻“嗯”一声，笑，似颓然自嘲。

方恋恋蒙了，为什么他突然像变了个人似的，忍气吞声无作为？

她不知道问题出在哪里，有些话不经大脑便脱口而出：“因为什么都可以变，所以你也心安理得地放弃了成为泥塑家的理想？”

魏无疆笑容一僵，面色骤冷。

好像被一支淬着毒带着刺的箭矢，快准狠刺中心窝最痛的地方。

“对。”他缓缓点头，似有寒霜凝结在黑眸深处，“我必须为我当初冲动的选择付出代价。”

“你可以反抗呀。”方恋恋将他的解释，理解成了逆来顺受，“如果你足够热爱泥塑，你不会对困境妥协，一定拿出有义无反顾的勇气冲破阻碍。而不是像现在这样，用所谓的‘代价’为自己开脱。”

魏无疆低了低头，兀自发笑：“如果我没有羁绊的话。”

方恋恋诧异：“我不明白，你有什么羁绊？”

“当我面对四十万的赔偿金，想不出办法的时候；当我女朋友瞒着我去找林靳的时候；当我没本事用银行卡甩林靳脸的时候；当我欠下霍西洲人情，却只能说谢谢的时候；当我知道我女朋友为了替我出头，一掷千金拿出十二万的时候……”魏无疆抬眸，眼底满是草木荒芜般的落寂以及力不从心，“当我女朋友要包养我，给我钱的时候。”

他仍在笑，却没有温度。

直面抽筋断骨的现实，似乎已经耗光了他所有力气，眼底涌出无能的悲凉。

“我的羁绊就是我的自尊。”魏无疆深深看着她，继续说，“恋恋，无能为力的感觉很糟糕，尤其是在你面前，这种感觉会强烈到觉得自己是个不折不扣的废物。”

没有人坚不可摧，因为这世界无坚不摧。

“你怎么会这么想呢？”方恋恋拦腰抱住他，急切发声，“我是你的女朋友，遇到问题，我们本来就应该共同面对。更何况谁都会有无能为力的时候，你不能用这个来苛求自己。”

“但你想过没有，如果我有足够多的钱，这些问题都会迎刃而解。”魏无疆这几天已经想过无数遍，“我不要理想，我只想要在将来能给你安逸稳定的生活。”

方恋恋不住摇头，松开了手。

面前的男孩儿令她陌生，他说的每一个字，她只想强烈反驳。

“你想要的，一定也是我想要的吗？”她一步步后退，眸光也在一点点熄灭，“魏无疆，原来你这么不了解我，我对你很失望。”

他慌了，溺水者一般伸出手：“恋恋……”

却只抓住一片虚无。她的身影很快消失在浓重夜幕之中。

他丢了魂，如困兽久久伫立，转身，一拳猛地砸上墙壁。

似乎谁也没有错，可就是彼此都受到了伤害。

恩爱有时，吵架亦有时，乃情侣之常情。

第一次谈恋爱的方恋恋，在经历了第一次吵架之后，失眠到凌晨五点。反正睡不着，她索性起床做一回中国好闺蜜，去通宵开放的学三食堂给舍友们买早餐。怕吵醒三位大梦中人，她没刷牙没洗脸，抓个棒球帽压住乱蓬蓬的长发，睡裙外面披件薄风衣就出了门。

天刚擦亮，凉风飕飕，方恋恋光溜着两条小细腿，赶忙把自己裹严实。

没走几步想起来没带校园卡，掉头往回，迎面一阵邪风，帽子被掀飞，吹出去几米远，落在垃圾桶旁边。方恋恋追过去没等伸手，先被另一只大手捡了起来。

左手拿帽子，魏无疆右手背在身后，还穿着昨天那身衣服，双眼猩红，脸色白里泛青，下巴尖胡楂点点。

这个时间出现，显而易见，是在宿舍楼下苦熬了一夜。

仿佛昨夜余波未退，两个人闷闷的，也不说话。方恋恋伸出手去要帽子，他没给，直接扣她脑袋上。嫌帽檐挡事，他又上前一步转了个向，弄得邋里邋遢的方恋恋更加不伦不类。

见他没有说话的意思，方恋恋阴沉着脸，拧巴着率先开口："你一天天很闲吗？今天没事做吗？"

魏无疆低声回："有。"

"走吧你。"方恋恋没好气。

他没动，默默盯着方恋恋，毫不掩饰眼眸里盛满的浓烈眷恋。

方恋恋心悸，转回帽子压低帽檐，冷冰冰道："你不走，我走。"

话音未落，胳膊一紧。魏无疆拽着她，还是不说话。角力似的，方恋恋也不再吭声。不尴不尬的两个人，就这么僵持了约莫半分钟，魏无疆兜里的手机闹钟骤然唱响。方恋恋没忍住，扑哧一笑。

魏无疆以前用轻音乐做闹铃，方恋恋嫌太舒缓，强行改成了火箭少女的《燃烧我的卡路里》。

这会儿一听，诡异而搞笑，再闹不起任何情绪。

她推魏无疆："关了吧，扰民。"

背着的手动了下又收回去，他侧过身：“帮我。”

方恋恋没多想，摸出手机关闭闹铃，又扔回他兜里。魏无疆借势便抱她站上马路牙子，而后脑袋一低，困倦地倒进她颈窝，赖着不动。

“好累。”真实感受，他没藏着掖着。

“活该，当自己是偶像剧男主角啊。”一句埋怨，字里行间又透着心疼，方恋恋恨恨地道，“自讨苦吃，人都不帅了。”

他稍抬脸：“不帅，你还要我不？”

“不要。”方恋恋回答干脆，白他一眼，“谁让你和我吵架，我……嘶，你敢咬我！”

魏无疆不松口，吸血鬼一样发着狠吮了吮，收紧双臂，再度沉默。

方恋恋打了他几下不管用，也就安安静静地任由他抱着。

天际线处，红艳艳着了火似的。而这一刻，爱人的怀抱，比春光更温暖。

2

彻夜没睡，缺觉的方恋恋精神不济，剪不动片子，忽然良心发现决定去上课。天书听了半节课，蒙头酣睡半节课，没听见下课铃声，有人拧她胳膊，感觉到疼才醒过来。

老大那张略显无语的脸映入眼帘，方恋恋纳罕：“你想转专业？”

“我还想问你呢，没带脑子出门吗？”老大扶额，要气不气要笑不笑，“跟着我出宿舍，跟着我进教室，跟着我做笔记，敢情你到现在还不知道自己走错教室听错课了吗？”

方恋恋迷茫摇头，驱散睡意稍微缓过劲，前后左右环顾一圈，包括讲台后面的老师在内，确实没有一张熟悉的面孔。

有点小尴尬，她讪讪咧开嘴笑："听什么不是听啊，反正我都听不懂。"

学霸老大王之鄙夷，鼻孔出气哼了一声："下节课有随堂测验，你也跟着我考考呗。考什么不是考啊，反正你都考不及格。"

"就此别过，女侠请留步。"方学渣凛然抱拳，抓起书包麻溜滚蛋。

回宿舍继续补觉，方恋恋抱着趴趴熊睡得正香，躺在下面书桌的手机响了，她只当没听见翻个身，掀起被子蒙过头。

安静没一会儿，手机又开始讨债催命似的响个不停。

人和手机较半天劲，方恋恋认输，认命地爬下床接电话。见是霍西洲打来的，不用猜也知道，十有八九又给她找事。接通之后果然先是一番长篇大论。手机开免提放一边，方恋恋趴在桌上，面朝着"海绵宝宝和它的朋友们"，心神游离在外，左耳朵进右耳朵出。

即便精力不集中，霍西洲车轱辘话翻来覆去说上几遍，绕来绕去也绕不开乐队那点事儿，方恋恋很快就听了个清楚明白。

学校一食堂二楼有间小礼堂，经常会有学生组织小型演出。整栋楼十点准时自动断电，如果学生借用礼堂，必须提前报备。

大约一周前，小礼堂举行了一场校园乐队的拼盘演出，"山啸"乐队和吉他社社长的民谣乐队也有份参与。观众捧场，演出也挺精彩，十点整却突然遭遇停电，但谁也没想起忘记报备这茬。当时在台上表演的恰巧是社长的民谣乐队，夺妻之恨仍萦绕心头，耿耿于怀的社长便将这场演出事故，理所当然地归结在"山啸"四子头上。

你使绊子玩阴招，我也会。

几天后，“山啸”乐队接到通知，原本已经预定到的六月二日学校大礼堂的使用权，因为某些原因，被临时取消。四子发动朋友一打听，才知道是吉他社社长背地里搞的小动作。坚持不懈排练小半年，距离开专场不到半个月，演出场地说没就没，“山啸”四子急得差点找那社长干架。后来冷静下来理智思考，打架除开解一时之气，没有什么用，他们决定改用文明方式解决问题。

校外小龙虾店组个局，约吉他社社长面谈，大家坐在一起，掰扯清楚一桩桩新仇旧怨。

方恋恋听到这儿，又不太懂了：“你们算总账，我去干什么？”

“听说吉他社四十几号人，全要去帮他们社长壮声势。拼人头我们怎么能输，起码要来个 double。”霍西洲说，“明天晚你也一定去啊，你们宿舍姐妹有空也一块儿叫上。”

“去那么多人，我看你们是又想被当成黑恶势力被举报。”方恋恋脑细胞都没启动，根本不考虑，“我不去，谁爱去谁去。”

那头霍西洲呵呵笑：“谁爱去不好说，倒是你爱的人一定会去。”

“不可能，魏无疆绝对不会去掺和你们那些……”

“方恋恋，话不要说得太满。”霍西洲截住话头，“他欠我个人情，不想去也得去。电话我已经打了，他也同意了，我也仁至义尽通知你了，我不信你不去。”

蓦地想起魏无疆昨晚那番话，一股无名业火烧上来，方恋恋咬着后槽牙往外蹦字：“我！不！去！”

那边安静半秒后，霍西洲的声音炮仗开花似的炸裂：“你们吵架啦？分手啦？简直太值得普天同庆啦！你等着啊，我立刻过来替补上位，哈哈……”

高兴个屁啊，方恋恋火大，掐断电话。

睡意全无，无端坐立不安，一个人在宿舍走来走去。

心里有个声音告诉方恋恋，魏无疆和她一样有原则，绝对不会对这些无聊的破事妥协。

他不会去，一定不会去……

方恋恋纠结的时候，整个白天没合过眼的魏无疆也在大走神。

上午赶设计图稿，忙到中午饿过点没吃午饭，下午一点又赶着来给参加设计大赛的师弟师妹开会。大家讨论热烈，他却好似置身事外，一支笔在本子上写写画画，旁边学弟看见，凑近问写的什么。

他闻声回神，一张纸已经写满了字，都是同一个，“恋”。

有别于以往的稳健笔锋，龙飞凤舞到最后越发潦草，就像他此刻的心境一般。

选择面对现实的结果，就是无法面对方恋恋，连两人吵架的事实也不敢正视。如同求医问药却找不到病根，他整个人情绪低迷，很难集中精神。会议中途接到霍西洲电话，相约明晚喝酒，他没多想没多问，草草答应。

魏无疆虽不贪杯，但喝酒已很有些年头。

爷爷有个习惯，每逢夜晚工作前，喜欢小酌一杯提神。当地农家白酿的高粱酒度数不低，劲头猛烈却不上头，爷爷独好这一口儿。那个年代过来的人大多对酒有着特殊情感，不至于百无禁忌，但也没太多规矩束缚。爷爷带着魏无疆做活儿，时不时也会给他抿上一小口，久而久之锻炼出魏无疆的酒量。

他父亲倒是滴酒不沾之人，至少在魏无疆面前从来没有喝过。

父亲不知道儿子会喝酒，儿子也没机会和父亲碰杯。那种父子俩畅怀痛饮、无话不谈的热乎场面，几乎永远不可能发生在魏家这一对父子身上。

其实，在冷战全面爆发之前，父子间的交流就不算多，哪怕是逆反期，急红脸的争吵也从没有过。

十六七岁，一个不上不下略显尴尬的年龄段，不再是孩子，也算不得大人。有自己的思想意志，觉得自己无所不知无所不能，却又受制于父母师长管束，苦于无用武之地。所以这个年纪的孩子向来最叛逆。

但魏无疆不一样。

常年静坐桌前捏塑泥土，坐出扎实品性，沉稳早熟，十六七岁已经自食其力。

经济独立，往往伴随着人格与思想的独立。

自从离家读大学，他每周会按时给母亲打一个电话报平安，三言两语互问冷暖。除此之外，家里绝少会给他打电话，父子俩更是几乎没电话联系过。唯一一次，还是爷爷病危那天。

开完会，接到母亲电话，魏无疆有些意外。

“无疆，听你爸说，有个海外收藏家在网上看到爷爷回顾展的照片，托人联系文化局，想买几件作品收藏。”

魏母久病体虚，语速比常人慢，音量也低，细细弱弱。

文化局的地下仓库暗无天日，当然不是爷爷作品最好的归宿，于是魏无疆说："有藏家喜欢爷爷的作品是好事。"

临窗而站，阳光直射有些刺目，他眯了眯眼转过身，面向走廊。有师妹经过，满脸羞涩地打招呼，他回以礼貌微笑，再度转身，将视线落在窗外缀满新叶的梧桐树上。

"你爸的想法和你一样。"母亲习惯于做两父子间的调和剂，尽管力不从心收效甚微。

魏无疆没接话，只轻轻"嗯"一声，表示知道了。

那头的魏母顿了顿："我想，还是应该同你说一声，那位藏家看中的其中一件作品是《回望》。"

闻言，魏无疆一怔。

《回望》是爷爷罹患帕金森、再捏不稳竹片刀之前，完成的最后一件作品，也是他最满意的一件。

仿佛有预感，泥塑立骨阶段，爷爷就不止一次地告诉魏无疆，他做了一辈子泥塑，捏塑过数不清的人物，总有一天会永远放下竹片刀。他必须在这天到来之前，完成此生最大的心愿——为他的结发妻子，魏无疆的奶奶，塑一座半身像。

魏无疆从没见过奶奶，只知道在父亲很小的时候，奶奶就因故去世。

没有照片可供缅怀，与奶奶有关的旧事也极少听闻，魏无疆是在半身像完成那天，才真正意义上与奶奶"隔空相见"。

爷爷捏塑出的奶奶很年轻，二十来岁，齐耳的短发，轮廓温柔，紧抿的嘴角却刚毅。泥土夯实，将她定格在转头回望的一瞬间，眼神决然，又仿佛藏着深深的无奈与不舍，苦楚与依恋。

转瞬的回望，无声的告别。

一件回归泥土本色的作品，朴实而细腻，凝结着爷爷最深切的爱与思念。

魏无疆心里发堵，问：“妈，它是爷爷的遗作，能不能不要卖？”

“你……”叹气掩过话音，魏母似有难言之隐，轻声道，“还是同你爸商量吧。”

短暂窸窣声后，手机两端充斥的沉默，令短短几秒的时间显得格外冗长。

眉间不自觉地发紧，魏无疆将视线移向尽可能的远处，率先打破安静：“爸……”

把明天交给明天

『第二十三章』

· C h a p t e r ·

1

孟夏时分的夜晚最是诗意，两三信凉风，七八分圆月。

方恋恋宿舍老三的男朋友请吃饭，叫上了他的好哥们儿。男生席间各种向老大殷勤示好，无话找话，醉翁之意昭然若揭。老大似乎没看对眼，话不多，回应冷淡。方恋恋全程吃瓜围观，杵着下巴颏就在想，这大概是个容易春心萌动、适合恋爱的季节。

俗话说肥水不流外人田，也别等魏无疆给周颂介绍女朋友啦，老大聪明漂亮……

方恋恋想着，看去身旁老大的眼神就变了味，透着几分好事将近的雀跃。

既然是好事，那么事不宜迟，方恋恋隆重地邀请老大陪她一起上厕所。

离座没多远，她挽着老大的胳膊便问：“你对周颂印象如何？”

“他呀，”老大眼睛望天想了想，摇头，“有异食癖爱吃狗粮，脑子估计不会太好使。”

"……"

不知其中典故，方恋恋一脸蒙："没听说他爱吃狗粮啊。周颂人不错的，天真烂漫，心地善良。以前玻璃心爱哭鼻子，现在已经改得差不多了，纯爷们儿。"

老大张嘴话没出口，方恋恋的手机响了。好巧不巧，周颂来电。

下午两个人还因为工作发生争执，方恋恋为证明自己所言非虚，当着老大的面，按下免提。

只听那头周颂尖着嗓子叫唤："恋恋，恋恋，你快来呀！吓死我了！吓死我了！"

方恋恋："……"

老大嘴角挂笑斜睨她，仿佛在问，这位到底是纯爷们儿？还是纯伪娘？

方恋恋也干巴巴地笑，扭脸便冲手机那头的周颂厉声道："好好说话，出什么事了？"

"魏无疆喝醉了要打人，谁也拦不住他，你快过来！"

方恋恋心头一凛："你们在哪里？"

那头先是哗啦巨响，像是什么东西摔碎了，伴着周颂的一声尖叫，他的声音也开始打战："你们学校南门的小龙虾店门口。不行了不行了，我要去劝架，你别问了，最快速度过来！"

挂断电话，方恋恋有几秒钟大脑完全空白。被老大用力推了几下，她才猛地意识到自己在发怔，丢下句"我先走"，冲出卫生间。

方恋恋吃饭的地方离学校一站地，距离不近不远，她等不及公交车，一路狂奔。赶到的时候，架似乎已经打完了。

半截啤酒瓶躺在地上，周围是另外半截的碎片。店门口，“山啸”四子正对着几个脸上挂彩的年轻人赔笑哈腰，像是道歉。不见魏无疆，方恋恋喘着大气四处张望，视线投向马路对面，终于发现那抹熟悉的身影。

他坐在公交车站的长椅上，双手交握，手肘抵着膝盖，脑袋深埋两臂之间，看不到脸。周颂站离得他不远，但不敢靠近，目光触及，也像火燎着似的迅速弹开。

被红灯阻挡，方恋恋读秒如年，绿灯闪亮的刹那，她飞快穿过斑马线。

眼神示意周颂噤声，方恋恋没有坐到魏无疆身旁，而是蹲在了他面前。她不发一语，伸出手一下一下轻轻摩挲他的短发。他似乎也知道是谁，一动不动，像只失控后的大型犬类一样，安安静静地接受主人无声的抚慰。

魏无疆浑身酒气浓重，方恋恋顺着抚摸下来，用手背碰了碰他箍得发白的指节，冰冰凉凉。一碰才留意到，他右手背贴着创可贴，打架打豁大半边，露出渗着血丝的伤口。

方恋恋拧着眉毛闭了闭眼，安抚的手未停，转头朝周颂比出喝酒的动作。

周颂很快会意，比了个数字“六”——什么也没吃，一口气连灌六瓶啤酒，666 啊。

感觉手被拉住，方恋恋忙收回视线，张了张嘴欲言又止。他仍旧深埋着头，只是将她的手更紧地攥在掌心之间，好像牢牢抓住的是生命中最后一点温度。

良久——

“他卖了它，他卖了它，他卖了它……”

同样的四个字他不停重复，嗓音沙哑干涩，仿佛井底深处传来的呼救，绝望而无助。

方恋恋很努力地想要试着听懂，但听到的始终是这句深奥至极的谜语。

谜底在魏无疆心里，谁也进不去。

她不敢说话，站起身将他揽进怀中，又强行撑开他自己跟自己较劲的双手，拽到身后环抱住她的腰。魏无疆弓着背，整张脸埋在她小腹，在她以为他几乎快要窒息的时候，他抬起了头。

方恋恋呼吸猝然一滞。

不过短短一天时间，他怎么会变得如此憔悴，眼中爬满殷红血丝，脸和唇却呈灰白，惨惨淡淡毫无血色。

魏无疆没有醉，头脑无比清醒，就是心里很慌，怕一闭眼，最爱的人也会消失。

“恋恋，对不起，我喝多了。”他不敢眨眼，一紧再紧双臂，“对不起，还和人打架。”

方恋恋忍着疼，摸他的头哄孩子一般轻松道：“没关系，重点是打赢没有？”

“不知道。”

不过刚刚发生的激烈冲突，魏无疆已经记不清了，甚至不记得为什么会失控先动手。再度将脸埋进女孩儿柔软的身体，他逼自己回忆，却只想到昨天父亲电话里的那句话——

“买卖合同已经签了，落笔无悔，你只能出更高的价钱再买回来。”

钱钱钱，为什么又是钱？它简直是无孔不入的病毒，连父子间那点本就淡薄的情分也被恶意感染。魏无疆很挫败，前所未有地看低自己，憎恶自己的无能。找酒喝的结果只能是在清醒中失控，在失控后迷失自我。

他胃里难受，夜风四起，身体开始止不住地颤抖。

光心疼不是办法，方恋恋往公交车站后面望了一眼，果断有了主意。

她抚着魏无疆的背，俯身附耳低语：“我陪你去‘渡渡鸟’坐坐。”然后抬手指引方向，对周颂道，“我们先过去，你等霍西洲他们。”

2

方恋恋搀扶着魏无疆走进咖啡店，大堂满座。熟悉二人的店老板见状，忙让出自己的办公室。里面有一张三人沙发，也有独立卫生间。周到的店老板还送来薄毯和一杯解酒的蜂蜜水。

魏无疆没喝几口就冲进卫生间，把方恋恋关在门外，抱着马桶干呕。胃里没铺垫，什么也吐不出来，倒是把本已不多的精气神给吐了个干干净净。人像散了架，趔趔趄趄出来，残存的那点意志令他准确无误地牵到方恋恋的手。他头昏脑涨，勉强提起嘴角微笑，按她坐进沙发，自己紧跟着重重倒下，头枕在她的大腿上。

仿佛倦鸟还巢，船归港湾，然后再也没有能力控制自己，魏无疆沉沉合拢眼皮。

这是酒精上头真醉了，不说浑话，不发酒疯，酒品很好。

方恋恋化身人肉枕头，想起他第一次喝醉的场景，于是问：“你还知道我是谁吗？”

“恋恋。”侧脸蹭了蹭，他闭着眼呓语般嘟囔，“我的恋恋。”

喝醉了还挺会撩人。方恋恋受用，摊开薄被盖好：“心情不好为什么不告诉我？”

“不想你担心。”

“把自己灌醉，我就不担心了吗？”

没声了，怀着歉意睡着了。

方恋恋静坐三五分钟，解不出谜语心仍悬着，也有点生气。知道酒精作用他睡得熟，指腹轻轻划过他的眉眼鼻梁，最后使劲顶鼻尖，拱成猪鼻子。可能觉得不舒服，他哼唧了一声，又可爱又好笑。要不是手机被压着不好拿，她肯定会拍照存底，隔三岔五拿出来戏弄他。

只闹了小会儿，她靠向座背，老老实实回归人肉枕头的本职工作。瞌睡虫会传染，迷迷瞪瞪将睡欲睡时，霍西洲和周颂推门而入，方恋恋条件反射一样，赶忙比了个“嘘”的手势，打起精神。

周颂也忙点头，一迭声口型说好，转头找椅子。

霍西洲屁股往茶几一坐，摆着脸色小声道：“你们这吵架和好的速度也太快了，一点不给我留机会。”

“玩笑话适可而止。”方恋恋要能动弹，绝对跳起来抽他，想也不想便问，“是不是你撺掇他动手打人的？”

霍西洲叫苦不迭：“天地良心啊，我要有这本事，我早上天了。”

方恋恋奇怪：“挨打的人不是吉他社的？”

“当然不是。”霍西洲得意地竖起三根手指，“三十斤小龙虾，三十瓶啤酒，我们已经化干戈为玉帛。社长现在非要做我们专场的热场嘉宾，你说气不气人。”

霍西洲没本事照样能上天，方恋恋懒得搭他话茬，看向轻手轻脚搬着椅子坐过来的周颂。

“到底怎么回事？”她问。

“我也没太弄明白。”周颂思忖着道，“吃完饭出来，有几个人走我们前面，喝了酒说话声音吵架一样。我好像听见有个人嚷嚷了一句，‘老子什么没有就是有钱’，魏无疆就冲上去揍他了。”

一句臭显摆的玩笑话而已，他想不通激怒魏无疆的点在哪里，困惑地问为什么。

“仇富呗。”霍西洲觑一眼熟睡的魏无疆，摸着下巴分析，“女朋友太会赚钱，他没你挣的多，肯定是自卑了。”

“才不是。”方恋恋立刻反驳，“工业设计是朝阳产业。郑师兄说过，以他的设计能力，再积累几年工作经验，很快会做到设计总监的位置，前途无量。”

“那就是遇到什么经济压力了。”霍西洲左腿叠右腿跷起二郎腿，“男人嘛，释放压力的方式不外乎那几种，喝酒泡妞打架。你没在场，他刚才那人鬼不吝的架势，恨不能把人大卸八块，我们不拦着绝对非死即伤。”

“好像没那么夸张吧。”周颂实诚，安慰方恋恋道，“一开始是挺吓人的，后来我们一劝，他立刻停手了。”

霍西洲也看回方恋恋：“甭管夸不夸张，他喝完闷酒当街打人没跑吧？

可见压力有多大。”

周颂挺爱操心：“等他酒醒了，你们好好聊聊。”

霍西洲点头：“压力嘛，放冰箱里冻一冻，就变动力了。”

周颂：“是啊是啊，如果真是缺钱，我可以……可以……”

“你可以不看我，行吗？”霍西洲接过话，“我一乐队开专场还要给我爸打欠条的‘负二代’，要钱没有要命有一条。”

“你的意思是让我们绑架你，找你爸要赎金？”周颂问。

“可以。赎金对半分，如何？”

“我如果是你爸，我会主动要求撕票。”

“我如果是你儿子，我不会被绑架。”

两个人说相声似的你来我往，方恋恋若有所思一直静静地听着，等他们告一段落，又和他们大眼瞪小眼半晌，依旧沉默不语。大腿上枕着个巨大压力，她明显没心情搭理这二位。霍西洲和周颂也识相，无人喝彩收声闭嘴，各回各家。

3

办公室回归宁静，有利于思考问题。方恋恋是这么打算的，无奈发力错了方向。开篇思考没几分钟，便向滔滔困意缴械投降，脑袋歪进沙发背，沉入梦乡。睡到中途惊醒，以为魏无疆滚下沙发，睁大眼睛确定他好好的，方恋恋还是不放心，伸手揪紧他衣袖，才重新闭上眼睛。

虽然有心事，姿势也不舒服，方恋恋这一觉竟睡得格外安稳，无梦到天亮。

办公室的窗户临着A大小树林，晨光筛过层层枝叶，斑斑点点照进房间，流金一般落在沙发里一坐一卧的小情侣身上。魏无疆天不亮就醒了，宿醉后的脑袋昏昏沉沉，一时之间恍惚，忘记睡在哪里。手一动感觉到阻力，他先看见牢牢抓着他衣袖的小手，而后发现熟睡的方恋恋，歪歪斜斜地折着身子。

即便在睡梦里，仍惦记着护牢她爱的男人。

昨晚醉到理智涣散也没红过眼睛的魏无疆，此刻不禁眼泛潮意。小心翼翼换个姿势，将方恋恋轻轻放置在自己腿上，魏无疆再没合过眼，看不够似的深深凝视着她，直至天亮，直至她醒来睁开双眼。

方恋恋这姑娘脑子醒得慢，容易犯迷糊。从失焦到聚焦看清人，大脑启动过快像冒了烟，下意识的主观反应以为他要来个 morning kiss。方恋恋下意识的反应的反应——捂紧嘴巴弹起来，严肃摇头拒绝交换口气。

魏无疆愣了愣，跟不上她脑筋转弯飘移的速度，也下意识地盖住嘴。

隔着手心手背的肉，方恋恋说："咱们先进卫生间漱口吧。"

魏无疆秒懂："好。"

卫生间里没有杯子，两个人挤在洗面台前，轮流用手接水漱口。魏无疆埋下头顺便洗了把脸，只听方恋恋哀号一声。

她照镜子哭丧着脸，道："一晚上没卸妆，又该长痘了。"昨晚的怨气还没发，小拳头捶上身旁人的胳膊，"都是你都是你，借酒消愁愁更愁的道理，你不懂啊。港片看多了，想上演喋血街头吗？既然这么爱打架，你可以找我打啊。我从小打架打到大，你又不是不知道。我打完了还管捡回家，上哪儿找这么好的服务。”

魏无疆知道自己有错，纹丝不动乖乖受着，从镜子里看她，爱深情浓。

等方恋恋打够了，他才把人揽进怀里，歉疚道：“对不起。”

“不原谅。”湿淋淋的英俊模样太犯规，方恋恋稳住心神转开头，“告诉我为什么。”

魏无疆没吭声，只想亲她。

“不准亲。”方恋恋迅速躲开，板着脸严肃道，“你不要以为我不知道，你昨晚絮絮叨叨一直在说‘他卖了它’。不解释清楚，没得亲。”

魏无疆沉默片刻：“好，我说。”

他一开始不肯说，是觉得好像一言难尽，真讲出口了，却只不过三五言语，换算成距离，也就是从办公室到吧台的几步路。两个人本想和收留他们的老板道个谢，人不在，走之前还体贴叮嘱早班的服务生，给他们准备早点。

牛奶三明治每人一份，魏无疆和方恋恋要付钱，服务生死活不收，说老板有交代。推推拒拒聊上话，他们才知道老板一贯古道热肠，前几天还成功劝服一个因为失恋寻死觅活的男生。

众生多闲愁，夜深尤苦，天光大亮似乎也会随之消隐。

“其实，这世界上还是好人多。”走出咖啡店，方恋恋挽着魏无疆，真诚地讲出心中所感，“那位藏家能看中你爷爷最满意的作品，证明他慧眼识珠哇。好的作品遇到真正懂它的藏家，就像是伯牙遇子期，你应该开心才对。”

似忽现满目青山，魏无疆慢慢笑了：“对。”

看山是山，她通透；看山不是山，他囿于重重情感洪流。

还好她打捞及时，他顿悟也及时。

“还有啊，我哥说过一句话，过好今天才会有明天。”方恋恋停下脚步，牵他的手，眼神明亮，“我想你追逐的理想，你想给我的富足生活，都是属于明天的东西。我们不想那么多，脚踏实地过好今天，每一个今天，好不好？”

阳光下的道理简单明了，魏无疆笑意愈浓：“好。”

“嗯，很听话。”噙着梨窝的脸颊送上前，方恋恋闭上眼睛，“奖励你，亲我一下。”

一记落颊的轻吻，紧跟一记封唇的热吻，魏无疆发现，原来幸福唾手可得。

怀里人即是心上人，给予他满身满心的安宁，便是人间至福。

王者与荣耀

『第二十四章』

· C h a p t e r ·

1

六月二日，“山啸”乐队的专场如期而至。

为保持神秘感，早在一周前，“山啸”四子已进入闭关修炼模式，任何闲杂人等禁止进入地下室。四子排练进入最后冲刺阶段，闲杂人等也没有闲着，铺天盖地展开宣传。微博、朋友圈、公众号和QQ空间，方恋恋发动众同学好友，玩命转发玩命推送。校园各个角落分布的公告栏也被一网打尽，贴满了周颂和魏无疆共同设计的手绘海报。

碧海蓝天，一艘三桅帆船破浪逐日，船头印有一只生动可爱的蓝脸山魈。四个意气风发的大男孩并肩高坐桅杆间，持鼓抱琴，纵情弹唱。

海报下方“鼓满风帆，砥砺前行”八个大字错行排列，笔锋锐利，带着一股所向披靡的冲劲，似要破纸而出。

演出这天，包括方恋恋、魏无疆和周颂在内所有的志愿工作人员，也换上了与海报相呼应的定制白色T恤，前面是八字专场主题，后背是小曾的动画头像。

八点钟演出开始，七点半大礼堂已座无虚席，两条过道也被陆陆续续进场的观众占据。

“山啸”四子在后台准备，方恋恋已经按捺不住激动的心情，拉着魏无疆去后台，通报这个特大好消息。

两人没走到地方，先被叼着根烟的霍西洲给拦了下来。

“行啦行啦，我待会儿进去通知他们。”他神情不耐，挥手道。

方恋恋一番端详：“你很紧张？”

“怎么可能。”霍西洲单手叉腰哈哈笑，“我一个见惯大场面的鼓手，这种五六百人的小场面就紧张，说出去会被笑掉大牙的。”

真是大言不惭，明明夹烟的手指抖得厉害。

人艰不拆，方恋恋和魏无疆对视一眼，克制住没笑掉大牙。

“方恋恋，你等下。”霍西洲把人叫到跟前，“待会儿演出有人喊‘霍西洲，我爱你’，你记得跟着一起大声喊啊。”

方恋恋今天化了个应景的烟熏妆，显得眼睛更大，翻出的白眼更分明：“你有空儿想这些，不如再记记鼓谱。”

“已经写进基因图谱，我后代生下来就能继承我的鼓棒。”紧张不耽误满嘴跑火车，霍西洲歪过身子，看向她身后的魏无疆，“兄弟，借你女朋友抱一下呗。”

“不行。”魏无疆断然拒绝，两三步上前把女朋友划拉到身后护着，指着旁边卡通造型的充气山魈道，“要抱，抱你们乐队自己的吉祥物，我女朋友只能我抱。”

“啧啧啧，瞧你那小气劲儿。”霍西洲撇着嘴角，还真张开双臂，可怜巴巴地抱住了充气山魈，酸溜溜道，“我们吉祥物的手感，肯定比你女朋友好。”

方恋恋不忿：“霍西洲，你留点口德吧。你这张口无遮拦的臭嘴再不改，小心以后交不到女朋友。”

“交不到女朋友，我可以勤劳致富拼事业。”霍西洲一改纨绔做派，像训导主任似的，表情严肃，一本正经地对他们道，“我是有大格局的人，从不会拘泥于小情小爱。”

这人就是不吹牛皮浑身难受，一对小情侣不与他争辩，手牵手返回前场。

忧悒感伤稍纵即逝，霍西洲又恢复一贯的玩世不恭，冲着怀里的充气山魈自言自语：“女朋友我又不是没交过，也没觉得多有意思啊。”

说着话，突然从吉祥物后面冒出一张樱桃脸，穿着工作人员的白T恤。

霍西洲吓一大跳，连退几步站住脚。

她眨巴着眼睛，异常好奇且认真地问：“学长，别人都觉得谈恋爱有意思，你为什么会觉得没意思？”视线下滑，“莫非你有什么隐疾？”

“……”

霍西洲居然破天荒被问住，愣过几秒，不想搭理这个管闲事的小学妹，啥也没说，转身便往后台走。“樱桃脸”个儿不高，小跑步追上，锲而不舍地撵着他问东问西，叽叽喳喳麻雀一样。霍西洲不胜其扰，停步拉开旁边一道小门，黑洞洞的，像是闸阀间。他被吵得脑子短路，顺手就把“樱桃脸”塞进去，还别上了插销。

世界终于安静了，完美。

霍西洲眯眼一笑，大摇大摆扬长而去。

别看“山啸”四子平时一个比一个不靠谱，真站上舞台，那是一个比一个高冷。

统一着装，定制黑 T 恤配黑色牛仔裤，上台各自就位，没一句话直接开唱。音乐响起的一瞬，大荧幕从中间爆破，跳出一只威猛山魈，蓝脸红鼻白须，眼神凌厉，怪异如鬼魅。乐队开场的第一首平克弗洛伊德的《Another Brick In The Wall》，炸翻全场，所有人都离开座位，拥至台前，高举摇滚之角，跟着躁动旋律卖力摇摆身体。

摇滚用最锋利的文字，最炽烈的情感，最自由的号喊，夺取时间，夺取整个世界。

台上的他们与台下的人心心相印，于灵魂深处产生强烈共鸣，想到了经历过的愤怒，深爱过的人，受过的伤，徒劳的反抗，以及遥不可及的远方……

人们为之震颤，情不自禁地想把自己奉献给他们，奉献上自己的热血、力量和爱。

就在新一波的高潮即将来临之时，舞台上的音乐戛然而止。

主唱欧阳贴近麦克风，开口讲出今晚第一句话。

他声音低哑，充满神秘：“下面有请我们的特邀嘉宾。”

话音落，一阵密集鼓声紧接而起，从舞台侧方走出一位抱着吉他的帅气大男孩。同样的黑衣黑裤，寸头利落，麦色皮肤，五官英武俊挺。

台下的方恋恋眼珠子都瞪圆了：“哥！”

远在千里之外的方枪枪，怎么会突然从天而降？方恋恋来不及细想，方枪枪已经走到了麦克风前，酷劲儿十足不做任何自我介绍，与乐队简单交换眼神，低头拨弦。

方枪枪大学时代短暂组过一支土摇乐队，担任主唱，也负责创作。方恋恋从没看过哥哥的现场表演，只知道他写的歌与他的火暴性格反差特别大。瞎闹瞎玩的曲艺风格，插科打诨一样，其中最逗的一首叫《母猪产后护理》。

此时此刻，方枪枪唱的正是这一首歌。

辛苦读书读了十几年 只学会传字条

擦着分数线进大学 结果专业又没选择好

专业选得好 一年俩高考

电子商务四钻在淘宝 服装设计练摊请起早

劝人学医天打又雷劈 八百页书三天进考场

学前教育唱歌又舞蹈 全面发展期末胜艺考

土木工程不搬砖 男生多女生少 熬夜赶图稿

心理这门学科不算命 有杂症还请去把医生找

计算机专业真不修电脑 拜托重启一下就会好

高分子专业谨防喜当爹 用心钻研最牢安全套

嘿 千万别笑

我学的确实是母猪产后护理与调养

养猪也没什么不好 可以天天笑 边笑边养膘

笑啊笑 笑啊笑

猪胖了 我也胖了

笑啊笑 笑啊笑

黄粱一梦就醒了

半念白的唱词，和着现代乐器演奏出的民俗音乐，与方枪枪亦庄亦谐、潇洒不羁的台风相得益彰。

欢呼喝彩无数，为之疯狂一大片，为之着迷一大片。

方恋恋赶在歌曲结束前冲破人墙，硬生生地挤到舞台边缘，无比自豪跃然脸上，忍不住高高朝方枪枪竖起大拇指。

方枪枪一个飞吻抛下来，再度惊起一阵高频尖声呐喊。

一曲终了，方枪枪将主场交还给欧阳，以和音吉他手的身份加入乐队，成为其中一员。

霍西洲敲击两根鼓棒，如号角集结，四名成员同时扫弦起跳，继续躁起来。

一首接一首，持续狂热，持续兴奋，带领全场红男绿女一次次腾空又降落。

最终忘却自己，忘却欲望滚滚，忘却尘埃累累，忘掉一切苦闷，也忘掉了所有责任。

震耳欲聋，酣畅淋漓。

不知不觉，只剩下最后一首歌。

舞台灯光次第熄灭，唯有大屏幕光影流动，闪过一张又一张乐队排练演出的照片，最终定格在除夕夜“山啸”四子与小曾的合照。

五张年轻的面孔，笑脸没心没肺。

一束追光打在欧阳身上，他低头擦了擦汗，再抬起时面带微笑：“一首重新编曲填词的《啸音》，送给我们天堂的朋友。”

放下贝斯，抽起麦克风，欧阳坐到距离观众最近的音箱上。

伴着大屏幕播放的 MV，他要用音乐讲一段心里话，安安静静地讲给住在天上的小曾听。

有些人生来是天上星
发光芒踏平川
有些人只能是地下石
在脚底供消遣
有些人声色俱辉煌
有些人破衣换烂衫
有人拼命挣脱枷锁
有人永远在找寻答案
点一支烟 一笑淡然
认真地爱 认真地恨
认真体会人世间的苦与甜

倒一杯酒 一阵空闲

糊涂地思 糊涂地睡

糊里糊涂世人笑我太疯癫

守得住千里鸿鹄志

守不住劳燕分飞散

守得住青春无悔书

守不住肝胆兄弟去

守得住皓月与崇山

守不住初念方寸间

啦啦啦啦啦啦……

我眼中有泪 可那又怎样 我依然心中有火焰

啦啦啦啦啦啦……

眼中有泪 心中有火焰

啦啦啦啦啦啦……

眼中有泪 心中有火焰

最后一句歌词，如共振般引发全礼堂的齐声大合唱，台上台下同呼吸共命运。

“眼中有泪，心中有火焰。”激动的泪花盈满眼眶，方恋恋紧紧抓住魏无疆的手，竭力高喊，“我们一定要做这样有泪有火焰的人！”

笼罩在强大的音乐震撼力中，魏无疆也有些动容，目光灼灼回了一句什么。可周围太嘈杂，歌声呐喊将他的声音湮没，方恋恋一个字也没有听清，茫茫然摇头。魏无疆干脆一把将她抱起，与自己齐高平视，而后贴近她的耳畔，一字一句清楚分明，仿佛铿锵金属之声——

“相信我，我能守得住鸿鹄志，也能守得住你。”

理想是生命之盐，而美好的爱情是灵魂里的香甜，他会与她携手并肩，一同尝尽人生百味。

一滴热泪滚落，她没有言语，吻他便是最坚定的回应。

台下定终身，台上音乐未停。

欧阳纵身一跃，跳进海洋。他在人浪间起起伏伏，又被送回舞台。曲终人未散，欢呼声掌声经久不息。五个年轻人并肩而站，一同向台下深深鞠躬。感谢为摇滚疯狂的野孩子们，带给他们毕生难忘的一个夜晚。

曾是管弦同醉伴，一声歌尽各东西。

说好的谁也不准娘炮掉眼泪，兰胖子背过身去偷偷擦眼睛。符浪和欧阳也把头扭过一边，不敢面对台下观众的热情。开场前嚷得最凶自认最爷们儿的霍西洲，倒最先忍不住，蹲在地上掩面而泣。此情悲壮此景熟悉，真正的纯爷们儿方枪枪挺感动，连拉带踹把四子聚拢到一起，抱作一团。

尽情享受舞台，享受精彩，享受属于他们的高光时刻。

要哭大家一起哭，不丢人。

2

夜深，怕散场后的空虚填满身体，一群人聚在方枪枪的小租屋里喝酒。比起顶层公寓，这套不足五十平米的两室一厅，局促得好似寸步难行。

八个年轻人挤挤挨挨席地而坐，酒瓶撞击天南海北地聊。狭仄客厅又好像很广阔，装得下星辰大海全世界。

酒量奇差的周颂最先醉，抱着久别重逢的方枪枪不撒手，被推倒几次，几次都像不倒翁一样弹起来接着抱。方枪枪忍无可忍，抬起一脚把人踹至墙角，很快那里便响起呼噜声。今夜最闪亮的“山啸”四子在兴头上也没少喝，一个接一个败下阵来，四仰八叉醉倒在地板。其间，霍西洲突然“诈尸”，含混不清地嚷一句“我去，好像忘记了什么要紧事”，不待旁人问，他又大头朝下，呼呼大睡。

客厅变战场，遍地“横尸”，剩余的三位“幸存者”悄然出了门。忙里忙外一整天没正经吃过饭，一对小情侣这会儿知道喊饿了。方恋恋抓着方枪枪请客，三个人各蹬一辆小黄车上街觅食。

深街长巷，天地大静。

方恋恋犹如顽皮孩童，俯身加速冲到最前面，双手离把平举身侧，炫耀起她傲人的车技。晚风穿过衣袖涨满年轻的身体，她一回头，溅落清脆笑声一片。

方枪枪和魏无疆不紧不慢地跟在后面，也轻轻地笑。

“枪枪哥，什么时候回来的？”魏无疆忽问。

“回来八九天了。”方枪枪单手摸烟，以前抽软中华，现在改抽绿盒白沙。

只摸到烟盒没摸到打火机，就见魏无疆递了过来。

“你忘在茶几上，恋恋出门想起来拿给我的。”魏无疆说，“故意瞒着我们，是想给恋恋惊喜？”

“惊喜是一方面,另一方面是筹备工作室。”方枪枪点燃含在嘴里的烟，一缕蓝雾袅袅升起，“你以前不是问我，什么时候能准备好吗。真正山穷水尽的时候，哪有什么可准备，只有开始。”

魏无疆：“需要帮忙尽管开口。”

“我还真需要你帮忙。”方枪枪伸直手臂挺起腰，迎风笑道，“工作室办起来肯定缺人手，你这个当妹夫的不来帮忙，谁来？”

“当然。”魏无疆也笑，“义不容辞。”

“帮忙打杂委屈你了，我老妹肯定也会这么想。”方枪枪吸口烟，吞云吐雾间脸上添了几分谈正事的严肃，“不妨考虑考虑和我们两兄妹一起做动画。你祖辈传下来的好手艺，应该让更多的人知道看见。传统技艺与现代技术相融合，才能焕发出新的活力。”

早在很久前，方枪枪就提过一嘴合作做黏土动画。这个提议，如同一粒种子埋在魏无疆的心底，亲身参与慢慢了解这个行业的过程，也是种子生根发芽的过程。魏无疆完全认同方枪枪的观点，用现代技术赋予泥塑新的生命，让它动起来活起来，当然令他心动。

他郑重点头：“我会认真考虑的。”

话刚讲完，只听前面“哎哟”一声。

炫耀过头的方恋恋乐极生悲，前车轮硌到块石子，人仰马翻。眼看要摔跤，她情急之下单手撑地，全身重量压下来，整个胳膊肘被震得像筋脉俱断，险些飙泪。

魏无疆吓得够呛：“恋恋，摔哪儿了？”

平时很耐痛的方恋恋这会儿一点不能忍，一头扎进他怀里：“怕是手摔断了。从此以后养家的重任只能你一个人扛了。”

摔断手还能抓他胳膊，证明伤情确实很严重，魏无疆捧高她哭唧唧的小脸，温言软语地哄：“好好好，养家养娃养你全我一个人来。”

“那你喜欢男孩儿还是女孩儿呀？”方恋恋顺水推舟地问。

“只要是你生的，我都喜欢。”魏无疆答得也顺溜。

确定手没事，他翻起方恋恋的阔腿裤，仔细检查容易挫伤的小腿膝盖，没磕没碰。这姑娘转眼就忘了痛，还惦记着骑车，催着旁边望西洋镜似的方枪枪把小黄车扶起来。

魏无疆拦她：“不想走路，我背你。”

“我的腿没事呀。”身强体健的方恋恋跺着脚道。

“我知道你没事。”魏无疆背过身屈膝，“我想背你，行不行？”

方恋恋多好说话：“行。”

轻车熟路地跳上魏无疆的后背，方恋恋趴在他肩膀上，忍不住抻长脖子偷亲他脸颊。魏无疆早有预料，一扭头，恰恰好嘴唇相碰。两个人相视而笑，蜜里调油般的甜，不约而同地想起寒假那段无忧无虑、世外桃源般的二人时光。

方枪枪背着手慢几步跟在后面，亦是往事浮心头。想起以前为数不多背过妹妹的几次，他不禁流露出老父亲般欣慰的笑容。

这一晚的大马路旁，三个年轻人啃着汉堡薯条，畅怀谈笑。

看见了天边第一缕晨曦，也听见了初夏第一丝蝉鸣。

塑魂上

『第二十五章』

· C h a p t e r ·

1

生活充实，时间就会飞逝如梭，快得好似不过只是几场热闹的聚会。

七月中旬，魏无疆以优异表现通过保研夏令营的考核，拿到拟录取资格，聚一场振奋人心；八月底，欧阳远赴海外留学，聚一场举杯欢送；九月，魏无疆又以复试第一的成绩成功保研，聚一场以示庆祝；十月，借着国家大力扶持原创动画的东风，方枪枪的动画工作室开业，聚一场大吉大利；十一月，工作室顺利运营一个月，没有拖欠工资，聚一场再接再厉；十二月，工作室顺利运营两个月，没有拖欠工资，聚一场戒骄戒躁；来年一月……

新年伊始的第一天，皇历上大概温馨提示今日宜动怒，方枪枪发了好大一通脾气。

工作室自成立以来便分为两个部门。合伙人主管外包部，专接国外各大动画公司的外包工作，以维持工作室的日常开支；方枪枪主管原创部，专注于开发制作原创项目。前者创收供养后者，养着养着，养出问题来了。

同属一个工作室，有人能拿奖金，有人却只能吃死工资，自然会眼红

动摇。没道理你制作的每一帧画面，创造的都是真金白银，而我干着差不多的活儿，只能想象未来也许会有的金山银山。

一大清早，方枪枪部门的三个小兵跟商量好似的，一个接一个发微信提出转岗申请。都怕方枪枪生气，铺垫完新年祝福，拐着弯诉说生活困境、现实压力。理想和信念感毕竟不能当饭吃，屁股决定脑袋，方枪枪可以理解，却还是忍不住头顶上冒火星。

好端端的元旦过不舒坦，晚上聚会吃饭，他气没顺，黑着一张臭脸，看谁都像杀父仇人似的。周颂身为知情者，有责任维护大家的知情权，没胆子当面戳方枪枪痛处，只能偷偷群发信息，通报来龙去脉。

满桌子人低头读完微信，再抬头望去光杆司令方枪枪，一时也不知道该说什么好。但不说影响节日气氛，众人交换眼神，击鼓传花一样，最后把首当其冲的重任传到了魏无疆身上——

我们这一圈人，数你学历最高，能力越大责任越大。

靠你啦，兄弟！

一道道怂恿的小目光唰唰放光明，被困其中，魏无疆没辙，抵着拳低头笑了笑。

他明白方枪枪不需要安慰，思索片刻："枪枪哥，我毕业设计这学期已经做得差不多了，我可以去工作室帮忙。"

烟盒左手倒右手，方枪枪神色不明，吊起眼梢问："你能帮什么忙？"

制作动画和工业设计有共通性，会使用很多同样的软件，于是魏无疆道："我能试着做合成和背景渲染。"

"那我也可以去帮忙。"习惯了在魏无疆面前争强好胜，霍西洲无缝衔接插进话，自信非凡，“我做音效和配乐。”

“你是为了躲那个樱桃脸学妹吧。”方恋恋笑着揭穿真相。

来吃饭的路上，她已经有所耳闻。自从樱桃脸学妹在闸阀间被锁了一夜之后，就和霍西洲结下梁子，跟偏旁似的天天缠着他，立誓以牙还牙以眼还眼。

霍西洲手往两边椅背上一搭，笑得特别不屑：“那姑娘纸老虎一只，只有嘴皮子好使，我犯不着躲她。我是想为工作室尽一份绵薄之力。”又一竿子捅到兰胖子和符浪那边，“你们呢，不以前摇滚人的身份表个态吗？”

兰胖子痛饮一杯凄惨摇头，心有余而力不足：“我已经挂七科了，再不抓紧时间补考，毕业证不保。”

符浪也摇头，对霍西洲道：“我能干的已经被你捷足先登。”

他学的是和动画八竿子打不着的专业，专业名还奇长无比——能源与环境系统工程制，冷与低温方向。想想不能沦落到和挂七科的兰胖子一样，他又补充道：“工作室的空调坏了，我可以去修，算尽绵薄之力吗？”

方枪枪没表态，方恋恋先接过话茬：“工作室阴盛阳衰，只有我一个女孩儿。你们不来没关系，介绍学妹来做兼职行政吧。”

“我看行。”周颂高举双手赞成，苦于女朋友一直没着落，激动地站了起来，“我喜欢长头发单眼皮的女孩儿，秀秀气气，文文静静，小鸟依……”

“这位大哥，要不咱们招个前台吧。”方枪枪脸上挂笑，不冷不热地打断他的话，“你一天也别干工作了，专门负责面试应聘的妹子，如何？”

情商重灾区的周颂信以为真，眼冒金光一个劲儿点头。他张嘴还没说出一个字，就被同样眼冒金光、金中带绿的兰胖子一巴掌按矮大半截。周颂急于脱单，眼看快毕业的兰胖子更急，争着抢着要去工作室做人事。

兰胖子老干部似的清清嗓子：“面试讲究沟通技巧，你不懂，我懂。”

周颂奇怪：“我记得你不是学的人力资源管理。”

兰胖子大言不惭：“以前喜欢的妹子学这专业，我陪她上过几节专业课。我问你，拿到简历先看什么？”

周颂茫然摇头。

兰胖子得意：“先看照片，看妹子漂不漂亮。然后看什么，知道吗？”

周颂继续茫然摇头。

兰胖子更得意：“看手机号码。”

两句话而已，周颂佩服得五体投地，不免好奇地发问：“你这么有经验，为什么还和我一样没交过女朋友？”

“因为哥哥有贼心没贼胆啊。”兰胖子哭丧着脸端起酒杯，“兄弟，都在酒里了！”

一对难兄难弟惺惺相惜，方恋恋嚼着块排骨，望着他们很不厚道地呵呵笑，忽地耳畔响起一把低醇嗓音。

“你应该属于既有贼心，又有贼胆吧。”

魏无疆耳语完，便利落抽身，恢复端正坐姿。撩拨人的潮热气息却没散去，熏得方恋恋小脸发烫，心脏怦怦跳，两只清澈透亮的大眼睛里似有小鹿乱蹦。

她一点不害羞，歪过脑袋看人，俏生生地回一句：“对呀，谁让你招贼惦记呢。”

“我的错。”魏无疆伸手拍拍她的后脑，似警告似玩笑，“做贼要专一，只能惦记我，不准惦记别的男人，知道吗？”

方恋恋没说好也没说不好，眯眼笑着，很是期待地问：“你会吃醋？”

这不废话嘛。魏无疆没有作声，凉凉乜一眼最近越发大胆的女朋友，与此同时，抓牢了桌子下面她的手。

心都给了她，当然要把她紧紧拴在身边，爱一辈子，宠一辈子。

2

元旦假期结束，魏无疆和霍西洲正式成为动画工作室的一员。

确切地说，只有一位。音效和配乐属于后期制作范畴，作品尚未成型前，霍西洲没有用武之地只能打酱油，天天捧着相关技术书籍给自己充电。坚持不到一礼拜，他就转移了主攻方向。

穷嗖嗖的工作室不提供工作餐，但方便面管够，各种口味各种品牌，成箱成件堆在墙边，欢迎随时随便取用。泡面吃多了容易腻，于是霍西洲自动自发研究起网上各种煮泡面大法，并成功举办了工作室第一届花式泡面大赛。尽管奖品还是泡面，挡不住大家积极参赛的热情，苦中作乐，全当是公司团建。

相较于霍西洲用另类方式发光发热，魏无疆则显得务实得多。

有扎实的手绘功底做基础，学习能力也强，一通百通，他上手很快。连平时很少夸人的方枪枪也忍不住感慨，这小子要画功有画功，要技术有技术，二维三维都能做，不当原画师可惜了。几多感慨淤积在心，方枪枪又动了做黏土动画的念头，免不了时常挂在嘴边。

魏无疆听听笑笑，从来不多说什么。他不是不想，是心中始终怀有一个不切实际的憧憬，因为太过缥缈，近乎奢望，从不曾对任何人提起。方枪枪不会强人所难，看得出魏无疆有很深的心结。解铃还须系铃人，他没有多问，也不再提做黏土动画的事。

年前，工作室接到一个大项目。经方枪枪做网综剪辑的哥们儿推荐，为某大火的网络综艺节目做新一季的动画版宣传片。甲方爸爸赶着开年节目上线，一压再压制作周期，既要马儿跑得快，又要马儿不吃草。要求固然苛刻，却是个为工作室打开知名度的契机，方枪枪不容自己错过。带领着团队夜以继日赶进度，他和魏无疆、方恋恋一直战斗到腊月二十九，终于按时交出成片，长长松了一口气。

创业期习惯于一分钱掰成两半花，动车票售罄，谁也没考虑坐飞机，还好运气不赖，买到当晚加开临客的站票。

春运的火车拥塞得像沙丁鱼罐头，不要说走动，连狭小厕所里也挤满了人。

东倒西歪的懈怠躯体和不堪劳顿的倦容，随处可见。

两节车厢的接驳处，三个人席地而坐，方恋恋被男友和哥哥护在中间。她从没坐过绿皮火车，新鲜的体验令她兴奋，举着手机拍照发朋友圈。玩得不亦乐乎，她笑言像落拓人儿流浪天涯，比坐头等舱有意思多了。

“再过几个小时，你就不会这么说喽。”方枪枪撕开一袋切片吐司，每人分一片，“不能多吃，吃多了想喝水，上厕所不方便。”

汗臭、脚臭、狐臭、泡面味、卤蛋味和鸭脖味大乱炖，混合成刺鼻气味，已经开始在封闭的车厢中弥漫。

方恋恋不置可否，老老实实地屈膝抱着腿。撕扯着面包一缕一缕地喂进嘴巴，她忽而转头问魏无疆："你坐过这么慢的火车吗？"

"坐过十三个小时的普快。"他摘下行李箱拉杆上挂着的颈枕，套方恋恋脖子上，继续说，"前年忙完爷爷的回顾展，返校坐的普快。"

慢慢悠悠驶向家乡的列车，也像一趟驶向回忆的列车。

那间荒废的泥塑工坊闪现脑海，方恋恋不禁想，要是能把魏无疆爷爷的作品做成动画，他在天之灵一定会很高兴。

琢磨着，她看向魏无疆的眼神里便生出小小的期待，不用讲出口，他就读懂了她的心意。

归途迢迢，长夜无眠，似乎很容易勾起人的倾诉欲。

魏无疆半倚靠行李箱，面沉如水，幽幽启齿："我爸也是五岁开始学习泥塑。我小的时候常听爷爷说，我的天赋不低于我爸。"

"叔叔为什么没做泥塑家，而是做了美术老师呢？"方恋恋好奇地问。

"我一开始想得很简单，觉得我爸虽然有天赋，但并不喜欢泥塑，是在爷爷逼迫下不得已才学的。"话到此处，魏无疆轻轻一笑，像笑话自己的想法何其天真。

他说"去年春节去文化馆整理爷爷的作品，我遇到一位退休的老领导。听他说起在我出生前，我爸曾参加过全省中小学美术老师基本功大比武，连续三届蝉联一等奖，每一届的获奖作品都是泥塑。"

"如果不喜欢，叔叔不会用泥塑作品去参加比赛。"方恋恋沉吟，细想之下又有想不通的地方，困惑地拧起眉头，“叔叔热爱泥塑，你也热爱，为什么他没有继承爷爷的衣钵，也不准你继承呢？”

“我不知道。”魏无疆摇摇头，后脑枕向厢壁，随着列车的行进微微摇晃。

他很是平静，没有任何表情变化，似乎问过太多次，失落过太多次，已经堆砌出一种认命的麻木。

一直缄默的方枪枪侧过身看向他：“你迟迟不肯答应和我一起做黏土动画，是希望你父亲也可以参与吧。”

魏无疆不由得一怔，只片刻，又是一抹自嘲般的轻笑拂过脸庞，这才显出几分落寂与无奈。

“太难了。”难到他连讲出口的勇气也没有，“这些年，我和我爸的交流越来越少，很多时候，我们都无话可说。好像从我答应再不碰泥塑的那一刻开始，我就犯下了不可原谅的错误，永远没有弥补的可能。”

父亲不给答案，魏无疆只有从自己身上找问题。日积月累的自责就像肿瘤一样，不断生长，沉甸甸坠在心口，时不时隐隐作痛，却割不掉。也许迟早有一天会蔓延全身，吞噬掉他所有的执念和奢望，彻底绝望。

方恋恋心里狠狠地疼了一下，掀起他的胳膊，把自己送入熟悉温暖的怀抱。

她不说话，仰着恬淡的小脸，像一只温驯猫咪乖巧趴在主人的胸口。

不管心底的苦楚有多深重，眼里望进最爱的人，魏无疆仍不自觉地弯起嘴角：“我知道你想说什么。你想劝我再试一次，对吗？”

“我想陪你试一次。”方恋恋伸手摸摸他清瘦的脸庞，满目疼惜，“你陪着我给资本家做免费的苦劳力，陪着我挤臭烘烘的绿皮火车，我都没有陪你做过什么。我觉得你应该给我一次机会。”

“喂喂喂，”一旁的方枪枪眼目带刺，老大不高兴，“方恋恋我又没拦着你肉麻，你没有必要捎带脚捅我一刀吧。”

“哥！”方恋恋拉起魏无疆，与她一同面对万恶的资本家，“自从工作室成立，每次约会，你一个电话我们立刻取消。一没管你要过工资，二没抱怨过一句，你就说我这个妹妹，他这个妹夫，够不够意思吧？”

听她这么一说，方枪枪真觉得有点对不起一对小情侣：“直说吧，你想干吗？”

“魏无疆，”方恋恋扯动他的衣袖，声音清亮，自信满满地说，“告诉我哥，我想干什么。”

“恋恋想，”魏无疆顿了顿，改口，“我们想把爷爷的作品，用动画的形式呈现出来。枪枪哥，你能帮我们实现愿望吗？”

等的就是他这句话，方枪枪一拍即合：“好啊。”

3

加开临客逢车必让，走走停停如同一头殚精竭虑的老铁牛，近二十个小时的颠簸后，终于驶入终点站。三个人都像扒了层皮，迎接他们的还有怀着恶意般刺骨的冷和湿云遍布的低垂夜幕。不过他们也和周围的返乡人一样，一下车便重新抖擞精神，带着年三十的洋洋喜气，加快了与家人团聚的脚步。

出站口，魏无疆与方氏兄妹分别，风尘仆仆到家时，身上已蒙上一层雾沉沉的湿气。

一年没见，母亲欢欢喜喜地迎至门口。过节的好心情令她久病苍白的脸庞难得有了些鲜活的气色。许是日盼夜盼太过高兴，母亲先是欲接过儿子的行李箱，想起自己身单力薄，又忙不迭把儿子往屋里领，反倒透出点招待陌生客人一般的局促热情。

魏无疆脱掉潮湿外套，冲母亲暖融融一笑：“妈，别跟我客气呀。”

母亲这才醒过味，拉着儿子的手往屋里走：“饿了，饿了，赶紧吃饭。”

这一家三口的年夜饭，远谈不上丰盛，五六道家常菜，全出自魏父魏启明之手。烧得一手好菜，家务事包圆，不抽烟不喝酒，对病妻不离不弃，魏启明得了个模范丈夫的好名声。儿子争气，独立自强，读名校又保研，他也常被夸赞教子有方。

三十四岁才结婚生子的魏启明，二十多年悠悠岁月到如今，平平淡淡不好不坏，其实很知足。

儿子随他，高大挺拔，从小就有人说，这父子俩像一个模子刻出来的。

魏无疆小时候虎头虎脑，常常骑在魏启明脖颈上打呀杀呀，围着单元楼绕磨盘似的来来回回跑。魏母就趴在窗台上看，时不时笑吟吟喊一声，你们慢点。

五岁进了泥塑工坊，天性使然，最初也坐不住，无疆小朋友隔三岔五地折腾一回，冒着鼻涕泡拽不动魏启明的裤管，又改抱母亲大腿。哭闹几次发觉不管用，小孩儿也知道省力气，嗷嗷嗔唤几声，表达完小规模的不满，乖乖地跟着爷爷进了工坊。

入了门开了窍，后来是真心喜欢，太阳落山了还不肯回家。三四通电话催不回来，魏启明拎着保温桶，踏着余晖去送饭。满脸泥斑的儿子蹲院门口捧着块冷馒头，边津津有味地啃，边喜滋滋盯着面前不成形的泥塑小动物，魏启明就想到了自己小时候。儿子和他如出一辙。

再后来父子关系渐渐疏远，魏启明早有所料，淡就淡了吧，从没想过补救。有些事，他一开始就没打算解释。那些事占据了魏启明的大半生，时时刻刻提醒着他，记得要每天更新一点新的恨意，要持续不断地恨下去。恨了许多许多年，早已恍惚，他似乎已经不记得最初恨的目的，只剩下习惯性地更新再更新。

老父亲去世，整整五十年的恨意再走投无路，似乎也一并被带走了，他就更觉得没向儿子解释的必要。

“爸。”

听见儿子的声音，魏启明把自己从陈年旧事里拽回来。他平了平复杂心绪，抬起脸，不禁多端详了几眼面前的大小伙儿。

瘦了，比去年这时候更瘦，但精神头比去年足，眼睛里有凝聚的神采。

魏启明收回视线，揭开一个个倒扣的盘子：“坐下吃饭吧。”

菜有些凉了，少了节日红红火火的气氛，妻子张罗着要回锅热一热。

儿子起身帮忙，被魏启明叫住：“让你妈活动活动，她今天高兴。”

魏无疆不放心，用目光送母亲进厨房。听见里面响起抽油烟机的轰轰声，他刚坐下又起身离开。家里暖和，头发尖的湿气凝成水珠，汗滴似的滚下来，他拿了条干毛巾，擦着头发坐回餐桌。

“听你妈说，你这么晚回来，是忙着你女朋友哥哥工作室的工作。”

魏启明所有关于儿子的近况，全部来自于妻子的转述，他绝少干涉但该问的还是会问，“她哥哥工作室是做什么的？”

“动画。”毛巾搭肩，魏无疆两三下刨开略长的头发，紧接着又道，“爸，我想把爷爷的作品做成动画。”

或许因为旅途疲惫，所有负责思考的脑细胞也处于半停工状态，他就这么毫无铺垫地直抒胸臆。魏启明怔然，也像是思维迟钝，仔仔细细把儿子看了好久。

久到他自己都觉得像在深思熟虑，便立刻打破这种错觉，斩钉截铁地冲出两个字：“不行。”

“为什么？”话未落地，魏无疆便意识到问了也是白问，他并不意外，转而平心静气地折中道，“我只是临摹爷爷的作品做成手绘动画，应该不算违背和您的约定。”

“不行！”

依然是刚硬到不容商量的两个字，没有一丝韧性，好像再多谈，就会从中折断似的。

这时，母亲从厨房端出一盘热气腾腾的鱼香肉丝。见父子俩沉默对视，脸色都不太好，似乎有些剑拔弩张，她忙问一句怎么了。

“妈，没事。”魏无疆息事宁人地笑笑。

魏启明也同时发话：“你去忙吧。”

一个是丈夫，一个是儿子，魏母怎会看不出两人在粉饰太平。她张口欲言几次，最后化作一声无奈轻叹，转身回了厨房。

魏无疆收回视线，再开口，声音里也有了几分力度：“爸，如果我下定决心非要做，您是阻止不了我的。”

“你威胁我？”料不到儿子会以同样的态度还击，魏启明瞪向儿子，额角青筋暴涨强压怒火，“我阻止不了你，我就去一把火烧了文化局仓库。”

如果说这是一句不计后果的气话，不如说更像是一把绝情绝义的利刃。

魏无疆缓缓站起身，意志有些涣散，脚底发虚踩不实地板，好像自己仍在那趟轰隆摇晃的绿皮火车里。他也想将满腔愤懑不顾一切地讲出口，可望着父亲花白的发和不再挺直如松的脊背，任何话涌到嘴边，最后都被咬牙和血吞了回去。

拖着沉重身躯走向房间，置于半明半暗中，魏无疆回过头，一滴来不及擦拭的水珠垂悬颧骨，仿佛晶莹的眼泪。

只不过又一次沟通无效而已，他早就习以为常，怎么会哭呢，不会哭的。

深深的迷惘多于失落，他不懂“爸，你是在惩罚我，还是在惩罚爷爷？”

并不指望能得到回答，尾音落进关门声里，魏无疆没有看见父亲一瞬间的地动山摇。魏启明听见一声爆竹迸发的震天巨响，从很远的地方传来，又好似就炸碎在他的心口，释放出五十年的积怨仇恨，溢满胸腔，随时会破膛而出。

他呆呆坐着，很长时间都无法从剧烈的震荡中活过来。

没有开灯的房间，夜比窗外更盛大。

魏无疆深深浅浅睡去，十二点整浑浑噩噩醒来。手机屏冷光闪烁，是整个房间唯一的光源，他坐在漆黑的孤独里，轻轻喊了一声“恋恋”。

“新年快乐呀，魏无疆。新的一年祝你女朋友越吃越瘦，越瘦越美，越美越不长痘！还有，祝你越来越爱你的女朋友！

“我终于填补遗憾吃到韭菜猪肉馅饺子啦，放心吧，再好吃我也没敢多吃。

“你知道我现在在哪里吗？在我家楼顶。我哥今年穷得红包都发不起，也买不起烟花，带我来楼顶过眼瘾。

“为那些冒雨坚持放烟花的好市民点赞。好冷呀，不知道雨什么时候会停？”

听到方恋恋张灯结彩的声音那一刻起，笑意便不自觉地一圈圈漾开，从眼角到唇边，魏无疆静静聆听，忽而问一句：“还在下雨吗？”

“是啊，是啊，倒也不大，毛毛雨。”

他走去窗边掀起窗帘，举目远眺一中方向，仿佛能透过茫茫夜色，蒙蒙雨雾，看清楼顶上笑颜招展的方恋恋。

“恋恋，等年初七文化馆上班了，你陪我去整理爷爷的作品吧。”

“好呀。”手机那边，兴头上的飞扬音调降低不少，“我是不是吵到你睡觉了？听你说话好像没什么精神。”

“没有。”魏无疆推开窗户，飘摇雨丝扑面而上，“恋恋，我家在一中西南方向。”

楼顶上的方恋恋也正面朝着他家的方向：“我知道呀，我还知道你家住几栋几单元。嘿嘿，我妈早告诉我了。我哥说，过几天带我上你家拜年，顺便认个……”正说着话，后脑勺挨了一记抽，方恋恋怒喝，“方枪枪你打我干吗！”

魏无疆似有千里眼，话里含笑：“是不是说漏嘴，给不了我惊喜了？”

“什么惊喜？哪有惊喜。”方恋恋装完傻，又开始扮演老学究，“咳咳，我们老方家的孩子讲规矩，投我以木桃，报之以琼瑶。我刚送了祝福给你，你呢，你不回馈我点什么吗？”

“不要再淋雨了，你先回家。”

“别挂电话啊，我马上光速下楼。”

“好。”

老式单元楼没有电梯，那头噔噔噔的脚步声像小马欢快扬蹄。

方恋恋就是魏无疆心中的一轮扫尽阴霾的小太阳，他也不再把自己往凄楚冷雨里送，关了窗开了灯，半靠着坐进床头，低低地笑。

房间大亮，这才看见床头柜上摆着一碗酒酿圆子，余温尚在。

清香酒气齿颊萦绕，他问：“你想听什么？”

“当然是甜言蜜语啦。”方恋恋等不及到家，一屁股坐在楼梯中间，“快，先来一遍我爱你。”

“我爱你。”魏无疆隔着手机亲亲她，将声量压得越发磁性低沉，酒香般轻软，“恋恋，我爱你。”

这个除夕夜晚，他讲了许多许多情话，如同一位浪漫的诗人。讲到方恋恋脸比手机还要烫，被方枪枪提溜着衣领给拖回家，扔回房间。她倒进小床，好半天合不拢开心傻笑的嘴，乐陶陶晕乎乎地抱起枕头乱啃。

想把他吃掉，也想把他的声音吃掉，听起来味道就很美，像云过青空，像风拂麦浪。

塑魂下

『第二十六章』

· C h a p t e r ·

1

除夕夜的雨，淅淅沥沥，如同拙劣作家笔下拖沓的故事，枝节蔓生，好像永远也讲不完。

年初二短暂放晴小半天，紧接着又是黄昏雨。时断时续下到年初三，方恋恋宅在家里，已经发霉头顶长蘑菇了。魏无疆照例来拜年，吃过午饭，顺便领走他的小蘑菇，出门逛一逛。

牛毛细雨中，两人共撑一把十骨黑伞。

方恋恋挽着魏无疆撑伞的手臂，有点小埋怨地问："今年没有新年礼物吗？"

"今年，"魏无疆单手揣兜，掌心攥了攥，"今年穷，买不起礼物。"

"那也行吧。"期待落空，方恋恋瘪瘪嘴角，突然又止住脚步，小兔子似的一下蹦到他面前，挡住去路，"你亲亲我当补偿。"

还没走出一中校园，唯有雨声做伴。魏无疆拦腰把人带至身前，笑着吻她的额头。方恋恋顺势钩过他的脖子往下压一压，跟只小野狼一样，张嘴一口咬住他的下唇。齿间厮磨，方恋恋图个好玩，重咬了一下就想溜，却被魏无疆瞬时箍紧小腰。他头一低，含住她的嘴唇发力深吻，带着点惩戒性质，也有点放肆无度，到最后她的嘴都肿了，漉漉水光荡漾，眼里也像掬着迷离春水。

接吻约等于坐过山车，心跳起起伏伏，方恋恋双腿发软，攀着男人的结实胸膛勉强站稳。魏无疆爱死了这样柔软如水的方恋恋，哪里也不想去，只想依偎在雨里，看她，吻她，浪掷光阴。

倏而，女孩儿歪着头狡黠一笑，扬起手中的小东西。

“还说没钱买礼物，这是什么？”方恋恋得意扬眉，晃了晃，“口红，对吗？”

魏无疆点她的鼻尖：“对。”

“为什么又送我口红？”

“总想起你哭着涂口红的样子。”她掉眼泪，他心就发慌，到如今依然如此，没点长进，“现在一年送一支，以后每个月送你一支。哭到我没辙，哄都哄不好的时候，只能给你涂口红。”

“你还挺会自己想办法。”方恋恋笑弯了腰，直不起来干脆蹲在地上，像向阳而开的花似的，由下而上看向他，“你就不能保证，任何时候都不惹哭我吗？”

魏无疆也屈膝蹲下，俊脸平静，眸光却炙热浓烈：“绝大多数时候能保证，某些时候保证不了。”

方恋恋一愣云里雾里，但毕竟不是无知少女，很快明白他的言下之意，登时闹了个瓜熟蒂落的大红脸。

揉揉害羞的小脑袋，魏无疆牵起她：“走吧，带你去庙会转转。”

“故地重游啊。”去年的回忆历历在目，方恋恋问，“流光寺庙会算不算我们的定情之地？”

魏无疆点头：“算。”

“不知道会不会再遇到小西瓜头？”方恋恋嘀咕一句。

“最好不要。”魏无疆淡道。

“为什么？”

“当着我的面，敢亲我女朋友。”他面有不甘，微微切齿，“我记仇。”

不懂事的小屁孩而已，当时他真没觉得有何不妥。后来情侣间的亲密举动一多，他忍不住常想起，品着便不是滋味了。并非要计较，就是独占欲作祟。再遇见，他一定会看牢方恋恋。

事实证明，魏同学想多了。

这种阴恻恻的鬼天气，还不如窝家里长蘑菇。有兴致冒雨逛庙会的，除了被浪漫冲昏头脑的情侣，还是情侣，成双成对。

人多有人多的热闹，人少有人少的乐趣。特色美食任君品尝，方恋恋嚼着嘴里的望着摊上的，两只手没空过，吃不完反正有魏无疆帮她。过年过节的，魏无疆也把她当小毛丫头宠，百依百顺。

从街头吃到街尾，方恋恋肚子圆了一圈，消食大计紧急提上日程。既然是故地重游，她便提议去泥塑工坊看看。坐进驶往城东近郊的公交车，吃饱喝足的方恋恋哈欠连天，晃晃悠悠地，没儿分钟便靠着魏无疆睡得香甜。

没吃饱似的，吧唧两声檀口半张，红唇丰盈翘挺，招人得很。

身旁人难免心猿意马，克制地将视线投去窗外。

方恋恋一觉睡到目的地，被魏无疆喊醒，还没睡够。下了车得走一段路，她迷迷瞪瞪没挪步子，眼睛半眯半睁，张开双手要男朋友背。顺了她心意大半天，也不差这几步路，魏无疆乖乖照办。

方恋恋撑着伞，醒过瞌睡后就开始不老实，一会儿摸他的脸，一会儿咬他的短发，一会儿又哈痒痒似的亲啄他的后脖颈。

脚下路滑，魏无疆忍无可忍，凶她：“老实点！”

“男朋友太美味，我忍不住嘛。”方恋恋嬉皮笑脸为自己找理由。

魏无疆轻笑：“谁吃谁还不一定呢。”

“讨厌。”方恋恋捶他肩膀，感觉身子猛地下坠，吓一跳，慌忙收手抱紧，“你故意的！”

魏无疆脖子被勒得生疼，哑着嗓：“你再对我动手动脚，真会掉下去。”

方恋恋满不在乎，哼一声：“掉下去我也拉你垫背。”

“滚成两只泥猴你就高兴了？”

“滚成两只兵马俑我都高兴。”

“没你这身材的兵马俑。”

“也没我这身材的泥猴呀，胸大腰细屁股翘。”

“有吗，我怎么没看出来？”

“因为我低调，藏得深。”

雨过初霁，夕阳打下了江山，辉煌而温情。碎金漫漫铺陈，拖长了一对小情侣的绰约身影……

2

相比去年这个时候，工坊前院的荒草疯长起一大截，齐腰那么高。方恋恋用伞拨开杂草，为魏无疆开路。两个人有说有笑，谁也没有注意到门前台阶上坐了个人。

头发半白，身子微佝，手边摆着一坛酒和一只土碗。

风将清脆说笑吹入耳朵，他闻声抬首，一双年轻男女钻出密匝匝的枯黄。男孩儿背着女孩儿，笑容愉悦丰沛，他许久不曾见过，定定望着有些发怔。

四目交接，魏无疆脚步一顿，完完全全愣住，出于本能喊了声："爸。"

方恋恋听见，赶忙跳下他的背，泥水星子四溅。几年前和他父亲有过一面之缘，长相记不清，只记得是位帅大叔。

和面前的男人对上号，她也紧跟着叫人："叔叔。"

"嗯。"魏启明一声应两人，收回视线，端起土碗一饮而尽。

"爸，你会喝酒？"魏无疆微讶。

"你跟你爷爷学了十几年，我也跟着他学了十几年。"魏启明也不看儿子，再斟满一碗，"该学会的，都学会了。"

一口没喝，缓缓倒入脚下黄土，酒香缭绕，漫过西边斜阳。

魏启明说："你一直想知道我为什么不准你再碰泥塑，今天我告诉你为什么。"

本已不抱任何希望，魏无疆一时之间有些措手不及，没说话，眼看着父亲空手站起，从兜里摸出把钥匙，转身打开老旧红木门上的黑锁。他不声不响迈步而入，魏无疆怔愣在原地，从没想过这门会有被父亲亲手推开的一天。

方恋恋不知该去该留，扯着他的衣袖轻声问："要不我先回家？"

魏无疆回过神摇摇头，牵起她的手十指相扣，一同走进工坊。

魏启明负手静静站在晾晒泥胎的木架前，上面放着几尊歪瓜裂枣般不成形的泥团。

一看便知出自外行生手，只差没刻上"方恋恋"三个字。

多少有些鲁班门前弄大斧的嫌疑，方恋恋难为情，又不好上前解释，拘谨而尴尬地看向魏无疆。他倒是很镇定，牵着她走过去。

"爸，去年寒假我偶然发现窗户没锁死，就带着恋恋翻窗进来了。"魏无疆直白出口，不加任何掩饰，只是把责任全揽在自己身上。

魏启明看一眼儿子，再看一眼儿子半护身后的女孩儿，喜怒不明，没吭声。

他不意外，早知道儿子不可能彻底放弃泥塑。就像他自己，不也一直留着钥匙没舍得扔？

自欺欺人。

"你爷爷的遗作，你没忘吧？"魏启明问。

魏无疆答："《回望》，是年轻时的奶奶。"

魏启明缓慢点了点头，解放心底回忆，悲凉就像蔓藤一样悄然爬上他的脸："你奶奶过世的时候，我只有四岁……"

故事不长，要从魏家奶奶十七岁那年说起。家里人都唤她英子。那年村里兴修祠堂，从十里八乡请来各路能工巧匠，白日里做工，晚上留宿祠堂。其中一位泥塑师傅，二十出头，长相英武俊气，少有言语，腼腼腆腆，但技艺精湛。从佛像立骨开始，便常有人围着观望，英子也是其中之一。

英子出身贫农，英子爹早年间是个游走村寨的说书匠。只要出点钱，供三顿饭，就可以请英子爹到家里说书，说上整整一天。空闲时，英子爹爱拿出珍藏的话本，教英子识文断字。民间故事传说英子小小年纪便如数家珍，她也爱听爹说书，常常像条小尾巴似的跟在他屁股后头，从赵家听到钱家，再从孙家听到李家，偶尔也会替爹说上那么两三段。

吃着百家饭长大，养出英子的活泼性子，不认生，十六七岁已出落得十分水灵，如塘里粉俏的荷花。

性情伶俐活络，村支书便指派英子负责给师傅们送晌夜饭。一来二去熟了，英子和每位师傅都能扯上几句家常话，唯独没跟那个闷声不响的泥塑师傅讲过一句半句。照面打过不少，年轻师傅回回接过饭，扭脸便找个清静角落埋头吃，也没多看过英子一眼。

头一回讲话，是英子主动开的口。

见年轻师傅身上半旧的衣裳划破好大一道，她敞敞亮亮便道“我帮你补”，又指着祠堂外的大榕树道“今晚我在那儿等你”。年轻师傅照旧一声不吭，没点头也没摇头。

那晚一弯新月斜挂，他不说话，英子也不说话，蘸着柔软月光，将心意缝进密密的针脚中。衣服补好重新穿上身，谁也没走，坐至月上中天。

她盈盈望向他，问：“我好看吗？”

他红了脸埋下头，半晌，嗫嚅：“好看。”

然后，她笑，他也跟着傻笑，就这么许下彼此情谊。

祠堂落成，媒人上门说亲。英子爹找各种理由将这门婚事一拖再拖，说到底是嫌年轻的泥塑师傅穷。苦夏拖至秋后，稻米熟过一茬，终是激发出英子性子里刚烈的一面。她端坐家中，拿出儿时说书的本领，绵绵不绝讲着意中人的好。日也讲夜也讲，不会累似的，千般好万般好，到底把英子爹磨软了，磨怕了。

隔年，英子难产痛了大半宿，咬破嘴皮愣是没吭一声。年轻的泥塑师傅守在屋外，坐也不是立也不是，来来回回一趟趟地走，像是要把爱人生产的痛苦通通踩烂在脚底。大胖小子呱呱坠地，英子疼极，无力仰面倒下，依稀望见了窗外的启明星。

泥塑师傅破门而入，看也没看儿子一眼，噙着泪意抓着英子的手，一遍又一遍哽咽，不生了，咱们再也不生了。

从那以后，泥塑师傅变成启明爹，英子也成了启明娘。

一家三口小日子过得紧巴巴的，却有滋有味。

然而在魏启明前尘旧事的盒子里，没有收藏关于爹娘相濡以沫的一段记忆，只停留在他四岁——1967 年，风雨飘摇年代的开端。

破“四旧”立“四新”，横扫一切牛鬼蛇神。

各个村落的土地庙和寺庙被毁，菩萨佛祖被砸，陈旧的信仰也被摒弃了。可乡民们鲜血已经沸腾，毁无可毁，砸无可砸之时，手举镰刀棍棒，又将矛头对准那些旧时代的匠人。

启明爹收到消息，早早趁夜逃奔，抛下一对孤儿寡母。

疯狂持续发酵，半个月后，杀红眼的乡民们如汹涌潮水般涌入启明家，见东西就摔，指着启明娘破口大骂。年幼的魏启明蜷缩在门后，听娘的话，紧闭双眼，捂住嘴巴不出声。他听不懂他们骂什么，不明白会讲许多故事的娘为什么不还嘴。他更不明白平日里和气良善的叔叔婶子们，为什么会突然变成狰狞的妖魔鬼怪。

他太好奇了，忍不住违背娘的嘱咐，睁开眼透过门缝张望。

这一望，就是五十年的噩梦缠身，五十年的仇恨根源。

“我记得，我全都记得，你奶奶出事那天是1967年7月12日。”魏启明使劲搓了几把脸，试图抹净所有悲痛，却无法控制喉咙里的颤抖，“就在你奶奶出事的前几天，她带着我走了十几里的山路，去镇上的照相馆照相。那是我第一次照相。”

窗外，夜已渐渐拉开帷幕，将无边的瑟瑟寒意投掷进工坊。

或许因为等待这个真相太久，等到已经不知该如何面对它的到来，魏无疆木然地站着，仿佛还没从那久远的真相里抽离出自己，也可能他并不想抽身。

方恋恋的呼吸轻了再轻，她从背后牵起魏无疆的手，冰得锥心刺骨。

“爸，你学泥塑又放弃，接着让我重蹈你的覆辙，是为了报复爷爷当年抛妻弃子吗？”答案显而易见，魏无疆的发问近乎自虐。

“难道不应该吗？”半张脸隐匿于晦暗阴影，魏启明盯着儿子的眼睛，反问。

亲娘惨死在自己面前，魏启明没有理由不恨，没有理由不惩罚那个负心汉。而惩罚一个罪人最好的方式，是让他戴着负罪的沉重枷锁苟活着，是给他希望，然后用更灭顶的绝望溺毙他。就算把自己，把儿子变成报复的工具，魏启明也在所不惜。

他对儿子说："你要怪只能怪你爷爷，只顾自己保命，把你奶奶送上绝路。"

魏无疆很平静，既不想向父亲讨要自己的公道，也不想深究父亲的报复值不值得。平静到连他自己都有片刻怔忪，去辨别究竟是真正的内心平静，还是已经冷漠麻木。

方恋恋用力抓牢他的手的瞬间，魏无疆确定自己仍有血有肉。

他走近父亲，继续发问："爸，成功报复爷爷，给你带来快意了吗？"

魏启明猛地一震，自认坚硬如铁的心脏被撼动，似崩开一条裂痕。他张了张嘴，却讲不出话来，一个字也说不出来。然后，他怔怔然看着儿子带着女孩儿转身出门，头也不回，越走越远。

长夜漫漫，天空又开始飘雨，细如落针，似一场应时应景的无声哭泣。

方恋恋高高擎着黑伞，亦步亦趋地跟在魏无疆身后，不敢出声。她不知该如何安慰落寞的他，甚至傻里傻气地想，如果家里祖辈也曾经历坎坷曲折，此刻就不会如此没用，无言以对。

与一个又一个公交车站牌擦肩而过，他似乎并没停下来的打算，走得很慢，线路笔直，欲去往寂静夜色的尽头。背影高大而孤独，仿佛漂泊于虚空。

“啦啦啦啦啦啦……我眼中有泪,可那又怎样,我也依然心中有火焰。”方恋恋不知怎的，想起了这首歌，不自觉轻声哼唱，“啦啦啦啦啦啦……眼中有泪，心中火焰……”

唱着唱着，缥缈曲调戛然而止，魏无疆一把抱紧方恋恋。

他仰面望向黑魆魆的天幕，心底的怅然化开在潮湿脸庞，不知是雨还是泪。

“恋恋，我好难过。”鲜血淋淋的疼痛扼在喉间，拼尽气力，魏无疆只讲出这一句话。

雨伞应声掉落,方恋恋紧紧回抱住他,用柔软的身体做他停泊的港湾。

久久，有歌声再度响起——

啦啦啦啦啦啦……

眼中有泪

心中有火焰

3

书里写,人的脆弱和坚强都超乎自己的想象,生活不会像想的那么好,也不会像想的那么糟糕。

日出日落，阴沉的愁绪似乎也留在了那个惨淡雨夜。

年初七，方恋恋如约陪魏无疆去了文化局。两人的家乡是一座历史悠久的名城,战争年代曾被设为大方后。因为战时需要，修筑有大量防空洞，像密布地下的网络，四通八达。文化局仓库便是由防空甬道改建而成。

纵深开阔，两边是储物高架，直通到顶，从民间收集而来的大量工艺作品被分门别类地存放在这里。

方恋恋第一次进防空洞改建的仓库，好奇心重，背着手左瞅瞅右看看，发现新鲜有趣的，就会驻足停留多观察一会儿，问魏无疆是什么。

两个人走向甬道深处，一股寒意袭来，方恋恋抱着胳膊，问：“这里适合保存泥塑吗？”

魏无疆抬手指向甬道顶部：“安装了通风管道除湿气，避免阳光直射，更有利于泥塑的保存。”

领着方恋恋又往深处走了一段，魏无疆停下脚步：“到了。”

左右储物架上整整齐齐摆放着大小不一的泥塑作品，因为每一个都罩有不透明的蓝色防尘罩，看不到它们的庐山真面目。

“我应该做什么？”全是易碎品，方恋恋担心自己毛手毛脚帮倒忙，“保养方法太专业，我可能胜任不了。”

“很简单，只要求你足够仔细。”魏无疆从兜里掏出两把小型手电筒，递给她其中一把，“你负责检查有没有出现病变，比如龟裂，剥落，空臌，褪色变色，污染。”

“污染？”方恋恋环顾四周，“这里应该很干净吧。”

魏无疆一边试着手电筒，一边解释：“污染包括霉斑，昆虫屎斑。”

“蟑螂！”

花容失色的方恋恋跟脚底安了弹簧似的，原地起飞一蹦半米高。魏无疆下意识地拉她到身后，手电筒的强光扫向地面，来来回回，连只蟑螂影子都没有。

“哪里有蟑螂？”他问。

“没有，没有。”方恋恋抚着胸口，咧嘴讪笑，“自己吓自己，我最怕蛇虫鼠蚁了。”

动物也怕，昆虫也怕，好像就没有方恋恋不害怕的活物。

手电筒轻磕她脑门，魏无疆笑着戏谑：“你再这么一惊一乍，没准真会招来。”

“乌鸦嘴！”方恋恋不爽，挥手赶开他，板着脸正儿八经道，“我们分头行动，你去那边，不要影响我。”

魏无疆收敛俊容，高举双手比个投降的动作，后退四五步，不再说笑，率先投入工作。方恋恋也转身面向置物架，掀开其中一件泥塑的防尘罩。这是一尊年轻女子的半身塑像，保持着原汁原味的泥土本色。

她打开手电筒，凑近泥塑，眼睛瞪得像铜铃。

认认真真从头发丝检查到下巴颏儿，方恋恋心想，她长得真漂亮。想到半截，突然间一凛，觉得好像不太对劲，方恋恋再度举高手电筒，自上而下仔细又照过一遍女子五官。这回她能确实不对劲，但说不清问题到底出在哪里。泥塑摆放的位置有些靠里，她干脆用嘴叼住手电，腾出手小心翼翼地把泥塑往外挪了十几厘米，刚好贴着置物架边缘。

借助仓库的灯光看清泥塑整体，方恋恋眼睛陡然瞪大，像发现了什么惊天秘密似的。她张嘴想说话，手电筒先掉出来，忙弯腰去捡。

腰还没回直，她便扭头急匆匆地冲魏无疆喊：“你快过来，这个女的和你长得好像！”

魏无疆做事专注，冷不丁被打扰，没听清她说什么，先是错愕，愣了数秒。见他没动，方恋恋急吼吼地走去，拖着他的胳膊往可疑泥塑前拽。

只一眼，魏无疆就认出它是爷爷的遗作《回望》。

在魏无疆的认知里，它早已被海外藏家收藏，根本不可能，也不应该出现在这里。

可偏偏它哪儿也没去，就切切实实地出现在魏无疆眼前。认知完全颠覆，他像挨了一闷棍似的，原地傻了眼。尚且来不及思考，又只听身旁响起惊声尖叫。

真是怕什么来什么，一只硕大的灰老鼠眼冒精光，贴着方恋恋脚边大摇大摆地溜过。方恋恋吓得魂飞魄散，地面太危险，条件反射就往置物架上爬。置物架不是专为攀爬设计的，挂着个大活人不堪重负，险险晃动起来。魏无疆眼明手快，横过方恋恋的腰，想抱她下来。吓傻的方恋恋哪里知道吊在半空更危险，抵死不从顽固反抗，手肘一挥，碰倒了离她最近的一尊泥塑。

“哗啦”一声，皮开肉绽，筋骨立现。

魏爷爷遗作的位置空了，方恋恋和魏无疆保持着一爬一抱的姿势，盯住地面四分五裂的泥块，同时惊呆。

时间仿佛静止。

懊悔的眼泪夺眶而出，方恋恋跳下货架，一下子跪在地上，惶恐无措地伸手去捡一地的碎片。

“对不起，对不起，对不起……”

魏无疆怕她划伤，面有愠色，啪地拍开她的手。知道她不是故意的，但眼睁睁看着爷爷遗作被毁，无力挽回，他的心情难免恶劣，力道不由得有些重。

狠狠疼了一下，方恋恋瞬间猜到这尊摔碎的塑像与魏无疆之间的关系，顿觉自己像个杀人凶手，眼泪越发汹涌，她死咬着嘴唇没发出一点声音。

“对……对不起。”

方恋恋强忍哭腔，看向魏无疆蒙尘般黯淡无光的眼睛，想再说一声抱歉又止住，再度把手伸向伤痕累累的塑像。这一次魏无疆没有阻止，也默默伸出手，去拾他支离破碎的回忆碎片。

即使徒劳无用，至少彼此心里会好过一点。

缄默哀悼，魏无疆逐渐心绪平静，开始思考先前搁置的疑惑。其实谜底昭然若揭，父亲并没有被仇恨锻造出铁石心肠，所以爷爷的遗作才没有远渡重洋。魏无疆想着，就在这时发现了异常——暴露在外的木条立骨缝隙间冒出一个小小棱角，像纸制品。

方恋恋很快也注意到了，但心有余悸，不敢轻举妄动：“是什么？”

“不知道。”

魏无疆小心翼翼地试着把它抽出缝隙，手感偏韧，显然是被人折叠之后塞进立骨中间。

这个人毋庸置疑，肯定是魏爷爷。一张泛黄的黑白老照片，大概在被塞进立骨之前，魏爷爷就经常拿在手里看，照片的边缘已起了参差毛边。

照片里的主人公像是一对母子，端坐亭台楼榭的幕布前。

母亲眉脸温柔，抿唇一笑又有风骨。缩在母亲怀里的孩子，与她有六七分相像，因为过于紧张，脸皮绷得像面小鼓，紧拧着眉头，故作严肃小大人的模样。

或许魏爷爷知道有一天它会重见天日，又或许舍不得照片里的母子受委屈，两道折痕都避开了他们的面庞，使得两个年轻人能清楚辨识出他们的身份。

“是你奶奶和你父亲！”方恋恋脱口惊呼。

魏无疆动动唇却没说话，而后轻点了下头，指尖微微有些发颤，翻过照片。背面有几行黑色手写字，字体并不漂亮，但一笔一画规矩端正：

陌上花开，可缓缓归矣。

落款“英子”，时间“1967年7月11日”，恰恰是魏奶奶出事的前一天。

照片结合文字，疑团扑面而来，方恋恋不禁问：“为什么这张照片会在你爷爷手里？”

视线没有离开照片，魏无疆定睛凝神：“应该是奶奶寄给爷爷的。”

“不可能呀。你爷爷丢下妻子儿子一个人逃命，你奶奶怎么可能会寄……”话音急停，一道大胆猜测闪现脑海，她来不及深思熟虑，想着便说出口，“会不会是你奶奶早有预感，知道丈夫可能会有生命危险？”

她所讲的，也正是魏无疆所想的。他怔然许久，抬起脸接过话，捏着老相片的指尖仍仍轻抖着，声音也有些发颤。

“为了能让爷爷保住性命，奶奶逼着他离家远走。《回望》，就是定格在奶奶和爷爷分别的一瞬间。爷爷从没想过抛妻弃子，是我爸误会了他几十年。”

“我想不通，这张照片明明就是你爷爷自证清白的最有力证据。”方恋恋困惑地问，“为什么你爷爷不解释呢？”

“爷爷是在赎罪。”魏无疆缓慢而沉重地道，“因为奶奶确实是因他而死，爷爷心怀愧疚，把儿子对他的报复，也当作了对自己的惩罚，最后宁愿带着真相过世，也不肯为自己解释一个字。”

生离死别肝肠寸断，也许爷爷也曾想过为奶奶殉情。但奶奶的死不正是为了换取爷爷的生吗？所以爷爷不能死，他要替奶奶活着，背负着儿子的恨意活着，艰难地活着。只有泥塑能带给他安慰。

爷爷手中每一尊泥塑从无到有的过程，就仿佛是奶奶一次次的复活重生。

是安慰，也是寄托，更是爷爷每一件作品生命力所在。

魏无疆站起身，望着一件件熟悉的泥塑作品，心事百转千回。方恋恋也站了起来，悄悄去拉他的手。他暖暖一笑，拂廾她额头前萦绕的长发，揽她入怀。

朝着灯光举起照片，英子年轻的面庞变得灿烂，笑容里有了温暖、释然和欣慰。她眼睛明亮似会说话，鼓励着与她面对面的两位年轻人，去勇敢生活，去追逐梦想，去成功去失败，去热烈拥抱人生。

4

大年初十，晴空万里。

方枪枪居然来真的，一手拎着大大小小的精美礼盒，一手牢牢挟持着方恋恋，带她去男友家认门。没办法，这姑娘“人前㞞，窝里横”的老毛病又犯了。

昨晚答应得好好的，举全家之力，帮她挑选见未来公婆的衣服。一大早起来，还照着宿舍老大的“最美见家长妆”教学视频，化了个浓淡相宜的淑女妆。这会儿进了小区，她突然“近乡情怯”，挣脱开哥哥的钳制，抱着棵行道树死活不撒手：“哥，我……我害怕。”

“怕也不行。”方枪枪横眉立目，故意激她，“你有胆子砸人爷爷的遗作，没胆子去赔礼道歉？”

“我……我不是故意的。”

戳到痛处没有什么底气，方恋恋话音刚落，只见一个微佝的身影走出单元门。认出是魏爸爸，她迟疑片刻，丢下方枪枪，悄悄追了过去。

魏启明背着手低着头，每一步都仿佛踩着心事，并没有留意身后多了条小尾巴。方恋恋亦步亦趋地跟在后面，几次想开口喊人，始终没能提起勇气。

一前一后，一老一少，出了小区穿过马路。

沿街走了几分钟，魏启明转身踏入一家照相馆。方恋恋没敢往里进，猫在半敞的玻璃门后偷瞄。眼看着魏叔叔小心翼翼将一张老照片交到师傅手中，请他帮忙修复，方恋恋情难自禁地泛了泪光。没留神，魏叔叔已经站到她跟前。意外之色转瞬而过，不善言辞的魏启明，连和儿子沟通都成问题，更不知道该对这个儿子喜欢的小姑娘说点什么。

“叔叔，对不起。”方恋恋吸口气止住眼泪，朝魏启明深深一鞠躬，“是我毛手毛脚摔坏了魏爷爷的遗作，我向您道歉。”

魏启明依然缄默不语，面上没有波澜，心下却讶异。明明儿子说，一切皆因他失手所致。

母亲的音容笑貌彻底碎裂，最终留给魏启明一个埋藏数十年的真相，仿佛涅槃。他不怪儿子，更不怪面前备感自责的小姑娘，只怪他自己，被误解浇筑的仇恨蒙蔽双眼。而真正该说对不起的人，也是他。

身为人子，只能将深切歉意化作余生惦念；身为人父，差一点就毁了儿子的未来。魏启明却不及眼前小姑娘勇敢，从得知真相到现在，不曾对儿子吐露过半句心声。

“孩子，谢谢你。”魏启明蓦地有些动容，“谢谢你没有让我一错再错下去。”

这一瞬间，她就像是他的儿子，那么懂事，那么温良。

接下来的几天，方恋恋变得神神秘秘，早出晚归，常常带回满身泥泞与疲惫，看着像是去工地搬了砖。方枪枪觉得奇怪，再三追问，方恋恋闭紧嘴巴，但又掩不住眼底喜悦的光芒。即使方枪枪祭出零食大礼包，她也咽着口水抵挡住诱惑，摇头跑开，一个字都不肯透露。

越保密，越好奇，方枪枪私下里问魏无疆，他也表示不知情。

转眼到了正月十五，方恋恋主动邀约魏无疆。

在一中门口碰面，没等他问，方恋恋先跳着扑进他怀里，眼角眉梢缀满笑容，讨要“五分钟”的小福利。

亲过抱过之后，她像个餍足的孩子般摇头晃脑，牵起魏无疆的手：“我带你去个地方。”

“去哪里？”他不解，拽停她兴冲冲的脚步，“听枪枪哥说，你最近天天不着家，偷偷摸摸谋划什么呢？”

方恋恋挤挤眼睛，坚持把关子卖到底：“跟我走你就知道啦。”

魏无疆心性敏捷，被方恋恋拉上开往城东的公交车，隐隐猜到目的地。

相隔十几天再度来到泥塑工坊，已是旧貌换新颜。院落里的葱茏杂草被清除干净，重新涂刷过的木门鲜亮如新，连缝隙也被仔细修补平整，门楣两边还各挂着一只应景的大红灯笼。

尽管心里略有预料，魏无疆牵着方恋恋，推开木门，仍不由得一愣。

原本荒废杂乱的工坊，竟恢复了当年欣欣景象。

木架上高低错落摆满了各种泥塑作品。有爷爷生前的遗作，也有些很陌生，但魏无疆只消几眼便能轻易认出，那都是出自父亲之手。目光落定在角落处几个不成形的泥团上，他又不禁莞尔。

光线最充足的窗前摆着一张崭新的工作台。爷爷生前制作的泥塑骨架立在一旁，正静静等待有人拿起竹片刀，为它重塑血肉，赋予生命。

身处工坊中央，就仿佛时光倒流，重回跟随爷爷学艺的年少岁月。

一股暖流淌过心房，魏无疆不由得环过心爱女孩儿的纤细腰肢：“是你吗？”

方恋恋笑而不语，摇摇头，抬手指向门口。

看见那里的两个人，魏无疆再度愣怔，慢了半拍才发出声音：“爸，妈。”

他想走过去，双脚却不知怎的没有挪动毫厘，直到方恋恋从后面轻轻推了他一下。一家三口面对面而站，有很多话呼之欲出又不知从何说起，一时之间都格外沉默。

良久后，魏启明从兜里摸出一把竹片刀，望着儿子，只简简单单说出两个字：“拿着。”

下一秒，他就被比他高出大半个头的儿子一把抱住。呆呆愣了好一会儿，他也伸出双手，揽紧儿子结实的肩背。

父子间久违的拥抱，胜过千言万语，将过去永远留在过去。

魏母泫然欲泣，背过身偷偷擦拭眼角，忽觉手臂一紧。方恋恋挽着她，两人相视而笑。

过完十五才算年，在焕然一新的工坊里吃一顿团圆饭，有说有笑好不热闹。夜幕四合时，魏启明带着体弱的妻子先回了家，留一对年轻人共度好时光。

像去年一样，方恋恋和魏无疆在门前台阶上并排而坐。

皎洁月色下，手牵着手，她侧枕在他肩膀，抬眼凝视圆月，轻声说：“真好呀。”

他没言语，低头对她笑，眼眸里注满柔情，她的心里也跟着铺满阳光。

指尖温柔拂过她脸庞，魏无疆说：“恋恋，谢谢你。”

方恋恋扬起下巴：“你要怎么报答我？”

他想了想：“你有什么愿望？”

她也想了想：“环游世界。”

“好，以后我带你环游世界。”

“不用以后。”方恋恋狡黠一笑站起身，围着魏无疆绕行一圈，最后蹲到他面前，双手搭上他的膝盖。

夜空中烟火朵朵绽放，绚丽缤纷。

而此刻，女孩儿的笑容比烟花更灿烂。

她对他说：“魏无疆，你就是我的世界。”

『尾声』

两年后，一部名为《塑魂》的黏土动画电影在国内各大院线上映。排片量不多，票房不尽如人意，业内的评价也褒贬不一。有的说故事简单，情节平淡；有的说题材陈旧，不符合年轻人的观影品位；也有影评人这样写道——

“这部由独立动画人制作的影片没有卖力炫技，没有刻意煽情，没有宏大叙事，也没有追求深刻主题，只是用最简单的叙事方法，娓娓道来一段爷爷奶奶那一辈人的草木爱情。所运用的镜头语言和故事里传达出的情感一样，朴实而真挚，简省而动人。”

如果你没有机会走进电影院，那么请你一定记住一群年轻动画人的名字——

导演 方枪枪

编剧 周颂

剪辑 方恋恋

配乐 霍西洲

造型设计 魏无疆

（全文完）

总 监 制：苏　瑶
执行主编：杜莉萍
文案策划：周丽萍
装帧设计：颜小曼
版权运营：zhaojing@dayubook.com